ullstein

Das Buch

Die junge Heilerin Jenna hat mit ihren würzig duftenden Kräutertinkturen und Salben vielen Menschen geholfen. Doch als ein Unwetter die Felder der Bauern verwüstet und ein Schwein tote Ferkel gebiert, wird sie der Hexerei beschuldigt und unter üblen Beschimpfungen aus ihrem Dorf gejagt. Eine Gruppe von Gauklern nimmt sie bei sich auf, vor allem der hübsche Amando schließt sie gleich ins Herz. Als Jenna jedoch eines Abends allein durch die Gassen Kölns streift, um die Zutaten für ihre Heiltränke zu besorgen, bezichtigt man sie des Diebstahls. Sie wird ins *Haus der gefallenen Töchter* gesperrt, das von dem skrupellosen Patrizier Hermann Quattermart errichtet wurde, um die verdorbenen Frauen der Stadt auf den rechten Weg zurückzuführen. Dort freundet sich Jenna mit der Dirne Ursula an, der heimlichen Geliebten von Hermann Quattermart. Während Amando verzweifelt nach Jenna sucht, schmieden die beiden Frauen einen waghalsigen Plan, um ihrem Gefängnis zu entkommen …

Die Autorin

Gabriele Breuer, geboren 1970, lebt mit ihrem Mann und Sohn in Köln. Sie arbeitet in einem Seniorenheim und schreibt nur in ihrer Freizeit.

Von Gabriele Breuer sind in unserem Hause bereits erschienen:
Die Bernsteinbraut · Die Bierbrauerin · Die Magd und das Teufelskind · Die Schicksalswächterin · Luzifers Töchter

GABRIELE BREUER

DAS HAUS DER *gefallenen* TÖCHTER

Historischer Roman

Ullstein

Besuchen Sie uns im Internet:

www.ullstein-buchverlage.de

MIX
Papier
FSC FSC® C083411

Originalausgabe im Ullstein Taschenbuch

1. Auflage Dezember 2018

2. Auflage 2018

Umschlaggestaltung: zero-media.net, München

Titelabbildung: © Christie's Images Ltd / ARTOTHEK

Gesetzt aus der Quadraat Pro powered by pepyrus.com

Druck und Bindearbeiten: CPI books GmbH, Leck

ISBN 978-3-548-29079-9

Für meinen Mann Josef,
mein Bohdan

1

Gernot, der Schmied des Weilers Buckelmeunt, fegte zornig mit der Hand über das Regal. »So ein überflüssiges Zeug! Ich werde dir zeigen, was deine Bestimmung ist!«

Die sorgfältig aneinandergereihten Tiegel flogen zu Boden und verströmten den herben Duft der Natur. Jenna ballte die Hände hinter dem Rücken und schwieg, um Gernot nicht weiter zu reizen.

»Und nun ab mit dir an die Kochstelle!« Ruppig stieß er seine Frau aus dem Schuppen. Sein Gesicht leuchtete rot vor Zorn. Anstatt den Kiesweg zu benutzen, trampelte er quer durch Jennas Kräutergarten zu dem Eingang ihrer Hütte.

Während Jenna ihm folgte, krampfte sich vor Wut ihr Magen zusammen. Was wusste er schon von der Heilkraft der Pflanzen? Und davon, was sie ihm Gutes tat, wenn sie mit den Kräutern die Mahlzeiten würzte?

Vor dem Eingang griff Gernot nach ihrem Arm und zog sie durch die Tür zu dem Kessel, der sauber und erkaltet an einer Kette über der Feuerstelle hing. Der Blick ihres Mannes war finster. »Kochen, Weib, das ist deine Bestimmung, und mich des Nachts wärmen, sonst nichts.« Er schnaubte wie ein Ochse. »Nach getaner Arbeit hat gefälligst das Essen auf dem Tisch zu stehen.«

Jenna berührte den Stein, den sie an einem Lederband um ihren Hals trug, und konnte nicht länger stumm bleiben. »Himmel, ich hab doch nur die Zeit vergessen! Was ist so schlimm daran?« Die warme glatte Oberfläche des Ligurs zu spüren, beruhigte sie ein wenig. Sanft umfasste sie den Stein mit den Fingern und rieb daran.

Gernot presste die Lippen zusammen. Er war nicht riesig, aber da Jenna ziemlich klein und zierlich war, musste sie dennoch den Kopf in den Nacken legen, wenn sie zu ihm aufsah. Die kräftigen Arme in der ärmellosen Lederweste waren vom Ruß des Schmiedeofens bedeckt, und auf Gernots Kopf wucherte das dunkelblonde Haar in alle Richtungen. »Ich sag dir, was passiert, wenn du noch einmal die Zeit vergisst.« Er hob eine Braue und fasste nach ihrem Kinn, damit sie ihm genau in die Augen sah. »Dann fackele ich deine verdammte Kräuterküche ab.« Gernot stieß seine Frau von sich.

Jenna taumelte gegen den Kessel, der sich daraufhin an der Kette drehte. Nun breitete sich doch Angst in ihrem Bauch aus. »Es ... es wird nicht wieder vorkommen.« Hastig nahm sie den Holzeimer auf und eilte aus der Küche, um am Keilershof Wasser zu holen.

Die späte Sonne berührte mit ihren goldenen Strahlen bereits das Dach der Scheune, und die Luft roch nach der Gerste, die in voller Ähre auf den umliegenden Feldern stand. Der Keilershof befand sich unweit ihrer Schmiede im Weiler Buckelmeunt vor den Mauern der freien Reichsstadt Köln. Da Gernot dem Bauern hin und wieder Gerätschaften für den Ackerbau schmiedete, durften sie sich im Gegenzug am Brunnen bedienen. Hannes, der Bauer, war ein freundlicher Mann und vor nicht allzu langer Zeit in der Bauerbank vor der Ehrenpforte zum Gebuirmeister berufen worden. Er sorgte auf den Äckern und Höfen vor Köln dafür, dass unter den Bauern alles mit rechten Dingen zuging, hielt den Feldfrevel im Auge und die Wege passierbar.

Jenna holte tief Luft und schluckte ihren Ärger hinunter. Als sie vor dem Brunnen stand und sich mal wieder sehr einsam fühlte, musste sie an ihren Vater denken. Nachdem ihre Mutter gestorben war, hatte er versucht, auch seinem Leben ein Ende zu setzen. Der Strick war jedoch nicht fest genug gewesen, und ihr Vater war zu Boden gestürzt. Den Tod hatte er nicht gefunden, litt seitdem jedoch unter Irrsinn. Inzwischen erkannte er selbst seine Tochter nicht mehr und war einmal sogar mit der Axt auf Jenna losgegangen, weil er sie für eine Diebin gehalten hatte. Seitdem saß er im Hospital des Klosters Revilien und wartete dort auf sein Ende. Alles war in so kurzer Zeit geschehen, dass Jenna kaum um die Mutter hatte trauern können. Ihr Herz zog sich bei dem Gedanken an den Tod der Mutter zusammen. Aus einem Husten war rasch eine Lungenentzündung geworden, und Jenna verzieh sich bis heute nicht, dass sie der Mutter nicht mit ihrer Heilkunst hatte helfen können. Immer wieder hatte der Onkel ihr versichert, dass sie den Tod nicht hätte aufhalten können, doch bis heute wollte Jenna das nicht wahrhaben. Sie seufzte. An die Zeit, als die Mutter ihr ein Häschen unter der Schürze hervorgezaubert hatte, erinnerte sich Jenna jedoch mit einem Lächeln auf den Lippen. Vor Jahren hatte Mutter ihr dann ebenfalls das Zaubern beigebracht. Dabei hatte sie aber nie den Schadenszauber angewendet, sondern den Liebeszauber und den Wiederbringzauber. Doch Jenna wusste längst, wie wenig Wirkung solch ein Ritual oder ein Trank hatten. Daher verließ sie sich eher auf die Kraft der Kräuter und stellte Tinkturen, Salben und Aufgüsse nach den Heilmethoden der Hildegard von Bingen her.

Jenna holte tief Luft und hob den Eimer auf den Rand des Brunnens. Etliche Jahre hatte sie regelmäßig ihren Onkel in seinem Kräutergarten der Abtei Brauweiler besucht, um von ihm die Heilkunst der Hildegard zu lernen. Mutters Zaubersprüche hatte sie dabei rasch vergessen. Dann war der Onkel kurz nach dem Tod der Mutter ebenfalls gestorben. Da Jenna ohne Geschwister aufgewachsen war, hatte sie anschließend ganz allein dagestanden. Bald darauf hatte der Abt von Brauweiler ihr den Schmied Gernot vorgestellt und sie mit ihm verheiratet. Seither stand Jenna frei von Sorgen unter dem Schutz eines Mannes, der ihr ein warmes Heim bot. Und sie hatte ihre Heilpflanzen und die Kräuterküche. Was brauchte sie mehr? Seufzend band sie den Eimer an die Kette und ließ ihn den Brunnen hinab.

Der Keilershof bestand aus dem Wohnhaus, der Scheune und den Pferchen, die jeweils im rechten Winkel zueinander gebaut waren, und den angrenzenden Weiden. Schweine wühlten mit ihren Rüsseln den trockenen Boden auf. Zwischen ihnen staksten Hühner umher, pickten hier und da nach einem Korn. Und inmitten von alldem thronte ein Gockel auf einem dampfenden Misthaufen.

Die Bäuerin trat aus dem Wohnhaus und grüßte Jenna mit erhobener Hand. Traudi war eine beleibte Frau und zählte mehr als 30 Lenze. Sie hatte bereits eine Schar Söhne zur Welt gebracht, eine Tochter war ihr bisher jedoch verwehrt geblieben. »Ich muss unbedingt mit dir reden!«, rief sie und eilte auf Jenna zu.

Jenna nickte und zog den Eimer wieder aus dem Brunnen. »Was gibt es denn?«

»Mein Peterchen wird von heftigen Albträumen geplagt. Jede Nacht wacht er schreiend auf und behauptet, er würde von Wölfen gejagt. Beruhigen tut er sich erst wieder, wenn fast schon der Morgen graut. Du kannst mir glauben, ich fühle mich, als wäre ich aufs Rad geflochten worden.«

»Ach herrje. Der arme Junge.« Jenna dachte kurz nach, wie sie dem Knaben helfen könnte. Dann hatte sie eine Idee. »Weißt du was? Ich mache dir morgen ein Säckchen mit getrocknetem Betonikakraut fertig. Lege es in der Nacht neben Peters Gesicht, und er wird bald ruhiger werden.«

Traudi stemmte die Hände in die Hüften und nickte. Einen Augenblick lang schwieg sie, dann grinste sie verschwörerisch. »Ach übrigens, was ich dich immer schon fragen wollte: Die Leute sagen, deine Mutter sei eine Zaubersche gewesen. Stimmt das?«

Jenna sah sie argwöhnisch an. »Weshalb fragst du?« Sie wusste zu gut, dass sich bald alle Bewohner des Schweids vor der Ehrenpforte darüber das Maul zerreißen würden. Es wunderte sie jedoch nicht, dass der Tratsch den Weg von Brauweiler bis hierher gefunden hatte.

»Dann kannst du bestimmt auch zaubern, oder?«, fragte Traudi.

»Nein ... Also, ein wenig vielleicht«, druckste Jenna herum. »Aber keinen Schadenszauber, den kann ich nicht und den würde ich auch niemals anwenden.« Sie löste die Kette vom Griff des Eimers. »Außerdem ist mir die Heilkunst lieber.«

Traudi strich sich sichtlich verlegen das Haar aus der Stirn. »Was ist mit dem Liebeszauber? Kennst du dich damit aus?«

Jenna zuckte mit den Schultern. »Mehr oder weniger. Mal hilft er, mal nicht. Warum willst du das wissen?«

Traudis Wangen röteten sich. »Ach, der Hannes macht mir ebenfalls Kummer. Nach der Geburt unseres Jüngsten will er einfach nicht mehr bei mir liegen. Dabei wünsche ich mir doch nichts sehnlicher als ein Töchterchen. Kannst du da nicht ein wenig ...« Sie biss sich auf die Unterlippe. »Du weißt schon ... ein wenig zaubern?

Jenna neigte den Kopf zur Seite. Was war verwerflich daran, wenn sie Traudi zum Glück verhalf? Außerdem konnte sie nie gut etwas abschlagen. »In Ordnung, ich werde es versuchen. Brauche dazu aber ein Büschel von deinem Haar und ein Büschel vom Hannes. Bring mir beides morgen, und dann sehen wir weiter.« Jenna nahm den Eimer auf und wünschte Traudi einen geruhsamen Abend. Insgeheim hoffte sie, die Bäuerin würde es nicht schaffen, unbemerkt ein Büschel vom spärlichen Haar des Bauern abzuschneiden.

Auf dem Weg zur Schmiede war Jenna in Gedanken wieder bei ihren Kräutern und hoffte, dass Gernot mit seinen großen Füßen nicht allzu viele Pflanzen platt getrampelt hatte. Wenn ihr Mann den Bauch voll hatte, würde sie sich um ihre Kräuter kümmern.

Gernot saß auf einem Baumstumpf vor ihrer Hütte und stierte in den Krug, den er in den Händen hielt. Als Jenna an ihm vorbeischlich, sah er auf. »Hast du das Wasser in Köln geholt, oder was?«

Ohne etwas zu erwidern, begab sich Jenna in die Hütte zur Kochstelle und schüttete das Wasser in den Kessel.

»Hab schon das Feuer geschürt!«, rief Gernot in die Hütte. Offensichtlich war er nun etwas friedlicher gestimmt.

Jenna hörte seine Schritte hinter sich. »Übrigens hat der Hannes mir heute erzählt, dass deine Mutter eine Zaubersche gewesen sei. Stimmt das?« Jenna seufzte. Traudi hatte also bereits das Gerede angestachelt. Sie winkte mit dem Holzlöffel in ihrer Hand ab. »Was heißt eine Zaubersche? Hier und da hat sie sich am Wiederbringzauber versucht. Hat aber nur in den seltensten Fällen geklappt.«

Gernot kratzte sich am Kopf und wirkte ein wenig eingeschüchtert. »Und du? Zauberst du auch?«

»Ich? Ach was. Das ist nichts für mich.«

»Das will ich dir auch geraten haben«, murmelte er in seinen Bart und verließ die Hütte wieder.

Als Jenna den Brei aus Dinkelmehl mit einem Eidotter angerührt hatte, dämmerte es bereits. Sie rief nach Gernot, und kurz darauf nahmen sie schweigend das Mahl ein. Dabei musterte Jenna verstohlen ihren Mann. Er schob sich schmatzend einen Löffel nach dem anderen in den Mund. Was war ihr anderes übrig geblieben, als ihn zum Mann zu nehmen und den kleinen Hof ihrer Eltern zu verkaufen? Gernot hatte ihre Mitgift gern genommen und seine Schmiede damit ausgebaut. Ob er sie jedoch auch gern zur Frau genommen hatte, wagte Jenna an solchen Tagen wie heute zu bezweifeln.

Sie erhob sich und räumte die Schalen fort. Dann schaute sie hinaus zu ihrem Kräutergarten, der schon im Dunkeln lag. Es ergab keinen Sinn mehr, nach den Heilpflanzen zu sehen, also begab sie sich mit ihrem Mann bald darauf auf die Strohsäcke. Wie fast jeden Abend streichelte Gernot kurz ihre Oberschenkel unter dem Nachtgewand, schob ihr den Saum über die Hüften und legte sich auf sie.

Am nächsten Morgen stand Jenna vor Gernot auf und wärmte den restlichen Dinkelbrei vom Vorabend auf. Mittlerweile wusste sie zu gut, dass ihr Mann nur mit einem vollen Bauch umgänglich war. Nach dem Frühmahl zog sich Gernot pfeifend die Lederweste über, versetzte Jenna einen Klaps auf den Hintern und begab sich in die Schmiede unweit der Hütte.

Jenna machte sich auf in ihre Kräuterküche und sah sich um.

Die Tiegel, die Gernot am Vortag zu Boden gefegt hatte, waren nur mit getrockneten Kräutern aus ihrem Garten gefüllt gewesen. Und der Sommer war noch lang genug, um neue zu ernten. Die seltenen Kräuter, die hierzulande nicht wuchsen, bewahrte Jenna in einer verschlossenen Truhe auf, sodass diese keinen Schaden genommen hatten. Neben einigen Tränken und Salben gehörten sie zu dem Erbe, das der Onkel ihr hinterlassen hatte. Bald wollte sie jedoch unbedingt nach Köln gehen, um dort auf den Märkten nach Heilpflanzen aus aller Herren Länder Ausschau zu halten. Und natürlich um ihren Vater zu besuchen.

Jenna hob die Tiegel auf, stellte sie wieder ins Regal und versuchte, so viel wie möglich von den auf dem Boden verstreuten Kräutern und Blüten zu retten. Später im Kräutergarten zupfte sie den platt getretenen Liebstöckel aus dem Boden. In der Hütte band sie das Kraut dann zusammen und hängte es zum Trocknen am Dachbalken auf. Gerade als sie sich die Hände an ihren Röcken abwischte, betrat Traudi mit einem Weidenkorb die Kräuterküche und wünschte Jenna einen guten Tag. Sie stellte den Korb auf den Tisch und holte zwei kleine, zusammengefaltete Leinentücher hervor.

»Hier sind die Haarbüschel. Eins vom Hannes und eins von mir.« Sie grinste. Dann griff sie wieder in den Korb und holte einige Eier heraus. »Und die sind als Bezahlung für das Betonikakraut gedacht.«

»Vielen Dank, Traudi.« Jenna reichte ihr das Leinensäckchen, das sie kurz zuvor mit dem getrockneten Kraut gefüllt hatte. »Bald werden deine Nächte wieder ruhiger sein.«

»Bis ich dann endlich mein Töchterchen habe.« Traudi sah sich verstohlen um. »Was machst du denn nun mit den Haaren?«

»Das ist ein Geheimnis.« Verschwörerisch spitzte Jenna die Lippen und legte den Zeigefinger darauf.

»Na ja. Hauptsache, es hilft. Muss ich sonst noch etwas beachten?«

Jenna sah zu dem Liebstöckel, den sie gerade aufgehängt hatte. Die Pflanzen hatten reichlich gelitten und würden ihr vielleicht nicht mehr nützlich sein. Jenna nahm sie wieder vom Dachbalken und reichte sie Traudi. »Hier, gib sie zu dem Wasser in deinem Badezuber und wasche dich damit. Der Duft wird deinen Hannes liebestoll machen.«

Traudi nahm die Pflanzen, roch daran und rümpfte die Nase. »Baden, sagst du? Ich? Ich weiß gar nicht, wann ich das letzte Mal gebadet habe. Hannes würde Verdacht schöpfen. Reicht denn nicht der Zauber, den du machst?«

Bei den Ausdünstungen, die Traudi verströmte, wagte Jenna dies zu bezweifeln. »Dann gib die Pflanzen halt dem Hannes ins Badewasser.«

»Wenn wir mal einen Badezuber hätten.«

»Dann lass es eben und koch einfach eine Suppe daraus.« Allmählich wurde Jenna ungeduldig, denn Traudi raubte ihr wertvolle Zeit.

»Wunderbar. Mit etwas Speck darin haben wir heute Mittag eine schmackhafte Mahlzeit.« Traudi legte das Kraut in den Korb.

»Lass den Speck weg und nimm lieber Hühnerfleisch, das schadet euch wenigstens nicht. Dazu solltet ihr viel Gemüse essen, das fördert eine gute Verdauung.«

Sichtlich angewidert verzog Traudi das Gesicht. »Ach, lass mal. Speck passt schon. Der Hannes braucht Fett auf die Rippen.«

Jenna zuckte mit den Schultern. »Wie du meinst. Aber wenn du willst, erzähle ich dir mehr von der Wirkung der Speisen auf die

Säfte des Menschen.« Sie wusste, dass nicht alle Menschen einsehen wollten, was die Speisen in ihrem Leib bewirken konnten. Im Guten wie im Schlechten. Zu fette und zu blutreiche Speisen machten krank. Sie waren zu glitschig, und der Magen konnte sie nicht bis zur gesunden Verdauung in sich halten. So bekam der Mensch davon oft Bauchbeschwerden und am Ende womöglich die Gicht. Hingegen bestanden zum Beispiel die Saubohnen aus erwärmenden Stoffen und besaßen heilsame Kräfte, die gegen Nieren- und Darmleiden halfen.

Aber Traudi wollte davon wohl ebenfalls nichts wissen, denn sie reckte nur das Kinn vor. »Wann wirst du Hannes den Liebeszauber auferlegt haben?«

»Wenn alles gut klappt, legt sich Hannes heute Abend zu dir.«

Grinsend fuhr sich Traudi mit der Hand über die Hüfte. »Wunderbar! Bald bin ich endlich wieder in froher Erwartung. Du musst dann nur noch mal nachhelfen, damit es auch ein Mädchen wird.« Sie legte die Hand auf die Brust und neigte den Kopf zur Seite. »Ach, was bin ich froh, dass wir dich in unserem Weiler haben.« Sie schenkte Jenna ein ehrliches Lächeln. »Gehab dich wohl, meine Liebe.«

Jenna sah ihr nach, bis sie an der nächsten Weggabelung aus ihrem Blick verschwand, und schüttelte den Kopf. Wunder konnte und wollte sie gewiss keine vollbringen.

Nach dem Mittag begab sich Jenna erneut in ihre Kräuterküche und widmete sich dem Liebeszauber, den Traudi in Auftrag gegeben hatte. Dabei warf sie hin und wieder einen Blick aus dem Fenster, um nach dem Stand der Sonne zu sehen. Alles durfte Gernot ihr nehmen, nur nicht diese winzige Holzhütte, die einst als Schuppen gedient hatte. Jenna mochte sich nicht ausdenken, was wäre, wenn Gernot sie in Brand stecken und fast all ihre Schätze verloren gehen würden. Sie gab die Haarbüschel in den Topf mit dem kochenden Wasser über der Feuerstelle, warf einige Kaninchenknochen dazu und murmelte einen Zauberspruch. So recht wollten ihr die Worte nicht mehr einfallen, die ihre Mutter immer gesprochen hatte, deshalb erfand sie einfach noch welche dazu. Jeweils dreimal sprach sie diese aus, schloss den Zauber mit den Worten »Kreuz Teufel« ab und zuckte mit den Schultern. Dabei konnte sie sich ein Grinsen nicht verkneifen. Dieser Trank hatte so wenig Zauberkraft wie ein Eimer Wasser. Aber so wäre das Gerede über ihre Zauberkünste wenigstens rasch wieder vorbei.

Jenna wischte sich gerade die Hände an einem Tuch ab, als ein rothaariger Junge in die Kräuterküche stürmte. Das Kind, das sie noch nie zuvor gesehen hatte, schnappte nach Luft, ehe es rief: »Du musst zum Pfarrer nach Ossendorf kommen. Schnell!«

Jenna legte dem Jungen die Hand auf die Schulter, um ihn zu beruhigen. »Was ist denn mit dem Pfarrer?«

»Die Beine tun ihm ganz doll weh und dick sind sie auch. Und sogar die Füße sind geschwollen. Er kann nicht mehr seine Sandalen anziehen. Und gehen kann er auch nicht richtig.«

Jenna dachte nach und wägte ab. An dem Wasser in den Beinen würde der Pfarrer nicht gleich sterben. Wohl aber würde ihre Kräuterküche brennen, sollte Gernot nach getaner Arbeit abermals eine kalte Kochstelle vorfinden. Außerdem musste sie erst den Nelkensud ansetzen, der das Wasser aus den Beinen des Pfarrers treiben würde.

»Richte ihm aus, dass ich ihm morgen einen Heiltrank bringe«, sagte sie.

Der Junge riss die Augen auf. »Nein! Du musst sofort mitkommen, sonst zieht er mir die Ohren lang.«

Das konnte sich Jenna bildhaft vorstellen. Der Pfarrer war nicht zimperlich und dafür bekannt, dass ihm gern die Hand ausrutschte. Ihr Blick fiel auf die Ohren des Jungen, die aus seinem roten Schopf herausragten. Der Gedanke, dass der Pfarrer sie wegen ihr noch länger ziehen könnte, stach ihr ins Herz. Außerdem stand die Sonne noch recht hoch am Himmel. Wenn sie schnell ging, war sie gewiss vor dem Abend wieder daheim.

»Also gut«, stimmte sie zu. »Warte nur einen Augenblick.« Jenna öffnete die Deckel der Tiegel auf dem Regal und spähte nacheinander hinein, bis sie die getrockneten Nelkenknospen gefunden hatte. Gerade als sie einige davon in ein Tuch einschlagen wollte, trat Gernot in die Kräuterküche.

»Was will der Bengel hier?«, polterte er sofort los.

»Der Pfarrer aus Ossendorf ist krank. Ich soll zu ihm kommen.«

Gernot kniff die Augen zusammen. »Wie? Heute noch?«

»Er kann kaum gehen, es ist dringend.«

»Was hast du damit zu schaffen? Es ist bald an der Zeit, das Abendessen zu kochen. Soll der Pfarrer doch einen Medicus rufen, wenn es ihm schlecht geht.«

Verzweifelt sah Jenna zu Gernot auf. »Bitte, ich muss ihm helfen.«

Ihr Mann verdrehte die Augen. »An die Kochstelle musst du. Oder willst du, dass ich vor Hunger umfalle?« Er biss sich auf die Unterlippe und sah sie eindringlich an. »Gehorche besser, Weib.« Mit schweren Schritten verließ er die Hütte.

Der Junge hatte sich mit dem Rücken gegen die Wand gedrückt und sah zur Tür. Seine roten Haare zitterten wie Grashalme im Wind. »Ich gehe wohl besser wieder.«

Rasch drückte Jenna ihm das Tuch mit den Nelkenknospen in

die kleine Hand. »Hier, gib das dem Pfarrer. Er soll zwei Stück über Nacht einweichen und den Sud morgen früh trinken. Weitere zwei kann er sofort kauen. Und die Beine soll er hochlegen. Sobald es mir möglich ist, werde ich morgen zu ihm kommen.«

Der Junge schloss die Finger um das Tuch und eilte aus der Hütte. Eine Wolke schob sich vor die Sonne, und in der Kräuterküche schwand das Licht. Jenna blinzelte die aufsteigenden Tränen fort, verschloss den Tiegel mit den getrockneten Nelkenknospen und stellte ihn zurück auf das Regal.

Schweren Herzens begab sie sich dann in den Gemüsegarten hinter ihrer Wohnhütte und zog einige Rüben aus der Erde. Ihr Blick fiel auf den Holunderbusch am Rand der Beete. Sie legte ihre Ernte in einen Weidenkorb, trat zu dem Busch und schob die Zweige auseinander. Da lag er – der wertvollste Schatz, den sie je in ihrem Leben besessen hatte. Als sie die Holzkiste betrachtete, ging Jenna das Herz auf. Sie bückte sich, hob den Deckel an und schob die Schafshaut zur Seite, die ihren Schatz vor Nässe schützte. Sanft fuhr sie mit dem Zeigefinger über das feine Leder, in das die Abschriften aus den Büchern der Hildegard von Bingen eingeschlagen waren. Ein Erbe ihres Onkels, der diese bis kurz vor seinem Tod verfasst und abgezeichnet hatte. Es waren längst nicht alle Schriften, doch es waren die wichtigsten. Vor allem die, welche die Heilkräuter abbildeten und ihre Zubereitungen und Kräfte beschrieben. Wenn auch mühselig, konnte Jenna dennoch einige Wörter lesen, denn der Onkel hatte ihr nicht nur die Heilkünste beigebracht, sondern auch die Schrift, in der sie verfasst worden waren.

Eine Elster keckerte in den Baumwipfeln und holte Jenna aus ihren Gedanken. Rasch schob sie den Deckel auf die Kiste und bedeckte sie wieder mit den Zweigen des Holunders. Die Wolken waren verschwunden, und die Sonne brannte erneut heiß auf sie herab. Aus der Schmiede klang das gleichmäßige Schlagen des Hammers auf Metall. Jenna wischte sich den Schweiß von der Stirn, brachte den Korb mit den Rüben in die Hütte und eilte zum Keilershof, um Wasser zu holen.

Traudi schöpfte ebenfalls gerade am Brunnen Wasser und stöhnte. »Die feuchte Luft bringt mich noch um.« Sie tauchte die Hände in den Eimer und spritzte sich etwas Wasser ins Gesicht.

»Sicher wird es bald ein Gewitter geben«, sagte Jenna.

Traudi sah hinauf in den stahlblauen Himmel. »Niemals. Außerdem muss es ja nicht gleich ein Gewitter sein. Ein kräftiger Regenguss würde schon ausreichen. Die Felder könnten ihn brauchen.«

»Das ist wohl wahr. Meine Kräuter liegen auch schon fast am Boden.« Eilig ließ Jenna den Eimer in den Brunnen hinab. Sie befürchtete, Traudi würde sie um einen Regenzauber bitten. Doch die Bäuerin verabschiedete sich von ihr und ging zurück zu ihrem Haus. Jenna tat es ihr gleich und begab sich an ihre Kochstelle.

An diesem Abend hatte Gernot keinen Grund, sie zu rügen. Obwohl er wegen der Hitze den Schmiedehammer früher aus der Hand gelegt hatte, dampfte bereits der Eintopf im Kochkessel.

2

Auch am nächsten Morgen schien die Sonne von einem wolkenlosen Himmel. Nachdem Gernot sich in seine Schmiede begeben hatte, brach Jenna nach Ossendorf auf. Bereits auf halbem Weg vorbei an den Höfen spürte sie, wie ihr der Schweiß in Rinnsalen den Rücken hinablief. Sie dachte an Gernot, der in dieser Hitze am heißen Ofen arbeiten musste. Wen wunderte es, wenn er da missgelaunt und müde war? Irgendwie musste sie es schaffen, ihm gerecht zu werden. Andere Frauen bekamen es schließlich auch hin, neben dem Haushalt noch einer anderen Arbeit nachzugehen. Und das, obwohl sie Kinder hatten.

Die kleine Kirche von Ossendorf tauchte zwischen den mit Stroh gedeckten Dächern der Häuser auf, und Jenna beschleunigte ihren Schritt. Die Hitze flirrte bereits über den Feldern, und sie mochte nicht darüber nachdenken, wie unerträglich heiß der Tag noch werden würde. Am Wegesrand leuchtete der Mohn in der Sonne, und Jenna nahm sich vor, auf dem Nachhauseweg nach weiteren Pflanzen Ausschau zu halten.

Das kleine Haus des Pfarrers war aus Holzlatten gezimmert und lehnte sich gegen den Westflügel des Kirchenchors. Jenna klopfte gegen die windschiefe Tür, und als ein wehleidiges »Herein« ertönte, schob sie diese auf. Der Pfarrer ruhte rücklings auf seiner Bettstatt. Die geschwollenen Beine hatte er auf einem Strohsack hochgelagert.

»Wie ich sehe, geht es Euch noch nicht besser.« Jenna stellte einen Stuhl an die Schlafstätte und setzte sich.

Der Pfarrer schob die Unterlippe vor und schüttelte den Kopf so heftig, dass seine feisten Wangen erzitterten. Er erinnerte Jenna an ein Kleinkind, das gleich zu weinen beginnen würde. »Das Wasser will nicht weichen. Dabei muss ich doch heute Abend die Messe lesen!«

»Habt Ihr den Sud aus den Nelken angesetzt?« Sie sah zu der Kochstelle. Auf dem Tisch daneben lag unangerührt das Tuch mit den Blüten.

»Wie denn, wenn ich nicht aufstehen darf? Warum bist du gestern nicht gekommen, um mir zu helfen?« Der Bauch des Pfarrers hob und senkte sich unter seinem schweren Atem.

»Mein Mann hat mich nicht gehen lassen«, erwiderte Jenna knapp. »Aber wer hat denn gesagt, dass Ihr nicht aufstehen dürft?«

»Du hast es dem Jungen gesagt. Du hast gesagt, ich solle die Beine hochlegen.«

»Ja, das stimmt. Aber damit meinte ich nicht, dass Ihr Euch ans Bett fesseln sollt.« Jenna erhob sich, ging zu dem Kessel und sah hinein. Es befand sich noch etwas Wasser darin, das sie benutzte, um den Nelkensud aufzusetzen.

Der Pfarrer beobachtete sie. »Ist das mein Heiltrunk?«

»Ja, aber er muss leider bis zum Abend ziehen, damit er wirkt.«

»Ach herrje. Und nun? Kannst du nichts anderes tun?«

Sie gab ihm zwei Nelken in die Hand. »Zerkaut diese und schluckt sie hinunter. Ich mache Euch noch kalte Umschläge. Das müsste die Schwellung lindern.«

Der Pfarrer nickte und zeigte auf den Eimer. »Das Wasser ist frisch, und Tücher sind dort drüben in der Truhe.«

Kurz darauf wickelte Jenna nasse Tücher um die Beine des Pfarrers. »Ich befürchte, das Wasser wird sich wohl immer wieder in Euren Beinen festsetzen.«

Der Pfarrer sah sie entsetzt an. »Aber weshalb denn?«

»Die Säfte Eures Leibs sind durcheinandergeraten. Ich empfehle Euch eine Fastenkur.«

Angewidert verzog er das Gesicht. »Aber faste ich denn nicht schon genug?«

Der füllige Leib des Pfarrers überzeugte Jenna eher vom Gegenteil. »Anscheinend nicht richtig. Ihr solltet Eure Magd anweisen, Euch eine Fastensuppe zu kochen. Sie braucht dazu Dinkelkörner, Gemüse und ...«

Der Pfarrer winkte ab. »Dazu ist meine Magd viel zu tumb. Das kann sie nie und nimmer.« Er seufzte und sah Jenna flehend an. »Kannst du mir nicht die Suppe kochen?«

Die Kochstelle im Haus des Pfarrers war mehr als dürftig ausgestattet. Zudem konnte sich Jenna nicht erlauben, noch länger von ihrer eigenen fernzubleiben. »Ich komme morgen wieder und bringe Euch einen Kessel mit der Suppe. Bis dahin nehmt einen Löffel von dem Ingwerpulver ein. Aber seid nicht bang, wenn Ihr Euch danach öfter entleeren müsst. Das Pulver treibt nur die schlechten Säfte aus dem Leib. Die guten bleiben Euch erhalten.«

»Oje. Das auch noch.« Der Pfarrer legte die Hand auf die Brust und sah gegen die Holzbalken an der Decke.

»Grämt Euch nicht. Ihr werdet schon wieder gesund.« Jenna griff nach ihrem Korb. »Ich muss jetzt gehen.«

Gleich am nächsten Morgen setzte Jenna das Gemüse und die

Dinkelkörner auf und würzte die Suppe für den Pfarrer sparsam mit Galgant, Quendel und Bertram. Als sie sie köcheln ließ, dachte sie darüber nach, wie wertvoll doch der Galgant war. Sie hatte das Pulver ebenfalls von ihrem Onkel geerbt, und bald würde es zur Neige gehen. Wovon sollte sie neue Gewürze kaufen können, wenn ihr Vorrat aufgebraucht war? Jenna nahm sich vor, gleich nach Mittag zum Pfarrer zu gehen.

Sie fegte gerade die Kräuterküche aus, als Traudi zur Tür hereinkam. Strahlend stemmte die Bäuerin die Hände in die Hüften. »Jenna, du bist eine wahre Zauberin! Stell dir vor, der Hannes hat wirklich wieder bei mir gelegen. Nun musst du mir helfen, dass es ein Töchterchen wird und nicht wieder ein Bub.«

Jenna wurde es flau im Magen. Das konnte nur Zufall gewesen sein, da sie doch die meisten Wörter des Zauberspruchs erfunden hatte! Doch Traudi würde tratschen, sodass die Leute von weit her kämen, wenn sie von der Zauberschen erfuhren. Das durfte nicht sein. Jenna wollte nur die Heilmethoden der Hildegard anwenden und sonst nichts. Wie konnte sie nur so leichtsinnig gewesen sein?

»Hör zu, Traudi. Es war gewiss nicht der Zauber schuld, dass Hannes sich zu dir gelegt hat.«

»Aber sicher!« Traudi nickte heftig mit dem Kopf. »Wenn die Leute erst erfahren, wozu du fähig bist, wirst du eine gefragte Frau sein. Das kannst du mir glauben.«

Jenna riss die Augen auf und hob die Hände. »Nein, Traudi! Das will ich nicht. Ich bin keine Zaubersche. Erzähl das bitte nicht herum. Oder willst du, dass ich in Teufels Küche komme?«

»Wie? In Teufels Küche? Das verstehe ich nicht. Du schadest doch niemandem. Aber gut, wenn du es nicht willst, lasse ich es eben.« Sichtlich beleidigt senkte sie den Blick.

Jenna hoffte, dass sich Traudi auch daran hielt, glaubte jedoch nicht daran. »Wie hat dein Peterchen denn geschlafen?«, fragte sie, um das Gespräch auf die Heilkunst zu bringen.

»Na ja, als der Hannes auf mir gekeucht hat, ist er natürlich wieder wach geworden.«

»Vielleicht schläft er ja in der nächsten Nacht durch. Wenn nicht, lass es mich wissen. Dann koche ich ihm einen Aufguss, der ihn zusätzlich beruhigen wird.«

Traudi kicherte. »Den kannst du ruhig schon mal ansetzen. Wer weiß, wie lange dein Zauber noch anhält.«

Jenna hoffte abermals, der Schwindel würde bald in Vergessenheit geraten sein. »Wann hattest du deinen letzten Monatsfluss?«

»Ich glaube, letzten Vollmond.«

»Dann besteht durchaus die Möglichkeit, dass du empfangen hast. Ich glaube, es hat dann auch eher an dem Geruch deiner Fruchtbarkeit gelegen als an meinem Zauber. Männer haben eine Nase für so etwas.«

Traudi glotzte sie an. »Du meinst, wie bei den Hunden?« Sie schüttelte den Kopf. »Nee du, das ist mir aber noch nie aufgefallen.«

»Ich glaube fest daran.« Jenna begab sich zum Kessel und rührte die Fastensuppe um. »Kann ich dir sonst noch irgendwie helfen?«

»Danke, nein. Im Augenblick sind bei uns alle gesund. Bis auf unsere Sau, die tut sich schwer, weil sie bald wirft.« Traudi klopfte dreimal auf den Tisch. »Aber das wird schon werden«, sagte sie und verabschiedete sich.

Als Jenna nach dem Mittag wieder die vertrauten Schläge des

Schmiedehammers vernahm, packte sie den Kessel mit der Suppe in den Korb und machte sich abermals auf den Weg nach Ossendorf. Auch an diesem Tag flirrte die Hitze über den Feldern, deren Erde mittlerweile staubtrocken war. Die Blätter der Gerste verfärbten sich bereits braun und hingen traurig an den Stängeln. Wenn es wirklich nicht bald regnete, würde ihnen eine Dürre drohen.

Als Jenna endlich vor dem Haus des Pfarrers stand, war ihr Mieder nass geschwitzt. Sie hob gerade die Hand, um an die Tür zu klopfen, da hörte sie von innen ein entsetzliches Keuchen. Sie erstarrte. Ob es dem Pfarrer so schlecht ging? Hatte sie die Schwellung seiner Beine etwa nicht ernst genug genommen? Jenna drückte eilig die Klinke hinab und betrat das Haus. Als sie sah, was sich dort auf der Schlafstätte zutrug, fiel ihr vor Schreck der Korb aus der Hand. Der Pfarrer lag immer noch rücklings auf dem Bett, doch auf seinem Schoß saß die Magd mit hochgeschobenen Röcken und entblößten Brüsten. Das Scheppern des Kessels auf dem Boden ließ die beiden in ihrem Treiben erstarren. Sie wandten die Köpfe und starrten Jenna aus großen Augen an.

Dann griff der Pfarrer nach dem Holzkreuz, das er an einem Band um den Hals trug, und richtete es mit zittriger Hand auf Jenna. »Gott steh mir bei!«, stieß er heiser aus.

Jenna nahm ihren Korb und den Kessel auf, zog schnell die Tür hinter sich zu und eilte zurück nach Buckelmeunt.

3

Die Schatten der Häuser wurden länger, und die ersten Marktschreier verließen Köln durch die Eigelsteinpforte. Elisabeth sah hinab auf die Gasse vor ihrem Haus. Auch an diesem Sommertag wehte kein Lüftchen, und die Stadt brodelte in ihrem Gestank. Alles roch noch eindringlicher als ohnehin schon. Der Unrat, die Herdfeuer, die Misthaufen und die Rinnsale der Kloaken, die sich durch die Gassen zogen, vermischten sich zu einem unerträglichen Dunst. Elisabeth wandte sich vom Fenster ab, beträufelte ein Tuch mit Rosenwasser und steckte ihre Nase hinein. Obwohl sie bereits seit acht Sommern in der Stadt wohnte, würde sie sich nie an diesen Gestank gewöhnen. Bis zu ihrem zwanzigsten Lebensjahr hatte sie auf Burg Liebenstein gelebt – ebenfalls am Rhein gelegen, aber umgeben von Wäldern, die im Sommer nach Erde, Harz und sattem Grün dufteten. Doch als sie zwanzig wurde, hatte ihr Vater ihrer Verbindung mit Hermann Quattermart zugestimmt. Der Nutzen, der sich aus dieser Ehe ergeben sollte, war Elisabeth nie ganz klar gewesen. Was hatte der Patrizier davon, wenn er eine verarmte Adelige heiratete? Und was hatte sie davon, außer dass sie ihren Namen verlor? Elisabeth von Liebenstein war nun Elisabeth Quattermart, wohnhaft in einem dreigeschossigen seelenlosen Patrizierhaus auf dem Eigelstein. Sie atmete tief den

Duft des Rosenwassers ein. Anderseits hatte sie doch auf eine Weise von der Ehe mit Hermann profitiert, denn etwas Wunderbares war daraus hervorgegangen. Etwas, was ihr wichtiger war als alles andere im Leben – Steffan.

Elisabeth hielt sich das Tuch weiterhin vor die Nase und blickte wieder aus dem Fenster. Da sah sie die beiden auch schon den Eigelstein heraufkommen. Hermann zerrte den kleinen Steffan an der Hand hinter sich her. Weinte der Junge etwa? Elisabeth zerknüllte das Tuch in ihrer Hand. Dann stürmte sie die Stiege hinab, lief vorbei am Lagerraum des Hauses und riss die schwere Holztür auf. Mit drei langen Schritten war sie bei ihrem Sohn und schloss ihn in die Arme.

»Was ist denn geschehen?« Beruhigend strich sie Steffan über das dichte braune Haar.

»Ein Rotzlöffel ist er, sonst nichts«, brummte Hermann.

»Komm, wir gehen erst einmal ins Haus.« Obwohl Steffan bereits sechs Winter zählte, hob Elisabeth ihn mühelos auf ihren Arm. Er war schmächtig, und ihm fehlten die Pausbacken, die andere Knaben in seinem Alter mit Stolz im Gesicht trugen.

Hermann folgte ihr mit grimmigem Gesichtsausdruck ins obere Stockwerk des Hauses. In der Wohnküche setzte Elisabeth ihren Sohn auf die Bank hinter dem wuchtigen Bohlentisch und drückte ihm einen Wecken in die Hand.

Dann wandte sie sich an Hermann. »Was ist geschehen?«

Ihr Gatte nahm sich das Barett vom Kopf. Erschrocken sah Elisabeth ihn an. Der Barbier, den er am Nachmittag aufgesucht hatte, hatte ihm den Hinterkopf bis über die Ohren kahl geschoren. Das verbliebene Haar hatte er schwarz gefärbt und zu einer Kappe geschnitten. Ölig glänzte es nun in der einfallenden Abendsonne.

Steffan schluchzte auf. »Der Lehrer ist so böse.«

Schnaubend drohte Hermann dem Jungen mit dem Finger. »Recht hat er, wenn er dir die Hammelbeine langzieht.«

»Hat er ja gar nicht. Er hat ganz andere Sachen mit mir gemacht.« Ein weiterer Schluchzer erfasste den Jungen.

Elisabeths Brustkorb zog sich zusammen. Niemand durfte Hand an ihrem Sohn anlegen, selbst der Lehrer nicht. Steffan war ein liebes Kind, und es hatte nie einen Grund gegeben, ihn zu schlagen. Sie sah zu Hermann und zwang sich, ruhig zu bleiben. »Was hat er getan? Sag es mir.«

»Der Lehrer meinte, er sei ein kleiner Teufel, der glaubt, alles besser zu wissen. Und das würde er ihm schon austreiben.«

Auf der anderen Straßenseite schlugen die Glocken des Makkabäerklosters zur Vesper. Als ihr Getöse wieder verstummte, straffte Steffan den Rücken. Er wollte etwas sagen, doch Hermann verbot ihm mit abermals drohendem Finger das Wort.

In Elisabeth brodelte der Zorn. Wollte er seinen Sohn etwa zu einem Duckmäuser erziehen? Nein, so ging das nicht. Sie baute sich vor ihrem Mann auf. »Wir müssen etwas besprechen!«

Verächtlich sah Hermann auf sie hinab. »Besprechen? Was ist denn in dich gefahren? Wenn der Lehrer den Jungen straft, dann hat das schon seine Richtigkeit.« Er rückte die Schamkapsel an seinem Hosenlatz zurecht, strich sich das ohnehin platte Haar noch glatter und setzte sich das Barett wieder auf den Kopf. »Es wird spät heute Abend. Eine Sitzung mit dem Rat. Warte nicht auf mich.«

Als im unteren Stockwerk die Tür ins Schloss fiel, schüttelte Elisabeth den Kopf. Als ob sie auf Hermann auch nur einen Herzschlag lang warten würde. Wonach sollte sie sich denn sehnen? Nach seinem Schweigen? Danach, dass er sie nicht besser behandelte als die Katze, die im Lager die Mäuse jagte? Oder nach dem säuerlichen Geruch, der ihm spät in der Nacht anhaftete, wenn er irgendwann doch heimfand? Elisabeths Zorn wurde übermächtig. Die Zähne fest aufeinandergebissen, ballte sie die Faust vor ihrem Schoß.

»Seid Ihr auch wütend auf mich?« Steffans dünne Stimme befreite sie aus den schmerzenden Gedanken.

»Auf dich? Ach, mein Engel. Natürlich nicht.« Sie beugte sich zu ihm hinab und drückte die Nase in das seidige Kinderhaar. Es hatte dieselbe rostbraune Farbe und die Wellen wie das ihre. Nachdem sie Steffans Stirn geküsst hatte, sah sie ihm in die kugelrunden Augen. »Und nun sagst du mir, was geschehen ist.«

Der Junge biss sich auf die Unterlippe. Dann holte er tief Luft und begann zu erzählen. »Also, erst hat der Lehrer mir mit der Rute auf den nackten Hintern gehauen. So oft.« Er hielt drei Finger hoch. »Und dann hat er Erbsen auf den Boden geschüttet. Ganz viele. Auf die musste ich mich knien und dann beten. Bis zum Ende des Unterrichts. Nicht einmal in die Pause durfte ich.« Abermals stiegen ihm Tränen in die Augen.

Elisabeth rieb sich mit den flachen Händen über die Beine, als spürte sie selbst die Schmerzen in den Knien. Sie nahm ihren Sohn in den Arm und drückte das kleine Gesicht an ihre Brust. »Ach, mein armer Junge. Aber warum hat der Lehrer dich denn gestraft?«

Steffan wischte sich mit dem Handrücken über die Nase. »Ich hab reingeredet, ohne gefragt worden zu sein. Und ohne aufgezeigt zu haben. Ich wusste doch nicht, dass man das nicht darf. Die Rutenschläge haben nicht so wehgetan, aber meine Knie …« Er schluchzte auf.

Elisabeth schüttelte den Kopf und rollte den Strumpf an

einem von Steffans Beinen hinab. Das Knie war feuerrot und die Haut gedellt. Sie stand auf und tauchte ein Tuch in den Wassereimer, um es ihrem Sohn um das Knie zu binden. »Du musst nicht mehr in die Schule. Ab sofort wirst du hier zu Hause unterrichtet.«

Steffan sah sie aus großen Augen an. »Aber Vater wird schimpfen, wenn ich nicht zur Schule gehe.«

»Lass das mal meine Sorge sein.« Elisabeth holte ein weiteres Tuch, um ihm auch das zweite Knie zu kühlen. Dann schöpfte sie etwas Linseneintopf in eine Schale und gab sie dem Jungen.

Während er aß, beobachtete sie ihn nachdenklich. Wenn der Lehrer der Kaufmannsschule schon am ersten Tag auf die Kinder einschlug, konnte es im Laufe der Jahre nur schlimmer werden. Der Mann musste ein Folterknecht sein. Wie sie dies allerdings Hermann erklären sollte, war ihr schleierhaft.

Nach dem Mahl brachte Elisabeth ihren Sohn zu Bett und sprach mit ihm ein Gebet. Da die Tage lange hell waren, nahm sie sich vor, doch auf Hermann zu warten. Ihre Seele brannte viel zu sehr, als dass sie hätte schlafen können. Um die Stunden bis zur Dunkelheit zu vertreiben, setzte sie sich an das Fenster ihrer Schlafkammer und nähte weiter an dem Kleid, das sie selbst entworfen hatte. Die lichtgelbe Seide mit den zartrosa Blütenblättern war ihr sofort ins Auge gefallen, als Hermann einige Ballen Stoff ins Lager des Hauses hatte liefern lassen. Erst nach langem Betteln hatte er ihr einige Ellen davon abgeschnitten. Elisabeth liebte es, sich selbst Kleider zu schneidern, auch wenn sie sich diese Kunst mehr oder weniger selbst beigebracht hatte.

Allmählich verdunkelte sich die Kammer. Elisabeth merkte dies jedoch erst, als sie sich mit der Nadel in den Finger stach. Rasch steckte sie ihn sich in den Mund, um den Stoff nicht mit Blut zu besudeln. Als die kleine Wunde geschlossen war, legte Elisabeth das Kleid zusammen und verstaute es in der Truhe neben dem Bett. Dann sah sie auf die Gasse, die im Zwielicht des Abends lag. Die letzten Bauern verließen die Stadt und wirbelten mit ihren Karren den Staub auf. Die Holzkäfige waren leer, und die Gänse, die am Morgen noch aufgeregt darin geschnattert hatten, hatten wohl ihren Weg in die Kochtöpfe der Kölner gefunden. Der Tag verneigte sich vor der Nacht, und Hermann war immer noch nicht daheim. Wie so oft in der letzten Zeit würde er sich wohl wieder vom Nachtwächter den Weg leuchten lassen. Elisabeth zog sich bis auf ihr Unterkleid aus und kühlte ihr Gesicht mit dem Wasser in der Waschschüssel. Die Luft war immer noch stickig und geschwängert von dem Gestank der Stadt. Sie befürchtete schon, diese Nacht keinen Schlaf zu finden, doch als sie sich auf das Bett legte, wurden ihr rasch die Lider schwer.

• • •

Der Pfarrer aus Ossendorf wollte Jenna auch am nächsten Morgen nicht aus dem Kopf gehen. Sicher war es nicht ungewöhnlich, dass sich ein Geistlicher der Fleischeslust hingab. Das erzählten sich die Leute überall im Land. Aber sie konnte seinen Blick nicht vergessen, mit dem er ihr das Holzkreuz entgegengestreckt hatte. So, als hätte der Leibhaftige persönlich vor ihm gestanden. Bei der Erinnerung daran fuhr ihr immer noch ein Schauer über den Rücken.

Jenna band gerade einige Thymianzweige mit Garn zusammen, als sich die Tür öffnete.

Gundi, die Bäuerin vom Wilhelmshof, schob ihre jüngste Tochter in die Kräuterküche. »Gott zum Gruße, Jenna. Kannst du dir mal das Triefauge meiner Agnes ansehen?«

Jenna beugte sich zu dem Kind hinab und musterte das Gesicht. Das linke Auge des Mädchens war mit getrocknetem Schleim verklebt. Jenna führte Agnes zu dem Tisch, damit sie sich dort auf einen Stuhl setzen konnte. »Wartet einen Augenblick.« Sie ging in den Garten, um etwas Raute zu ernten. Jenna hatte das Kraut erst letzten Monat aus den Samen gezogen, die der Onkel ihr gegeben hatte. Wieder zurück in der Kräuterküche, zerstieß sie die Raute mit einem Mörser, um ihren Saft zu gewinnen. Diesen vermischte sie in einem kleinen Gefäß mit der doppelten Menge Honig und gab etwas Wein dazu.

Die Bäuerin war aufgestanden und sah Jenna über die Schulter. »Meinst du, das hilft?«

»Das sollte es.« Jenna gab ihr das Gefäß. »Tauche heute Abend ein Stück Weißbrot darin ein und lege es der Kleinen auf die Augen. Falls es nicht helfen sollte, müssen wir es mit Rebtropfen versuchen.«

»Wird schon werden«, gab sich nun auch Gundi zuversichtlich.

Jenna schenkte der Bäuerin ein Lächeln. »Das glaube ich auch. Kann ich sonst noch etwas für dich tun?«

»Ach, nein. Sonst ist alles in Ordnung. Bis auf die Raupen, die über unseren Kohl herfallen. Wenn es noch mehr werden, ist die Ernte wohl hinüber. Aber gegen die hast du sicher kein Mittelchen.«

»Nein, tatsächlich nicht.« Jenna wischte den Mörser mit einem Tuch ab.

»Einen klitzekleinen Zauber vielleicht?«

»Ich bin des Zauberns nicht mächtig«, sagte Jenna schroff.

Gundi hob eine ihrer buschigen Augenbrauen. »Da hat mir die Traudi aber etwas anderes erzählt.«

»Dann hat dir die Traudi was Falsches erzählt. Ich kann nicht zaubern!« Jenna gab den Weg zur Tür der Hütte frei.

Die Bäuerin verstand wohl den Wink, denn sie nahm ihr Töchterchen bei der Hand und verabschiedete sich. Als sie die Kräuterküche verlassen hatte, schüttelte Jenna den Kopf. Sie hätte es wissen müssen, Traudi war ein Tratschmaul vor dem Herrn. Jenna nahm die kleine Harke, die an der Wand hing, und begab sich in den Kräutergarten, um die Erde aufzulockern. Später, wenn die Sonne sich neigte, würde sie die Pflanzen wässern. Auch wenn sie dafür mehrere Male zum Brunnen laufen müsste. Jenna zog zwei Knollen Fenchel aus dem Boden, den sie heute kochen wollte. Gemächlich schlenderte sie durch die Hitze zu ihrer Hütte, um das Kochfeuer zu schüren. Drei Hammerschläge waren aus der Schmiede zu hören, dann wurde es still. Jenna sah zur Sonne und stellte erschrocken fest, dass sie bereits im Zenit stand. Fast hätte sie vergessen, Gernot eine Mittagsmahlzeit zu bringen. Sie eilte in die Küche, packte etwas Brot, getrocknetes Ziegenfleisch und einen Krug Bier in den Weidenkorb und trug ihn in die Schmiede. Ihr Mann war mürrisch wie fast jeden Tag vor der Mahlzeit und beachtete sie kaum. Nicht einmal einen Dank brachte er über die Lippen, als sie den Korb neben ihn auf die Bank vor der Schmiede setzte. Manchmal sehnte sich Jenna nach einem lieben Wort von ihm, oder auch nach einer zärtlichen Berührung.

Sie setzte sich neben ihn und legte die Hand auf seinen geschwärzten Unterarm. »Woran arbeitest du denn gerade?«

»An einer Sense. Aber was interessiert es dich?« Gernot wandte den Blick ab und sah in den Korb.

Rasch holte Jenna den Krug Bier heraus und drückte ihn Gernot in die Hand. Sie wusste kaum etwas von ihm. Nur, dass seine erste Frau vor mehr als zwei Wintern verstorben war. Woran, hatte er ihr jedoch nie verraten, und Jenna traute sich nicht, danach zu fragen.

»Geht es dir gut?«, fragte sie und nahm Brot und Ziegenfleisch aus dem Korb.

Gernot wischte sich mit dem Handrücken das Bier von den Lippen. »Siehst du doch, oder?«

Jenna zwang sich ein Lächeln ab. »Ja, ich glaube schon.« Sie reichte ihm den Kanten Brot. »Heute Abend gibt es Fenchel mit Erbsen.«

Gernot riss ihr das getrocknete Fleisch aus der Hand. »Weib, was willst du von mir? Sag es freiheraus. Brauchst du ein neues Kleid? Oder eine neue Haube?«

»Nein, nichts dergleichen.« Jenna winkte ab. »Ich wollte mich nur etwas zu dir gesellen. Ein wenig mit dir reden. Wissen, wie es dir geht. Mehr nicht.«

Gernot glotzte sie an, als wäre ihr ein Bart gewachsen. »Hast du nichts zu tun? Feg die Hütte aus, oder noch besser, brat mir endlich mal ein ordentliches Stück Schweinefleisch.«

»Das sollten wir nicht essen. Es macht uns nur krank.«

Gernot schüttelte den Kopf. »Ich wusste es, du bist übergeschnappt. Weißt du was? Troll dich und lass mir meine Ruhe.« Er wandte den Blick in die Ferne, als hätte sie sich augenblicklich in Rauch aufgelöst.

Jenna erhob sich. Sie hätte wissen müssen, dass Gernot nichts von den Lehren der großen Heilerin Hildegard hielt. Wie sollte er auch? Er wusste ja nichts darüber. »Einen gottgefälligen Tag wünsche ich dir noch«, sagte Jenna, wandte ihm den Rücken zu und ging zurück in ihren Kräutergarten. Dort lag nun auch die Petersilie traurig am Boden. Jenna erntete die gekräuselten Blätter, um sie zu trocknen. Anschließend machte sie sich auf zum Keilershof, um Wasser zu holen.

Gerade als sie den Eimer in den Brunnen hinabließ, hörte sie einen verzweifelten Aufschrei. Mit hoch erhobenen Armen kam Traudi aus dem Stall gerannt. Ihr Gesicht war weiß wie Milch. »Alle tot! Alle tot!«, kreischte die Bäuerin.

Jenna ließ vor Schreck den Eimer fallen und eilte zu Traudi. »Tot? Wer?«

Traudi presste sich die Hände auf die Brust. »Die Ferkel. Alle acht! Totgeburten. Der Teufel muss seine Hand im Spiel haben«, keuchte sie.

Ungläubig sah Jenna sie an. »Bist du dir sicher?«

Traudis Blick verfinsterte sich. »Natürlich bin ich das! Wie vertrocknet sind die Viecher.«

»Dann muss eure Sau krank sein.«

»Der hat doch bis jetzt nichts gefehlt. Ich glaub, da steckt mehr dahinter. Vom Herrgott gestraft sind wir.« Traudi warf den Kopf in den Nacken und heulte auf. »Oder vom Leibhaftigen! Oder von allen zusammen.« Verzweifelt sah sie Jenna an. »Du hättest den Zauber nicht auf den Hof bringen dürfen!«

»Ach, Traudi, nun rede doch nicht solchen Unsinn. Schweine werden krank. So wie wir Menschen auch. Das liegt in der Natur.«

Traudi verzog den Mund zu einem Strich. »Dahinter stecken andere Kräfte, ich bin mir sicher. Du hast mit deinem Liebeszauber die Dämonen auf den Hof gerufen.«

Jenna griff nach der Kette, um den Eimer aus dem Brunnen zu ziehen. »Glaub doch nicht so etwas. Ich kann doch gar nicht zaubern. Ich hab doch nur so getan, damit du Ruhe gibst.«

Traudi schien Jennas Worten kein Gehör zu schenken und sah

zum Himmel. »Sicher wird noch mehr Unheil auf uns zukommen.«

»Gewiss nicht.« Jenna legte ihr die Hand auf die Schulter und verabschiedete sich von ihr.

Damit Gernot an diesem Abend etwas Fleisch zwischen die Zähne bekam, nahm sie kurz darauf eines ihrer Hühner aus, steckte es auf einen Spieß und schürte ein weiteres Feuer vor der Hütte. Den Fenchel und die Erbsen würzte sie mit Bertram, der ihr ansonsten auch braun geworden wäre. Das Kraut würde Gernot und ihr gut bekommen, denn es vermehrte das Blut im Leib und förderte die Verdauung. Jenna rührte das Gemüse in dem Kessel um. Die Hitze des Tages und die der Flammen trieben ihr abermals den Schweiß über den Rücken. Sie wischte sich mit dem Ärmel über die Stirn und wünschte sich einen Badezuber mit eiskaltem Wasser, in den sie sich hätte setzen können.

Als das Huhn fast gar war, sah Jenna, dass Traudi mit schnellen Schritten auf sie zukam. Außer Atem blieb die Bäuerin vor Jenna stehen und kniff die Augen zusammen. »Die Magd des Pfarrers war beim Hannes. Willst du wissen, was sie gesagt hat?«

Obwohl Jenna eine Ahnung beschlich, die ihren Mund trocken werden ließ, schüttelte sie den Kopf. »Was denn?«

»Dass du den Pfarrer verzaubert hast. Helfen solltest du ihm, weil er Wasser in den Beinen hat. Stattdessen hast du ihn verzaubert. Ganz wirr ist er im Kopf. Die Magd behauptet, er hätte ihr nachgestellt und sogar an den Busen gefasst. Ich kann es nicht glauben. Unser frommer Herr Pfarrer!« Zeternd hob Traudi die Hände zum Himmel.

»Das ist Unsinn. Ich hab ihn nicht verzaubert«, wandte Jenna ein. Dass sie den Pfarrer dabei erwischt hatte, wie er bei der Magd lag, verschwieg sie lieber.

Plötzlich erstarrte Traudi und schlug sich die Hand vor den Mund. »Der Kohl von der Gundi«, sagte sie durch die Finger.

»Was ist damit?«

»Scharen von Raupen sind darüber hergefallen, als hätte sie jemand hineingezaubert. Und dann die toten Ferkel meiner Sau. Das passt doch alles zusammen!«

»Bitte, glaube das doch nicht«, flehte Jenna.

Traudi sah sie versteinert an. »Du bist eine Dämonin! Von wegen, du wendest keinen Schadenszauber an. Was haben wir dir denn getan, dass du uns Böses willst? Und ich habe dir auch noch vertraut.« Sie blickte sich um, als könnte jeden Augenblick der Teufel hinter den Büschen hervorspringen. »Ich ... ich muss dem Hannes von dem Liebeszauber erzählen, den du ihm auferlegt hast. Von der Sau, die du verzaubert hast, und von Gundis Raupen. Als Gebuirmeister wird er wissen, was zu tun ist.« Schon raffte sie ihre Röcke und rannte davon.

Ein Grollen war in der Ferne zu hören, und als Jenna den Blick hob, sah sie, wie sich der Himmel verdunkelte.

• • •

Ein Blitz erhellte den Himmel über dem Berlich. Kurz darauf krachte es so heftig, als würde das Haus über ihnen zusammenbrechen. Der Sturm fegte Hagelkörner durch das Fenster, die so groß wie eine Kinderfaust waren. Ursula löste sich aus den Armen ihres Geliebten, schloss die Holzläden ihrer Kammer und zündete eine Kerze an. »Ein ordentlicher Regenguss war vonnöten. Aber muss es denn gleich ein Unwetter sein?«

Hermann setzte sich auf das Bett und streifte sich die Schuhe von den Füßen. »Hab keine Angst, mein Lieb.« Er klopfte mit der flachen Hand neben sich. »Ich bin ja bei dir.«

Ursula konnte sich zwar nicht vorstellen, was Hermann dagegen unternehmen wollte, wenn der Sturm ihnen das Dach über dem Kopf wegfegte oder wenn der Blitz ihre Kammer in Schutt und Asche legte. Dennoch war sie froh, ihn bei sich zu haben. Sie setzte sich neben ihn und schmiegte die Wange an seine Brust.

Sanft strich Hermann ihr über das Haar und küsste ihre Stirn. »Ach, mein Lieb. Keinen Tag könnte ich mehr ohne dich sein.«

Der Sturm rüttelte an den Fensterläden. Wieder krachte ein Donner über dem Berlich. Hermann legte den Arm um Ursulas Schultern und drückte sie so fest an sich, dass sie seinen Herzschlag hörte. An manchen Tagen kam er nur, um sie in den Armen zu halten. An anderen wiederum liebte er sie so leidenschaftlich, als müsste er am nächsten Tag aus der Stadt fliehen. Was würde heute für ein Tag sein? Sie wünschte, er würde sie nur kosen, denn sie hatte ihr Versprechen nicht halten können, das sie ihm gegeben hatte. Am Morgen hatte Claeß ihr die offene Handfläche gezeigt und gemeint, die Miete für die Kammer sei fällig. Der Zins war hoch, einen Albus verlangte der Wirt am Tag. Die wenigen Pfennige, die Hermann ihr gab, reichten da allein nicht. Aber er wusste es ja nicht anders und meinte es nur gut mit ihr. Wie sollte sie ihm also böse sein, auch wenn er das Unmögliche von ihr verlangte?

Der Sturm toste über die Häuser hinweg, pfiff durch die Ritzen der Holzplanken und ließ die Flamme der Kerze flackern. Wie wütende Faustschläge trommelte der Hagel gegen die Fensterläden. Hermann schob seine Hand unter Ursulas Haar im Nacken und strich mit den Fingerkuppen über die Haut. Ein wohliger Schauer erfasste die junge Frau. Genüsslich schloss sie die Augen.

»Ich wünschte, der Sturm würde nie enden und ich müsste für immer in deiner Kammer bleiben.« Hermann hob mit dem Daumen ihr Kinn an und sah ihr zärtlich in die Augen. »Wie ungerecht das Leben doch ist.« Er seufzte. »Aber daran will ich gerade nicht denken. Wichtig ist, dass ich bei dir bin.«

Ja, ihr Leben war ungerecht, das fand Ursula ebenfalls. Und im Gegensatz zu Hermann dachte sie andauernd daran. Warum *er* sich allerdings beklagte, verstand sie nicht recht. Er hatte ein Heim, genügend Geld und wurde umsorgt.

Hermann fuhr mit dem Finger über die Wirbel auf ihrem Rücken. Ursula schob die Gedanken beiseite, schmiegte sich enger an ihn und genoss die Berührung. Erneut krachte ein Donner, und sie fuhr zusammen. Hermann umfasste sie noch fester. »Irgendwann hole ich dich hier heraus«, murmelte er in ihr Haar.

Ursula hätte ihm nur zu gern geglaubt. Aber vom Berlich gab es keinen Weg zurück in ein ehrbares Leben. Auch nicht, wenn ein Hermann Quattermart ihr seine Liebe beteuerte. Er strich ihr über die Schulter hinab zum Arm, wo sich die feinen Härchen aufstellten. Mit der anderen Hand löste er die Schnüre des Mieders.

»Zieh dich aus«, hauchte er ihr ins Ohr.

Ursula entwand sich seiner Umarmung, erhob sich und folgte seiner Aufforderung. Als sie sich kurz darauf vollkommen entblößt auf das Bett legte, zog auch er sich aus. Mit seinem fiebrigen Blick streichelte er ihren Leib, bis er sich zu ihr legte und sie mit Küssen bedeckte. Sein erregtes Glied drückte sich gegen ihre Scham, und als es den Weg in sie fand, stöhnte Hermann leise auf. Ursula hatte an diesem Tag jedoch schon so viele Männer in sich gespürt, dass sie keine Freude an dem Liebesspiel fand. Mit seinen heftigen Stößen fügte Hermann ihr Schmerzen zu. Doch sie durfte sich nichts anmerken lassen, und so tat sie, wie auch bei den anderen Männern, als würde sie Gefallen daran finden. Sie schloss die Augen, stöhnte laut und zog ihn noch enger an sich. Ihre gespielte Lust schien Hermann noch mehr zu erregen, denn er bäumte sich augenblicklich auf und ergoss sich in sie. Es war vorbei. Als Hermann von ihr abließ, übermannte Ursula eine bleierne Müdigkeit.

Nur noch ein leises Grollen war hinter den Fensterläden zu hören. Anscheinend zog das Unwetter weiter. Ursula schmiegte sich noch eine Weile in Hermanns Arm. Dann stand er auf, holte den Nachttopf unter dem Bett hervor und wandte ihr sein blasses Hinterteil zu. Nachdem er sein Wasser in dem Topf gelassen hatte, kroch er zurück zu ihr unter das Laken.

»Musst du nicht heim?« Ursula schmiegte sich wieder an seine Brust.

»Noch nicht.«

»Aber wird deine Frau nicht wissen wollen, wo du die Nacht verbracht hast?«

»Sie fragt schon lange nicht mehr nach.« Er senkte seine Lippen auf ihre Brust und begann sie erneut zu küssen.

Obwohl sie unendlich erschöpft war, durfte Ursula ihn nicht abweisen. Er würde Verdacht schöpfen, dass sie ihr Wort gebrochen hatte. So gab sie sich ihm ein zweites Mal hin und spielte ihm erneute Lust vor. Anschließend schlief sie in seinem Arm ein und wurde erst wieder wach, als der Morgen graute.

Als sie ins fahle Licht blinzelte, sah sie, wie Hermann in seine Hose stieg. Sobald er sich fertig angezogen hatte, öffnete er seine Geldkatze und legte ein paar Münzen auf den Tisch. Dann kam er zu ihr und küsste sie auf die Stirn. »Keine anderen Männer mehr. Versprochen?«

Ursula nickte und kreuzte unter dem Laken die Finger.

»Du bist mein Lieb. Meines ganz allein.«

»Ja, Hermann. Das bin ich.«

Er küsste sie auf den Mund. »Brav so. Und denke daran, irgendwann hole ich dich hier heraus.«

Eine Weile starrte Ursula noch die Tür an, die hinter Hermann ins Schloss gefallen war, und seufzte. Vom Berlich gab es keinen Weg zurück.

4

Die Hagelkörner hatten all ihre Kräuter zerschlagen, die nun matschig in den Pfützen schwammen. Die ganze Mühe, die Jenna bisher aufgebracht hatte, war umsonst gewesen. Der Anblick des zerstörten Gartens trieb ihr die Tränen in die Augen. Auch wenn sie sich den Regen herbeigesehnt hatte, hätte es nicht gleich ein solches Unwetter sein müssen. Wenn es den Bauern ebenfalls die Ernte verhagelt hatte, stünde ihnen allen ein harter Winter bevor. Jenna biss sich auf die Unterlippe und begann zu frösteln. Ob sie mit ihrem faulen Zauber doch die Dämonen angelockt hatte? Wie hatte sie bloß so leichtsinnig sein können?, dachte sie zum wiederholten Mal. Gleich darauf schüttelte sie den Kopf, um den Gedanken zu vertreiben. Das war Unsinn. Ihre Wörter lockten keine Dämonen hervor. Wenn sie das selbst glaubte, würde sie gewiss bald am Pranger stehen.

»Was heulst du um das Unkraut, Weib?« Gernot war neben sie getreten und rieb sich den Schlaf aus den Augen. »Denk lieber an die Bauern, die gewiss diesen Sommer keine Ernte mehr einholen können. Wegen der Hungersnot, die uns im Winter bevorsteht, kannst du gern heulen.«

Sie nickte. Gernot hatte ja recht. Dennoch fühlte sich Jenna, als hätte ihr jemand den rechten Arm abgeschlagen. Ohne ihre

Kräuter war sie nur ein halber Mensch. Aber alles Zetern half nicht. Sie musste sich an die Arbeit machen und ihren Garten wieder herrichten, neue Kräuter säen. Sie ging in die Hocke und las die Blüten aus den Pfützen, von denen sie hoffte, ihre Samen gewinnen zu können.

»Ich hab Hunger«, knurrte Gernot. »Troll dich an die Kochstelle, anstatt die Blümchen aus den Pfützen zu sammeln.«

Jenna erhob sich und funkelte Gernot an. »Wenn uns wirklich eine Hungersnot droht, brauchen wir die Kräuter diesen Winter umso mehr.«

»Ach ja?« Gernot hob die Augenbrauen. »Ich kann mir nicht vorstellen, dass dieses Unkraut sonderlich satt macht.« Er versetzte ihr einen Stoß. »Und nun mach voran.«

Jenna raffte ihr Unterkleid und folgte seinen Worten. Es war sinnlos, ihn überzeugen zu wollen, dass die Kräuter ihnen Kraft geben würden. Gernot hatte sie zur Frau genommen, damit er regelmäßig seine Mahlzeiten bekam, das Haus sauber gehalten wurde und er sich hin und wieder auf sie legen konnte. Das war alles. Und da er dank ihrer Kräuter, die sie den Mahlzeiten beimischte, gesund wie ein Pferd war, wusste er ihre Heilkünste nicht zu schätzen – er benötigte sie einfach nicht. Der Zorn drohte zu einem Klumpen in Jennas Magen heranzuwachsen, doch sie durfte sich damit nicht selbst vergiften. Es war besser, wenn sie ihr Schicksal annahm und sich fügte. Sie dachte an die kranken Menschen, die sie heilen würde. Ihr Dank war Jenna Freude genug, um das Leben schön zu finden. Was brauchte sie Gernots Gunst? Solange er ihr nur die Kräuterküche ließ, war alles gut.

Blitzartig fielen Jenna die Schriften ihres Onkels ein. Ob sie das Unwetter schadlos überstanden hatten? Jenna eilte aus der Küche zu dem Holunderbusch und teilte die Zweige. Die Holzkiste war nass, doch als sie den Deckel hob, sah sie, dass die Schafshaut ihre Schrift geschützt hatte. Erleichtert verschloss sie die Kiste und schob die Zweige darüber. Dann ging sie zurück zur Hütte. In dem Augenblick, als sie durch die Tür treten wollte, hörte sie hinter sich Schreie und Pfiffe. Jenna warf einen Blick über die Schulter und entdeckte, dass sich etliche Menschen ihrer Hütte näherten. Bewaffnet mit Mistgabeln und Sensen, hatten sich wohl sämtliche Bauern des Kölner Schweids auf den Weg zu ihr gemacht, allen voran Hannes und Traudi. Jenna schrie nach Gernot.

Der eilte mit offenem Hosenlatz aus der Hütte und starrte den Pulk an, der sich ihnen näherte. »Was hast du verbrochen, Weib?«

Die Angst schnürte Jenna die Kehle zu. Unfähig, auch nur einen Ton herauszubringen, schüttelte sie den Kopf.

Hannes und die anderen Bauersleute bauten sich wie eine Wand vor ihr auf. Jenna trat einen Schritt zurück, suchte bei Gernot Halt, doch dieser wich von ihrer Seite.

»Jenna, Frau des Schmieds Gernot, hör mich an! Du wirst angeklagt, den Schadenszauber angewandt zu haben.« Hannes hob die Mistgabel. »Als Gebuirmeister unserer Bauernbank habe ich dich nach eingehender Beratung für schuldig befunden. Unter deinem Zauber sind unsere Ferkel totgeboren, sind über Gundis Kohl die Raupen hergefallen, und ein Unwetter ist über uns hereingebrochen. Die Ernte diesen Sommers ist vollständig zerstört.«

Jenna schnappte nach Luft. »Das ist nicht wahr! Ich habe mit alledem nichts zu –« Sie hatte den Stein nicht kommen gesehen, der sie mit voller Wucht am Kopf traf. Ihre Beine gaben nach, und die Bauern verschwanden hinter einem schwarzen Vorhang.

»Zum Teufel mit der Zauberschen!«, schrie eine Frau.

Klagend sah Jenna zu Traudi, die sich vor ihrem Blick zu einer Ungestalt verzerrte. Da traf sie ein zweiter Stein am Oberarm. Jenna rappelte sich auf und suchte nach Gernot, der sich jedoch auf die Seite der Bauern geschlagen hatte. »Hilf mir, bitte!«, klagte sie.

»Verdammtes Weib. Ich verstoße dich!«, stieß Gernot hervor.

Ein weiterer Stein traf ihren Oberschenkel. Schmerz zuckte durch ihr Bein, der sie taumeln ließ.

»Ich verstoße dich!«, schrie Gernot erneut.

Die Bauern würden sie zu Tode steinigen. Sie musste fort von hier! Jenna brachte all ihre Kraft auf und torkelte an den Bauersleuten vorbei. Ein Stein schlug ihr in den Rücken, und sie strauchelte.

»Verschwinde von hier! Wir brauchen keine Zaubersche!«, hörte sie Traudi schreien.

Abermals traf sie ein kleiner Stein am Kopf. Jenna krümmte sich kurz, dann schnappte sie nach Luft und richtete sich wieder auf. Blind vor Tränen stolperte sie über das Feld. In ihrem Kopf und im Rücken hämmerte und brannte der Schmerz. Immer wieder sank sie bis zu den Knöcheln in dem sumpfigen Ackerboden ein. Übelkeit stieg in ihrem Leib auf, und sie würgte. Jeder Schritt fühlte sich an, als hätte sie Blei in den Füßen. Doch sie musste fort, bevor sie abermals von Steinen getroffen wurde. Keuchend stolperte sie weiter über den Acker, sah kurz über ihre Schulter und stellte fest, dass die Bauern sich nicht bewegten. Nur ihre Flüche und Verwünschungen folgten Jenna über das Feld. Dennoch, sie musste weiter, bevor sie es sich anders überlegten.

Sie schleppte sich bis zu einem Pfad. Dort blieb sie stehen und tastete nach der Wunde unter ihrer Haube. Sie fühlte die Feuchtigkeit, die den Stoff durchtränkt hatte. Die Finger waren rot vom Blut. Einen Augenblick lang atmete sie tief durch. Sie musste weiter! Weg von den Bauersleuten! In der Ferne sah Jenna den Waldrand. Dort würde sie sich verstecken können. Die Wunde pochte, und mit jedem Schritt spürte sie, wie weiteres Blut in den Stoff ihrer Haube sickerte. Sie hatte keine Kraft mehr, doch sie musste weiter. Im Wald wäre sie sicher. Jenna verließ den Pfad und schlug sich durch die Gerste, die vom Hagel zerstört am Boden lag. Immer wieder trübte ein schwarzer Vorhang ihren Blick. Ihre Beine gaben erneut nach, und sie fiel vornüber in den Schlamm. Jenna sah nur noch die Schwärze, die sich um sie herum ausbreitete. Dann ließ der Schmerz in ihrem Kopf nach.

• • •

Elisabeth wusste längst, dass Hermann des Nachts bei einer anderen Frau lag. Wie auch an diesem Tag hatte sie die fremden Säfte an ihm riechen können, als er sich beim Morgengrauen ins Ehebett gelegt hatte. Der Rat der Stadt saß nicht bis so spät in die Nacht zusammen, auch wenn Hermann ihr dies hatte weismachen wollen. Ihr Herz wurde kalt. Sollte er doch bei seiner Hure liegen, so hatte sie wenigstens Ruhe vor ihm. Elisabeth hoffte nur, dass er ihr kein Ungeziefer mit ins Haus brachte. Sie ging in die Kammer, in der Steffan schlief, und strich ihrem Sohn über die Wange. Kurz überlegte sie, ob sie ihn wecken sollte, ließ es dann aber. Er würde nie wieder in die Kaufmannsschule gehen müssen, das hatte sie ihm versprochen. Selbst wenn Hermann nach dem Erwachen einen Tanz aufführen sollte, würde sie durchsetzen, dass ein Lehrer zu ihnen ins Haus kam.

Elisabeth begab sich zurück in ihre Kammer, um sich zu waschen und anzukleiden. Die Sonne war längst aufgegangen, doch im Haus war es noch still. Aber das war es an jedem Tag, denn Hermann vertrat die Meinung, sie bräuchten keine Bediensteten. Elisabeth musste alle Arbeiten, die im Haus anfielen, selbst verrichten. Aber vielleicht war dies ganz gut so. Wenn sie für alles sorgen musste, konnte sie sich wenigstens von den trüben Gedanken ablenken.

Am Waschtisch zog Elisabeth das Unterkleid aus und rieb sich mit einem nassen Tuch über den Leib. Hermann hustete und wälzte sich im Bett. Dann hob er den Kopf und blinzelte sie an. Elisabeth tat so, als hätte sie es nicht bemerkt.

»Wie spät ist es?« Hermann rieb sich die Schläfen.

»Die Glocken des Klosters haben bereits zur Laudes geschlagen«, sagte Elisabeth kühl.

»Ach herrje«, Hermann schlug das Laken zurück. »Ich muss ins Rathaus zur Sitzung.«

»Am besten solltest du dort gleich deine Schlafstatt aufschlagen.«

Er wandte den Blick von ihr ab. »Vielleicht ist es dir entgangen, aber ich gehöre zu den Obrigkeiten der Stadt. Da habe ich Verpflichtungen.«

Elisabeth presste die Lippen aufeinander und zog ihr Unterkleid an. »Falls du noch ein Frühmahl möchtest, musst du dich gedulden.«

»Wie meinst du das? Willst du etwa unseren Sohn ohne eine Mahlzeit im Bauch in die Schule schicken?«

»Steffan fiebert. Er kann heute nicht zur Schule gehen.«

»Ich bezahle reichlich Schulgeld. Da kann der Junge nicht bei der erstbesten Unpässlichkeit zu Hause bleiben.« Hermann eilte zur Truhe und holte ein sauberes Hemd heraus.

Elisabeth überlegte, wie sie ihm ihren Plan vermitteln sollte, entschied sich dann aber, zunächst den Mund zu halten. Zwei Häuser weiter wohnte ein Mann, der Lehrer an der hiesigen Universität war. Vielleicht konnte er helfen, einen Hauslehrer für Steffan zu finden. Sie würde Hermann nicht fragen, sondern ihn vor vollendete Tatsachen stellen, wenn sie jemanden gefunden hatte.

Hermann ging jedoch sowieso nicht weiter darauf ein und verließ das Haus mit leerem Bauch, um der Ratssitzung beizuwohnen. Während Elisabeth für Steffan einen Getreidebrei anrührte, fragte sie sich, wie die Hure ihres Gemahls wohl sein mochte. Ob sie ihm das Gefühl gab, ein begehrenswerter Mann zu sein? Ob sie schön war? Elisabeth fand sich selbst nicht besonders schön. Mit ihrem braunen Haar und der Nase, die zum Himmel zeigte, war sie eher unscheinbar. Keine Frau, die von Männern hofiert wurde. In diesem Augenblick machte ihr die Einsamkeit so schwer zu schaffen, dass sie in Steffans Kammer ging und ihrem Sohn sanft über die Wangen strich.

Steffan hob die Lider und blinzelte. »Muss ich doch zur Schule?«

»Nein, mein Engel.« Elisabeth strich ihm eine verschwitzte Strähne aus der Stirn. »Noch heute werde ich mich nach einem Hauslehrer für dich umsehen.«

Steffan lächelte erleichtert, und Elisabeth dachte über den Tag nach. Nach der Ratssitzung würde Hermann noch ins Stapelhaus gehen, wo er die Waren der durchreisenden Schiffe prüfte. Für Elisabeth bedeutete dies, dass sie bis zum Abend freie Hand hatte. Gleich nach dem Mittag, wenn sie den größten Teil der Hausarbeit erledigt hätte, würde sie bei dem bekannten Lehrer vorsprechen.

Elisabeth bezog Steffan mit in die Arbeit ein und wies ihn an, seine Schlafkammer auszufegen. Wie es schien, machte es dem

Jungen Freude, seiner Mutter zu helfen. Alles war wohl besser, als in diese Kaufmannsschule zu gehen. Die Zeit bis zum Mittag verging rasch, und nachdem sie gegessen hatten, zog Elisabeth ihrem Sohn ein sauberes Hemd an und nahm ihn mit zum Haus des Universitätslehrers.

Das traufseitige Haus des Herrn Fense war nicht weniger prachtvoll als ihres. Auch auf diesem Dach über den Stufengiebeln flatterte das Kölner Wappen mit den drei Kronen der Heiligen Könige im Wind. Elisabeth klopfte mit dem gusseisernen Ring gegen das Portal. Dahinter kamen schon bald Schritte näher, und eine Magd öffnete die Tür einen Spaltbreit.

Das junge Mädchen erkannte Elisabeth sofort, zog die Tür weiter auf und sah sie fragend an.

Elisabeth räusperte sich. »Ich würde gern mit Herrn Fense sprechen. Wäre das möglich?«

Die Magd hob die Augenbrauen und sah von Elisabeth zu Steffan. »Und Ihr Gemahl kommt sicher gleich dazu?«

»Nein, mein Gemahl kommt nicht dazu. Würdest du nun bitte Herrn Fense Bescheid geben?« Elisabeth wusste, dass der Universitätslehrer Witwer war. Was die Magd in diesem Augenblick wohl dachte, wollte sie jedoch lieber nicht wissen.

»Sicher, verehrte Frau Quattermart. Einen Augenblick, bitte. Ich werde den Herrn des Hauses fragen, ob er sie empfängt.« Die Magd ließ das Portal offen stehen und eilte den Flur entlang. Sie trug makellos saubere Röcke, und ein dicker roter Zopf lag auf ihrem Rücken. Neben der Treppe verschwand sie linker Hand durch eine Tür. Elisabeth roch den Duft von Braten und Gemüse. Anders als sie selbst hatte Herr Fense mehrere Mägde, die ihm das Haus sauber hielten und für ihn kochten. In der ganzen Stadt war der Lehrer ein angesehener Bürger, der für jeden ein offenes Ohr hatte. Nun hoffte Elisabeth, dass er auch sie anhören würde.

Die Magd kam zurück und bat sie ins Haus. »Kommt mit mir, Herr Fense erwartet Euch.«

Elisabeth folgte ihr in die Wohnstube, wo sich der Nachbar gerade angeregt mit einem jungen Mann unterhielt.

Als Herr Fense sie bemerkte, stand er auf und begrüßte sie mit einem Nicken. »Liebe Frau Quattermart, was führt Euch zu mir? Es geht Eurem Gemahl gut?« Das schüttere weiße Haar hatte er zu einem Zopf gebunden, und er trug ein ärmelloses Wams über einem weißen Hemd.

Elisabeth nickte. »Ja, es geht ihm gut.« Verstohlen betrachtete sie den anderen Mann, der an dem Bohlentisch saß.

Herr Fense folgte ihrem Blick und wies auf ihn. »Darf ich vorstellen? Das ist Jakob Euskirchen, einer meiner Scholaren. Besser gesagt, einer meiner ehemaligen Scholaren, denn er hat in den letzten Tagen seinen Bakkalaureus gemacht.«

Der Besucher erhob sich und gab Elisabeth die Hand, die sich angenehm warm anfühlte. Seine Augen waren von einem Blau, das an einen klaren Bergsee erinnerte. Das blondgelockte Haar trug er offen, sodass es ihm auf die Schultern fiel. Elisabeth schätzte ihn etwas jünger als sie selbst mit ihren 26 Lenzen. Das schlichte Hemd und die graue Kniebundhose verrieten jedoch, dass er eher aus einfachen Verhältnissen stammte. Elisabeth fragte sich, wie er wohl das Geld für das Studium hatte aufbringen können. Aber das ging sie nichts an, rief sie sich sogleich stumm zur Ordnung.

Herr Fense holte sie aus ihren Gedanken. »Setzt Euch doch zu uns. Wie kann ich Euch helfen, liebe Frau Quattermart?«

Elisabeth nahm an dem Tisch Platz und hob Steffan auf ihren Schoß.

»Wie groß er geworden ist, unser junger Mann hier«, bemerkte Herr Fense. »Er geht sicherlich schon in die Kaufmannsschule, oder?«

»Das ist es, weswegen ich hier bin.« Elisabeth strich Steffan das Haar aus der Stirn. »Ich möchte lieber, dass er zu Hause unterrichtet wird, und wollte Euch fragen, ob Ihr einen Hauslehrer kennt.«

Herr Fense hob die weißen Augenbrauen. »Aber die Kaufmannsschule genießt doch einen guten Ruf und hat hervorragende Lehrer. Weshalb wollt Ihr ihn zu Hause unterrichten lassen?«

»Gerade wegen des Lehrers. Er unterrichtet mit allzu harter Hand. Steffan ist ein sensibler Junge. Er wird an den Strafen zerbrechen.«

Herr Fense runzelte die Stirn. »Sieht Euer Gemahl das genauso?«

»Ja, sicher«, log Elisabeth und ahnte, in welche Richtung das Gespräch laufen würde.

»Und warum sucht er ihm dann nicht selbst einen Lehrer? Er kennt doch Gott und alle Welt in dieser Stadt.« Der Nachbar kratzte sich die hohe Stirn. »Ehrlich gesagt, kann ich mir nicht vorstellen, dass Euer Gemahl Euch geschickt hat.«

Aus den Augenwinkeln bemerkte Elisabeth, dass der junge Mann sie ununterbrochen ansah. Die Hitze kroch ihr den Rücken hinauf bis unter die Haube. Sie senkte den Blick. »Hermann ist im Augenblick sehr beschäftigt.«

»Das mag sein.« Herr Fense schüttelte den Kopf. »Dennoch, wenn er jemanden sucht, würde ich die Angelegenheit lieber mit ihm selbst besprechen. Ihr als seine Gemahlin könnt wohl kaum beurteilen, welcher Lehrer geeignet ist, Euren Sohn zu unterrichten. Und eines sage ich Euch, eine allzu lasche Erziehung macht aus einem Jungen einen verweichlichten Mann.«

Steffan verhakte die Finger auf seinem Schoß ineinander und biss sich auf die Unterlippe.

Beschwichtigend strich Elisabeth ihm übers Haar. »Wenn das Eure Ansicht ist, lieber Herr Fense, will ich sie Euch lassen. Die Leute in der Stadt erzählen sich, Ihr seid ein Mann, der für jeden ein offenes Ohr hat. Leider habt Ihr es nicht für mich.« Sie schob Steffan von ihrem Schoß und erhob sich. Herrn Fense zu beknien, würde ihn nur noch misstrauischer machen. Dann würde er erst recht wissen, dass sie Hermann hinterging. Elisabeth nickte ihm zu. »Verzeiht die Störung. Ich wünsche Euch noch einen angenehmen Tag.« Mit Steffan an der Hand verließ Elisabeth die Wohnstube des Universitätslehrers.

Als sie die Tür ihres Hauses aufschloss, hatte sie Mühe, die Tränen zurückzuhalten. Es zählte nicht, was *sie* sich wünschte. Einzig Hermann hatte zu entscheiden. Nur er konnte einen Lehrer für Steffan einstellen. Sie hätte es wissen müssen.

Steffan sah mit traurigem Blick zu ihr auf. »Muss ich doch wieder in die Schule?«

»Ich verspreche dir, ich werde mit deinem Vater reden, damit er dir einen Lehrer sucht.« Sie strich Steffan übers Haar. »Und nun sei wieder fröhlich, ja?«

Steffan nickte zwar, doch an seinem Blick konnte sie erkennen, dass er keine Hoffnung hegte.

• • •

Hermann war spät dran, und so eilte er aus dem Stapelhaus über den Fischmarkt vorbei an Groß Sankt Martin. Fast wäre er dabei über die Beine eines Bettlers gestolpert, der an einer Häuserwand lungerte. Hermann fing sich und überquerte den Aldemarkt bis zum Rathaus, wo im Saal die zweite Sitzung des Tages stattfand. Am Turm stierte der Holzkopf mit Schlapphut und Bart über den Platz. Er war das Sinnbild der Gaffeln und Zünfte und zeigte, wer in Köln das Sagen hatte. Ihn hatte das Gewitter wohl verschont, aber ansonsten waren die Spuren des Unwetters allgegenwärtig. Fensterläden hingen halb aus den Angeln, und in die meisten Dächer der Häuser auf dem Aldemarkt hatten die Hagelkörner Löcher geschlagen. Hermanns eigenes Haus war zum Glück verschont geblieben. Aber er hatte auch gerade erst die Schieferdeckung erneuern lassen.

Hermann betrat das Rathaus und eilte in den Langen Saal. In dieser Sitzung sollte es um die Huren der Stadt gehen, wie er zuvor erfahren hatte. Sein Bruder Werner, ebenfalls ein angesehener Patrizier und Ratsmitglied, hatte ihm erzählt, dass es an der Zeit sei, Milde walten zu lassen. Wie auch immer das aussehen sollte, solange seine Ursula von der Milde betroffen wäre, würde sich Hermann beteiligen.

Die anderen Mitglieder des Rats saßen bereits in den Bänken. An dem Pult auf dem Podest stand Bürgermeister Johann Krulman und unterhielt sich leise mit Vater Ignatius. Hermann fragte sich, was der Geistliche bei einer Ratssitzung zu suchen hatte. Der hagere weißhaarige Priester war Hermanns Beichtvater im Kirchspiel Sankt Kunibert. Ein Mann Gottes, der sich nur allzu gut mit dem Fegefeuer auskannte und bei der Beichte gern zur Selbstkasteiung riet. Hermann jedoch verzichtete darauf, sich selbst zu geißeln. Stattdessen ließ er die Münzen ins Säckchen des Vaters springen, und meist gab sich der Priester damit zufrieden. Aber Hermann beichtete ihm längst nicht alle seine Sünden. Wie konnte er auch? Nun saß der Geistliche mit den Vorsitzenden am Pult des Bürgermeisters und reckte den dünnen Hals.

Werner neigte den Kopf dicht an Hermanns Ohr. »Ich hatte schon befürchtet, du würdest es nicht rechtzeitig schaffen.«

»Keine Sorge, ich bin ja da«, flüsterte Hermann.

Allmählich verstummte das Gemurmel im Saal, und der Bürgermeister begrüßte die Ratsmitglieder. »Meine verehrten Herren, wir haben uns heute hier eingefunden, um die Eröffnung eines Büßerinnenkonvents in unserer Stadt zu erörtern. Vorweg sei gesagt, dass Stifter dafür gesucht werden. Hier bin ich mir jedoch sicher, diese unter euch zu finden.« Krulman hob die Augenbrauen und sah durch die Reihen. »Wie allgemein bekannt, ist die freie Reichsstadt Köln mit ihren Gotteshäusern und Klöstern eine heilige Stadt.« Mahnend hob er den Zeigefinger. »Dieses Bild wird jedoch durch die vielen Dirnen, die meist in den Häusern auf dem Berlich, in der Schwalbengasse und in den Winkeln der Stadt ihre Dienste anbieten, geschändet. Dennoch!« Er senkte die Stimme. »All diese gefallenen Frauen sind Töchter der Stadt. Aber wie die Vergangenheit zeigt, ist ihnen nur schwer beizukommen. Verjagen wir eine aus der Stadt, gibt es am nächsten Tag zwei neue. Wir haben deshalb beschlossen – auch da es unsere christliche Pflicht ist –, die sündigen Töchter zurück auf den rechten Weg zu bringen. Wir bieten ihnen die Möglichkeit zur Buße. Hier ist jedoch die Unterstützung unserer Geistlichkeit gefragt.«

Einige der Männer nickten. Der Bürgermeister gab das Wort an Vater Ignatius weiter.

Der klapprige Mann erhob sich, strich sich den Bart glatt und sah durch die Reihen. Kurz räusperte er sich, dann hob er zu einer

Rede an. »Die Frauen werden die Nachfolge der Büßerin Maria Magdalena antreten und nach den Regeln des heiligen Augustinus leben. Sie werden in dem Haus beten und arbeiten, bis sie ihre Sünden genügend gebüßt haben. Ich selbst werde ihnen die Beichte abnehmen und ihnen Dantes Höllenkreise vor Augen halten.« Er stützte sich mit den Handflächen auf dem Pult ab. »Wie den meisten hier bekannt sein dürfte, war ich in den letzten Wochen auf Reisen. Unter anderem auch in Florenz, wo ich Dantes Comedia studierte.«

Hermann hatte bereits von dem Werk dieses Dante gehört, jedoch stets seinen Sinn bezweifelt. Wenn ein Dichter einen Papst in die Hölle schickte, konnte das nicht rechtens sein. Weshalb sich nun Vater Ignatius für die Dichtungen begeisterte, war Hermann schleierhaft. Hatte er etwa den achten Höllenkreis übersehen, in dem die bestechlichen Priester saßen? Im Kirchspiel flüsterten die Leute hinter vorgehaltener Hand, dass Vater Ignatius einer Zuwendung beileibe nicht abgeneigt war. Aber egal, eine andere Sorge brannte Hermann auf der Seele. Er hob die Hand.

»Ja, bitte«, sagte Vater Ignatius.

»Werdet Ihr den Frauen die Absolution nur nach der Selbstgeißelung erteilen?«

»Nein!«, sagte der Priester entschieden. »Ob sich eine Sünderin aus Buße selbst kasteit, bleibt ihr überlassen. Wir werden weder dazu anraten noch die Sünderinnen dazu zwingen. Sollten sie jedoch darauf bestehen, ist es ihnen selbstverständlich gestattet.«

Hermann verspürte Erleichterung. Er dachte an Ursulas Rücken und an ihre samtene Haut. Nicht auszudenken, wenn sie mit Narben übersät wäre.

Ein anderer Ratsherr hob die Hand. »Wer wird die Frauen beaufsichtigen?«

Vater Ignatius ließ sich auf dem Stuhl hinter dem Pult nieder. »Die Leitung des Büßerinnenkonvents wird Mutter Katharina übernehmen. Ihr zur Seite steht Schwester Margarethe. Beide kommen aus dem Kloster Bethania in Flandern. Ich habe sie auf meiner eben erwähnten Reise kennengelernt.«

Abermals hob sich eine Hand. »Welches Haus wird dafür hergerichtet?«

Vater Ignatius sah zu Bürgermeister Krulman, der sich daraufhin erhob. »Wir haben das ehemalige Beginenhaus Zur Büchse in Augenschein genommen. Wie den meisten hier bekannt sein dürfte, befindet es sich auf dem Eigelstein.«

Hermann hob erneut die Hand. »Aber das ist ziemlich heruntergekommen.«

»Ja, aber es verfügt über eine Kapelle und einen Garten. Selbstverständlich wird es von den Stiftungsgeldern in einen angemessenen Zustand gebracht. Weitere Fragen diesbezüglich?« Der Bürgermeister sah wieder durch die Reihen.

Die Ratsmitglieder schüttelten die Köpfe und blieben stumm.

»Dann wäre nun meine Frage noch zu erörtern. Gibt es Mitglieder unter uns, die sich als Stifter zur Verfügung stellen? Bedenkt, die Gebete der Frauen und die Fürbitte am Tag des Gerichts wären den Stiftern sicher.«

Hermann dachte an Ursula. Endlich würde sie das Hurenhaus verlassen. Als er die Hand hob, schwoll seine Brust vor Stolz. Zur Hölle mit Dantes Comedia. Durch seine Mildtätigkeit würden sich die Pforten des Himmels von ganz alleine für ihn öffnen.

5

Sie ließen das Moor bei Ascha hinter sich, denn ihr Ziel war die Stadt. Dort, wo das Leben pulsierte und wo sich die Bürger um sie scharen würden. Dennoch kamen sie nur schwer voran. Das Unwetter hatte die Felder verwüstet, und die Ochsen waren kaum in der Lage, die Wagen durch den Schlamm zu ziehen. Inmitten der Vaganten zeterte und schimpfte Maria wie ein Fuhrwerker.

Beschwichtigend legte Amando den Arm um seine Mutter und zwickte sie in die Hüfte. »Vom Fluchen wird's auch nicht besser.«

Maria hob die Hand, als wollte sie ihn ohrfeigen. Mit ihren dunklen Augen funkelte sie ihn an. »Geh mir fort mit deiner guten Laune.«

»Ach, Mammere. Der Blitz hat uns nicht getroffen, und der Hagel hat uns auch nicht erschlagen. Gott Perun hat es gut mit uns gemeint. Was beschwerst du dich?«

»Dafür sind unsere Puppen aufgequollen. Sehen nun aus, als wären sie alle fettleibig.«

»Die trocknen wieder, und was ist schon gegen Dickwänste einzuwenden?« Amando lachte auf. Die Puppen seiner Eltern waren von jeher scheußlich. Die konnte selbst das aufgequollene Holz nicht noch mehr entstellen.

»Dein Vater muss mir neue schnitzen. Mit denen da führe ich

kein Spiel mehr auf.« Maria blickte immer noch so finster drein wie der Himmel am gestrigen Abend.

Amando beschloss, sie mit ihrer schlechten Laune allein zu lassen. Ansonsten fing er sich gewiss noch die eine oder andere Ohrfeige ein. Er eilte wieder zur Spitze des Zugs, wo sein Vater mit Loppo den Ochsen antrieb. Das Tier bekam ihren Holzwagen kaum gezogen. Immer wieder versanken die Räder in dem aufgeweichten Boden. Amando half seinem Bruder, den Wagen aus dem Schlamm zu schieben, während sein Vater an dem Geschirr des Ochsen zerrte. Doch es schien aussichtslos. Die Räder fuhren sich nur noch tiefer in dem Acker fest.

Amando pfiff nach den anderen Männern der Sippe. Augenblicklich sprangen sie von ihren eigenen Wagen und eilten herbei. Gemeinsam schoben und zerrten sie das Gefährt aus dem Morast.

Amando wischte sich den Schweiß von der Stirn und klopfte dem Mann neben sich zum Dank auf die Schulter. »Gute Arbeit, mein Freund.«

Den ganzen Sommer über zog die Sippe durch das Land, bis sie im Winter wieder Quartier in einem abgelegenen Gebiet weiter südlich hielten. Amando war hoch im Norden zur Welt gekommen und seit er denken konnte ein Vagant. Als Taschenspieler und Messerwerfer trat er auf den Märkten auf, während Loppo das Feuer schluckte. Amandos Bruder war zwei Lenze älter als er und hieß eigentlich Ljubomir, doch Amando hatte als Kind nie den Namen aussprechen können und hatte ihn, seit er sich erinnern konnte, nur Loppo gerufen. Amando liebte die Sommer, wenn sie, eins geworden mit den Geistern der Natur, durch das Land zogen. Selbst das gestrige Unwetter hatte ihn nicht beunruhigen können, denn sie hatten Unterschlupf in einer verlassenen Höhle gefunden. So war es immer, die Götter des Himmels und die Geister der Erde standen ihnen nun mal bei. Amando sah in den Himmel, beobachtete die Wolken, die wie ungeschorene Schafe über ihn hinwegzogen, und pfiff ein Lied. Fast wäre er gegen den Wagen des Vaters gelaufen, der vor ihm abrupt zum Stehen gekommen war.

»Was ist los?«, rief Amando. »Stecken wir etwa wieder fest?« Er ging um den Wagen herum, doch die Räder standen auf ebenem Grund. Da sah er die Frau, die reglos zu den Füßen seines Vaters lag. Ihre weiße Haube war mit Blut befleckt, und ihre Kleider waren braun vom Schlamm. »Was ist mit ihr?«

»Ich weiß es nicht«, sagte sein Vater. »Ich wäre fast über sie gestolpert.«

Amando kniete sich neben die Frau und drehte sie auf den Rücken. Sie hielt die Augen geschlossen, doch ihre Brust hob und senkte sich.

»Sie lebt«, stieß er aus.

Die Lider der Frau flackerten, doch selbst als Amando sie leicht an den Schultern rüttelte, kam sie nicht zu Bewusstsein. Er sah zu seinem Bruder auf. »Geh und borg uns eine Karre.«

»Was hast du vor?«, fragte Loppo.

»Glaubst du, ich lasse sie hier liegen? Wir nehmen sie natürlich mit, bis wir eine Stelle gefunden haben, an der wir unser Lager aufschlagen.«

»Sie ist eine Fremde. Ihre Familie wird sie gewiss suchen. Und wenn sie die Frau bei uns finden, werden sie behaupten, wir hätten sie niedergeschlagen und beraubt.«

»Ach, Loppo. Du und deine Geschichten. Gewiss wird sie bald zu sich kommen. Dann kann sie uns sagen, wo sie lebt, und wir bringen sie dorthin zurück.« Er schob ihr die Haube vom Kopf. Ihr helles Haar war über dem Ohr mit Blut verkrustet. »Wir müssen ihre Wunde versorgen. Sie scheint nicht allzu tief zu sein. Und nun besorg mir die Karre vom Kesselflicker.«

Loppo nickte und eilte den Zug entlang.

Amandos Vater kniete sich ebenfalls neben das Mädchen. »Gewiss ist sie gestolpert und hat sich dabei den Kopf an einem Stein aufgeschlagen.«

»Möglich«, sagte Amando.

Hinter ihm hatten die Vaganten bereits eine Traube gebildet und starrten die Fremde an.

Amandos Mutter schob sich durch die Menge. »Was ist hier los?« Als ihr Blick auf die Frau fiel, schlug sie die Hand vor den Mund und eilte zu der Verletzten. »Was ist mit ihr? Ist sie tot?«

»Nein, sie ist nur ohne Bewusstsein. Wir nehmen sie mit, bis sie wieder zu sich kommt.«

»Das arme Ding. Lass mich die Wunde am Kopf anschauen.« Maria beugte sich über die Frau.

Amando legte die Hand auf den Arm der Mutter. »Durch das verklebte Blut ist nicht viel zu erkennen. Wir müssen die Wunde erst säubern. Aber ich glaube, es ist nicht so schlimm.«

Loppo zog die Karre des Kesselflickers zu ihnen und half Amando, die Frau hinaufzuheben.

»Wo mag sie herkommen?«, fragte Maria.

Amando hob die Schultern. »Was weiß ich? Ich kenne die Dörfer und Weiler vor Köln nicht.«

»Wir begeben uns in Gefahr, wenn wir einfach mit ihr weiterziehen. Das weißt du doch.« Maria sah zu ihm auf.

»Ach, Mammere, willst du sie etwa hier liegen lassen? Das bringst du doch nicht übers Herz. Außerdem ziehen wir nicht mehr weit, bis wir unser Lager aufschlagen. Sobald sie wieder bei Bewusstsein ist, kann sie nach Hause. Sie ist ja nicht unsere Gefangene.«

Maria nickte und winkte ab. »Gegen deinen Dickkopf komme ich sowieso nicht an. Mögest du mit deinen Worten recht behalten.«

Als sie kurz darauf die Mauern von Köln sahen, lenkte die Sippe die Wagen einen Feldweg entlang, der zu einem Bach führte. Dort, wo Brombeerbüsche am Rand wucherten, schlugen sie ihr Lager auf. An diesem Platz wollten sie bis Mariä Himmelfahrt bleiben, um während der Feierlichkeiten auf dem Jahrmarkt aufzutreten. Bis dahin würden die Frauen mit ihren Waren in den umliegenden Weilern hausieren gehen und die Kesselflicker unter ihnen ihre Dienste anbieten.

Immer wieder flackerten die Lider der jungen Frau. Amando ließ den Blick nicht von ihr und fragte sich, welche Farbe wohl ihre Augen haben mochten. Behutsam hob er sie von der Karre und bettete sie auf eine Decke, die er im hohen Gras ausgebreitet hatte.

Maria runzelte die Stirn, auf die sich eine graue Haarsträhne aus dem Kopftuch verirrt hatte. »Ist sie immer noch nicht wach?«

»Leider nicht.« Amando sah seine Mutter an. »Ich hoffe, sie hat keine weiteren Verletzungen.«

»Du musst die Wunde säubern. Ich bringe dir gleich eine Salbe, mit der du sie versorgen kannst. Und wenn sie dann immer noch nicht wach ist, werde ich sie untersuchen.«

Amando nickte erleichtert über Mammeres Fürsorge. Nachdem sie vor einiger Zeit wegen ihrer Wahrsagerei von einer reichen Bürgersfrau angeklagt worden war, hegte seine Mutter Misstrauen gegenüber Fremden. Aber diese junge Frau hier war keine reiche Bürgersfrau. Ein Bauernmädel vielleicht. Amando erhob sich und holte vom Bach Wasser. Dann begann er mit einem reinen Tuch vorsichtig, das Haar vom Blut zu säubern.

• • •

In Jennas Kopf hämmerte der Schmerz, als sei sie unter ein Schlachtross geraten. Was war bloß geschehen? Sie blinzelte, doch das Sonnenlicht stach ihr so heftig in die Augen, dass sie die Lider wieder schloss. Nach und nach kehrte die Erinnerung wieder zurück. Hannes, Traudi, die Bauern, die mit Steinen nach ihr geworfen hatten. Gernot, der sie verstoßen hatte. Ihr Herzschlag beschleunigte sich, und die Angst griff mit eisiger Klaue nach ihr. Wo war sie? Jenna zwang sich, die Augen wieder zu öffnen.

»Blau wie die Kornblumen auf dem Feld«, hörte sie eine sanfte Stimme sagen.

Sie blinzelte erneut. »Wie bitte?«

»Deine Augen, sie sind blau wie Kornblumen. Die ganze Zeit habe ich mich gefragt, von welcher Farbe sie wohl sind«, sagte die fremde Stimme.

Allmählich gewöhnten sich Jennas Augen an die Helligkeit. Der Mann, der sich über sie beugte, verdeckte mit seinen Schultern das Sonnenlicht.

»Wer bist du?«, fragte sie leise.

»Mein Name ist Amando. Meinst du, du kannst dich aufrichten?«

Jenna tastete über die Stelle an ihrem Kopf, wo der Schmerz pochte. Dann nickte sie. »Wenn du mir hilfst, gewiss.«

Er schob einen Arm unter ihren, legte seine Hand auf ihren Rücken und richtete sie behutsam auf. Der Mann roch nach Heu, Feuer und Sommer. Als Jenna saß, blinzelte sie erneut, weil sie ihren Augen nicht traute. Um sie herum standen Karren, die mit bunten Tüchern geschmückt waren. Laut lachend jagten Kinder hinter einem Hund her. Ein Mann warf Bälle in die Luft und fing sie wieder auf. Frauen saßen um ein Feuer und sprachen wild durcheinander. Jenna wischte sich mit dem Handrücken über das Gesicht. Es war, als wäre sie in einer anderen Welt gelandet. Wo kamen bloß all diese Menschen her?

»Das ist meine Sippe«, erklärte Amando und zeigte auf die Leute.

»Ihr seid Vaganten?«

»Richtig.« Amando setzte sich neben Jenna. »Um deine Wunde brauchst du dich nicht sorgen. Mammere hat ihre Wundersalbe draufgeschmiert.«

Jenna tastete erneut über ihr Haar. »Wo ist meine Haube?«

»Wird gerade im Fluss gewaschen.« Wie selbstverständlich nahm er ihre Hand. »Erzählst du mir, was geschehen ist?«

»Ich bin mit Steinen aus meinem Dorf vertrieben worden.«

Amando runzelte die Stirn. »Hast du Ehebruch begangen?«

»Nein. Natürlich nicht.« Jennas Augen brannten von den Tränen, die sich darin sammelten. Abermals wischte sie sich mit dem Handrücken darüber und holte tief Luft. »Ich war nur so dumm, einen Zauber anzuwenden. Dabei bin ich eigentlich Heilerin.«

»Lass mich raten, dein Mann ist nun eine Kröte?« Amando lächelte.

Jenna sah die Grübchen in seinen Wangen. »Nein, nein. Obwohl, verdient hätte er es ja. Aber das kann ich gar nicht. Ich kann überhaupt nicht zaubern, habe mir nur ein paar Worte für einen Liebeszauber ausgedacht. Und das hatte dummerweise furchtbare Folgen.«

»Also doch Ehebruch.« Amando warf den Kopf in den Nacken und lachte auf. Seine makellosen Zähne blitzten in der Sonne.

»Nein, das sagte ich doch schon. Der Zauber war für die Bäuerin des Nachbarhofs. Besser gesagt, für ihren Mann.« Obwohl ihr Kopf heftig schmerzte, erzählte Jenna von dem Pfarrer, den Ferkeln und dem Unwetter. »Sie glauben, ich habe den Schadenszauber angewandt. Weshalb auch immer.« Ratlos zuckte sie mit den Schultern.

Amando rupfte ein Grasbüschel neben sich aus und sortierte die Halme in seiner Hand. »So ist es, euer Volk. Immer sucht ihr die Schuldigen unter euresgleichen. Dabei sind es meist die Geister, die Unheil anrichten. Oder aber auch die Götter, wenn sie zornig sind.«

»Du bist Heide, oder?«

Amando nickte. »Aber wer weiß, wie lange noch. Sicher werden sie uns auch bald euren Glauben aufzwingen.«

»Gut möglich«, sagte Jenna und betrachtete Amandos Handflächen, die grün vom Gras waren. »Tretet ihr auf Jahrmärkten auf?«

»Ja, der nächste ist in Köln an Mariä Himmelfahrt.«

»Und was machst du?«

Amando warf das Gras fort und rieb sich die Hände an seiner Hose sauber. »Ich bin Messerwerfer. Und manchmal auch Taschenspieler.«

»Ach herrje. Dann hast du bestimmt schon ein paar Menschenleben auf dem Gewissen.«

Amando runzelte die Stirn. »Hältst du mich für so schlecht?«

»Wie kann ich das? Ich kenne dich ja kaum.«

»Nein, ich habe noch keinen Menschen dabei umgebracht.«

»Und wer lässt sich von dir mit den Messern bewerfen?«

Amando hob das Kinn und deutete auf einen Mann, der sich gerade eine brennende Fackel in den Mund schob. »Der da drüben. Mein Bruder Loppo.«

Jenna riss die Augen auf. »Na, den kann wohl nichts umbringen. Scheint unsterblich zu sein.«

»Das Gefühl habe ich auch manchmal.«

Jenna fasste sich an den Hals und tastete nach dem Stein an ihrer Kette. Erleichtert schloss sie die Finger um ihn.

»Ein Bernstein?«, fragte Amando.

Sie nickte und ließ den Stein wieder los. »Hildegard von Bingen nennt ihn Ligur. Er hat Heilkräfte.«

»Bei uns heißt der Stein die Träne der Götter.« Amando ließ den Blick nicht von ihrem Hals. »Woher hast du ihn?«

»Mein Onkel hat ihn mir umgebunden, als ich als Kind an einem Darmleiden erkrankt war.« Jenna ließ den Stein los und strich sich über die Schläfen, um den Schmerz darin zu lindern.

Eine Frau trat auf sie zu. Ihr graues Haar hatte sie zu zwei Zöpfen gebunden, und die Röcke waren am Saum mit Schlamm verkrustet. Ohne ein Wort zu sagen, strich sie sanft über Jennas Haar und teilte es dort, wo der Schmerz am heftigsten pochte.

»Das ist meine Mammere. Manchmal etwas wortkarg, aber ansonsten eine Seele von Mensch.« Amando grinste seine Mutter an.

»Das wird wieder, Mädchen. Musst dich nur ein wenig still verhalten«, sagte die Frau und ließ von ihr ab. »Woher kommst du?«

»Aus dem Weiler Buckelmeunt.«

»Wohin sie nicht mehr zurückkann«, warf Amando sofort ein.

Die füllige Frau beugte sich zu ihm hinab, umfasste seinen Arm und zog ihn auf die Beine. »Mitkommen!«, befahl sie.

Jenna ahnte, dass sie ihrem Sohn wohl den Kopf waschen

würde. Sicher wollte die Frau keine Fremde hier haben. Jenna überfiel eine Angst, die sie bisher verdrängt hatte. Wo sollte sie nun hin? Sie hatte doch niemanden. In die Abtei von Brauweiler würde sie sich auch nicht mehr wagen. Wenn der dortige Abt erfuhr, dass sie des Schadenszaubers angeklagt worden war, konnte das noch böser für sie enden als die Steinigung. Bei Teufelsaustreibungen ging der Klerus nicht gerade zimperlich vor. Vielleicht aber würde sie sich in eine andere Stadt begeben und dort auf den Märkten die Kranken heilen. In ihrem Kopf hämmerte der Schmerz, und Jenna traten abermals Tränen in die Augen. Rasch blinzelte sie sie fort. Sie würde überleben, auch wenn sie auf sich allein gestellt war. Schließlich hatten die Steinwürfe sie auch nicht getötet.

Die Kinder der Sippe schienen inzwischen gemerkt zu haben, dass sie aufgewacht war. Zaghaft kamen sie näher und sahen Jenna mit großen Augen an. Jenna hatte vor langer Zeit schon einmal Vaganten gesehen. Doch die waren viel dunkelhäutiger gewesen, hatten schwarzes Haar gehabt. Diese Schausteller hier ähnelten den Menschen, die in der Umgebung sesshaft waren. Ihre Haut war lediglich von der Sonne gebräunt.

Jenna zwang sich zu einem Lächeln. »Na, wer seid ihr denn?«

Die Kinder lachten und liefen davon, ohne ihr eine Antwort zu geben.

»Sie verstehen dich nicht. Sie müssen erst noch die deutsche Sprache lernen.« Amando war zurück. Zwischen seinen Augen hatte sich eine steile Falte gebildet.

»Woher kommt ihr?«, fragte Jenna.

»Von überall und nirgendwo. Weshalb fragst du?«

»Aber es muss doch ein Volk geben, von dem ihr abstammt.«

Amando setzte sich wieder zu ihr ins Gras. »Die Ahnen meiner

Mutter waren Kelten, die meines Vaters Slawen. Warum willst du das so genau wissen?« Er riss einen Halm aus, steckte ihn zwischen seine Lippen und kaute darauf herum.

»Ich habe mich nur gewundert, weil ihr unserem Volk ähnelt. Die meisten Vaganten sind dunkler als ihr. Und haben keine Sommersprossen so wie du.« Sie stupste mit dem Finger seine Nase an. Im nächsten Augenblick zuckte ihre Hand schon wieder zurück. Was bewog sie bloß dazu, diesen Fremden anzufassen, als wäre sie mit ihm aufgewachsen?

Amando jedoch lächelte wieder und berührte ebenfalls ihre Nase mit dem Zeigefinger. »Wo unsere Ahnen herkommen, brennt die Sonne nicht so heiß wie in den östlichen und südlichen Reichen. Daher brauchte der Schöpfer Svarog uns nicht mit dunkler Haut zu schaffen.« Sein Blick wurde wieder ernst.

»Deine Mutter duldet mich nicht bei euch, habe ich recht?«, fragte Jenna ahnungsvoll.

Amando nickte. »Manchmal kann sie störrisch wie ein Esel sein.« Er legte den Arm um Jenna, als wäre sie seine Schwester. »Sie will, dass ich dich in dein Dorf zurückbringe. Aber keine Angst, das letzte Wort hat immer noch mein Dade. Er ist unser Oberhaupt. Ich werde mit ihm sprechen.«

»Ist das dein Vater?«, fragte Jenna.

»Ja.«

Jenna schob seinen Arm von ihrer Schulter. »Zurück in mein Dorf kann ich auf keinen Fall. Aber mach dir keine Umstände. Ich komme schon zurecht.« Kälte umfing sie, als sie Amandos Wärme nicht mehr spürte.

»Bist du verrückt? Glaubst du wirklich, ich lasse dich allein in die Welt ziehen? Die Götter haben dich mir vor die Füße gelegt. Das hat bestimmt seinen Grund.«

Jenna starrte ihn an, verlor sich in seinen bronzefarbenen Augen und spürte ihr Herz heftig klopfen. »Ist das dein Ernst?« Sie blinzelte, um einen klaren Gedanken fassen zu können. »Du meinst, du hast mich gefunden, und nun gehöre ich dir?«

Amando stutzte. »Nein, so habe ich das nicht gemeint. Du gehörst mir sicherlich nicht. Aber ich muss mich um dich kümmern. So wollen es die Götter, da bin ich mir sicher. Und dem Willen der Götter muss ich mich beugen.«

»Und welche Götter sollen das sein?«

Amando holte tief Luft. »Vielleicht war es Pereplut, der Gott des Ackers. Aber es könnte auch Jarowit gewesen sein. Er ist der Schutzpatron der Armen und Schwachen. Oder …« Amando neigte ein wenig den Kopf und betrachtete Jenna nachdenklich.

Verlegen strich sie sich über die Arme.

Amando schüttelte den Kopf und lächelte. »Nein, ich bin mir sicher, es muss Daschbog gewesen sein.«

»Dasch wer?«

»Daschbog, der Gott des Sommers und des Glücks.« Amando zwinkerte.

Jennas Herz wurde weit. Die Schmerzen, die sie an Kopf und Leib spürte, klangen ein wenig ab, und sie lächelte ebenfalls. Dann schloss sie einen Wimpernschlag lang die Augen. Wer war dieser Mann, und weshalb vertraute sie ihm auf Anhieb? Weshalb verspürte sie keine Angst vor den Fremden? Im Gegenteil, sie fühlte sich unter den Vaganten geborgen. Was zuvor geschehen war, rückte in weite Ferne und schien bereits zu verblassen. Amandos Nähe fühlte sich wärmer an als jedes Feuer in klirrender Kälte. In diesem Augenblick wusste sie, dass sie bei Amando vorerst in Sicherheit war.

6

Hermann neigte den Kopf und küsste sie wie jemand, der vollkommene Befriedigung gefunden hatte. Sein Gesicht glänzte vom Schweiß, und sein Atem ging immer noch schwer. Für einen Augenblick gab sich Ursula dem Trugbild hin, seine Frau zu sein, die Frau, mit der er abends zu Bett ging und morgens erwachen wollte. Immer öfter bemerkte sie, dass ihr diese Gedanken das Leben erträglicher machten. Leider war sie nicht töricht genug, um länger in diesem Gefühl verweilen zu können. Sobald Hermann die Tür ihrer Kammer hinter sich geschlossen hatte, würde in der Schankstube des Hurenhauses bereits der nächste Freier warten. Nie hatte sie dieses Leben gewollt, und oft verabscheute sie sich selbst. Alles hätte sie dafür gegeben, dieses Dasein hinter sich lassen zu können. Aber es gab keinen Ausweg, wenn sie nicht hungern und frieren wollte, das wusste sie nur zu gut.

Langsam zog sich Hermann aus ihr zurück und rollte sich von ihr. An diesem Tag war er schon früh zu ihr gekommen und hatte nicht viele Worte verloren. Sein Verlangen war so heftig gewesen, dass er sie, sobald die Tür ins Schloss gefallen war, in die Arme gezogen und ihr die Röcke hochgeschoben hatte. Nun kam er allmählich wieder zu Atem und lächelte selig.

Ursula zog sich die Röcke über die Hüften. »Was ist geschehen? Hast du einen guten Handel abschließen können?«

»Nein, besser. Viel besser.« Er drückte ihr einen Kuss auf die Lippen und strahlte sie an. »Bald wirst du wieder eine ehrbare Frau sein.«

»Ich? Wie das? Hast du einen Priester gefunden, der mir den Teufel aus dem Leib treiben will?«

»Ach was.« Hermann stieß sie sanft mit dem Ellenbogen an. »Hör zu.« Ohne seinen Blick von ihr zu wenden, schloss er seinen Hosenlatz und richtete die Schamkapsel vor seinem Gemächt. »Der Rat hat heute beschlossen, ein Büßerinnenhaus zu gründen. Sie suchen noch Treuhänder, die sich an der Stiftung beteiligen. Ich habe natürlich sofort zugesagt.«

»Ein Büßerinnenhaus? Was soll das sein?« Ursula fühlte sich unvermittelt in die Enge gedrängt, ohne genau zu wissen, was es mit diesem Haus auf sich hatte.

Hermann hob die Arme. »Ein Haus der armen Töchter! Ein Konvent, in dem die gefallenen Mädchen der Stadt wieder auf den rechten Weg gebracht werden.«

Ursula setzte sich auf und sah ihn ungläubig an.

Lächelnd ließ sich Hermann neben ihr auf der Bettkante nieder. »Du kennst doch das Haus Zur Büchse am Eigelstein. Ein ehemaliger Beginenkonvent. Das Haus verfügt über einen Garten mit angeschlossener Kapelle. Du wärest ganz in meiner Nähe. Ist das nicht wunderbar?«

Ursula rückte ein Stück von ihm ab. »Du willst mich in ein Kloster stecken?«

»Nein, keine Angst. Du bleibst nur so lange dort, bis du auf den rechten Weg gefunden hast. Weißt du, du musst nur genügend Buße tun, um wieder ein ehrbares Mädchen zu werden.«

Ursula spürte, wie der Zorn in ihr aufwallte. »Und dann? Du kannst mich nicht zur Frau nehmen, du hast schon eine Gemahlin.«

Er senkte den Blick und strich über ihr Knie. »Ich weiß, mein Lieb.« Sanft klopfte er mit der flachen Hand auf ihren Oberschenkel und sah sie wieder an. »Meine Frau kannst du nicht werden, aber meine Magd.« Er grinste verschwörerisch.

Ursula verdrehte die Augen und stöhnte auf. »Was glaubst du, wie lange es dauert, bis deine Frau hinter unsere Liebschaft kommt? Dann wandere ich sofort wieder zurück in dieses scheinheilige Haus.«

»Wir müssen nur vorsichtig sein. Außerdem hat Elisabeth nicht viel zu sagen. Alles wird gut.« Hermann verschloss ihre Lippen mit einem Kuss und erhob sich. »Leider muss ich jetzt gehen. Du kannst dir vorstellen, dass noch viel Arbeit auf uns wartet. Bis Mariä Himmelfahrt soll der Berlich gesäubert sein.« Er nahm ihr Gesicht in seine Hände. »Bleib mir treu, mein Lieb. Hörst du?«

Ursula nickte. Ihr Herz würde ihm treu bleiben, da gab es keine Zweifel. Alles andere konnte sie sich jedoch nicht leisten.

Nachdem Hermann die Kammer verlassen hatte, ließ sich Ursula rücklings auf das Bett fallen und starrte die Balken an der Decke an. Der Berlich sollte gesäubert werden? Da müsste schon ein Feuer in riesigem Ausmaß wüten. Der Berlich war der Teil der Stadt, in dem keiner gern lebte. Im Kirchspiel Sankt Kolumba verdienten die Schankwirte reichlich an den Huren, wenn sie ihnen in der Schwalbengasse die Zimmer vermieteten. Hier gab es auch eine Badstube, in der es nicht immer züchtig zuging, und hinter jeder Ecke lauerte das Gesindel mit gezückten Messern. Wenn also eine Handvoll Huren in einen Konvent untergebracht wurde, wäre der Berlich längst noch nicht gesäubert. Derjenige, der sich solch einen Schwachsinn ausgedacht hatte, hatte wahrscheinlich auch Marienerscheinungen.

Ursula brauchte etwas Starkes zu trinken. Einen guten Schluck vom Fusel des Wirts. Sie musste ihre Sinne benebeln, bevor sie den nächsten Freier bediente. Seufzend erhob sie sich von dem Bett, richtete ihr Haar und ging hinab in die Schankstube. Die Stiege knarzte unter ihren Füßen und drohte bei jedem Schritt einzubrechen. Schrilles Gelächter – der Gesang der Huren, wie sie es nannte – drang aus der Schankstube. Ursula stieß die Tür auf und trat ein.

Es war nicht besonders viel los, da die meisten Männer noch bei der Arbeit waren. Ein einziger Gast lehnte mit dem Ellenbogen auf der Theke und betrachtete mit seinen hervorstehenden Augen das Treiben. Sein Buckel zeichnete sich deutlich unter dem fleckigen Hemd ab, und auf dem kahlgeschorenen Kopf glänzten Schweißperlen. Ursula hatte diesen Mann hier noch nie gesehen und hoffte, dass er unter den anderen Huren bereits seine Wahl getroffen hatte. Der Wirt winkte ihn näher zu sich heran und flüsterte ihm etwas ins Ohr. Der Mann nickte, trank sein Bier aus und ging zu Stina. Wahrscheinlich hatte er nach einer Hure gefragt, die nicht viel verlangte. Da war er bei der ältlichen Stina genau richtig. Sie zählte bereits fast vierzig Lenze, und ihr fehlten die Schneidezähne. Da ihr Haar grau wie Stein und das Gesicht voller Runzeln war, bekam sie nur die Freier mit den schmalen Geldkatzen ab. Ursula hätte schwören können, dass sie einen niedrigeren Mietzins als die anderen Huren zahlte. Aber das war gerecht, wie sollte Stina auch das Geld aufbringen? Mehr als ihre Dienste anbieten konnte sie nicht. Ursula sah den beiden hinterher, als sie den Schankraum verließen. Dann setzte sie sich zu Elsgen, die allein an einem der schiefen Tische saß und die Beine von sich streckte.

»Na, Kleines? Ist dein Edelmann wieder weg?«, sagte Elsgen.

Mit ihrem langen schwarzen Haar und den feurigen Augen war sie wohl die schönste Hure in diesem Haus. Ursula fand ihre eigenen aschblonden Strähnen und ihre grünen Augen dagegen unscheinbar. Aber im Gegenzug waren Ursulas Brüste draller und ihre Hüften runder als die von Elsgen. Viele Männer mochten das besonders gern.

Ursula griff nach Elsgens Krug, nahm einen kräftigen Schluck Bier und stellte ihn wieder zurück auf den Tisch. »Hast du schon von dem Büßerinnenhaus gehört?«

»Was für ein Haus?« Elsgen runzelte die Stirn.

»Du kennst doch Die Büchse auf dem Eigelstein, die vor langer Zeit mal den Beginen gehört haben soll.«

Elsgen dachte kurz nach. »Du meinst dieses leere Haus hinter der hohen Mauer?« Sie griff nach ihrem Krug und trank ebenfalls.

»Richtig. Der Rat will daraus ein Büßerinnenhaus machen. Da können dann solche wie wir zurück ins ehrbare Leben geführt werden.«

Elsgen spuckte prustend das Bier über den Tisch. Ihr Lachen hallte durch die Schankstube. »Wie das denn? Wollen sie uns die Sünde aus dem Leib peitschen?« Glucksend schüttelte sie den Kopf. »Also, mich kriegst du da nicht rein.«

»Ich brauch was Stärkeres als das Bier hier.« Ursula erhob sich, holte bei Claeß einen Met und setzte sich wieder zu Elsgen.

»Woher weißt du das mit dem Haus? Von deinem Edelmann?«, fragte Elsgen nach.

»Hat er mir eben erzählt. Er meint, wenn ich dort genug Buße getan habe, könnte er mich als Magd anstellen.«

Verächtlich schnalzte Elsgen mit der Zunge. »Und dich dann heimlich und ohne Bezahlung in seinem Haus besteigen? Wie schön für ihn.«

»Er liebt mich.« Ursula glaubte das wirklich. Mit ihm war es anders als mit den meisten Männern. Er streichelte und küsste sie so zärtlich, wie es nur ein liebender Mann vermochte. Und wie sie es wohl nie wieder in diesem Hurenhaus erleben würde.

Elsgen verdrehte die Augen. »Ach, mein Kleines. Der Kerl ist in deine prallen Hinterbacken und dein Vorgebirge verliebt. Und wenn es da irgendwann mal hängt, sitzt du in der Gosse. Glaub mir, ich hab mir schon so viele Schwüre anhören müssen! Keiner von denen war auch nur einen Silberling wert.«

Ursula zuckte mit den Schultern. »Aber wäre es denn nicht schön, wenn wir wieder ehrbare Frauen würden?« Ihr wurde plötzlich bewusst, wie sehr sie sich im Grunde wünschte, eine angesehene Frau zu sein. Eine, der die Leute Achtung entgegenbrachten.

Elsgen stieß einen langen Seufzer aus. »Ach, Urselchen. Du glaubst das doch nicht etwa. Einmal Hure, immer Hure. Keine von uns hat sich dieses Leben hier ausgesucht, und keine von uns ist als Hure geboren worden. Was glaubst du denn, wer uns versorgt, wenn wir dieses Haus wieder verlassen?«

»Hermann wird mir eine Anstellung geben. Das hat er mir versprochen.«

Elsgen lachte auf. »Wenn alles wahr geworden wäre, was mir schon versprochen wurde, wäre ich längst eine reiche Frau. Aber wenn bei den Kerlen die Gier erst einmal gestillt ist, wollen sie von alledem nichts mehr wissen.«

»So einer ist Hermann aber nicht.«

»Würdest du deine Hand dafür ins Feuer legen?«

»Nun ja ...«

»Dann sind wir uns also einig. Wir bleiben einfach hier und warten, was passiert. Wahrscheinlich wird das nicht viel sein. Schließlich gibt es genug Huren, und das Haus ist ja kein Palast. Sie werden es auch ohne uns voll bekommen.«

Ursula nickte. »Das denke ich auch. Und wenn Hermann mich wirklich als Magd will, wird er mich sicher holen kommen.« Sie betrachtete Elsgen, die sich das schwarze Haar aus dem Gesicht strich. Vor nicht allzu langer Zeit war ihr Mann bei einem Unfall im Hafen zu Tode gekommen. Er war Tagelöhner gewesen und zwischen die Räder eines Krans gelangt. Seitdem hatte Elsgen niemanden mehr, der sich um sie kümmerte. Aber sie wusste zumindest, wie es war, von einem Mann umsorgt zu werden. Ursula hingegen nicht. Ihr Vater, der Braumeister war, hatte sie als junges Mädchen aus dem Haus gejagt, weil sie von einem Knecht schwanger geworden war. Danach war Ursula rasch in die Fänge einer Kupplerin geraten und hatte ihr Kind bald darauf tot zur Welt gebracht. Was hätte das Würmchen auch für ein Leben gehabt? Ursula schluckte gegen den Kloß, der sich in ihrem Hals bildete. Fünf Jahre war dies nun her, Jahre, die sie schnell hatten altern lassen.

Elsgen stieß sie mit dem Ellenbogen an. »He, Urselchen, wo bist du mit deinen Gedanken? Etwa bei diesem Hermann? Ich sag dir eins, mach dich bloß nicht abhängig von ihm. Für ihn wirst du immer die Hure bleiben.«

Ursula stimmte ihr im Stillen zu. Dennoch hatte ihr dieser Traum bisher das Leben erträglicher gemacht.

Die hinkende Griet und die stumme Mergh setzten sich zu ihnen an den Tisch. Sofort berichtete Elsgen ihnen von dem Haus und schmückte die Beschreibung nach ihrer eigenen Vorstellung aus. Dabei erzählte sie von Peitschenhieben und unsäglichen Entbehrungen.

Griet stöhnte auf. »Den Teufel wollen sie uns aus dem Leib peitschen? Ohne mich. Da bleib ich lieber hier und halt mir die Kerle warm.«

»Das weißt du doch gar nicht«, wandte Ursula ein. »Mit Buße tun ist bestimmt beten und fasten gemeint.«

Elsgen rückte ihre Brüste im Mieder zurecht. »Und schuften. Warte es ab.«

»Gar nichts warte ich ab. Mich kriegst du hier nur mit den Füßen zuerst raus«, erwiderte Griet.

Ursula versuchte, die Frauen zu beschwichtigen. »Die können uns ja nicht zwingen, in dieses Haus zu gehen.«

Neben ihr schüttelte die stumme Mergh den Kopf, zeigte mit dem Finger auf sich und winkte ab. Sie war zwar ohne Stimme geboren worden, aber nicht ohne Gehör.

Claeß, ihr Wirt, trat zu ihnen an den Tisch und brachte zwei Krüge Bier. Verwundert sah er von einer Hure zur anderen. »Wer zwingt euch, wohin zu gehen?«

Elsgen sah Ursula an. »Ja, wer eigentlich?«

»Die Ratsherren haben die Stiftung für das Haus gegründet. Mehr weiß ich nicht.« Viel hatte Hermann ihr ja nicht darüber erzählt, und nun nagten auch an ihr Zweifel. Gewiss war es ein Fehler gewesen, den anderen Frauen von den Plänen zu erzählen.

»Und woher weißt du das mit den Ratsherren?«, fragte Griet.

»Von ihrem Edelfreier natürlich.«

Ursula versetzte es einen Stich, wenn Elsgen so über Hermann sprach. Auch wenn ihre Freundin sie vom Gegenteil überzeugen wollte, glaubte Ursula nicht, dass Hermanns Liebe zu ihr gespielt war.

»Die stecken mit dem Henker unter einer Decke«, bemerkte Claeß.

»Was hat denn der Henker damit zu schaffen?« Elsgen zog die Stirn kraus. »Unter dessen Schutz stehen wir doch schon seit einer Weile nicht mehr.«

»Sag ich doch.« Claeß kratzte sich den Bart.

Ursula sah aus dem Fenster. Die Ratsherren wollten keine sündigen Huren mehr in der Stadt haben, schon gar nicht in den Winkeln und Gassen, kamen ihnen aber nur schwer bei. Vertrieben sie eine, kamen zwei neue dazu. Dass der Henker ihnen Schutz bot, war schon lange nicht mehr gewünscht.

»Ach, *das* meinst du.« Elsgen hatte den Braten ebenfalls gerochen. »Ja, sicher hält Meister Peter noch die Hand auf. Aber ich glaub nicht, dass die den fragen, wenn sie uns bekehren wollen.«

»Also, wenn ihr wollt, hör ich mich mal um«, schlug Claeß vor. Natürlich war es dem Wirt nicht recht, wenn sein Haus auf einmal leer stand und er an Pilger vermieten musste. Die zahlten mit Sicherheit nicht halb so viel wie die Huren.

»Bitte warte damit noch«, bat Ursula. Hermann würde sie mit Sicherheit für ein Klatschmaul halten, wenn bereits der Hurenwirt davon wusste.

»Weshalb?« Elsgen hob eine Augenbraue. »Je eher wir Bescheid wissen, desto besser.«

»Es ist ja noch gar nichts fest beschlossen«, flunkerte Ursula, obwohl sie dies nicht mit Sicherheit behaupten konnte.

»Ja, hat er es jetzt gesagt, dein Edelfreier, oder nicht?« Elsgen schnalzte mit der Zunge.

»Er ist nicht mein Edelfreier«, zischte Ursula. An manchen Tagen hätte sie Elsgen für ihre überhebliche Art würgen können.

Die Tür flog auf, und zwei Männer betraten den Schankraum. Der eine war bereits ergraut, der andere weit jünger als Ursula.

»Kundschaft, Mädchen!« Claeß klopfte auf den Tisch und begab sich hinter den Tresen.

Verschämt sah sich der jüngere Mann um, als der Grauhaarige ihn zu ihrem Tisch führte. Ursula erkannte den Älteren. Er war der Krämer aus der Salzgasse und besuchte regelmäßig das Hurenhaus. Meist ging er mit Elsgen auf die Kammer, manchmal aber auch mit der stummen Mergh. Ursula hatte ihn jedoch noch nie bedient. Vielleicht sollte Elsgen ihn sich warmhalten, schließlich verschlang er sie bereits mit den Augen. Als habe die Hure Ursulas Gedanken erraten, fasste sie sich unter die Brüste und hob sie ein Stück mehr aus dem Mieder. Der Jüngere neben dem Krämer schluckte sichtlich schwer.

Elsgen stand auf und strich dem jungen Mann über die geröteten Wangen. »Du bist das erste Mal hier?« Mit den Fingerspitzen fuhr sie ihm vom Kinn den Hals hinab. »Keine Angst, wir sind ganz lieb. Vertrau mir, und ich zeige dir das Paradies.« Sie griff nach seiner Hand und legte sie auf ihre Brust.

Die Glut in den Wangen des Jüngeren stieg bis zu seinen Ohren. Doch der Ältere umfasste Elsgens Hüften. »Nichts da, heute gehörst du mir. Er kann sich eine andere suchen.« Er zeigte auf Ursula. »Was hältst du von der?«, fragte er ihn. »Du magst doch dralle Frauen, oder?«

Der junge Mann nickte. Aber das hätte er wahrscheinlich auch getan, wenn der Krämer auf ein Loch in der Wand gezeigt hätte.

»Los, nimm ihn mit in deine Kammer«, befahl er Ursula und deutete mit einem Kopfnicken zu der Stiege. »Er ist noch ziemlich unbeholfen. Sei also nachsichtig mit ihm.«

Ursula trank den Met aus und erhob sich. Auch wenn sie es

Hermann versprochen hatte, konnte sie es sich nicht leisten, den Mann abzuweisen. Claeß würde ihr die Kammer kündigen, wenn sie nicht pünktlich zahlte. Und bevor sie nicht ganz sicher wusste, was es mit dem Büßerinnenhaus auf sich hatte, durfte dies nicht geschehen. Also ergriff sie die Hand des Burschen, die sich eiskalt in ihrer anfühlte. »Willst du mit mir gehen?«

»Sicher«, stieß er heiser aus.

»Dann komm.« Ursula führte ihn zu den Stiegen.

Es war rasch vorbei. Nachdem Ursula sein Glied in sich eingeführt hatte, hatte er nur drei Stöße gebraucht, bis er sich keuchend und zuckend in ihr ergoss. Erleichtert löste sie sich von ihm.

Der Bursche zog sich schwer atmend die Hose hoch und strich das Haar aus der Stirn. »Was bin ich schuldig?«

»Was bin ich dir denn wert?«, fragte Ursula tollkühn.

Er kramte einen Albus aus seiner Geldkatze und legte ihn neben sie auf das Laken. »Reicht das?«

»Ja, das ist genug«, sagte Ursula und griff schleunigst nach der Münze.

Ohne ihr noch einmal in die Augen zu sehen, verließ der junge Mann die Kammer. Ursula schloss die Lider und träumte von einem besseren Leben.

7

Als Jenna erwachte, brauchte sie eine Weile, um zu begreifen, wo sie sich befand. Das Moos unter ihr fühlte sich weich und behaglich an, und die Schmerzen in ihrem Kopf hatten etwas nachgelassen. Gähnend schälte sie sich aus der Decke und streckte die Arme von sich. Die Vaganten waren bereits wach und saßen im Kreis um ein Feuer. Jenna hielt Ausschau nach Amando, und als sie ihn erblickte, machte ihr Herz einen Satz. Er hockte zwischen seinen Eltern und hielt eine hölzerne Schale in der Hand. Jenna fuhr sich mit den Fingern durch das Haar, stand auf und ging zu dem Kreis der Vaganten. Es schien, als würde Amando sie magisch anziehen.

Sobald er sie sah, sprang er auf und eilte auf sie zu. Wieder einmal nahm er ihre Hand in seine. »Wie geht es dir, meine Bohdana?«

»Mein Kopf schmerzt noch ein wenig, und es schwindelt mir noch, aber sonst geht es mir ganz gut. Warum nennst du mich Bohdana? Hast du meinen Namen vergessen?«

»Nein, natürlich nicht. Bohdana heißt von Gott geschenkt, und das bist du doch.« Er zwinkerte ihr zu. »Aber nun komm und iss erst einmal etwas. Später wird dir Mammere einen Sud gegen deine Kopfschmerzen kochen.« Er führte sie zu seinem Platz, und die Schausteller rückten etwas näher aneinander, damit auch sie sich setzen konnte.

Amandos Eltern nickten ihr zu. Sein Vater lächelte dabei, die Mutter jedoch nicht. Sie wandte ihr mürrisches Gesicht gleich wieder dem Feuer zu.

Jenna befürchtete, dass sie nicht lange bei den Vaganten bleiben durfte. Schließlich war sie eine Fremde, die bei der Sippe nichts verloren hatte. Sie glaubte kaum, dass Amandos Wort schwer genug wog und er sie für unbestimmte Zeit unter seinen Schutz nehmen konnte. Noch war sein Vater das Oberhaupt und nicht er.

Am Feuer herrschte eine friedliche Stimmung. Die Vaganten plauderten in einer Sprache, die Jenna nicht verstand. Die Kinder sangen leise ein Lied. Eine Ziege meckerte, und aus einem der Wagen war das Brummen eines Bären zu hören. Abermals verspürte Jenna eine Geborgenheit, die sie zuvor nur in dem Klostergarten ihres Onkels erlebt hatte. Plötzlich fuhr ihr der Schreck durch die Glieder. Ihr Erbe – die Schriften des Onkels! Sie waren noch in dem Versteck bei der Hütte. Ganz gleich, ob sie sich dabei in Gefahr brachte, sie würde die Schriften holen müssen.

Amando schöpfte etwas Getreidebrei aus einem Kessel und reichte ihr die Schale. Hungrig nahm Jenna sie entgegen. Dabei berührten sich ihre Finger, und ein flatterndes Gefühl breitete sich in Jennas Bauch aus.

Amandos Mutter starrte sie an. Ihre dunklen Augen funkelten, als ahnte sie, was Jenna spürte. »Was hast du nun vor?«, fragte sie.

Jenna wandte den Blick ab und sah auf ihre Hände. »Das weiß ich nicht.«

»Du hast doch sicherlich eine Familie, die dich aufnehmen kann.«

Amando schüttelte den Kopf. »Was soll die Frage, Mammere? Ich hab dir doch gesagt, dass es niemanden gibt.«

»Und ich habe dir gesagt, dass sie nicht bei uns bleiben kann. Auch, wenn du meinst, sie sei dir vor die Füße gefallen.«

»Das werden wir ja noch sehen«, murmelte Amando.

Maria verdrehte die Augen und schüttelte den Kopf.

Die Geborgenheit war verflogen, und Jenna fühlte sich beklommen zwischen den beiden. Sie wollte nicht schuld an dem Streit zwischen Mutter und Sohn sein, deshalb stellte sie die Schale auf den Boden und erhob sich.

Amando sah erschrocken zu ihr auf. »Was hast du vor?«

»Ich muss einen Augenblick für mich allein sein.« Jenna schob sich an Maria vorbei. Dann ging sie ein Stück in den Wald hinein und lehnte sich mit dem Rücken an einen Baumstamm. Vögel zwitscherten in den Kronen, und das Sonnenlicht fiel in tanzenden Sprenkeln durch die Blätter. Es gab viele Menschen, die in den Wäldern lebten. Jenna wickelte sich eine Haarsträhne um den Finger. Sie konnte weiter durch das Land reisen und sich irgendwo in einem Wald niederlassen, wo sie niemand kannte. Dort konnte sie Kräuter ziehen, ihre Tränke brauen und diese in der nächsten Stadt verkaufen. Im nächsten Moment sank ihr Mut. Durch die Wilderer waren die Wälder unsicher. Daher wurde der Forst in den meisten Grafschaften streng bewacht, und wenn die Leute einen Schuldigen für ihre Not bräuchten, wäre Jenna abermals die Erste, die am Pranger stehen würde.

»Mammere kann manchmal ganz schön stur sein.«

Erschrocken wandte sich Jenna um und sah in Amandos Augen. Sein Blick hatte nichts von der Unbeschwertheit verloren.

Er strich ihr eine Strähne aus dem Gesicht. »Glaube mir, früher oder später wird sie nachgeben.«

»Ich kann nicht bei euch bleiben«, sagte Jenna mit brüchiger Stimme. Die Angst vor dem Alleinsein schnürte ihr den Hals zu.

»Zwingen kann ich dich nicht.« Er ließ die Hand sinken. »Aber wenn es nur wegen Mammere ist, musst du mir vertrauen. Sie wird einlenken. Weißt du, es ist ihr Misstrauen Fremden gegenüber. Vor vielen Jahren ist sie wegen ihrer Wahrsagerei drei Tage in einen Turm gesperrt worden.«

Jenna seufzte. »Dann müsste sie doch eigentlich nur zu gut wissen, wie es mir gerade ergeht.«

»Das tut sie auch. Aber wie ich schon erzählt habe, sie ist etwas stur. Du musst wissen, in unserer Sippe ist mein Vater zwar offiziell das Oberhaupt. Er hat das Sagen. Aber was er sagt, das bestimmt meist Mammere.«

»Hast du nicht behauptet, du hättest das letzte Wort?«

Amando grinste breit. »Richtig, weil sie mir letztendlich nichts abschlagen kann.«

»Ich werde immer ein unwillkommener Gast sein. Eine Fremde.« Jenna senkte den Blick.

»Ich glaube, du willst gar nicht bei uns bleiben. Kann das sein?«

Jenna brauchte über die Frage nicht lange nachzudenken. Sie hatte ja doch keine Wahl. »Das stimmt nicht. Ich würde mich gern bei euch nützlich machen.«

Amando hatte sein Lächeln wiedergefunden. »Dann geh zu Mammere. Sie braut dir gerade etwas für die Kopfschmerzen.«

Ein ungutes Gefühl beschlich Jenna. Sie wollte sich der Frau nicht anbiedern. »Das muss sie nicht tun«, sagte sie heiser.

»Sie macht das aus freien Stücken. Aber ich muss dich leider warnen. Ihre Tränke helfen nicht sonderlich.«

Jenna horchte auf. »Ich kenne einen guten Trank gegen Kopfschmerzen. Mir fehlt dazu jedoch der Hirschzungenfarn und etwas Wein.«

Amandos Augen begannen zu leuchten. »Vielleicht hat Mammere so etwas.« Er fasste nach ihrer Hand. »Komm, ich bring dich zu ihr.«

Maria rührte in einem Kessel über dem Feuer. Als sie Jenna sah, presste sie die Lippen aufeinander. Amando küsste die Mutter auf die faltige Wange und sah in den Kessel. »Was ist das?«

»Gut gegen Kopfschmerzen«, knurrte Maria.

Neben ihr saß eine junge Frau von bestechender Schönheit. Ihr feines Haar war so schwarz wie das Gefieder eines Raben, die dunklen Augen versprachen Leidenschaft. Aber ihre Haut war hell und die Wangen rosig.

»Das ist Alma«, sagte Amando und legte die Hand auf die Schulter der Frau.

Ein Stich fuhr durch Jennas Herz, den sie sich selbst nicht erklären konnte. So schön, wie Alma anmutete, war Amando ihr sicherlich zugetan.

»Sie ist meinem Bruder versprochen«, fügte er hinzu, als habe er Jennas Gedanken gelesen.

»Bin ich nicht. Das weißt du ganz genau«, zischte Alma.

»Bist du wohl. Dass du ihn nicht willst und er dich nicht, ändert doch nichts daran, oder?« Amando grinste.

Maria schüttelte den Kopf. »Ihr werdet schon zueinanderfinden.«

Jennas Herz schien sich allmählich zu beruhigen. Was geschah hier mit ihr? Wie konnte Amando ihr so den Kopf verdrehen?

»Abwarten«, brummte Alma.

Maria schöpfte etwas von dem Sud ab und reichte Jenna die Schale. »Hier, trink das. Ist gut gegen deine Kopfschmerzen. Pass aber auf, es ist heiß.«

Jenna roch den Waldmeister in dem Sud.

»Sie braucht Hirschfarn. Hast du so etwas?«, fragte Amando.

»Hirschfarn hab ich nicht. Wozu soll der gut sein?« Maria sah ihn mit gerunzelter Stirn an.

Hirschzungenfarn, verbesserte Jenna in Gedanken und wünschte sich, auch vorher nichts gesagt zu haben. Amandos nächste Sätze waren absehbar, genauso wie Marias Antwort darauf.

»Sie kennt sich ziemlich gut mit der Heilkunst aus und meint, der Farn würde gegen Kopfschmerzen helfen.«

Maria verpasste ihrem Sohn eine schallende Ohrfeige. »Sie kennt sich also gut mit der Heilkunst aus. Aha!«

»Das weißt du doch.« Amando strich sich über die Wange.

»Nein, weiß ich nicht. Ich dachte, sie sei eine Zaubersche.«

»Und warum hast du mir dann eine Ohrfeige gegeben?«

Maria schwenkte bedrohlich den Kochlöffel vor Amandos Nase. »Du schickst mich an den Kessel, damit ich ihr einen Trank gegen die Kopfschmerzen braue!«

Amando nickte und zuckte mit den Schultern. »Ja, und?«

»Du weißt ganz genau, dass ich nicht allzu viel davon verstehe! Es liegt mir einfach nicht. Dazu kann ich die Kräuter nicht auseinanderhalten«, keifte Maria.

»Ach, Mammere.« Amando legte den Arm um Maria und küsste sie auf das Kopftuch. »Du musst keine Heiltränke mehr brauen. Jenna ist ja jetzt da.«

Jenna dachte an die Salbe, mit der Amando ihre Verletzung

am Kopf versorgt hatte. Allzu unbedarft konnte Maria nicht sein, schließlich war die Wunde bisher nicht brandig geworden.

Jenna nahm einen weiteren Schluck von dem Sud. »Ein Aufguss aus Waldmeister? Was ist noch darin?«

Maria zuckte mit den Schultern und sah teilnahmslos in den Kessel. »Sonst nichts.«

»Mammere lässt lieber die Puppen sprechen, als Kräuter abzuseihen.«

»Ich habe noch nie ein Puppenspiel gesehen«, sagte Jenna.

Maria sah auf. Ein Leuchten war in ihre Augen getreten. »Ehrlich nicht?«

»Nein, noch nie. Das würde ich aber gern mal machen.« Jenna trank den Sud aus und gab Maria die Schale zurück. »Vielen Dank.«

»Ich hoffe, es hilft wenigstens ein bisschen.« Maria wischte die Schale mit ihrer Schürze aus. Das Leuchten in ihren Augen war bereits wieder erloschen.

»Bestimmt.« Jenna verkniff es sich, Maria von der Wirkung des Hirschzungenfarns zu erzählen. »Darf ich deine Puppen sehen?«

Die Frau sah zu ihrem Sohn auf, der zufrieden lächelte. Dann blickte sie Jenna kopfschüttelnd an. »Brauchst dich nicht bei mir einzuschmeicheln.« Sie stellte die Schale zu ihren Füßen ab. »Ich hab es mir überlegt. Kannst ein paar Tage bleiben, bis du etwas anderes gefunden hast.« Sie hob den Zeigefinger. »Aber gewöhn dich nicht daran. Es ist nicht für immer.«

Amando umarmte seine Mutter und küsste sie auf die Wange. »Ich wusste doch, dass du ein gutes Herz hast.«

»Ach, geh weg.« Maria schob ihn von sich. Dann sah sie zu Jenna. »Komm, ich zeige dir meine Puppen.«

Jenna folgte ihr zu dem Karren, der mit einem Leinentuch

abgedeckt war. Maria zog es ab und öffnete eine der unzähligen Holzkisten. »Das hier sind meine liebsten Puppen.« Sie holte eine Holzpuppe hervor, die langes schwarzes Haar hatte. Sie trug ein Kleid aus smaragdgrüner Seide, dessen Saum goldener Brokat abschloss.

Jenna betrachtete das Gesicht, in das liebevolle Züge geschnitzt waren. »Das Haar ist echt, oder?«

»Ja, es ist Almas Haar.« Maria lächelte versonnen. »Sie heißt Ygraine. Ist sie nicht wunderschön?« Sie holte eine weitere Puppe hervor, einen Mann mit einem geschnitzten Bart. »Dies hier ist eine unserer wichtigsten Puppen. Unser König Uther.« Liebevoll strich Maria über den winzigen Hermelinkragen seines roten Umhangs. Sie drückte Jenna die Puppe in die Hand und holte eine weitere hervor. Es war ebenfalls ein Mann, in eine weiße Robe gewandet und mit langem weißen Echthaar sowie einem weißen Bart.

Jenna starrte die Puppe an. »Das muss der Magier Merlin sein.«

»Du kennst die Sage des Artus?«

Tränen traten in Jennas Augen. Sie seufzte. »Meine Mutter hat sie mir erzählt, als ich ein kleines Mädchen war.«

»Deine Mutter? Woher stammt sie?« Maria legte die Puppe zurück in die Kiste.

»Aus Irland.«

Maria hob die Augenbrauen. »Sie stammt aus dem Norden? Wie ist sie denn hierhergekommen?«

»Sie ist ihrem Bruder gefolgt. Mein Onkel war Mönch und hatte sich in der Abtei Brauweiler niedergelassen. Er hat sie zu sich geholt. Hier heiratete sie dann meinen Vater, der einen Hof nahe Brauweiler besaß.«

»Besaß?«

»Ja, nach Mutters Tod hat er den Verstand verloren. Er lebt nun im Hospital Revilien. Mein Onkel ist ebenfalls gestorben.« Jenna schluckte gegen den Kloß in ihrem Hals.

»Und was ist mit dem Hof?«

»Der wurde verkauft, und der Erlös war meine Mitgift.«

»Ich verstehe.« Versonnen strich Maria über Ygraines Haar und legte sie dann zurück zu den anderen Puppen. Anschließend sah sie Jenna an. »Du hast nichts mehr als die Sachen, die du am Leib trägst?«

Jenna blickte zu Boden. »Nein, ich habe nichts und niemanden mehr.« Sie holte tief Luft. »Ich weiß nicht, wo ich hingehen soll. Ich werde mich wohl irgendwo im Wald verstecken müssen.«

»Das kommt nicht in Frage.« Maria tätschelte Jennas Hand. »Deine Ahnen sind Kelten, genau wie die meinen. Im weitesten Sinne zumindest. Wenn du magst, kannst du für länger bei uns bleiben. Musst dich allerdings nützlich machen.«

Jenna ging das Herz auf. »Das kann ich! Ich kenne mich gut mit der Heilkunst aus. Was meinst du? Wenn ihr auftretet, könnte ich doch Tränke und Salben auf den Märkten verkaufen.«

»Sicher, denn du wirst dir wohl ein paar Münzen verdienen müssen. Wovon willst du sonst leben?« Maria klappte den Deckel der Truhe zu.

Plötzlich sah Jenna die Zukunft in einem viel rosigeren Licht. Im Schutz der Sippe würde sie sich einen Namen als Heilerin machen. Sie würde ganz neu anfangen, und niemand mehr würde sie eine Zaubersche schimpfen. Dankbar nahm sie Marias Hand in ihre und lächelte die Frau an.

»Eins noch«, sagte Maria.

»Ja?«

Es schien, als würde Maria weit über den Rand der Erde hinaus blicken. »Brich Amando nicht das Herz. Hörst du?«

Jenna sah sie verständnislos an und zog ihre Hand aus Marias. »Warum sollte ich?«

»Es wird der Tag kommen, an dem wir auf die Unseren treffen. Auf Fahrende, die ebenfalls Nachkommen der Slawen oder Kelten sind.« Marias Stimme wurde scharf. »Dann wird Amando mit einer Fahrenden verheiratet. Mit einer, die das Leben unter freiem Himmel gewohnt ist. Lass also die Finger von ihm.«

Abermals wallte dieses unangenehme Gefühl in Jennas Brust auf, das sie nicht einordnen konnte. Sie kannte Amando gerade einmal einen Tag, hatte ihn nie zuvor gesehen, und doch fühlte es sich an, als hätte sie ihr ganzes Leben lang auf ihn gewartet.

Jenna sah zu Boden. »Bei Amandos Vermählung werde ich euch gewiss nicht im Weg stehen. Und ganz sicher werde ich mich Amando nicht an den Hals werfen.« In diesem Augenblick schämte sich Jenna für das, was Maria von ihr hielt.

• • •

Elisabeth blickte aus dem Fenster auf die Gasse, wo die Häuser bereits lange Schatten warfen. Den ganzen Tag über hatte sie sich den Kopf zerbrochen, wie sie es Hermann sagen sollte. Doch Hermann würde offenbar auch an diesem Tag erst spät heimkehren. Früher war er manchmal am Mittag gekommen, um ein Mahl einzunehmen. Doch heute war er wie die letzten Tage ihrem Haus gänzlich ferngeblieben. All die Stunden hatte Elisabeth sich darauf vorbereitet, Hermann auf einen Hauslehrer für Steffan anzusprechen. Doch je mehr sich die Sonne neigte, desto mehr sank auch ihr Mut. Zu ihrem Glück hatte Hermann nicht bemerkt, dass Steffan der Schule ferngeblieben war.

Elisabeth sah, wie sich eine Gestalt dem Haus näherte. Ihr Bauch krampfte sich zusammen. Dann erkannte sie, dass der Mann gar nicht Hermann war. Sie kniff die Augen zusammen. Wenn ihre Sinne sie nicht täuschten, war dies der junge Mann, der bei Herrn Fense zu Besuch gewesen war – der Scholar, den er als Jakob Euskirchen vorgestellt hatte. Elisabeth reckte den Hals, um zu sehen, ob er an ihrem Haus vorbeiging. Der Mann sah kurz auf und näherte sich dann ihrer Pforte. Da hörte sie, wie unten der Eisenring gegen die Eingangstür schlug. Elisabeth erstarrte. Was wollte der Mann bloß von ihr? Durfte sie ihm überhaupt öffnen? Sie war doch mit Steffan allein im Haus.

Es klopfte erneut. Mittlerweile schlug ihr Herz so heftig, dass sie glaubte, es wollte ihr aus dem Hals springen. Was sollte sie nur tun? Sie warf einen Blick aus dem Fenster, um sich zu vergewissern, ob der Mann wieder ging. Tatsächlich war er von der Tür weggetreten, doch er blickte zum Fenster herauf. Ehe Elisabeth zurücktreten konnte, hatte er sie auch schon gesehen und winkte ihr aufgeregt zu.

»Frau Elisabeth, bitte öffnet die Tür! Ich habe eine wichtige Nachricht für Euch.«

Elisabeth biss sich auf die Unterlippe. Ob Herr Fense ihn geschickt hatte? Vielleicht hatte er es sich überlegt und ließ ihr nun durch Jakob den Namen eines Hauslehrers ausrichten. Sie legte die Hand auf ihr pochendes Herz und ging die Stiegen hinab. Mit zittrigen Fingern drehte sie den Schlüssel im Schloss und öffnete die Tür einen Spaltbreit. »Ihr wünscht?«

»Ist Euer Gemahl zu sprechen?«, fragte Jakob.

Elisabeth schüttelte den Kopf. »Nein, er ist nicht zu Hause.«

»Kann ich dann mit Euch sprechen? Es geht um den Hauslehrer, den Ihr sucht. Ich wüsste jemanden für Euren Sohn.«

Jakob Euskirchen sah nicht aus, als wollte er sie ausrauben. Sein Blick aus den blauen Augen war freundlich und verriet ihr, dass sie ihm vertrauen konnte. Elisabeth zog die Tür ein Stück weiter auf. Sie blickte sich um, ob kein vorwitziger Nachbar aus den gegenüberliegenden Fenstern sah. Als sie niemanden entdeckte, bat sie Jakob herein. Was sie hier wagte, war ungeheuerlich, und sie betete, Hermann möge noch ein wenig länger fortbleiben.

Elisabeth führte den Gast in die Wohnstube und bot ihm einen Platz an dem Tisch an. Dann schenkte sie etwas Wein in einen Pokal und reichte ihm diesen mit zittrigen Händen.

Jakob schien ihre Aufregung zu bemerken, denn er lächelte so herzlich, als wollte er sie beschwichtigen. »Ich gehe davon aus, dass Euer Gemahl noch keinen Lehrer für Euren Sohn gefunden hat.«

»Hätten wir einen Lehrer, hätte es für mich keinen Anlass gegeben, Euch ins Haus zu lassen.« Allmählich wurde Elisabeth etwas ruhiger.

Vergnügt lachte Jakob auf. »Verzeiht mir meine Torheit.«

Elisabeth goss sich ebenfalls etwas Wein in einen Pokal und setzte sich zu ihm an den Tisch. »Ihr kennt also einen Lehrer für Steffan? Darf ich wissen, wie er heißt und wo ich ihn finde?«

»Deshalb bin ich hier.« Er sah sich in der Wohnstube um.

Elisabeth folgte seinem Blick zu dem großen Schrank mit den geschnitzten Ornamenten, der fast die ganze Wand gegenüber dem Fenster einnahm.

»Ein schönes Haus habt Ihr«, sagte Herr Euskirchen.

»Ja, das stimmt.« Elisabeth wartete, bis er ihr wieder in die

Augen sah. Dann fragte sie ihn erneut nach dem Lehrer. Ihr blieb keine Zeit zum Plauschen, denn Hermann konnte jeden Augenblick heimkommen.

Jakob Euskirchen streckte den Rücken durch und faltete die Hände im Schoß. »Auf welche Schwerpunkte legt Ihr bei der Ausbildung Eures Sohnes wert? Ich nehme an, Steffan soll in die Fußstapfen seines Vaters treten.«

»Das werde ich dann mit seinem Lehrer besprechen. Ich hoffe, Ihr kennt jemanden, der in Rechnungswesen, Sprachen und in der Schrift gelehrt ist.« Ein wenig erfüllte es Elisabeth mit Stolz, dass Herr Euskirchen mit ihr eine ernste Unterhaltung über Steffans Erziehung halten wollte.

»Und in der Geografie.« Jakob Euskirchen nippte an seinem Glas und stellte es zurück auf den Tisch.

»Ja, sicher. Und wen empfehlt Ihr mir nun?«

Er grinste breit. »Mich. Ich würde Euren Sohn unterrichten.«

Elisabeth glaubte, sich verhört zu haben. »Ihr?«

»Wäre das so abwegig? Ich habe gerade meinen Bakkalaureus gemacht.«

Elisabeth sah ihm in die Augen. Sie wusste nicht, weshalb, aber der Gedanke, Jakob täglich zu sehen, gefiel ihr. Auch, wenn ihr nicht geläufig war, was sein Abschluss zu bedeuten hatte.

Jakob öffnete die lederne Tasche, die er bei sich trug, zog ein Pergament hervor und reichte es ihr. »Seht selbst, hier ist die Urkunde meines Bakkalaureus.«

Elisabeth betrachtete es. Sie hätte zu gern gewusst, was darauf stand, doch sie hatte nie lesen gelernt. Ihr Vater hatte dies nicht für nötig gehalten. Für ihn musste eine Frau imstande sein, einen Haushalt zu führen, Bedienstete anzuleiten und den Kindern Manieren beizubringen.

»Was meint Ihr? Sollte ich es mit Eurem Steffan versuchen?«

Über den Eigelstein hallten bereits die Glocken zur Vesper. Elisabeth musste eine Entscheidung treffen, denn die Zeit rann ihr wie Sand durch die Finger. Sie gab Jakob das Pergament zurück. »Wann könnt Ihr anfangen?«

Sein Lächeln war so voller Leben, dass Elisabeth die Röte in die Wangen stieg.

»Ich könnte gleich morgen früh mit dem Unterricht beginnen.«

Zum ersten Mal, seit sie denken konnte, hatte Elisabeth etwas zu sagen, das Gehör fand. Sie ganz allein traf eine Entscheidung. »Sehr gern.« Stolz wie ein Pfau erhob sie sich vom Stuhl und reichte Jakob Euskirchen die Hand. Als er sie nahm und sie kaum spürbar mit den Lippen berührte, hielt Elisabeth die Luft an.

Kurz darauf brachte sie Jakob zur Tür, und nachdem er das Haus verlassen hatte, legte sie lächelnd die Hand auf die Brust. Sie hatte es ganz allein geschafft, einen Lehrer für Steffan zu finden. Als sie wieder zu Atem gekommen war, ging sie hoch in die Wohnstube und leerte ihren Pokal. Dabei fuhr sie mit den Fingern über die Lehne des Stuhls, auf dem Jakob gesessen hatte. Sie fand ihn im Gegensatz zu Hermann erfrischend jung. Es mochten gewiss über zehn Winter zwischen dem Alter der beiden Männer liegen. So schätzte sie zumindest. Elisabeth schenkte sich Wein nach. Nun musste sie nur noch den Mut aufbringen, Hermann von Jakob Euskirchen zu erzählen. Sie biss sich auf die Unterlippe und sah aus dem Fenster.

Der Himmel über den Dächern am Eigelstein glühte in purpurnen Farben. In der Gasse zeichnete sich eine dunkle Silhouette ab. Als sie näher kam, erkannte Elisabeth Hermann, und ihr brach im Nacken der Schweiß aus. Rasch nahm sie einen weiteren

Schluck Wein und noch einen, bis der Pokal geleert war. Dann hörte sie, wie die rostigen Scharniere der Eingangstür knarzten. Augenblicklich wurde ihr übel. Zu gern hätte sie sich rasch ins Bett gelegt und schlafend gestellt. Die Schritte auf der Stiege kamen näher. Elisabeth stellte den Pokal auf den Tisch und wischte sich die feuchten Handflächen an den Röcken ab.

Hermann hustete, dann schob er die Tür zur Wohnstube auf. »Was für ein Tag«, murmelte er und nahm sich das Barett vom Kopf. Dann blickte er zum Tisch. »Du hattest Besuch?«

Elisabeth wurde es heiß und kalt zugleich. Sie hatte vergessen, Jakobs Weinpokal abzuräumen. »Ja, hatte ich.«

Hermann hob die Augenbrauen und lockerte seinen Kragen. »Wer hat dich denn beehrt?«

Elisabeths Kehle war wie zugeschnürt. Sie brachte die Worte nicht über die Lippen.

»Himmel, was wirst du denn so rot?« Er lachte. »Etwa ein Verehrer?«

Wie so oft nahm er sie nicht ernst. Aber das würde sich gleich ändern. Elisabeth holte Luft. »Steffan geht nicht mehr in diese Kaufmannsschule.«

Wie sie es geahnt hatte, fiel Hermann das Lachen aus dem Gesicht. Er starrte sie an. »Bitte was?«

»Er wird hier zu Hause unterrichtet. Ich habe bereits einen Lehrer angestellt.«

Hermann kniff die Augen zusammen. »Du hast *was?*« Er schüttelte den Kopf. »Das ist nicht dein Ernst.«

»Doch.« Sie setzte sich auf den Stuhl, auf dem zuvor Jakob gesessen hatte. »Herr Euskirchen hat einwandfreie Referenzen.«

Hermann deutete ein Kopfnicken an und kniff stumm die Augen zusammen.

»Hör zu, Hermann. Es kann nicht sein, dass Steffan in der Schule über Stunden hinweg auf Erbsen knien muss. Er ist ein braver Junge. Es gab gewiss keinen gerechtfertigten Anlass, ihn dermaßen zu bestrafen.«

Hermann verdrehte die Augen und sah zu den Deckenbalken. »Und wenn schon! Daran stirbt der Junge nicht.« Er senkte den Blick wieder und sah Elisabeth scharf an. »Er geht morgen zur Schule. Verstanden?«

Elisabeth zitterte vor Wut. »Solltest du ihn morgen in die Schule zwingen, gehe ich zum Rat und erzähle den Herren von deiner Hure und dem Ehebruch, den du begehst.« Sie reckte das Kinn vor.

Hermann holte aus. Im nächsten Moment traf seine Hand ihre Wange. Der Schlag raubte ihr kurz die Sicht und ließ sie taumeln. Als sie sich bald darauf wieder gefangen hatte, raffte sie ihre Röcke und stürmte aus der Wohnstube.

8

Eine blutrote Sonne wärmte Jennas Rücken, als sie sich nach dem Huflattich bückte. Sie wollte zunächst so viele Kräuter sammeln, wie sie fand. Später, wenn sie ihre Tränke und Salben dann auf den Märkten verkauft hatte, würde sie erlesene Heilkräuter kaufen. Zutaten, die hier nicht wuchsen. Und sie musste für den Winter vorsorgen. Ein wenig bedauerte sie es, dass sie nicht mehr eigene Kräuter anpflanzen konnte. Doch sie hatte es gut getroffen. Hier bei der Sippe hoffte sie, endlich die Geborgenheit zu finden, die sie seit dem Tod ihrer liebsten Menschen schmerzlich vermisste.

Amando war hinter sie getreten und hielt ihr einen Weidekorb entgegen. »Leg das Kraut hier hinein.«

Jenna wischte sich die Hände an ihren Röcken ab. »Wo warst du? Ich hab dich gesucht.«

»Ich war mit Loppo in Köln. Wir haben uns die Stadt angesehen. Wie war das Gespräch mit Mammere?« Er grinste, als wüsste er bereits von Marias Entscheidung.

Jenna mied seinen frohlockenden Blick und sah in den Korb. »Ich darf erst einmal bleiben.«

»Sagte ich doch. Mammere kann mir nichts abschlagen.« Er fasste nach ihrem Haar und ließ eine Strähne durch seine Finger gleiten. »Nun habe ich die Verantwortung für dich, meine kleine Bohdana.«

Auch wenn sie nicht wirklich wusste, wie er das meinte, verschwieg sie ihm, was Maria zu ihrer Beziehung gesagt hatte. Jenna würde Amando nicht zu nahe kommen, auch ohne Marias Warnung. Schließlich war sie vor Gott immer noch eine verheiratete Frau, selbst wenn Gernot sie verstoßen hatte. Oder galt sein Wort auch vor dem Herrn? Jenna wusste es nicht. Aber es war zudem nicht wichtig. Gernot würde sie nicht wieder aufnehmen. Er hatte ihre Mitgift, mehr brauchte er nicht. Eine Träne rollte über ihre Wange. Wie verseuchtes Vieh war sie aus ihrem Weiler gejagt worden.

Amando wischte die Träne mit dem Daumen fort und hob ihr Kinn an. »Du musst nicht traurig sein, Mädchen. Denke nur an den Gott Daschbog. Er hat dich vor meine Füße gelegt, und von nun an passe ich auf dich auf.«

Jenna musste unwillkürlich lachen, was ein schmerzhaftes Brummen in ihrem Kopf zur Folge hatte. »Das klingt, als wäre ich für dich ein Geschenk des Himmels.«

Er blickte zu den purpurfarbenen Wolken über ihnen. »Sagte ich doch schon, meine kleine Bohdana.«

»Die meisten sind nur für ihre Mütter ein Gottesgeschenk.«

Amando sah sie wieder an. »Du glaubst nicht an die Liebe, oder?«

»Zwischen Mann und Frau?« Jenna schluckte hart.

Er nickte. »Ja, zwischen Mann und Frau.«

Jenna vermochte ihm darauf keine Antwort zu geben, denn sie wusste nicht einmal richtig, was Liebe zwischen Mann und Frau bedeutete. Woher auch? Sie hatte Gernot nicht einmal gemocht, da er sich meist wie ein Widerling benahm. »Glaubst du daran?«

»Sicher, ich erlebe sie Tag für Tag.«

Abermals spürt Jenna einen Stich in der Brust. »Du liebst eine Frau?«

Amandos Wangen röteten sich. »Meine Eltern lieben sich, da bin ich mir ganz sicher. Und das Spiel mit Mammeres Puppen handelt auch von der Liebe.« Er lachte etwas zu laut auf.

Jenna schmunzelte. »Ich freue mich schon sehr darauf, es zu sehen.«

Amando sah in die Richtung, in der sich das Lager der Sippe befand. »Dann sollten wir uns beeilen. Mammere und Dade spielen heute Abend nur für unseren Kreis.«

Die anderen hatten sich bereits in einer Reihe vor die gestapelten Holzkisten gesetzt. Hinter dem Sichtschutz hockten Maria und ihr Mann Radek mit ihren Handpuppen. Jenna setzte sich mit Amando zwischen die Vaganten und sah gebannt zu den Kisten. Da tauchte die erste Puppe auf, und das Getuschel um sie herum verstummte.

»Ich, König Uther Pendragon«, ertönte Radeks tiefe Stimme hinter den Holzkisten, »werde mit meinem Heer gegen Cornwall kämpfen.«

Eine zweite Puppe erschien, die Jenna als den Magier Merlin kannte.

»Mein König, wegen einer Frau wollt Ihr in die Schlacht reiten?«

Der König nickte.

Jenna konnte den Blick nicht abwenden. Der König hatte sich während seiner Krönung unsterblich in Ygraine verliebt, doch diese war schon mit seinem Erzfeind, dem Herzog von Cornwall, verheiratet. König Uther bat den Magier Merlin deshalb, ihn in die

Gestalt von Cornwall zu verwandeln. Als er kurz darauf mit Cornwalls Aussehen die Burg des Herzogs betrat und Ygraine in die Arme schloss, nahm Amando Jennas Hand verstohlen in seine. Jenna spürte seinen sanften Druck und sog tief den Atem ein. Etwas rührte sich in ihrem Herzen, ein warmes Gefühl, das bis in den Bauch reichte.

»Siehst du, das ist Liebe«, flüsterte Amando ihr ins Ohr.

Jenna wusste, dass sie ihm die Hand besser entziehen sollte. Doch ihr Herz weigerte sich, denn die Berührung fühlte sich einfach zu schön an. Es fiel ihr schwer, das weitere Spiel der Puppen zu verfolgen. Immerzu musste sie an Marias Worte über Amandos Vermählung denken. Sie durfte nichts für ihn empfinden. Der Gedanke, dass dies Liebe sein könnte, bereitete ihr plötzlich Angst. Rasch zog sie die Hand aus seiner.

Amando sah sie enttäuscht an und biss sich auf die Unterlippe. »Verzeih«, flüsterte er und wandte den Blick ab. Seine Wangen hatten sich gerötet.

Es tat Jenna weh, ihn so zu sehen. Sie musste ihm erzählen, was Maria zu ihr gesagt hatte. Amando sollte nicht denken, dass sie ihn nicht mochte. Das hatte er nicht verdient.

Maria und Radek beendeten das Puppenspiel und traten hinter den Kisten hervor. Die Vaganten klatschten und johlten, während sich Amandos Eltern vor ihnen verbeugten.

Jenna stand auf und verließ die Gruppe. Sie ging zu einer Eiche, deren Krone sich wie ein Dach über sie ausbreitete. Insgeheim hoffte sie, Amando würde ihr folgen, denn sie musste ungestört mit ihm reden. Aber er kam nicht. Erschöpft lehnte sie sich mit dem Rücken gegen den Baumstamm und atmete ein paarmal tief ein und aus. Dann ging sie zurück zu den anderen, um Amando zu suchen.

Sie fand ihn bei seinen Eltern, er half ihnen, die Kisten auf den Karren zu heben. Als er Jenna bemerkte, sah er sie kurz an. Sie wollte ihm mit einer Geste andeuten, dass er zu ihr kommen sollte, doch da hatte er schon wieder den Blick abgewandt. All die Fröhlichkeit war aus seinen Augen verschwunden.

• • •

Die ganze Nacht hatte Elisabeth über das Geschehene nachgedacht. Nachdem Hermann sie geschlagen hatte, war er wieder aus dem Haus gegangen und nicht mehr heimgekommen. Mittlerweile war sie sich ziemlich sicher, dass er regelmäßig bei einer anderen Frau lag. Viel zu oft hatte er in der letzten Zeit danach gerochen. Was würde geschehen, wenn sie zum Rat ginge und ihn des Ehebruchs bezichtigte? Sie könnte keine Beweise vortragen, und Hermanns Wort wog schwerer als das ihre.

Vor dem Fenster graute der Morgen. Schwerfällig kroch Elisabeth aus dem Bett. Sie sollte Steffan in die Schule bringen. Vielleicht half es ja, wenn sie dem Lehrer ein paar deutliche Worte sagte. Sie schüttelte den Kopf. Er würde sie ebenfalls nicht ernst nehmen – wie alle Männer. Ungehalten biss sie sich auf die Unterlippe. Aber Jakob war anders. Elisabeth dachte daran, wie respektvoll er sie behandelt hatte. Ihr Gemüt erhellte sich bei dem Gedanken, ihn heute wiedersehen zu können.

Ein Plan schlich sich in ihren Kopf, der nur allzu verlockend war. Elisabeth zog sich an und kämmte sich sorgfältig das Haar. Nein, sie würde Steffan nicht in die Schule bringen. Ihr Sohn sollte nicht unter der Kälte der Menschen leiden wie sie selbst. Auch wenn er noch ein Kind war und auf den richtigen Weg gelenkt werden musste, sollte sein Leben schön sein.

Nachdem sich Elisabeth angezogen hatte, ging sie in die Küche, um ihrem Sohn das Frühmahl zuzubereiten. Als sie gerade das Getreide in den Kessel gab, kam Steffan auf bloßen Füßen zu ihr und rieb sich den Schlaf aus den Augen.

»Muss ich in die Schule?«, fragte er leise.

Elisabeth beugte sich zu ihm hinab und drückte einen Kuss in sein Haar. »Nein, das musst du nicht. Nach dem Frühmahl wird ein Lehrer kommen.«

Steffan horchte auf. »Nur für mich?«

»Ja, du erinnerst dich doch an den Mann, der bei Herrn Fense gesessen hat. Er wird fortan dein Lehrer sein.«

Ein Lächeln huschte über Steffans Lippen. »Der war freundlich, oder?«

»Ja, Herr Euskirchen ist ein freundlicher Mann.« Elisabeth fuhr Steffan durch das zerzauste Haar. Ein Ziehen im Bauch verriet ihr, wie sehr sie sich darauf freute, Jakob wiederzusehen.

»Ist Vater schon aus dem Haus?«, fragte Steffan.

Elisabeth nickte und konnte nur beten, dass Hermann vor dem Abend nicht heimkam. »Ja, er ist bereits im Stapelhaus«, log sie. Sie wollte Steffan an diesem wunderschönen Morgen das Herz nicht unnötig schwer machen.

Beim Frühmahl plapperte Steffan unentwegt, und als Elisabeth später die Schalen abspülte, hörte sie, wie der Eisenring gegen die Eingangstür schlug. Ihr Herz machte einen Satz, und sie eilte die Stiegen hinab, um Jakob zu öffnen.

Der junge Mann strahlte hell wie die Morgensonne, als er sie begrüßte. Elisabeth glaubte zu sehen, dass er sich wohl ebenso freute wie sie. Sie bat ihn herein und führte ihn in das Arbeitszimmer, wo Steffan bereits hinter Hermanns Schreibpult saß.

»Wenn Ihr möchtet, könnt Ihr dabeibleiben«, sagte Jakob.

»Ich bleibe gern ein wenig.« Sie setzte sich auf einen der gepolsterten Stühle ans Fenster.

Jakob lächelte ihr zu und strich Steffan mit der Hand über den Kopf. »So, kleiner Mann. Verrätst du mir, welche Buchstaben du schon kennst?«

Elisabeth betrachtete Jakobs schlanke Finger, ließ den Blick über seine Brust und das blondgelockte Haar schweifen. Er war genau das Gegenteil von Hermann. Warum nur hatte ihr Vater sie nicht mit solch einem Mann zusammengeführt? Sie seufzte ungewollt und zog damit Jakobs Aufmerksamkeit auf sich.

»Ihr müsst hier nicht sitzen, wenn es Euch langweilt.« Er neigte ein wenig den Kopf, als er sie ansah.

Sie winkte ab. »Nein, nein, der Unterricht langweilt mich nicht. Meine Gedanken sind gerade nur ein wenig auf Reisen gegangen.«

Jakob lächelte und fuhr fort, Steffan abzufragen.

• • •

Ursula stützte sich auf ihren Ellenbogen und betrachtete Hermann, der noch in einem tiefen Schlaf lag. Die halbe Nacht lang hatte er sie mit solch einer verzweifelten Wut genommen, dass ihr nun alles wehtat. Er hatte ihr nicht erzahlt, was geschehen war. Doch als er sich in ihr ergoss, waren ihm Tränen über die Wangen gelaufen. Es stach ihr ins Herz, ihn so leiden zu sehen, da er dies ihrer Meinung nach nicht verdient hatte.

Hermanns Lider flackerten. Dann öffnete er die Augen. »Verzeih mir«, sagte er heiser.

»Was hat dich so verärgert?« Ursula strich ihm eine verschwitzte Haarsträhne aus der Stirn.

»Meine Frau. Sie hat gedroht, mich beim Rat wegen Ehebruchs anzuzeigen.«

»Hast du ihr von uns erzählt?«

Hermann sah sie entsetzt an. »Natürlich nicht!«

»Hat sie Beweise oder vielleicht Zeugen, die dich hier gesehen haben könnten?« Ursula zog sich das Laken über die entblößte Brust.

»Wie sollte sie? Ich war immer vorsichtig.«

»Dann ist es ihrerseits bloß eine Vermutung. Der Rat wird ihr keinen Glauben schenken.«

Hermann strich Ursula sanft mit den Fingerspitzen über den Arm. Eine Gänsehaut breitete sich auf ihren Armen aus.

»Dennoch«, sagte er. »Eine Frau bezichtigt ihren Ehemann nicht ohne Weiteres des Ehebruchs. Die Ratsherren werden es hinterfragen. Glaube mir, es bleibt immer ein übler Nachgeschmack. Vielleicht werden sie mich auch beobachten. Außerdem, wie stehe ich denn da, wenn mein Weib mir in den Rücken fällt?«

»Dann stimme sie wieder froh. Erfülle ihr jeden Wunsch.« Die Worte, die sie sagte, schnitten ihr selbst ins Herz. Wie sehr wünschte sie sich, das Leben dieser Frau zu führen!

»Das kann ich nicht. Sie widert mich an. Ich würde sie am liebsten im Rhein ersäufen!« Hermann schlug mit der Faust auf das Laken neben sich.

»Denk an uns. Du musst sie beschwichtigen – oder willst du dich lieber von mir abwenden?«

Er strich ihr über die Wange. »Nein, mein Lieb. Da könnten sie mir genauso gut das Herz aus der Brust reißen.«

Er übertrieb wie immer, fand Ursula.

Hermann senkte seine Lippen auf ihre und küsste sie stürmisch. Dann riss er das Laken von ihrer Brust und schob sich auf sie. »Meine Ursula, meine Schöne«, keuchte er und drängte sich erneut mit dem Unterleib zwischen ihre Beine.

Ein scharfer Wundschmerz fuhr durch ihre Scham, als er sich in sie schob. Ursula unterdrückte ein Stöhnen und betete, dass es schnell vorbei sein würde. Doch er liebte sie langsam und nicht mehr mit solch einer Wut wie in der Nacht. Immer wieder hielt er inne, streichelte und küsste ihre Brust und ihr Gesicht, bevor er sich wieder in ihr bewegte. Ursula biss vor Schmerz die Zähne zusammen. Obwohl es sie fast zerriss, drückte sie den Unterleib fester gegen ihn und gab ihm mit ihren Bewegungen seine Stöße vor. Sie wusste, wie sie es anstellen musste, um ihn der Erlösung entgegenzutreiben. Schon ging sein Atem schneller, und auch seine Stöße wurden heftiger. Er schloss die Augen, keuchte und bäumte sich auf. Endlich war es vorbei. Als Ursula daran dachte, dass sie später noch mehr Freier bedienen musste, füllten sich ihre Augen mit Tränen.

Hermann ließ von ihr ab, rollte sich auf den Rücken und starrte gegen die Deckenbalken. »Was machst du bloß mit mir?«

Sie zwang sich ein Lächeln ab. »Ich versuche, dich glücklich zu machen.«

Auch er lächelte. »Das gelingt dir. O ja, das gelingt dir wirklich. Was wäre mein Leben ohne dich?« Er richtete sich auf und stützte sich auf die Ellenbogen. »Das Büßerinnenhaus wird bald fertig eingerichtet sein. Dann kannst du dort einziehen.« Er nahm ihre Hand und küsste jeden einzelnen Finger. »Bald bist du für immer in meiner Nähe.«

Allmählich begann der Gedanke Ursula zu gefallen. In diesem Haus würde sie sich gewiss endlich ausruhen können.

9

Das Gefühl, Amando verletzt zu haben, schmerzte Jenna mehr, als sie sich eingestand. Immer noch wich er ihr aus, sodass sie auch am nächsten Tag keine Gelegenheit gehabt hatte, mit ihm zu reden. Sie wollte ihm nichts verheimlichen, denn ihre Freundschaft zu ihm war ihr wichtiger als alles andere. Jenna pflückte den Mohn und legte ihn zu den anderen Pflanzen in den Korb. Dann sah sie über ihre Schulter und stellte fest, dass Maria auf sie zueilte.

Amandos Mutter war außer Atem. »Kannst du zu uns kommen?«

»Was ist denn?«, fragte Jenna.

Maria presste sich die Hände auf die Brust. »Amando hat arge Schmerzen.«

Jenna erschrak. »Was fehlt ihm denn?«

»Er hat leichtes Fieber und muss andauernd Wasser lassen.«

»Das klingt, als hätte er eine Entzündung im Unterleib.« Jenna rief sich ins Gedächtnis, welche Heilkräuter Hildegard von Bingen zur Linderung empfohlen hatte. Goldrute und Eibisch fielen ihr ein. Allerdings war sie sich sicher, dass es noch mehr Kräuter gewesen sein mussten. Doch was nutzte ihr dies? So rasch fand sie diese nicht. Sie musste unbedingt die Aufzeichnungen aus dem

Versteck holen und vielleicht einen Vorrat aus ihrer Kräuterküche. Aber wie sollte sie das anstellen, ohne gesehen zu werden? Ihre Gedanken wandten sich wieder Amandos Beschwerden zu, und ihr fiel noch etwas ein. »Hast du Gerste und Honig?«

Maria nickte. »Ja, sicher.«

»Dann lass uns gehen.«

Gemeinsam eilten sie zum Lager. Amando saß auf dem Boden, mit dem Rücken an einen Baumstamm gelehnt. Schweißperlen glänzten auf seiner Stirn, und seine Wangen waren gerötet. Als er die Frauen sah, lächelte er gequält.

Jenna beugte sich zu ihm hinab und legte die Hand auf seine Stirn. Das Fieber schien nicht sehr hoch zu sein. Sie würde erst einmal nichts dagegen unternehmen, denn die Hitze bekämpfte die kranken Säfte. »Maria sagt, du hast Schmerzen?«

»Es brennt beim Pinkeln wie verrückt. Jeder Tropfen will einzeln raus.«

»Du hast gewiss eine Entzündung. Ich koche dir einen Sud, der wird dir nach einer Zeit helfen. Die Schmerzen kann ich dir jedoch erst einmal nicht nehmen.« Sie band sich den Stein vom Hals und gab ihn Amando in die Hand. »Hier, er hilft auch gegen Beschwerden beim Wasserlassen. Wenn ihr Wein habt, lege ich den Ligur später darin ein.«

Amando legte den Kopf in den Nacken, umfasste den Stein und schloss die Lider. »Wein haben wir zurzeit nicht. Nur Bier.«

»Dann halte den Stein gut fest und glaube an seine Kraft.« Jenna drückte Amandos Hand. »Warte hier. Ich bin gleich wieder zurück.« Sie erhob sich und folgte Maria an die Kochstelle.

»Hier ist die Gerste.« Maria reichte ihr ein Säckchen. »Ich hab schon Wasser im Kessel. Es müsste gleich sieden. Das brauchst du doch, oder?«

»Genau.« Jenna gab die Gerste in den Kessel. »Hast du auch noch etwas frisches Wasser übrig?«

»Ja, hier im Eimer. Ganz frisch aus dem Bach.«

»Sehr gut. Nun bräuchte ich noch ein sauberes Tuch und eine große Schale.«

Maria eilte zu ihrem Karren und holte, wonach Jenna verlangt hatte.

Jenna kocht die Gerste kurz auf, seihte sie ab und schüttete sie in einen anderen Kessel. Dann schöpfte sie etwas Wasser aus dem Eimer und goss es über die Gerste, um sie zu reinigen. Anschließend ließ sie das Wasser mit den Körnern köcheln, bis diese weich waren.

»Und nun?«, fragte Maria.

»Nun warten wir, bis das Wasser lauwarm ist, gießen die Gerste ab und süßen den Sud mit Honig.«

Maria sah sie ungläubig an. »Und das soll helfen?«

»Es wird eine Weile dauern. Aber wenn Amando mehrmals am Tag einen Becher davon trinkt, müsste es ihm bald besser gehen.« Versonnen betrachtete Jenna den Sud und stieß schwer den Atem aus.

Maria legte die Hand auf ihren Unterarm. »Was ist los, Mädchen?«

»Ach, wenn ich doch nur meine ganzen Kräuter bei mir hätte! Und die Schriften meines Onkels.«

»Was sind das für Schriften?«

»Er hat darin die Heilkunst der Hildegard von Bingen notiert. Es ist mein Erbe, weißt du? Wenn ich den Menschen helfen will, muss ich sie unbedingt haben. Doch wenn ich in unseren Weiler zurückkehre, töten die anderen mich.«

Maria tätschelte ihre Hand. »Ich rede am Abend mit Radek. Vielleicht weiß er Rat.«

Jenna schenkte ihr ein Lächeln. »Danke, Maria.« Sie schöpfte etwas von dem Sud in einen Becher und ging zu Amando.

Er war hinter den Baumstamm getreten, um Wasser zu lassen. Jenna hörte ihn keuchen und glaubte geradezu, seine Schmerzen spüren zu können. Als er wieder hinter dem Baum hervortrat, hingen ihm die Locken schweißnass in der Stirn. Jenna reichte ihm den Becher und sah, dass er sich den Ligur um den Hals gebunden hatte. Sie würde ihm den Stein überlassen, bis es ihm besser ging.

»Wie fängt man sich bloß so etwas ein?« Amando wischte sich mit dem Hemdsärmel über die Stirn.

»Hast du vielleicht zu oft im kalten Bach gebadet und deine Hose dabei angelassen?«

»Davon soll ich das bekommen haben? Vertragen sich der Bach und meine Hose etwa nicht?«

»Dein Unterleib kühlt zu sehr aus, wenn du eine nasse Hose anbehältst. Hast du davon noch nie gehört?«

»Nein, noch nie.«

Sie lachte. »Also, beim nächsten Bad ziehst du die Hose besser aus.« Als ihr bewusst wurde, was sie gerade gesagt hatte, stieg ihr die Hitze in die Wangen.

Amando hob die Augenbrauen und gluckste. »Nichts leichter als das.«

»Du musst viel trinken, damit die kranken Säfte aus deinem Leib gespült werden.« Jenna nahm ihm den Becher aus der Hand. »Ich hole dir gleich noch etwas.«

Als sie erneut zurückkehrte, lehnte Amando wieder mit dem Rücken am Baumstamm und hielt die Augen geschlossen. Jenna setzte sich neben ihn und spürte die Wärme, die sein Leib ausstrahlte. Vielleicht war dies der richtige Augenblick, um mit ihm über Marias Worte zu sprechen. Sie holte tief Luft.

»Irgendetwas bedrückt dich doch«, sagte Amando prompt. Er öffnete die Augen und sah auf ihre Hand, in der sie den Becher hielt. »Es tut mir leid, wenn du dich von mir bedrängt fühlst. Oder wenn du mich nicht magst.«

»Das ist es nicht.«

Amando nahm ihr den Becher ab. »Weshalb hast du mir dann beim Puppenspiel deine Hand entzogen?«

»Ich mag dich wirklich sehr.« Jenna suchte nach den rechten Worten. Vielleicht war es ja auch nur eine harmlose Geste seinerseits gewesen. Für sie hatte es sich jedoch anders angefühlt.

»Nun sag doch endlich, was los ist.« Er neigte den Kopf.

Jenna mied seinen Blick und sah zu Boden. »Wir dürfen nicht so vertraut miteinander sein.«

»Wer sagt das?«

»Du wirst eine von deinesgleichen zur Frau nehmen. Da ist es nicht gut, wenn wir uns zu sehr aneinander gewöhnen.«

Amando stutzte. »Bitte was? Wer sagt denn, dass ich mir eine Frau nehmen werde?«

»Deine Mutter. Sie sagte, ich solle mich deshalb von dir fernhalten.«

Er lachte auf. »Mammere redet viel, wenn der Tag lang ist. Glaube mir, ich habe nicht vor, mich zu binden.«

Kurz fragte sich Jenna, ob das nur für andere Frauen galt oder auch auf sie zutraf. Was für ein törichter Gedanke. Wie konnte Amando ihr bloß so den Kopf verdreht haben?

Er trank den Becher aus und erhob sich. »Sorg dich nicht und lebe dein Leben. Es gehört dir und nicht Mammere. Außerdem hast du bereits genug Leid erfahren müssen.« Amando trat wieder hinter den Baumstamm. Kurz darauf gab er einen Schmerzenslaut von sich und fluchte.

»Amando ist ein Jammerlappen.«

Jenna wandte sich um.

Amandos Bruder grinste breit. Das feuerrote Haar stand in alle Richtungen von seinem Kopf ab.

»Hau ab, Loppo!«, stieß Amando aus.

»Er jammert, damit er von dir umsorgt wird.«

Amando schnellte hinter dem Baum hervor. »Pass auf, sonst drehe ich dir den Hals um.«

»Ach Brüderchen, du bist doch sonst für jeden Ulk zu haben.« Loppo kratzte sich das Kinn. »Scheint, als hättest du wirklich Schmerzen. Dabei wollte ich mich gerade von dir mit den Messern bewerfen lassen. Bevor du noch aus der Übung kommst und es gefährlich wird.«

»Daraus wird erst einmal nichts«, wandte Jenna ein. »Das Fieber schwächt ihn zu sehr.«

»Oha. Das sind klare Worte.« Loppo starrte Amando an. »Wie ich sehe, hast du nun einen Befehlshaber an deiner Seite.«

»Sie hat recht. Ich brauche Ruhe.«

»Ich kann nicht glauben, dass du dir etwas von einer Frau sagen lässt. Gerade du ...«

Amando machte eine ungeduldige Handbewegung. »Geh, Loppo, und lass mich mit deinen Sprüchen in Frieden.«

Loppo grinste wieder, wandte sich dann aber ab und ließ sie allein.

»Verzeih«, sagte Jenna. »Ich wollte dich vor deinem Bruder nicht bloßstellen.«

Amando stand die Erschöpfung in den Augen geschrieben.

»Ach was. Kümmere dich nicht um Loppos Worte. Wenn er nicht mindestens einen tumben Spruch am Tag von sich gibt, ist er kreuzunglücklich.«

»Ruh dich bis zum Essen aus. Ich gehe in der Zeit deiner Mutter ein wenig zur Hand.« Jenna erhob sich und strich sich die Röcke glatt.

Maria saß nah bei ihrem Karren und zog einem Kaninchen nach dem anderen das Fell über die Ohren. Als sie Jenna bemerkte, klopfte sie auf den Platz neben sich. »Komm und hilf mir. Wie geht es Amando?«

»Nicht so gut. Bei diesen Schmerzen muss er die Entzündung schon länger haben.« Jenna setzte sich neben Maria, griff nach dem Messer und begann eines der Kaninchen auszunehmen.

»Gut möglich. Amando ist ein harter Hund. Der lässt sich so schnell nichts anmerken. Kannst du ihm helfen?«

Jenna zuckte mit den Schultern. »Viele Heilkräuter stehen mir hier ja nicht zur Verfügung.«

»Wir werden heute Abend am Feuer beraten, was sich machen lässt.«

Jenna legte die Innereien des Kaninchens auf ein Brett. »Sag, Maria, könntest du mir mit einem Kleid aushelfen? Meins steht inzwischen vor Dreck. Ich würde es gern waschen.«

»Sicher, wenn du mit meinen einfachen Röcken einverstanden bist.«

»Keine Sorge, meine sind auch nicht edler.«

Während sie sich weiterhin mit den Tieren beschäftigten, plauderte Amandos Mutter ein wenig über ihre Sippe. Wer von wem abstammte und wer was tat. Jenna hörte ihr aufmerksam zu.

Dann erzählte Jenna von ihrer eigenen Familie, von dem Tod der Mutter und vom Vater, der im Tollhaus saß.

»Wenn die Leute in Köln von unseren Darstellungen genug haben, werden wir weiterziehen«, bemerkte Maria. »Und wenn du mitkommst, wirst du deinen Vater nicht mehr besuchen können.«

»Ich weiß, aber mir bleibt keine andere Wahl, wenn ich überleben will.« Abermals wurde Jenna bewusst, wie allein sie doch ohne die Vaganten wäre. Sie sah Maria flehend an. »Ohne euch könnte ich mich gleich am nächsten Baum aufhängen.«

Maria lächelte mitleidig. »Bist ja nun erst einmal bei uns sicher. Alles andere wird sich ergeben. Vielleicht findest du auf unserer Reise einen Mann für dich. Einen, der für dich sorgt. Wer weiß das schon?« Marias Blick wurde ernst, und sie starrte das Kaninchen an, als wollte sie es wieder zum Leben erwecken.

Jenna runzelte die Stirn. »Kannst du wirklich sehen, was die Zeit bringt?«

»Wer behauptet das?« Zwischen Marias Augenbrauen hatte sich eine steile Falte gebildet.

»Amando hat es mir erzählt. Es hat dich in Schwierigkeiten gebracht.«

»Ich kann nicht in die Zeit sehen«, sagte Maria schroff.

Doch an ihrem Blick erkannte Jenna, dass dies nicht stimmte. Eben noch hatte Maria gewiss in die Zeit gesehen, und das, was sie dabei erfahren hatte, gefiel ihr anscheinend überhaupt nicht.

Mit einer gekonnten Handbewegung spießte Maria das Kaninchen auf einen langen Ast und erhob sich. »Lass uns ans Feuer gehen. Die anderen warten schon.«

Jenna packte die verbliebenen Kaninchen an den Hinterläufen und folgte ihr. Amando saß bereits bei den anderen am Feuer. Seine Augen waren immer noch fiebrig, und sein Blick wirkte abwesend. Wie es schien, war er ganz in seinem Schmerz versunken.

Jenna überreichte Maria die Kaninchen und setzte sich neben ihn. »Hast du noch einen Becher von dem Gerstensud getrunken?«

»Er schmeckt grauenhaft.« Angewidert verzog Amando den Mund.

»Mag sein, aber er wird dir schon bald helfen.« Jenna sah, wie Maria die Tiere ihrem Mann übergab, der sie an den Stecken über dem Feuer befestigte. Er wies Loppo an, sie zu überwachen und zu drehen. Dann setzte er sich mit Maria zwischen die anderen.

»Es gibt etwas zu besprechen«, sagte Maria in die Runde. »Es geht dabei um Jenna. Wenn sie uns auch bei anderen Erkrankungen und Leiden helfen soll, braucht sie ihre Heilpflanzen und die Schriften ihres Onkels.«

Amandos Vater runzelte die Stirn. »Wo befinden sich diese Sachen?«

»In meiner Kräuterküche in dem Weiler Buckelmeunt, und die Schrift habe ich nahe dem Garten unter einem Holunderbusch in einer Kiste versteckt. Ich würde sie ja selbst holen, aber ich fürchte, die anderen bringen mich um, wenn ich dort erscheine.«

Radek straffte die Schultern. »Dann bleiben die Sachen besser dort, wo sie sind.«

Wütend sah Amando auf. »Aber Dade, sie gehören Jenna! Was soll daran so schwer sein, sie zu holen?«

»Untersteh dich, Amando. Oder willst du, dass sie uns wieder des Diebstahls bezichtigen? Du weißt, was das bedeutet.« Radek sah zu Loppo. »Halt keine Maulaffen feil und drehe die Kaninchen.«

Jennas Mut sank. Wie es schien, war ihr Erbe verloren.

• • •

Nach dem Unterricht hatte Elisabeth Jakob einen Pokal mit Wein angeboten, den er dankend annahm. So saßen sie nun in der Wohnstube, und sie erzählte ihm von ihrem Leben auf Burg Liebenstein. Jakob war ein hervorragender Zuhörer und lauschte ihrem Bericht mit einem Lächeln auf den Lippen. Als Elisabeth jedoch auch von Steffans Schulanfang und der grausamen Strafe des Lehrers erzählte, wurde Jakobs Blick ernst.

Er holte tief Luft, nahm Elisabeths Hand und drückte sie. »Nun ist ja alles gut. Ich werde Steffan niemals ungerecht strafen. Er ist bei mir gut aufgehoben, glaubt mir.«

Es fühlte sich an, als würde jemand mit warmer Hand ihr Herz streicheln. Bis in die Ewigkeit hätte Elisabeth so sitzen bleiben können. Doch dann hörte sie plötzlich, wie unten im Haus die Tür ins Schloss fiel. Sie riss die Augen auf. »Hermann ist zurück!« Augenblicklich sprang sie auf und griff sich an die Brust.

Jakob sah sie verständnislos an. »Euer Gemahl?«

Elisabeth sah sich panisch in der Wohnstube um, doch es gab keinen Winkel, in dem sie Jakob hätte verstecken können. »Mein Gemahl weiß nichts von Euch! Ich habe Euch gegen seinen Willen eingestellt.« Sie starrte Jakob an. »Ich habe es gegen den Willen meines Gemahls getan. Er wird mich dafür töten«, raunte sie atemlos.

Auf den Stiegen pfiff Hermann eine Melodie. Verblüfft glaubte Elisabeth, sich zu verhören. Ihr Gemahl pfiff nie ein Lied! Vielleicht war es gar nicht Hermann, der da die Treppe hochkam. Elisabeth hatte diesen hoffnungsvollen Gedanken kaum zu Ende gedacht, da betrat ihr Gemahl auch schon die Wohnstube.

Jakob sprang auf und verbeugte sich vor ihm. »Euskirchen mein Name. Jakob Euskirchen«, sagte er rasch.

Hermann runzelte die Stirn und starrte ihn an. »Der Name sagt mir nichts. Seid Ihr auch ein Gönner des Büßerinnenhauses? Wolltet Ihr mich deshalb sprechen?«

Elisabeth knetete nervös ihre Hände und schluckte gegen die Trockenheit in ihrem Hals. »Herr Euskirchen ist Steffans Lehrer.«

Hermann kniff die Augen zusammen. »Hast du etwa doch gegen meinen Willen gehandelt und den Lehrer ins Haus geholt?«

Elisabeth wich einen Schritt zurück. Mittlerweile waren ihre Knie so weich wie Brei. Der Blitzeinschlag stand ihr unmittelbar bevor, und sie konnte ihn nicht mehr abwenden. Als Hermann die Faust ballte, trat Jakob zwischen sie.

»Was redet Ihr denn? Eure Gemahlin hat mich gewiss nicht hergeholt. Dazu ist sie doch gar nicht berechtigt«, sagte Jakob mit ruhiger Stimme.

»Und aus welchem Grund seid Ihr dann hier?« Hermann stierte Jakob an.

»Das hat den Grund, dass Euer Sohn ein äußerst begabter Knabe ist. Unter all den anderen Schülern bekäme er nicht die gebührende Aufmerksamkeit. Es wäre eine Schande, ihn nicht zu fördern. Also hat mich der Schulvorsteher gebeten, ihn vorerst zu Hause zu unterrichten. Später sollte er dann wieder zu den anderen Schülern stoßen, damit sich diese an ihm orientieren.«

Hermanns misstrauischer Blick verriet, dass er Jakob nicht recht glaubte. »Und was kostet mich das zusätzlich?« Er reckte das Kinn vor.

»Nichts. Ihr bezahlt lediglich das Schulgeld an mich. Wäre es nicht töricht, wenn Ihr das Angebot ausschlagt?«

Elisabeth ahnte, dass dies viel zu wenig Lohn für einen Hauslehrer sein würde, und es war ihr unbegreiflich, warum sich Jakob auf solch ein Possenspiel einließ. Doch er schien Gefallen daran zu finden, denn er legte Hermann vertraulich die Hand auf die Schulter.

Hermann nickte. »In der Tat, das ist es. Wenn Ihr es für richtig haltet, meinem Sohn Einzelunterricht zu erteilen, dann soll es so sein.«

Obwohl ihre Beine immer noch zitterten, spürte Elisabeth, wie allmählich die Anspannung von ihr fiel. Sie ging zu dem Tisch und zog einen Stuhl hervor. »Setz dich doch, Hermann.«

Sichtlich unbeeindruckt nahm Jakob seinen Pokal und trank einen Schluck. »Ihr erwähntet eben ein Büßerinnenhaus. Was kann ich mir darunter vorstellen?«

Hermanns Augen begannen zu leuchten. Rasch ließ er sich auf dem Stuhl nieder und schnipste mit den Fingern. »Mir auch einen Schluck Wein, Elisabeth.«

Sie schenkte ihm Wein in einen Pokal und reichte ihm diesen. Als sie sich anschließend zu den Männern an den Tisch setzen wollte, sah Hermann sie mit unwilligem Blick an.

»Hast du nichts zu schaffen?«, fragte er.

Elisabeth schluckte die Demütigung hinunter und wandte sich ab. »Ich ziehe mich dann zurück. Gehabt Euch wohl, Herr Euskirchen.« Sie ließ die Männer allein und ging in die Küche.

Das Feuer war längst erloschen, und auf dem Rest Linseneintopf hatte sich eine Haut gebildet. Elisabeth schürte die Glut erneut, um das Essen wieder zu erwärmen. Möglicherweise hatte Hermann Hunger, wenn der Besuch aus dem Haus war.

Sie setzte sich auf den Schemel neben der Kochstelle und legte die Hände in den Schoß. Wie froh sie doch war, dass Jakob Hermann diese Geschichte aufgetischt hatte! Auf Anhieb hatte Jakob ihre Angst und die Gefahr erkannt. Er war ein feinfühliger Mann, das hatte sie auch daran gespürt, wie er Steffan unterrichtete. Immer wieder legte er die Hand auf Steffans Schulter, wenn der Junge unsicher war. Steffans Verlegenheit fegte Jakob stets mit kleinen Späßen davon. Elisabeth konnte nur hoffen, dass Hermann seine Meinung nicht änderte. Aber weshalb sollte er? Elisabeth erhob sich und rührte in dem Eintopf. Am Mittag hatten Jakob, Steffan und sie gemeinsam das Mahl eingenommen. Mit Hermann hatte sie noch nie so unbeschwert am Tisch gesessen. Immer wieder hatte der Lehrer ihre Kochkünste gelobt und sich die Schale sogar zweimal füllen lassen. Bei der Erinnerung wurden Elisabeths Wangen abermals warm. Sie lächelte. Der Duft von Linseneintopf würde sie immer an Jakob erinnern.

»Elisabeth!«

Hermanns Stimme riss sie aus den Gedanken. Sie zuckte zusammen. Dann eilte sie rasch in die Wohnstube. Dort musste sie zu ihrem Bedauern feststellen, dass Jakob bereits gegangen war.

»Möchtest du noch etwas essen? Ich habe dir den Eintopf aufgewärmt.« Sie versuchte, an Hermanns Blick abzuschätzen, was er wirklich von dem Hausunterricht hielt. Doch es schien, als wäre er mit den Gedanken woanders, denn er starrte nur auf das Pergament, das vor ihm auf der Tischplatte lag.

»Möchtest du?«, fragte sie erneut.

Er blickte auf. »Eintopf?«

Sie nickte. »Ja, Linseneintopf. Magst du?«

Er schüttelte den Kopf. »Nein, du weißt, dass ich Linsen verabscheue.«

Das war ihr unbekannt. Bisher hatte er diesen Eintopf immer anstandslos gegessen.

»Brat mir ein Huhn. Darauf hätte ich Hunger.«

Elisabeth sah zu Boden. Es war spät und sie war müde. Wie konnte er zu dieser Zeit von ihr verlangen, ein Huhn zu braten? Und woher sollte sie es nehmen?

»Hermann«, sagte sie und versuchte, besonnen zu klingen. »Ich habe kein Huhn. Aber wenn du möchtest, richte ich dir etwas Brot mit Käse und Schinken an.«

»Dann eben das«, sagte er und starrte wieder auf das Pergament.

Elisabeths Neugierde wuchs. Sie trat näher und besah es sich. Es zeigte die Umrisse eines Bauwerks. »Hast du vor, ein neues Haus zu kaufen?«

Hermann sah auf. »Wie kommst du denn darauf?«

»Deswegen.« Sie zeigte auf das Pergament. »Das ist doch ein Haus, oder?«

»Das?« Allmählich schien er aus seinen Gedanken aufzutauchen. »Nein, das ist kein neues Haus für uns.« Lächelnd fuhr er mit dem Finger über die Zeichnung. »Das ist das Büßerinnenhaus.«

Elisabeth konnte sich darunter nichts vorstellen. Und erst recht nicht, warum Hermann offenbar Feuer und Flamme für dieses Haus war.

»Ich gehöre zu den Stiftern«, sagte er. Seine Stimme war ganz weich geworden.

Das war etwas, was Elisabeth noch nie an ihm erlebt hatte. Sie zog den Stuhl neben ihm zurück und setzte sich. »Was hat es mit dem Haus auf sich?«, fragte sie vorsichtig.

Hermann sah sie an und runzelte die Stirn. »Wolltest du mir nicht etwas zu essen bringen?« Er presste die Lippen aufeinander und schüttelte missbilligend den Kopf.

Elisabeth erhob sich wieder. Ein Kloß bildete sich in ihrem Hals. Abermals hatte es Hermann geschafft, sie zu demütigen. Sie würde ihn nicht mehr nach dem Haus fragen. Nicht einmal mehr ansprechen würde sie ihn.

• • •

Es war noch stockfinster, als Jenna erwachte. Dennoch schälte sie sich aus ihrer Decke, um nach Amando zu sehen. Sein Fieber war zwar am Abend nicht sehr hoch gewesen, aber sie sorgte sich, es könne dennoch gestiegen sein. Neben ihr lagen Alma und Maria in einem tiefen Schlaf. Ein Käuzchen schrie in den Baumwipfeln. Dort, wo die die Männer schliefen, verschluckte sich jemand an einem Schnarcher.

Jenna ging zu ihnen und suchte zwischen ihnen nach Amando. Sie fand jedoch nur seine verwaisten Decken vor und sah sich um. Loppo lag ebenfalls nicht an seinem Platz. Sie erschrak. Ob es Amando schlechter ging? Vielleicht hatte Loppo ihn zum Bach gebracht, um mit dem Wasser sein Fieber zu senken. Jenna hätte gern nach ihm gesehen, doch die Wolken verbargen den Mond, und es war zu finster, um Amando zu suchen. Abermals sagte sie sich, dass er wohl nicht allein war, doch es beruhigte sie nicht sonderlich. Sie wusste, solange Amando fort war, würde sie kein Auge mehr zubekommen. Vielleicht sollte sie doch zum Bach gehen. Fröstelnd strich sie sich über die Arme.

»Wo bist du bloß, Amando?«, flüsterte Jenna in die Nacht. Als Antwort bekam sie nur das Rascheln der Baumkronen im Wind zu hören. Wider jegliche Vernunft machte sie sich auf den Weg zum Bach. Sie dachte nicht nach und folgte nur dem Gefühl, das ihr sagte, dass irgendetwas nicht stimmte.

Das Gras unter ihren bloßen Füßen war feucht vom Tau. Es war ungewöhnlich kühl für eine Sommernacht. Aber mit dem Unwetter war die Hitze vorbei gewesen. So, wie auch ihr Leben nicht mehr wie vorher war. Jenna näherte sich dem Wald, in dem der Bach lag. Wie schwarze Riesen ragten die Bäume vor ihr auf. Es schauerte sie. Sie hätte Maria oder Radek wecken sollen, anstatt allein nach Amando zu suchen. Doch seit sie Amando zum ersten Mal in die Augen gesehen hatte, war sie einfach nicht mehr die Jenna von früher. Damals hatte sie noch nicht gewusst, wie es sich anfühlte, wenn das Herz bebte. Doch nun musste sie sich ernsthaft eingestehen, dass Amando ihre Gedanken beherrschte und innige Gefühle in ihrem Inneren entfachte.

Nach ein paar weiteren Schritten hatte sie vor lauter Grübeln die Angst vor dem Wald verloren und bemerkte nun das Rauschen des Baches ganz in der Nähe. Im nächsten Moment hörte sie Stimmen, und die Angst war schlagartig zurück. Jenna duckte sich hinter einem Busch. Sie sollte zurück zum Lager gehen, sagte ihr die Vernunft, dennoch blieb sie stehen.

»Du Tölpel, pass doch auf!«, rief jemand.

»Dann halte auch endlich still.«

Erleichtert schloss Jenna die Augen und stieß den Atem aus. Amando war hier! Sie trat hinter dem Busch hervor und blickte angestrengt in den Wald. Es war jedoch genauso finster wie zuvor. Sie lauschte und folgte dem Rauschen des Baches.

»Wie konnte ich mich bloß auf solch einen Unfug einlassen? Aua, Mensch!«

Jenna erkannte Loppos Stimme, die da schimpfte.

»Ich hab gesagt, du sollst stillhalten.«

»Amando?«, rief Jenna.

Stille.

»Wo seid ihr?«

»Jenna, bist du das?«

»Ja, ich sehe dich.« Sie eilte zum Bach.

Amando kniete am Ufer und verstaute rasch etwas in seinem Lederbeutel. Neben ihm saß Loppo mit hochgerolltem Hosenbein. Seine Wade blutete.

»Was macht ihr hier?«, fragte Jenna.

»Was machst *du* hier?«, fragte Amando zurück.

»Ich habe dich gesucht. Ist dein Fieber gestiegen?«

»Ich weiß nicht.« Er zuckte mit den Schultern. »Wir sind hier, weil wir Loppos Wunde auswaschen wollen, doch er stellt sich an wie ein Kleinkind.«

»Mitten in der Nacht? Was ist geschehen?« Jenna berührte mit dem Handrücken Amandos Wange. Sie war ziemlich warm. Besorgt sah sie ihn an. »Du solltest schlafen und nicht hier am Bach herumkriechen.« Jenna kniete sich neben Loppo und sah sich die Wunde an, die nicht sonderlich tief war.

Sichtlich verlegen fuhr sich Amando durch das Haar. »Er ist in einen Brombeerbusch gefallen.«

»Und dieser Busch hat ihn ins Bein gebissen?«, fragte Jenna.

»Was erzählst du da?« Loppo schüttelte den Kopf. »Warum bleibst du nicht bei der Wahrheit? Sie wird sie sowieso erfahren.« Er rollte das Hosenbein hinab. »Wie konnte ich mich nur auf diesen Unsinn einlassen?«, fragte er erneut.

Jenna hob die Augenbrauen und sah Amando an. »Was habt ihr angestellt? Raus mit der Sprache.«

Amando senkte den Blick, ein Lächeln umspielte seine Lippen. »Eigentlich wollte ich dich morgen damit überraschen.« Er öffnete den Lederbeutel und holte ein Paket heraus.

Jenna riss die Augen auf. »Das sind ja die Schriften meines

Onkels!« Ungläubig fuhr sie mit den Fingerspitzen über das Leder. Dann schaute sie auf. Tränen verschleierten ihr den Blick.

»Deine Kräuterküche haben wir leider nicht gefunden. Vielleicht hat sie dort gestanden, wo nur noch ein Haufen schwarzer Trümmer und Asche liegt.« Amando sah sie zerknirscht an.

»Das passt zu Gernot. Er hätte sie immer schon am liebsten in Brand gesetzt.« Jenna ergriff die Schrift und drückte sie an sich. »Die meisten Kräuter sind zu ersetzen. Mein Erbe nicht.« Sie hob die Hand und strich Amando über die Wange. »Danke.«

»Und was ist mit mir?« Loppo, der immer noch neben ihnen am Ufer saß, zupfte an ihrem Rockzipfel. »Ich bin schließlich schwer verletzt.«

Jenna fuhr ihm lächelnd durch das Haar. »Auch dir danke ich von Herzen. Was ist denn nun mit deinem Bein geschehen?«

»Ein Hund hat ihn gepackt«, sagte Amando. »Ich finde, er gehört an die Kette. Der Hund natürlich, nicht mein Bruder.« Er grinste.

»Das war ein Wolf«, wandte Loppo ein.

»Ach was. Es war ein kleiner Hund.« Amando winkte ab.

»Das kann nur Traudis gewesen sein. Sie lässt ihn des Nachts von der Kette, damit er den Hof bewacht. Warum habt ihr denn nichts gesagt, dann hätte ich euch vor ihm gewarnt.«

»Niemand darf wissen, dass wir deine Schriften geholt haben. Dade würde uns den Kopf abreißen. Und Mammere uns am nächsten Baum aufhängen. Oder besser gesagt, umgekehrt.« Amando steckte das Paket zurück in den Lederbeutel.

»Dann muss ich sie immer gut verstecken. Darf ich sie später vielleicht Maria zeigen?«

»Niemals!« Amando schüttelte den Kopf.

»Gut, aber nun sollten wir zurück zum Lager gehen. Ich hoffe, niemand hat bemerkt, dass wir fort waren.« Jenna klopfte sich das Moos von den Röcken.

Neben ihr reichte Amando seinem Bruder die Hand und zog ihn auf die Beine.

Loppo ächzte. »Das hoffe ich allerdings auch.«

Während sein Bruder sich die Hosen sauber klopfte, trat Amando rasch zu einem Baum, um sich dort stöhnend zu erleichtern. Dann schlugen sie sich durch den Wald und schlichen über das Feld hinweg zum Lager.

Dort erwartete sie bereits Maria und sah alle drei von oben bis unten an. »Könnt ihr mir sagen, wo ihr euch des Nachts herumtreibt?«

Amando kratzte sich am Kopf und lächelte schief.

»Wir waren am Bach, um Amandos Fieber zu senken. Es war sehr hoch«, sagte Jenna.

Maria stellte sich auf die Zehenspitzen und fasste ihrem Sohn an die Stirn. »Das glaube ich euch nicht.« Sie warf einen kritischen Blick auf den Lederbeutel. »Was hast du da?«

Ehe Amando etwas erwidern konnte, hatte sie ihm diesen auch schon aus der Hand gerissen. Maria öffnete den Beutel und sah hinein. »Was ist das?«

»Das sind meine Schriften über die Heilkunst. Ich habe sie heute Nacht aus dem Versteck geholt.« Jenna griff nach dem Beutel. »Amando und Loppo haben aufgepasst.«

Argwöhnisch kniff Maria die Augen zusammen. »Du solltest dich schämen, sie damit hineinzuziehen. Wenn sie jemand gesehen hat, können wir verfolgt und angeklagt werden.«

»Wir sind ihr heimlich nachgegangen«, sagte Amando eilig. »Sie wusste nichts davon. So wie ein heimlicher Schatten, weißt du?« Er schürzte die Lippen.

»Pah, was erzählst du da?« Maria spie aus. »Ihr zwei habt von Kindesbeinen an nur Unfug im Kopf. Ich glaube eher, dass Jenna euch schützt. Aber wie es auch gewesen sein mag, euer Vater soll davon nichts erfahren.«

Amando drückte ihr einen Kuss auf das Kopftuch. »Du bist unsere beste Mammere.«

»Ihr habt ja nur mich.« Maria winkte ab.

Nachdem der Schreck ihr wieder aus den Gliedern gewichen war, musste Jenna ebenfalls lächeln. Amando hatte recht behalten, Maria war eine harte Frucht mit einem weichen Kern.

10

Mariä Himmelfahrt rückte immer näher. Ein wenig war Hermann betrübt, weil er bald nicht mehr bei Ursula liegen würde. Aber es war ja nur für eine überschaubare Zeitspanne, und im Übrigen würde für seine Geliebte ein besseres Leben beginnen. Nach der Buße würde sie von all ihren Sünden reingewaschen sein. Hermann konnte an nichts anderes mehr denken. Ein letztes Mal würde er heute das Hurenhaus auf dem Berlich aufsuchen. Seine eigenen Sünden hatte er durch seine großzügige Spende längst gebüßt. Ein Ablassbrief für all seine begangenen Sünden, und für die, die er noch begehen würde, war wohl das Mindeste, was er dafür vom Erzbischof erhalten würde. Nie zuvor hatte Hermann sich so gut gefühlt. Er durfte nur seine Geschäfte nicht mehr vernachlässigen, wie es in der letzten Zeit öfter geschehen war. Doch wie sollte er einen klaren Gedanken fassen, wenn doch Ursulas Errettung kurz bevorstand?

Er lächelte in sich hinein und schob das Pergament über den Schreibtisch. Am Nachmittag würde ein Schiff in Köln eintreffen, das Kräuter und Gewürze aus den Gebieten jenseits der Meere geladen hatte. Sobald er dort die bestellten Waren an sich genommen hatte, würde er noch einmal das Büßerinnenhaus in Augenschein nehmen. Danach würde er ein letztes Mal auf den Berlich gehen, um sich zu Ursula zu legen. In der Zeit der Enthaltsamkeit, die folgen würde, hätte er dann wieder mehr Zeit für den Handel.

Er faltete die Hände vor der Brust, legte das Kinn auf die Fingerspitzen und dachte über seine Geschäfte nach. Was hatte er sich alles von seiner Verbindung zu Elisabeth erhofft! Kontakte zum französischen und spanischen Königshaus hatte Graf von Liebenstein ihm versprochen, wenn er die Ehe mit Elisabeth einging. Sogar mit dem Adel in Venedig verkehrte Elisabeths Vater angeblich und hatte gemeint, sein Schwiegersohn könne dort groß in den Handel einsteigen.

Hermann seufzte. Dem Grafen war das Geld ausgegangen. Der Bau des Wohnturms der Burg hatte alles verschlungen, und er war zu damaliger Zeit längst noch nicht fertig gewesen. Bisher hatte Hermann Elisabeths Vater mit einer monatlichen Zahlung unterstützt, denn schließlich war Steffan der Erbe von Burg Liebenstein. Doch damit war es nun vorbei. Hermann schlug mit der flachen Hand auf den Tisch. Nicht ein einziger Kontakt zum Adel war zustande gekommen! Nichts, womit Hermann sich vor seinem Bruder Werner hätte brüsten können. Graf Liebenstein hatte ihn belogen, um seine liederliche Tochter an den Mann zu bringen und sich obendrein noch seinen Lebensunterhalt zu sichern.

»Kommst du am Mittag heim zum Essen?« Elisabeth stand in der Tür zu seinem Arbeitszimmer. Sie trug ein himmelblaues Seidenkleid, was Hermann für einen gewöhnlichen Tag ziemlich auffällig fand.

»Ich? Nein.« Er schüttelte den Kopf. »Ein Schiff bringt heute neue Waren. Anschließend muss ich mich noch um das Haus kümmern. Es kann spät werden.« Er schob die zornigen Gedanken fort. Ja, es würde heute wieder spät werden, oder besser gesagt, früh am Morgen. Unvermittelt fuhr ein freudiges Ziehen durch seinen Bauch.

Hermann erhob sich, nahm sein Barett und drängte sich an Elisabeth vorbei. In die Augen sah er ihr schon lange nicht mehr. Auch wenn er keinen Tag missen wollte, den er bei Ursula gelegen hatte, lastete die Sünde an manchen Tagen schwer auf ihm. Abermals versuchte er sich zu beruhigen. Bald kam der Tag, an dem er von seinen Sünden gänzlich befreit sein würde. Gleich nach den Feiertagen würde er sich von Erzbischof Ruprecht einen Ablassbrief ausstellen lassen. Alles war gut, nur sterben durfte er bis dahin nicht. Aber das hatte er auch nicht vor.

Hermann machte sich auf den Weg zum Rhein. Blumenkränze in den Fenstern der traufseitigen Häuser kündigten die bevorstehenden Feiertage an. Der Wind frischte auf und blies Hermann den modrigen Geruch des Stromes ins Gesicht. Unten am Hafen schaukelten die Aaken an der Kaimauer. Mullenstößer brachten die Radkräne in Bewegung, damit die Ladung der Schiffe gelöscht werden konnte.

Hermann entdeckte das Schiff, das die Gewürze geladen haben sollte. Pferde zogen es an Tauen den Treidelpfad entlang zu einem der Radkräne am Stapelhaus. In Gedanken war Hermann bereits wieder bei Ursula und stellte sich vor, wie sie bald schon bei ihm im Haus arbeiten würde. Elisabeth würde gewiss nichts dagegen haben, wenn er eine Magd einstellte, schließlich hatte sie sich oft genug über die viele Arbeit beschwert.

Hermann wartete, bis das Schiff mit seinen Waren vertäut war, dann nahm er Kontakt zu dem Kapitän auf. Hier und da hebelte er eine der Kisten auf, öffnete Pfeffersäcke, ließ die Körner durch seine Hände rieseln und roch an Muskatnüssen. Er tat dies mit halbem Herzen und längst nicht mehr mit der Feinfühligkeit wie einst. Eilig bezahlte er den Kapitän und heuerte ein Fuhrwerk an, das die Kisten in die Halle am Hafen brachte, wo er einen Teil seiner Waren lagerte.

Als Hermann endlich die Geschäfte abgeschlossen hatte, stand die Sonne im Zenit. Sicher würden die Ratsherren bereits beim Büßerinnenhaus sein. Und so machte auch er sich schleunigst auf den Weg zum Eigelstein.

Das Haus wurde von einer Mauer umgeben, in die ein schmiedeeisernes Tor eingelassen war. Das untere Stockwerk war aus Stein, das obere sowie das Dachgeschoss aus Holz gebaut. Ein einziger knorriger Birnbaum wuchs in dem Garten.

Hermann kämpfte sich durch das kniehohe Gras zur Eingangstür des Gebäudes. Sie stand offen, und er hörte Stimmen in dem Haus. Als Hermann eintrat, mussten sich seine Augen erst einmal an das dämmrige Licht gewöhnen. Dann erkannte er Bürgermeister Krulman, der sich mit zwei Ordensfrauen unterhielt. Rasch nahm Hermann das Barett vom Kopf. Als die anderen ihn bemerkten, nickten sie freundlich.

Der Bürgermeister trat auf ihn zu. »Da ist ja unser Gönner.« Freundschaftlich legte er die Hand auf Hermanns Schulter. »Darf ich vorstellen, das ist die Mutter Oberin Katharina und das hier ist Schwester Margarethe. Sie beide sind aus Flandern angereist und werden die Töchter unserer Stadt auf den rechten Weg zurückbringen.«

Die beiden Frauen trugen einen dunkelgrünen Habit mit einem Schleier, der auf der Innenseite mit weißem Stoff gefüttert war. Die Ältere, Mutter Katharina, faltete die Hände vor der Brust und schlug die Lider nieder. Ihr Leib war wohl genährt und die Augen klein wie die eines Ferkels.

»Werter Herr Quattermart, der Herr wird Euch Eure Güte danken.«

Hermann schloss andächtig die Augen und nickte. »Glaubt Ihr, dass die Frauen nach der Buße vollkommen frei von Sünde sind?«

»Aber sicher. Die Büßerinnen werden fasten, beten und arbeiten, bis ihre Seelen von den Sünden gänzlich gereinigt sind.«

Ein warmes Gefühl strömte durch Hermanns Leib. Mit ihrer resoluten Erscheinung war die Mutter Oberin genau die richtige Frau, um aus seiner Ursula wieder ein frommes Mädchen zu machen. Die andere Nonne war noch ziemlich jung, hatte eine zierliche Figur und braune warme Augen. Aber wie es schien, folgte sie den Worten der ehrwürdigen Mutter mit Respekt.

Der Bürgermeister führte ihn durch die Kochstube hin zur Stiege, die Frauen folgten ihnen. »Möchtet Ihr die oberen Stockwerke sehen? Dort liegt der Schlafraum.«

Sicher wollte Hermann das. Er musste doch wissen, wo seine Ursula die Nächte verbrachte, damit er sich vorstellen könnte, wie sie selig im Schlummer lag. Er ging hinter dem Bürgermeister die marode Holztreppe hinauf. »Das muss alles ausgebessert werden, bevor sich noch eine der Sünderinnen verletzt.«

»Sicher«, sagte die Oberin. »Das wird es auch.« Sie knetete die Hände vor dem Bauch. »Der Zimmermann sollte längst hier sein.«

Eine Staubschicht bedeckte den Lehmboden und die Holzpritschen. Die Planken der Wände waren zum Teil von Würmern zerfressen. »Hier liegt auch noch einiges im Argen«, bemerkte Hermann.

Der Bürgermeister legte ihm abermals die Hand auf die Schulter. »Das wird alles wieder hergerichtet. Daran kann auch noch gearbeitet werden, wenn die Frauen bereits im Haus sind. Glaubt mir, Ihr habt Euer Geld gut angelegt.«

Aus den Augenwinkeln sah Hermann, wie die Oberin eine Braue hob. Sie wollte wohl etwas sagen, schwieg dann aber. Doch so einfach ließ sich Hermann nicht beschwichtigen. Wenn Ursula erst hier eingezogen wäre, würde er sich davon selbst überzeugen müssen, wie es hier aussah. Ja, er würde oft nach dem Rechten sehen.

Als die Besichtigung beendet war, eilte Hermann die Marzellenstraße hinauf bis vor den Dom. Die Zeit, die er nicht bei Ursula sein konnte, kam ihm stets endlos vor. An der Kathedrale bog er in die Schmierstraße ein und zog sich sein Barrett tief in die Stirn. Nahe des Berlichs sah er sich um, stellte den Kragen seiner Schaube auf und trat rasch in den Schatten der zwielichtigen Gasthäuser. Der Gestank von Urin und Erbrochenem war hier allgegenwärtig. In den Nischen lungerten schmutzige Gestalten, und Hermann senkte das Haupt. Als er endlich vor dem Hurenhaus stand, stieß er atemlos die Tür auf, die in den Schankraum führte.

Der Hurenwirt stand hinter dem Tresen und trocknete Krüge mit einem fleckigen Tuch. Als er Hermann sah, hob er die Augenbrauen. »Eure Ursula ist beschäftigt. Kann noch etwas dauern. Vielleicht versucht Ihr es zur Abwechslung mal mit der stummen Mergh.«

»Wie beschäftigt?«

»Na, mit einem Kerl. Was sonst?«

»Das kann nicht sein.« Hermann spürte unbändigen Zorn in sich aufkeimen und ballte eine Faust.

»Na, guter Mann, Ihr könnt doch kaum vergessen haben, wo Ihr hier seid.«

Ohne den Hurenwirt weiter zu beachten, stürmte Herman die Stiege hinauf.

»Ich warne Euch. Ärger können wir nicht gebrauchen, mein Freund!«, rief ihm der Wirt hinterher.

Hermann trat gegen die Tür, die daraufhin fast aus den Angeln flog. Der Freier, der mit entblößtem Hinterteil auf seiner Ursula lag, sprang auf. Er war ein hagerer Kerl, kaum größer als ein Halbwüchsiger. Hermann packte ihn am Kragen und warf ihn aus der Kammer.

Ursula bedeckte ihre Blöße mit dem Laken und sah Hermann mit großen Augen an. »Was ist denn in dich gefahren?«

Er zitterte vor Zorn und stierte sie an. »Du gehörst mir! Nur mir! Du hast es mir versprochen.«

»Aber in Wahrheit geht das nicht, und das weißt du. Wovon soll ich die Kammer hier bezahlen? Hast du überhaupt eine Ahnung, was Claeß dafür verlangt?« Ursulas Lippen bebten.

Hermann beugte sich drohend über sie. »Damit ist es nun endgültig vorbei!«

»Und wovon soll ich leben? Die Pfennige, die du mir gibst, reichen hinten und vorn nicht.«

Hermann strich ihr mit zittriger Hand das Haar aus der Stirn und stieß schwer den Atem aus, um seinen Zorn zu bändigen. Doch allein der Blick in Ursulas Augen und die Berührung ihrer Haut genügten, um ihn wieder sanftmütig werden zu lassen. »Bald kannst du in das Büßerinnenhaus einziehen, mein Lieb. Es sind nur noch wenige Tage. Bis dahin gebe ich dir genügend Geld. Wie viel brauchst du? Reichen zehn Albusse?«

Ursula sah ihn mit großen Augen an. »Ja, sicher. Für die nächsten Tage reicht das gewiss.«

»Pass auf, ich gebe dir noch zwei dazu. Ich will, dass du deine aufreizenden Röcke verbrennst und dir für das Geld züchtige Kleidung kaufst. Verstehst du?« Er bemerkte die Unsicherheit in Ursulas Blick und küsste ihre Stirn. »Vertrau mir, mein Lieb. Alles wird gut. Bald bist du ein frommes Mädchen.« Seine Lippen wanderten über ihr Gesicht. Er küsste ihren Hals und fuhr mit der Zunge über ihre bloßen Schultern. Ein unbändiges Verlangen zog durch seinen Unterleib, und er liebkoste den Ansatz ihrer Brüste. Im nächsten Moment roch er den Schweiß des Freiers, der auf ihr gelegen hatte. Wieder überfiel ihn die Wut, die er diesmal kaum bändigen konnte. Doch das Verlangen in seinen Lenden wog zuletzt schwerer als dieses schneidende Gefühl in der Brust. Er biss die Zähne zusammen und sah Ursula an. »Geh, und wasch dir die sündigen Säfte des Kerls ab.«

• • •

Hier und da bauschten sich Wolken am Himmel. Doch es war ein warmer Tag, als die Vaganten aufbrachen, um ihre Darbietungen in der Stadt anzukündigen. Auch Jenna schloss sich ihnen an. Sie hatte etwas Salbei mit Eibisch und Essig zu einem Brei angerührt. In Köln wollte sie die Tiegel zu einem guten Preis verkaufen, denn das Heilmittel half ausgezeichnet gegen Brustschmerzen und Fieber.

Sobald sie durch die Hahnenpforte in die Stadt gelangt waren, begannen die Männer vorn am Zug, die Trommel zu schlagen. Die Truppe hatte die Bärin dabei, die einen bunten Hut auf dem Kopf hatte. Einige Männer zogen ihre Karren mit Kramwaren wie Bürsten und Kessel, andere gingen auf Händen. Die Frauen trugen farbenfrohe Flickenröcke und Kopftücher, die Männer Hemden mit weit geschnittenen Ärmeln. Amando jonglierte mit den Messern, und Loppo entfachte das Feuer seiner Fackel. Neben Jenna hielten Maria und Radek die Puppen in die Höhe. Jenna trug den Korb mit den Tiegeln über den Arm und beobachtete, wie Amando die Messer in die Luft warf und geschickt am Griff wieder auffing. In der Obhut der Vaganten fühlte sich Jenna geborgen und beschützt. Auch wenn sie vorerst nur geduldet war, gehörte sie zu der Truppe und war ein Teil von ihr. Als könnte er ihre Gedanken lesen, sah Amando zu ihr herüber und lächelte. Jenna wusste, er litt immer noch an den Schmerzen in seinem Unterleib und hätte unter seiner Decke liegen sollen. Aber er ließ sich nichts sagen, weder von ihr noch von seiner Mutter. Jenna betete, dass er weiterhin von hohem Fieber verschont blieb.

Unter Trommelwirbeln, Pfiffen und Rufen marschierten sie in Richtung Kathedrale. Auf dem Platz vor dem Dom gleich neben dem Palast des Erzbischofs stellten sie sich in zwei Reihen auf. Rasch hatte sich eine Menschentraube um sie gebildet, vor allem die Bärin mit dem Blumenhut wurde bewundert. Mischa, der das Tier vor noch gar nicht langer Zeit erworben hatte, hatte ihr das Maul mit einem Lederband zugebunden und die Krallen gestutzt. Nun ließ er sie an der Leine aufsteigen, damit sie ihre ganze Größe zeigte. Viel mehr Kunststücke konnte sie noch nicht. Dennoch hatte das Volk vorerst nur Augen für sie. Als die Bärin plötzlich ein lautes Brummen von sich gab, wichen vor allem die Kinder zurück.

Amando stellte sich neben Jenna und deutete mit einem Nicken auf Mischa. »Er meint, sie könnte tanzen. Dafür müsste er sie jedoch über glühende Holzscheite führen.«

Jenna sah zu ihm auf. »Das macht er doch nicht wirklich, oder?«

»Die Leute hätten ihren Spaß, und wenn das so ist, lassen sie die Münzen springen.« Amando senkte den Blick. »Dennoch täte es mir leid um die arme Bärin.«

»Dann rede es ihm aus«, sagte Jenna drängend.

»Du hast recht, ich werde es versuchen. Mischa könnte genauso gut seinen Kopf in das Maul der Bärin halten. Das würde den Leuten auch den Atem rauben.«

»Oje.« Jenna seufzte. »Damit wartet er aber besser, bis er die Bärin zu einem Lamm gezähmt hat.«

Amando sortierte die Messer in seiner Hand und winkte Loppo zu. Dann trat er wie auch sein Bruder aus der Gruppe.

Loppo stellte sich an eine Hauswand und legte sich einen Apfel auf den Kopf. Amando baute sich ein Stück weit von ihm entfernt auf und warf das Messer. Es drehte sich unzählige Male in der Luft, bevor es nur knapp Loppos Kopf verfehlte und in der Holzwand stecken blieb. Ein Raunen ging durch die Menge der Zuschauer. Amando fasste ein weiteres Messer an der Spitze und hob erneut den Arm. Die Leute glotzten ihn an. Manchen blieb sogar der Mund offen stehen. Da hob Amando die Augenbrauen, deutete ein Grinsen an und ließ den Arm wieder sinken. Als er den Kopf schüttelte, stießen die Zuschauer wütende Rufe und Pfiffe aus. Amando hob die Hand, und alle verstummten.

»Hört, Bürger von Köln!«, rief er. »An Mariä Himmelfahrt werde ich erneut die Messer werfen. Sollte mein Bruder es überleben, wird er daraufhin Feuer schlucken.«

Die Leute schüttelten die Köpfe und debattierten aufgeregt miteinander. Als sie sich wieder einigermaßen beruhigt hatten, trat Maria aus der Gruppe und hob die Hand, in der sie die Puppe Ygraine hielt. Amando stellte sich wieder neben Jenna und legte wie selbstverständlich den Arm um ihre Schultern. Vor ihnen ließ Maria mit lieblicher Stimme die Puppe zu den Leuten sprechen und kündigte damit ihr Spiel der Artussage an. Die Leute tuschelten, nickten und sahen wieder zu den Vaganten.

»Nun du«, sagte Amando und schob Jenna ein Stück von sich.

Sie spürte, wie ihre Wangen vor Verlegenheit glühten. Erwartungsfroh starrten die Leute sie an. Jenna nahm all ihren Mut zusammen, holte einen Tiegel aus ihrem Korb hervor und zeigte ihn den Leuten. Dann hob sie die Stimme. »Dies, liebe Leute, ist ein hervorragendes Mittel gegen Brustbeschwerden und Fieber. Nur heute biete ich es für fünf Pfennige den Tiegel an.«

Ein weißhaariger Mann hustete in seine Faust. »Was ist denn drin?«, fragte er.

»Darin sind Eibisch und Salbei, nach einer Rezeptur der Hildegard von Bingen zubereitet. Probiert es ruhig aus. Es wird Euch helfen.«

Er trat vor und kaufte ihr den Tiegel ab. Eine Frau kam zu ihr und verlangte ebenfalls einen. Im Handumdrehen hatte Jenna die fünf Tiegel verkauft. Stolz sah sie zu Amando auf.

»Siehst du. Du wirst eine berühmte Heilerin, glaube mir.« Er lächelte warm und umfasste mit den Fingern ihren Ligur, den er immer noch um den Hals trug.

Als sie kurz darauf Köln wieder verließen und in ihr Lager zurückkehrten, wich Amando nicht von Jennas Seite. In den höchsten Tönen lobte er ihre Verkaufs- und ihre Heilkünste. Aus den Augenwinkeln sah Jenna, wie Maria ihnen argwöhnische Blicke zuwarf. Aber was konnte Jenna schon ausrichten? Schließlich brachte sie es nicht übers Herz, Amando abzuweisen. Er war seit langer Zeit der Einzige, der bedingungslos zu ihr stand. Im Übrigen genoss sie viel zu sehr seine Nähe.

Maria würde sich also wohl oder übel mit Amando auseinandersetzen müssen, wenn ihr die Freundschaft zwischen ihnen missfiel. Und mehr war es ja auch nicht.

•••

Auch an diesem Morgen war Hermanns Laune außergewöhnlich gut. Er plauderte sogar beim Frühmahl mit Elisabeth und erkundigte sich nach Steffans Lernerfolgen. Sie erzählte ihm gern, wie sehr Steffan das Arbeiten mit Jakob gefiel.

»Ach, es kann heute übrigens wieder später werden«, sagte Hermann schließlich.

»Wieder eine Ratssitzung?«, fragte Elisabeth nach, obwohl sie genau wusste, wo Hermann die Abende verbrachte. Auch in der letzten Nacht hatte er, als er heimkam, nach den Säften einer anderen Frau gerochen. Aber so ließ er Elisabeth wenigstens auch weiterhin des Nachts in Ruhe. Natürlich sehnte sie sich nach Nähe, jedoch nicht nach ihm. Es ekelte sie, wenn sie daran dachte, dass er bei einer Hure lag und ihm womöglich schon das Ungeziefer anhaftete. Doch auch darüber wollte sie nicht mehr nachgrübeln. Bald kam Jakob, um Steffan zu unterrichten. Das warme Gefühl breitete sich rasch in ihrem Bauch aus. Seit sie Jakob kannte, freute sich Elisabeth wieder auf den Tag, denn Steffans Lehrer gab ihr das Gefühl, nicht mehr allein zu sein.

»Nein, keine Ratssitzung«, sagte Hermann. »Die armen gefallenen Mädchen werden heute in das Büßerinnenhaus einziehen. Natürlich muss ich dabei sein.«

»Weshalb liegt dir eigentlich so viel an dem Haus?« Allmählich dämmerte es Elisabeth, was es mit dem Haus auf sich hatte. Und wenn sie recht hatte, war es auch klar, warum Hermann daran so viel lag. Doch das behielt sie im Augenblick für sich, denn Hermann würde es gewiss abstreiten.

Ihr Gemahl hob die Augenbrauen. »Viele der Huren sind unschuldig in Not geraten. Ist es da nicht unsere Pflicht, die gefallenen Seelen der Frauen wieder auf den rechten Weg zurückzuführen?«

»Ist das nicht die Aufgabe der Kirche?« Elisabeth sah ihm fest in die Augen und bemerkte, wie Hermanns Lider flatterten.

»Wir leben im heiligen Köln. Da ist es jedes Bürgers Aufgabe.« Er wischte sich den Mund mit einem Tuch ab und erhob sich. »Im Übrigen kannst auch du dein Scherflein beitragen.«

Elisabeth riss die Augen auf. »Ich? Was kann ich denn schon ausrichten?«

»Du, meine Liebe, könntest den Frauen die Handarbeit nahebringen. Steffan ist ja nun tagsüber versorgt.«

Ein Mühlstein legte sich auf Elisabeths Rücken. Sie wollte nicht inmitten der Huren sitzen und ihnen das Sticken beibringen. »Nein, das mache ich nicht. Ich habe hier im Haus genügend Arbeit«, stieß sie barsch aus.

»Bald bekommst du eine Hilfe. Ich stelle eine Magd ein.« Hermann strich sich mit der Hand über das Haar. Unter seinen Augen lagen tiefe Schatten, die vom Schlafmangel zeugten.

Elisabeth wollte längst schon keine Magd mehr, sie wollte nur Jakob und Steffan um sich haben. »Das ist nicht nötig. Mittlerweile komme ich gut zurecht.«

»Ein bisschen viele Widerworte für ein gehorsames Weib, findest du nicht auch?« Hermann schüttelte den Kopf. »Du bist mein Weib und hast mir zu gehorchen. Etwas anderes steht dir nicht zu.«

Er verließ die Stube.

Elisabeth wandte sich um und sah aus dem Fenster. Unten auf der Gasse begegnete Hermann Jakob. Als sie den Lehrer erblickte, schwand die Kälte in ihrem Herzen. Gewiss waren Hermanns Worte nur so dahergesagt. Er würde sie nie und nimmer mit den sündigen Huren umgehen lassen.

Die Männer wechselten ein paar Worte, und dann klopfte es an der Haustür. Elisabeth eilte die Stiegen hinab, um Jakob zu öffnen.

»Ihr seid schöner als der Morgen an diesem Tag.« Jakob deutete eine Verneigung an.

Elisabeths Wangen wurden so heiß, als hätte sie zu nah am Herdfeuer gestanden. Sobald sie Jakob ansah, hatte sie Hermanns barsche Worte vergessen. Da wusste sie, wie sich Glück anfühlte. Er nahm ihre Hand und küsste sie. Dabei hielt er die Fingerspitzen länger an seine Lippen, als es sich bei einer verheirateten Frau geziemte, und sah ihr so tief in die Augen, als wolle er darin versinken.

Elisabeths Mund wurde trocken, und sie schluckte. Dann atmete sie tief durch und entzog ihm ihre Hand. »Kommt lieber herein, bevor die Leute noch über uns reden.« Als sie die Tür verschloss, hing ihr Blick an Jakobs Lippen. Wie es sich wohl anfühlte, von ihm auf den Mund geküsst zu werden?

»Wo ist Steffan?«, fragte Jakob leise.

»Er schläft noch. Soll ich ihn wecken?«

Jakob schüttelte den Kopf. »Nein, noch nicht.« Dann hob er die Hand, als wollte er ihr über das Haar streichen.

Erschrocken trat Elisabeth einen Schritt zurück. Sie wusste, wenn er sie berührte, war es um sie geschehen. Und das durfte nicht sein, hatte sie doch vor Gott geschworen, Hermann die Treue zu halten. Ihr Herz fühlte sich an, als wäre es in einen Käfig gesperrt worden. Doch sie spürte auch, wie marode die Gitter waren. Wie sollte sie es bloß davon abhalten, aus diesem Gefängnis zu fliehen?

11

Amando ging es wieder besser, er hatte Jenna versichert, dass die Schmerzen in seinem Unterleib nachgelassen hatten. Dies und der Verkauf der Tiegel am gestrigen Tag spornten Jenna schon früh am nächsten Morgen zur Kräutersuche an. Sie rief sich die Lehren der Hildegard von Bingen in Erinnerung und atmete die klare Luft des Morgens und den Duft des Grüns um sie herum ein.

Nach den Worten der Heilerin bestand der Mensch wie die Natur ebenfalls aus den vier Elementen: Feuer, Wasser, Luft und Erde. Vom Feuer besaß der Mensch die Wärme, von der Luft den Atem, vom Wasser das Blut und von der Erde das Fleisch. Die Seele im Körper des Menschen war wie der Saft eines Baumes, die Füße waren wie ein Fluss, der den Menschen durch den Kreislauf des Lebens trug. Und die Kraft aus der Ewigkeit war grün. Grün wie der Funken, der das Leben entzündete, und grün wie die Heilpflanzen. Aus tiefstem Herzen bewunderte Jenna die Äbtissin Hildegard von Bingen, die vor so langer Zeit gelebt hatte und so weise gewesen war.

In Gedanken versunken streunte Jenna durch den Wald und über die Felder, auf der Suche nach weiteren Kräutern. Leider fiel ihre Ausbeute ziemlich mager aus. Nicht einmal das Betonikakraut fand sie hier. Jenna sah weißgelbe Blüten am Feldrand und hoffte, es handelte sich um Bertram. Doch als sie an der Pflanze roch, stellte sie fest, dass es Kamille war.

So kam sie nicht weiter. Sie musste einen Klostergarten aufsuchen oder in Köln nach jemandem Ausschau halten, der seltene Kräuter verkaufte. Diese hier benutzte jede gute Frau im Land, damit würde sie gewiss kein Aufsehen erregen. Enttäuscht sah Jenna in den Korb. Vielleicht würde sie morgen noch einmal nach Köln gehen, um dort nach den Kräutern zu suchen, die mit Schiffen von weit her kamen. Von der anderen Seite der Meere, wo die Menschen Augen wie Mandeln hatten. Jenna träumte gerade davon, einen Honig aus Poleiminze herzustellen, als sich eine Hand auf ihre Schulter legte.

»Hier bist du also.«

Fast wäre Jenna der Korb mit den Kräutern aus der Hand gefallen. Erschrocken wandte sie sich um und sah in Marias gebräuntes Gesicht. »Du liebe Güte, musst du mich so erschrecken?«

»Ich will mit dir reden«, sagte Maria nur.

Jenna wunderte dies nicht, sie hatte bereits damit gerechnet, da ihr Marias argwöhnischer Blick beim Frühmahl nicht entgangen war. Dass ihr Maria jedoch hier aufs Feld folgen würde, hätte Jenna nicht gedacht. »Ich nehme an, über Amando. Hab ich recht?«, sagte sie freiheraus.

»Ja, richtig. Was ich sehe, gefällt mir nicht.«

»Was siehst du denn?«

»Er verliert sein Herz.«

Frag mal nach meinem Herz, dachte Jenna. »Du siehst Geister«, sagte sie stattdessen.

»O nein. Du solltest dich von ihm fernhalten, bevor es zu spät ist.«

»Und wie stellst du dir das vor? Soll ich ihn nicht mehr beachten?« Jenna schüttelte den Kopf. »Nein, Maria, das kannst du nicht von mir verlangen. Das hat er nicht verdient.«

»Doch, wenn er feststellt, dass du nichts für ihn empfindest, wird er irgendwann aufgeben.«

Wenn es denn so wäre, dachte Jenna nur und sah in den Himmel.

»Ich mag dich, Mädchen. Aber mach es uns nicht unnötig schwer.«

»Ich?« Jenna sah Maria wieder an und blinzelte. »Ich mache überhaupt nichts. Amando und ich sind Freunde, mehr nicht.«

»Und weshalb glitzern dann Tränen in deinen Augen?« Maria legte die Hand auf Jennas Unterarm.

Jenna entzog sich der Berührung. »Weil ich es nicht übers Herz bringe, Amando zu missachten.«

»Das brauchst du ja nicht zu tun. Sag ihm einfach nur, dass er nicht der richtige Mann für dich ist.«

Jenna glaubte sich verhört zu haben. »Weshalb sollte ich? Er hat mich nie bedrängt. Und warum sagst du dies immer nur mir? Warum sprichst du nicht mit ihm selbst und sagst ihm, dass irgendwo im Land eine Frau auf ihn wartet?«

»Im Augenblick macht er genau das Gegenteil von dem, was ich von ihm verlange. Er will mir damit zeigen, dass er selbst weiß, was das Beste für ihn ist.«

»Ich nehme an, dass er dazu in der Lage ist. Schließlich ist er mit seinen 25 Lenzen alt genug.«

»Amando ist ein Kindskopf. Er lebt nur in den Tag hinein und hat noch nicht gelernt, Verantwortung zu übernehmen.«

Jenna lächelte. »Das klingt fast so, als wolltest du ihn vor mir schlechtmachen.« Plötzlich wurde sie wieder ernst. »Ich bin gerade erst von meinem Mann verstoßen worden. Glaubst du, ich teile deshalb sofort mit dem nächstbesten mein Lager?« Sie klopfte mit der flachen Hand auf ihre Brust. »Auch, wenn die blauen Flecken an meinem Leib allmählich verblassen – hier drinnen tut mir alles weh. Mein Herz ist immer noch wund. Verstehst du?«

Marias Blick verfinsterte sich. »Amando ist tabu für dich. Hast du mich endlich verstanden? Ansonsten wirst du ihn unglücklich machen«, zischte sie, wandte sich ab und eilte davon.

Jenna stieß schwer den Atem aus und setzte sich auf einen umgestürzten Baumstamm. Wie sollte sie Amando denn unglücklich machen? Alles, was sie wollte, war seine Freundschaft, denn an mehr wagte sie gar nicht zu denken. Auch wenn Amando eine ganz andere Art von Mann als Gernot war und ihre Seele zum Beben brachte, wusste sie, was es bedeutete, wenn sich eine Frau einem Mann aus freien Stücken hingab. Meist ging sie damit eine Verbindung fürs Leben ein.

Jenna erhob sich von dem Baumstamm und hängte sich den Weidenkorb über den Arm. Ihr war die Lust vergangen, nach weiteren Kräutern zu suchen. Aber zurück zum Lager wollte sie auch nicht. Sie sah zum Himmel, an dem die Sonne inzwischen im Zenit stand, und tastete nach dem Lederbeutel, den sie sich in die Röcke genäht hatte. Das Geld, das sie beim Verkauf der Tiegel verdient hatte, trug sie bei sich. Neben den Schriften war es ihre einzige Habe. Doch selbst wenn sie diese ebenfalls bei sich gehabt hätte, hätte sie nicht einfach verschwinden können. Das wäre Amando gegenüber nicht recht gewesen. Was konnte er dafür, wenn Maria irgendwelche merkwürdigen Geschehnisse sah? Amandos Mutter musste sich wohl erst einmal beruhigen.

Jennas Blick schweifte in die Ferne, dorthin, wo die Stadt Köln lag. Weshalb sollte sie noch warten? Sie konnte genauso gut heute in die Stadt gehen. Als sie sich zum Aufbruch umwandte, sah sie zwischen den Büschen Loppos feuerrotes Haar. Er trat aus dem Grün und ging mit einem Stecken in Richtung Bach. Jenna winkte ihm zu.

Loppo hob den Blick. »He, Zauberin. Ist alles gut bei dir?«

Jenna trat zu ihm. »Ja, ist es. Ich will in die Stadt gehen, um meinen Vater zu besuchen und vielleicht auch getrocknete Heilkräuter zu kaufen.«

Loppo spießte den Stecken in den Boden. »Ganz allein?«

»Keine Sorge, ich passe auf mich auf. Vor Sonnenuntergang bin ich wieder zurück. Sagst du Amando Bescheid?«

»Der wird bestimmt nicht begeistert sein.« Loppo zog den Stecken wieder aus der Erde. »Aber du bist ja nicht sein Weib. Kannst ja machen, was du willst.«

Im Stillen gab Jenna ihm recht und machte sich auf den Weg in Richtung Stadtmauer.

• • •

Verstohlen beobachtete Elisabeth durch den Türspalt, wie Jakob ihrem Sohn ermutigend über die Schulter strich. Fast glaubte sie, selbst diese Berührung zu spüren. Sie stellte sich vor, wie die Wärme von Jakobs Hand durch den Stoff ihres Kleids bis tief zu ihrem Herzen drang und dort die Gitterstäbe des Gefängnisses zum Schmelzen brachte. Ein Ziehen fuhr durch ihren Bauch, und die Sehnsucht nach Jakobs Berührung brachte sie fast um den Verstand. Wie es wohl wäre, seine Lippen auf ihren zu spüren? Wie es sich wohl anfühlte, von ihm in den Arm genommen zu werden und seinem Herzschlag zu lauschen? Als Tränen ihren Blick verschleierten, trat Elisabeth einen Schritt zurück und schob die

Gedanken beiseite. Dann begab sie sich in die Küche und schnitt den Kohl in Streifen. Doch schon bald wusste sie nicht mehr, was sie überhaupt daraus kochen wollte.

»Geht es Euch gut?«

Elisabeth fuhr zusammen. Das Messer rutschte vom Kohl ab, und sie schnitt sich in den Finger. Jakob war mit drei Schritten bei ihr.

»Entschuldigt, ich wollte Euch nicht erschrecken.«

Rasch steckte sich Elisabeth den Zeigefinger in den Mund. Als sie das Blut schmeckte, stiegen ihr abermals Tränen in die Augen.

»Ihr habt Euch geschnitten?« Jakob hielt ihr die offene Hand hin. »Lasst mich den Finger sehen.«

Elisabeth nahm ihn aus dem Mund und legte ihre Hand in die seine. »Es ist nicht so schlimm.« Sie zitterte leicht.

Jakob untersuchte die Wunde. Dann ließ er ihre Hand los und ging zu dem Regal, auf dem sie saubere Leinentücher verwahrte.

Elisabeth ließ sich auf dem Hocker nieder. Behutsam verband Jakob ihre Hand und strich ihr dann über den Arm.

Da war sie, die Wärme, die bis zu ihrem Herzen drang. Vor ihrem inneren Auge sah sie, wie das Gefängnis ihres Herzens auseinanderfiel. Sie schauderte und sah auf. Als sie in Jakobs Augen blickte, glaubte sie, darin einen Glanz zu erkennen. Er lächelte, doch es wirkte gequält. Er wollte die Hand von ihrem Arm zurückziehen, aber Elisabeth legte ihre darauf, um ihn daran zu hindern. Einen Atemzug lang schloss sie die Augen. Dann ließ sie von seiner Hand ab, öffnete die Lider und sah zu der Tür. »Ihr solltet Steffan nicht zu lange allein lassen.«

• • •

Als Jenna vor dem Gereonstor stand, begannen ihre Beine vor Aufregung zu zittern. Zum ersten Mal ging sie allein in die Stadt. Bisher hatte immer der Onkel sie begleitet, wenn sie ihren Vater besuchte. Und zuletzt war sie mit den Vaganten in Köln gewesen. Jenna holte tief Luft und ging weiter, vorbei an Obst- und Weingärten. Ein betörender Duft nach Äpfeln stieg in ihre Nase. Ziegen meckerten in der Ferne, und Kinderlachen war zu hören. Und über alledem schien warm die Sonne von einem wolkenlosen Himmel.

Bald darauf lief Jenna die Gasse entlang, die sie zum Revilienkloster führte. Als sie an das hölzerne Portal klopfte, öffnete ihr eine Nonne und sah sie fragend an.

Jenna kannte sie von ihren früheren Besuchen und fragte nach ihrem Vater.

Der Blick der jungen Nonne wurde traurig. »Hat dich denn die Nachricht nicht erreicht?«

Jenna schüttelte den Kopf. Etwas schnürte ihr den Hals zu. Die Nonne bat sie in das Innere des Klosters und in eine Besucherkammer. Sie wies auf einen Stuhl an einem schiefen Holztisch und goss etwas Wein in einen Holzbecher.

Jenna nahm ihn dankend an und trank einen Schluck. Ihre Kehle war wie ausgedörrt.

Die Nonne setzte sich ihr gegenüber und senkte den Blick. »Der Herr hat deinen Vater vor drei Tagen zu sich geholt. Da du nicht gekommen bist, haben wir ihn heute in der Frühe zu Grabe getragen. Wir hätten ihn bei der Witterung wirklich nicht länger liegen lassen können.«

Auch wenn sie ihrem Vater nie besonders nahegestanden hatte, traten Jenna Tränen in die Augen. Sie hätte ihm bei seiner letzten Stunde gern beigestanden. Hastig leerte sie den Becher und schluckte gegen den Kloß in ihrer Kehle an. Eine bedrückende Stille herrschte in der kleinen Kammer.

»Komm!«, sagte die Nonne schließlich und erhob sich von ihrem Stuhl. »Ich bringe dich zu seinem Grab.«

Hinter dem Hospital drückte sich eine Kapelle an die Mauer. Daneben reihten sich Gräber aneinander. Jenna folgte der Nonne zu einem Hügel schwarzer Erde. Dort kniete sie sich hin und sprach ein Gebet, in dem sie Gott darum bat, den Vater im Himmel aufzunehmen. In diesem Augenblick wurden die Sorgen der letzten Tage winzig wie Regentropfen, und sie bereute, nicht öfter nach dem Vater gesehen zu haben. Trauer übermannte sie und stach ihr mit scharfer Klinge ins Herz. Jenna holte den Bund Kamille aus dem Korb und legte ihn mit zittrigen Fingern auf die Erde, die Vaters Leichnam bedeckte. Sie dachte an die Mutter, die nun wieder mit ihm vereint war – ein tröstlicher Gedanke. Jenna stellte sich vor, wie sich die Eltern einander an den Händen hielten, und hob den Blick. Vor ihr hüpfte eine Drossel über die Mauer und zwitscherte fröhlich. Jenna sprach einen letzten Abschiedsgruß, wischte sich mit dem Arm über Nase und Wangen und erhob sich.

Die Nonne legte ihr die Hand auf den Rücken und geleitete sie zu einem Portal in der Klostermauer. »Im Herzen war dein Vater ein guter Mann, denn er wusste nicht mehr, was er tat. Selig sind, die da geistlich arm sind, denn ihrer ist das Himmelreich.« Das Lächeln der Nonne kam von Herzen. »Vergiss das nie.«

Als das Portal hinter Jenna geschlossen wurde, blickte sie noch einmal in den Himmel, ehe sie zu einem Mauervorsprung ging und sich darauf niederließ. Zwei Frauen liefen an ihr vorbei, sie trugen Körbe mit reifen Äpfeln. Eine Schar Kinder folgte ihnen lachend. Hinter einem der Fenster der umliegenden Häuser schrie ein Säugling. In den Gassen ging das Leben weiter. Doch was sollte sie selbst tun? Ihrem Vater konnte sie nicht mehr helfen, und auch ihre Mutter hatte sie nicht retten können, da sie sich noch nicht gut genug in der Heilkunst ausgekannt hatte.

Die Sonne blinzelte durch die Wolken und überzog die Dächer der Stadt mit einem goldenen Licht. Es nutzte nichts mehr, darüber zu grübeln – das hatte damals schon ihr Onkel gesagt. Aber sie konnte nun vielleicht an den Lebenden etwas wiedergutmachen. Konnte den Kranken helfen, soweit es in ihrer Macht stand. Die Heilkunst war ihre Leidenschaft und gewiss auch ihre Bestimmung.

Jenna erhob sich von dem Mauervorsprung. Die Sonne war mittlerweile weitergewandert und verschwand bereits langsam hinter den Dächern. Jenna sehnte sich nach einer Umarmung, nach ein paar Worten des Trostes. Sie sollte zurück ins Lager gehen, um vor der Dämmerung dort zu sein. Die Kräuter konnte sie immer noch besorgen. Jenna schritt an den Gärten vorbei zurück zum Gereonstor.

Plötzlich hörte sie Rufe hinter sich. »He, Mädchen! Hast deinen Korb vergessen!«

Jenna blickte sich um und sah in das Gesicht einer alten Frau. Tiefe Falten hatten sich um ihre Augen und den Mund gegraben. Ihr Kleid war geflickt, und die Hände strotzten vor Dreck.

Die Alte sah in den Korb und dann wieder zu Jenna. »Bist du eine Kräuterfrau?«

Diese nickte. »Ich versuche, damit die Menschen zu heilen.«

»Eine Heilerin bist du? Das trifft sich gut.« Die Frau sah sie traurig an. »Mein Sohn leidet in letzter Zeit unter unsäglichen Schmerzen.«

»Was hat er denn?«

»Die Knie tun ihm weh.«

Jenna dachte kurz nach. Es war gut möglich, dass ihn die Gicht befallen hatte. »Sind sie geschwollen?«

Der Blick der Frau irrte umher, doch dann nickte sie heftig. »Ja, ja! Ganz dick sind sie.«

Jenna stieß schwer den Atem aus. »Ich würde gern helfen, habe aber zurzeit keinen Heiltrunk gegen das Leiden.«

»Was brauchst du denn dafür?«

In Gedanken blätterte Jenna in den Schriften ihres Onkels. Wenn es wirklich die Gicht wäre, bräuchte sie Bachbunge, aber ohne den Mann zu sehen, konnte sie natürlich nicht mit Gewissheit sagen, woran er litt. »Um das genau bestimmen zu können, müsste ich mir die Beine deines Sohnes ansehen.«

Die Frau faltete die Hände vor der Brust und warf ihr einen flehentlichen Blick zu. »Würdest du das tun? Bitte! Ich entlohne dich auch reichlich.«

Jenna zögerte und schüttelte dann den Kopf. »Das geht nicht. Ich muss heim.«

Die Alte blickte traurig zu Boden. »Wo ist denn dein Zuhause? Kann ich dich dort aufsuchen?«

»Nein, ich lebe bei Vaganten. Aber es gibt doch gewiss noch andere Heilkundige in der Stadt. Verzeih.« Jenna wandte sich zum Gehen.

Die Alte griff nach ihrem Arm und hielt sie fest. »So hilf doch bitte! Ich hab solche Angst, dass er mir wegstirbt.« Sie wischte sich eine Träne aus dem Augenwinkel.

Jennas Gewissen setzte ihr zu. Hatte sie sich eben noch geschworen, den Kranken zu helfen, konnte sie nun wohl kaum die Bitte der Frau abschlagen. Nur die Barmherzigkeit versprach eine umfassende Heilung der Kranken, hatte Hildegard von Bingen geäußert. Jenna sah noch einmal kurz in den Himmel, und dann nickte sie. »Gut, ich komme mit.«

Kurz darauf folgte Jenna der Alten in eine verwinkelte Gasse mit windschiefen Häusern. Vor einem Krämerladen wühlten Schweine in einem Misthaufen. Über der Tür einer Schenke baumelte ein bronzefarbenes Schild, das einen Esel zeigte. Die Alte blieb stehen und schaute an der Hauswand hinauf.

»Warte kurz. Bin gleich wieder da«, sagte sie.

Verwundert sah Jenna sie an. »Was willst du denn da drinnen?«

Die Alte hob die Schultern. »Wenn die Schmerzen zu schlimm sind, trinkt mein Häns schon mal einen über den Durst. Ich will sehen, ob er hier ist.« Sie stieß die Tür auf und verschwand in dem dämmrigen Licht der zwielichtigen Schenke, ehe Jenna darauf etwas erwidern konnte.

Nach wenigen Augenblicken kam die Alte auch schon wieder heraus. »Häns geht es sehr schlecht! Wirklich sehr schlecht.«

Jenna runzelte die Stirn. »Ist er denn hier?«

»Ja, aber er hat so arge Schmerzen, dass er sich in die Kammer hinter dem Schankraum legen musste.« Die Alte griff nach Jennas Hand. »Komm, du musst ihm helfen.«

Ein Einäugiger in Lumpen schlich an ihnen vorbei und schob die Tür der Schenke auf. Erneut schlug Jenna ein Schwall stickiger Luft entgegen. Ein merkwürdiges Gefühl beschlich sie.

Die Alte zog sie zur Tür der Schenke. »Nun komm endlich. Häns wartet schon.«

Jenna gab nach und ließ sich von ihr in das Innere der Schenke zerren. Im dämmrigen Licht saßen an den Tischen schmuddelige Gestalten. Manche würfelten und einige stierten nur vor sich hin. Als sie Jenna bemerkten, sahen sie jedoch auf und glotzten sie an. Das ungute Gefühl in Jennas Bauch wuchs zu einem Klumpen heran. Die Alte hielt sie fest am Arm und schob sie zu dem Tresen.

Der Wirt hob die Augenbrauen. »Ein neuer Fang?«

»Halt den Mund«, zischte die Alte. »Das Mädchen ist hier, um Häns zu heilen.«

Der Wirt lachte schallend auf. »Ja, so kann man das auch nennen.«

Ehe Jenna die Worte richtig gedeutet hatte, stieß die Alte sie auch schon in die Kammer neben dem Tresen. Die Tür flog hinter ihr zu, und Jenna hörte, wie der Riegel von außen vorgeschoben wurde. Sie riss die Augen auf. Wenige Schritte vor ihr lag ein beleibter Mann auf einer Pritsche aus Stroh und glotzte sie an. Die ganze Kammer roch nach seinem Schweiß.

»Sieh einer an. Die alte Griet hat ihr Versprechen also gehalten.« Der Mann deutete mit dem Blick auf den Hocker neben der Tür. Zwei Münzen lagen darauf. »Will dich auch reichlich belohnen für deine Mühen.«

Jenna ging zu dem Hocker und nahm das Geld, ohne den Mann aus den Augen zu lassen. »Dir schmerzen die Knie?«

»Nicht nur meine Knie.« Grinsend schob der Mann die Wolldecke zur Seite und zeigte Jenna seinen entblößten Unterleib.

Allmählich begriff sie, was sie bereits befürchtet hatte: Sie war in die Fänge einer Kupplerin geraten.

Der Mann klopfte mit der flachen Hand neben sich. »Nun komm endlich zu mir, meine Schöne.«

Hektisch sah Jenna sich um. Hinter der Pritsche befand sich ein offenes Fenster. Sie ließ den Korb fallen und trat auf den Mann zu. Der grinste noch breiter. Jenna stellte sich mit einem Fuß auf das Bett, dann kletterte sie rasch über ihn hinweg zum Fenster. Als der Mann bemerkte, dass sie fliehen wollte, griff er nach ihrem

Bein und krallte seine Finger um ihre Wade. Jenna schrie auf und versuchte, ihn abzuschütteln.

Er packte mit der zweiten Hand zu und griff nach dem Saum ihrer Röcke. »Hiergeblieben, du Miststück!«

Jenna trat ihm mit dem freien Fuß ins Gesicht und traf seine Nase. Der Mann heulte auf und ließ sie los. Innerhalb weniger Sekunden kletterte Jenna durch das Fenster und sprang in den Hinterhof der Schenke. Ein hoher Zaun trennte diesen jedoch von der Gasse. Jenna fuhr hastig mit der Hand über die Holzlatten und fand eine, die nachgab. Sie brach diese und die nächste daneben heraus und schlüpfte durch den entstandenen Spalt. Als sie endlich in der Gasse stand, bemerkte sie, dass sie immer noch die Münzen in der schwitzenden Hand hielt.

»He!«, rief eine Stimme. »Was machst du da?«

Jenna sah sich um. Die Alte erschien vor der Schenke, und im nächsten Moment stürzte der Kerl aus dem Haus. »Haltet sie, sie hat mich bestohlen!«, schrie er.

Wie von einer Hornisse gestochen wandte sich Jenna um – und rannte geradewegs in die Arme eines riesigen Mannes, der einen Helm und einen dunkelblauen Umhang trug.

»Haltet sie fest! Die Hure hat mich bestohlen!«, schrie der Kerl aus vollem Hals.

Der Büttel umfasste Jenna und hielt ihr die Spitze seiner Lanze vor das Gesicht. »Eine falsche Bewegung und dir fehlt ein Auge.«

Der Kerl aus der Schenke kam keuchend zu ihnen und zog sich die Hose über den Hintern. Blut lief ihm aus der Nase. Er wischte mit dem Hemdsärmel darüber und blickte auf Jennas Hand mit den Münzen. »Seht nach, sie hat mein Geld!«

Der Büttel griff nach Jennas Hand und öffnete die Finger. Die

Münzen fielen hinab und rollten über den Boden. Der Mann bückte sich und klaubte sie rasch auf.

»Das sind Eure Münzen?«, fragte der Büttel.

»Ganz genau. Die Hure hat sie genommen und ist abgehauen, bevor ich mich an ihr wärmen konnte.«

Nun kam auch die Alte näher. »Das kann ich bezeugen.«

Jenna schlug das Herz bis zum Hals hinauf. Der feste Griff des Büttels schmerzte. »Die Alte hat mich in eine Falle gelockt. Sie ist eine Kupplerin!«

»Pah«, stieß die Frau aus, »rede keinen Unsinn. Ich habe dir lediglich den Freier besorgt, nach dem du mich gefragt hast.«

»Nehmt sie mit und sperrt sie in den Turm. Sie ist eine Winkeldirne, die ihre Freier bestiehlt«, bellte der beleibte Mann.

»Das ist nicht wahr!«, schrie Jenna. Ein Pulk von Leuten hatte sich bereits um sie geschart und verfolgte interessiert das Geschehen.

»Halt dein Maul.« Der Büttel stieß sie mit dem Ellenbogen in die Rippen. »Auf zum Frankenturm mit dir.«

12

Bis zum späten Nachmittag hatte Ursula geschlafen, denn die letzte Nacht war anstrengend gewesen. Wieder einmal hatte Hermann nicht von ihr lassen können. Bevor er am frühen Morgen gegangen war, hatte er gesagt, dass er wohl vorerst zum letzten Mal das Bett mit ihr geteilt hatte. Bald schon würde sie in das Haus der Reuerinnen einziehen.

Auch wenn Ursula lange gelegen hatte, fühlte sie sich immer noch, als wäre sie zur Ader gelassen worden. Sie sehnte sich nach Ruhe, dachte gleichzeitig jedoch voller Grauen an das Haus, das wahrscheinlich einem Kloster glich. Aber sie würde ja nur vorübergehend dort leben müssen.

Weil sie der Hunger überkam, zog sie sich ihre Röcke über, um im Schankraum etwas Mehlbrei zu essen. Es war wohl später, als sie angenommen hatte, denn die anderen Huren saßen bereits alle um die Tische.

Elsgen winkte Ursula zu sich. »Du siehst aus, als wärest du zwischen die Mühlsteine gelangt«, bemerkte die Freundin, als Ursula sich stöhnend auf den Stuhl fallen ließ.

»So fühle ich mich auch. Und Hunger habe ich wie ein Wolf.« Ursula bedeutete Claeß, ihr etwas zu essen zu bringen.

»Dein Freier ist wohl ein richtiger Nimmersatt. Das war kaum zu überhören.« Elsgen grinste.

»Damit ist vorerst Schluss. Wir werden bald das Haus beziehen können.«

Elsgen hob die Augenbrauen. »Wir?« Sie sah zu Stina, die zwei Tische weiter bereits auf dem Schoß eines Freiers saß und seine Wange an ihren Busen drückte. »Hast du das gehört?«, rief Elsgen ihr zu.

»Was denn?«

»Wir sollen bald in das Büßerinnenhaus einziehen.«

Stina lachte schallend auf. »Ich gewiss nicht. Sie können uns ja wohl kaum dazu zwingen.«

Doch dessen war sich Ursula nicht sicher. Wie sollten sie sich gegen die Entscheidung des Rats zur Wehr setzen? Jetzt schon war es den Winkeldirnen verboten, sich auf öffentlichen Plätzen den Freiern anzubieten.

Die Tür der Schenke öffnete sich, und warme Sommerluft wehte herein. Hermann trat mit zwei weiteren Herren ein, die genau wie er die schwarzen Roben der Ratsmitglieder trugen. Ursula blieb der Mehlbrei im Hals stecken. Hatte er nach der letzten Nacht immer noch nicht genug? Und hatte er seine Liebe zu ihr nicht immer vor dem Rat verheimlicht? Warum brachte er dann diese Männer mit?

Elsgen starrte die Ratsmitglieder an. »Kundschaft ist das wohl nicht«, murmelte sie.

Hermann sah kurz zu ihnen herüber, wandte jedoch rasch den Blick wieder ab und kratzte sich die gerötete Wange.

Der älteste der drei Männer hob die Hand. »Hört zu!« Er sah von einer Hure zu der anderen. Sein angeekeltes Gesicht verriet die Abscheu, die er gegenüber den Frauen empfand. »An Mariä

Himmelfahrt erwarten wir in Köln viele Besucher. Wie ihr wisst, ist Köln eine heilige Stadt. Das heißt auch, wir geben jeder Dirne die Möglichkeit, Buße zu tun. Noch heute werdet ihr euch in das Büßerinnenhaus am Eigelstein begeben.«

Stina spie aus. »Was habt Ihr uns denn zu sagen? Verschwindet!«

»Der Rat hat es so beschlossen. Also habt ihr euch daran zu halten. Das Haus Zur Büchse müsste euch ja allen bekannt sein. Ihr solltet gehorchen, ansonsten wird es eine unschöne Sache für euch.« Er lupfte kurz sein Barett, um sich mit einem Tuch den Schweiß von der Stirn zu wischen.

»Also, mir sagt das Haus nichts.« Stina legte den Arm um den Hals ihres Freiers und flüsterte ihm etwas ins Ohr. Der Mann bekam große Augen und errötete.

Ursula sah wieder zu Hermann, der auch weiterhin so tat, als hätten sie einander noch nie gesehen. Bedächtig blickte er seinen Nebenmann an. Nie hatte er gesagt, dass die Huren *gezwungen* werden würden, in dieses Haus zu ziehen. Doch Ursula widerstand der Versuchung, ihn zur Rede zu stellen. In diesem Augenblick wäre es für sie ein Leichtes gewesen, ihn vor den anderen Ratsherren bloßzustellen. Aber sie war nicht dumm und außerdem eine gewissenhafte Hure, die wusste, wann sie zu schweigen hatte. Sie würde nie preisgeben, welche Männer sie bediente.

Dennoch war ihr zum Weinen zumute. Die Ratsherren – und somit auch Hermann – behandelten sie, als wären sie der letzte Dreck in den Gassen.

Der ältere Ratsherr schien die Geduld zu verlieren und fuchtelte wild mit den Armen. »Los! Holt eure Sachen!«

Claeß, der gerade einige Becher abtrocknete, warf sich das

Tuch über die Schulter und nahm den Besen in die Hand. »Die Frauen gehen nirgendwo hin!«, bellte er.

»Nun, offenbar wollt ihr es nicht anders …« Der Ratsherr schüttelte den Kopf und verließ die Schenke. Die anderen folgten ihm, auch Hermann, der den Blick immer noch abgewandt hielt.

Kurz darauf flog die Tür wieder auf, und zwei Büttel betraten die Schenke. Der größere von ihnen sah sich um. »Leg den Besen weg«, sagte er in ruhigem Ton zu Claeß.

»Verschwindet aus meinem Haus!«, schrie der Hurenwirt.

»Die Dirnen haben sich auf der Stelle im Haus Zur Büchse einzufinden.«

Stina lachte auf. »Rück dir den Helm wieder gerade und troll dich.«

»Weib, das ist ein Befehl und keine Bitte. Und nun ab mit euch.«

Der andere Büttel trat zu Claeß und versuchte, ihm den Besen zu entreißen. Er war ein kräftiger junger Bursche und überwältigte den älteren Wirt mit einem gezielten Tritt. Claeß sank keuchend zu Boden und presste die Hand zwischen seine Beine.

Ursula starrte ihn versteinert an.

»Seid ihr von Sinnen?«, schrie Stina.

Der andere Büttel griff nach ihrem Arm, drehte ihn ihr auf den Rücken und stieß sie aus der Schenke. Stinas Schreie gingen Ursula durch Mark und Bein.

»Ihr anderen geht jetzt ja wohl freiwillig mit«, sagte der jüngere Büttel.

Elsgen verschränkte die Arme vor der Brust. »Niemals!«

Mit einem gezielten Schlag streckte der Mann sie zu Boden und schleifte sie an den Armen aus der Schenke.

Die anderen Huren kauerten sich in einer Ecke zusammen. Als

die Büttel wieder in die Schenke kamen, genügte ein Pfiff durch die Zähne und sie folgten den Männern vor die Tür. In diesem Augenblick dachte Ursula an Flucht und sah zur Stiege.

»Du ebenfalls!«, schrie der ältere Büttel.

Sie erwachte aus ihrer Starre und erhob sich. Schwindel überfiel sie und ließ sie schwanken. Sie wollte nicht in dieses Haus. Nicht auf diese Weise. Die Büttel behandelten sie schlimmer als Vieh oder gar, als hätten sie einen Mord begangen. Keuchend hielt sie sich an der Stuhllehne fest.

»Zieh keine Posse ab und beweg deinen Hintern.« Der Büttel kam auf sie zu und zerrte an ihrem Arm.

»Nein! Ich will hier nicht weg!«, keifte sie und schlug um sich. Doch der Büttel versetzte ihr solch einen heftigen Tritt in den Hintern, dass sie zur Tür taumelte.

Vor dem Haus standen zwei Büßerkarren, die mit Holzstäben umschlossen waren. Der andere Büttel pferchte die Huren bereits durch die kleine Öffnung in den Käfig. Mittlerweile hatte er eine Peitsche zur Hand genommen und schlug sie zur Warnung auf den Boden.

Ursula hämmerte das Herz bis zum Hals. Nicht einmal ihre Sachen hatten sie packen können! Der Büttel stieß sie zu dem zweiten Karren. Die Leute, die sich mittlerweile vor dem Haus versammelt hatten, pfiffen, johlten und klatschten Beifall.

»Brennt den Sündenpfuhl nieder!«, keifte eine alte Frau, die von der Haube bis zu den Röcken in Schwarz gekleidet war.

Ursula hatte in ihrem Leben schon viele Demütigungen ertragen müssen, aber dies hier war die Hölle. Die Scham trieb sie fast in die Ohnmacht.

Stina rüttelte an den Holzstäben. »Scheinheiliges Pack!«, schrie sie der Menge zu und zeigte dann mit dem Finger auf eine kleine rundliche Frau. »He, Weib! Deinen Kerl hatte ich auch schon zwischen den Schenkeln liegen.«

Ursula sog tief den Atem ein. »Sei still!«, zischte sie, als sie zu Stina in den Karren gedrängt wurde. »Mach es nicht noch schlimmer.«

»Was denn? Haben wir das etwa verdient? Sie behandeln uns wie Schwerverbrecher.« Stinas Gesicht war rot vor Zorn.

»Nein, haben wir nicht.« Ursula senkte den Blick. »Aber du bringst die Leute noch mehr gegen uns auf. Es ist doch alles schon schlimm genug.«

Eine weitere Hure wurde in den Holzkäfig geschoben. Schluchzer schüttelten ihren Leib. Ursula nahm sie in den Arm und strich ihr über das rote Haar. Die andere sah mit verweinten Augen zu ihr auf. »Ich habe solche Angst.«

»Ich auch«, erwiderte Ursula. In diesem Augenblick fragte sie sich, weshalb Hermann zuließ, was hier geschah. Sie beobachtete, wie die Ratsherren ihnen die Rücken zuwandten und den Schauplatz verließen.

Der ältere Büttel verschloss die Türen der Käfige mit einem Seil, das er fest verknotete. Anschließend trieb er mit der Peitsche die Ochsen an. Die Karren setzten sich in Bewegung, und die Leute folgten ihnen schimpfend die Schmierstraße entlang hin zur Kathedrale, an der sie in die Marzellenstraße einbogen.

Vor dem Haus auf dem Eigelstein, das Die Büchse genannt wurde, brachten die Büttel die Ochsen zum Stehen. Ursula sah an der mannshohen Mauer hinauf und hatte die böse Ahnung, dass es von hier kein Entkommen gab.

»Verdammter Pferdemist!«, keifte Stina. »Ich hab es geahnt. Das ist ein Kloster.«

Der Büttel öffnete die Gittertür und zerrte eine nach der anderen aus dem Karren. Das schmiedeeiserne Tor in der Mauer öffnete sich, und eine beleibte Ordensfrau trat auf die Gasse. Sie trug eine dunkelgrüne Tracht und einen ebensolchen Schleier. Eine knollige Nase prangte in ihrem Gesicht.

Eine junge Nonne folgte ihr, die recht eingeschüchtert wirkte. Sie war zierlich und sah die Frauen aus warmen braunen Augen an.

Die Ältere stellte sich als Mutter Oberin Katharina und die andere als Schwester Margarethe vor.

»Wart's ab, die wird uns gewiss das Leben zur Hölle machen«, raunte Stina.

Das glaubte Ursula auch, denn die kleinen grauen Augen der Mutter Oberin waren kalt wie Stahl. Dazu hingen ihre Mundwinkel herab, als hätte sie vor langer Zeit ihr Lachen verkauft.

13

Durch das winzige Fenster fiel nur ein handbreiter Lichtstrahl in die Zelle. Jenna schmerzte der Rücken von dem harten Boden, auf dem sie geschlafen hatte. Ihr gegenüber lag ein dürrer alter Mann in Lumpen und schnarchte leise. Jennas Hals war trocken und ihre Zunge bereits angeschwollen. Bisher hatte sie in dieser Zelle weder Wasser noch Brot bekommen. Letzteres konnte sie verschmerzen, doch der Durst drohte ihr die Sinne zu vernebeln.

Die Frau neben ihr stierte vor sich hin. Das rote Haar stand ihr in verfilzten Zotteln vom Kopf, und ihr Gesicht war unglaublich schmutzig. Im Morgengrauen hatte Jenna mehrmals versucht, sie anzusprechen, doch sie hatte nicht geantwortet und immer nur den Kopf geschüttelt. Mittlerweile glaubte Jenna, dass die Frau irre war. Dennoch wagte sie einen erneuten Versuch und legte ihre Hand auf die der Frau.

»Bekommen wir denn hier kein Wasser?«

Abermals schüttelte die Frau den Kopf.

»Kannst du nicht sprechen, oder willst du nicht?«, fragte Jenna nach.

Die Frau starrte sie an. Dann riss sie den Mund auf. Jenna spürte, wie sich ihr der leere Magen umdrehte. Der Frau war die Zunge herausgeschnitten worden und ihr Schlund ein einziges schwarzes stinkendes Loch. Rasch wandte Jenna den Blick ab. »Verzeih«, murmelte sie. »Das wusste ich nicht.«

Die Frau stieß einen Laut aus, der eher an ein Tier als an einen Menschen erinnerte.

Jenna schloss die Augen. »Lieber Gott, lass das alles rasch vorbei sein«, flüsterte sie. Es war ein frommer Wunsch, das wusste sie. Niemand hier in der Stadt würde ihr glauben, dass sie hinters Licht geführt worden war. Wie hatte sie so dumm sein können? Und weshalb hatte sie dem Kerl nicht die Münzen vor die Füße geschmissen? Der Tod ihres Vaters hatte sie durcheinandergebracht, das stand außer Frage. Dennoch schalt sie sich und konnte nur hoffen, dass die Strafe nicht allzu hart ausfiel. Jenna dachte an Amando. Sicher würde er denken, sie hätte das Weite gesucht. Irgendwann würde er weiterziehen und sie ihn nie wieder sehen. Angst und Kummer fraßen sie fast auf. Selbst nachdem sie aus dem Weiler gejagt worden war, hatte sie sich nicht so elend gefühlt wie in diesem Augenblick. Aber da hatte sie auch bald Amando an ihrer Seite gehabt.

Jenna sah wieder zu der Frau neben ihr. »Wie lange bist du schon hier?«, fragte sie.

Die Frau zuckte mit den Schultern und sah auf ihre Hände.

»Ein paar Tage?«, bohrte Jenna nach.

Die Gefangene schüttelte den Kopf.

»Länger?«

Die Frau nickte.

»Viel länger?«

Abermals nickte die Frau.

Mehr wollte Jenna nicht wissen. Was nutzte es auch? Sie würde nicht erfahren, was die Gefangene angestellt hatte. Ob sie zum ersten Mal oder bereits öfter hier einsaß. Jenna erhob sich und schüttelte die Beine aus. Dieben schlug man die Hand ab, das hatte sie schon des Öfteren gehört. Sie sah auf ihre schmutzigen Finger, und die Angst schnürte ihr den Hals zu.

Ein Hustenanfall schüttelte den alten Mann. Er öffnete die Augen und blinzelte.

Jenna ging vor ihm in die Hocke. »Wie lange bist du schon hier?«

Der Mann rieb sich mit den Fingerknöcheln über die Augen und sah zu dem kleinen Fenster. »Das ist mein zweiter Sommer hier«, sagte er mit heiserer Stimme. Es schien, als hätte er genauso lange nicht mehr gesprochen.

»Was hast du denn verbrochen?«

»Hab auf dem Markt falsche Maße benutzt. Nun lassen sie mich hier verrotten.« Er hustete erneut. »Vielleicht haben sie mich ja auch einfach vergessen.«

Jenna deutete mit dem Blick zu der Frau. »Und sie? Wie lange ist sie hier?«

Der Mann zuckte mit den Schultern. »Hab sie kommen und gehen und wiederkommen sehen. Hier im Turm hast du irgendwann kein Gefühl mehr für die Zeit.«

»Bekommen wir kein Wasser?«, fragte Jenna bang.

»Erst kurz vor der Dunkelheit. Dann bringen sie uns einen Eimer mit abgestandener Brühe und etwas Brot, das du kaum beißen kannst. An den Feiertagen auch schon mal ein Stück Trockenfleisch oder angeschimmelten Käse. So hab ich es erlebt.« Der Mann kratzte sich den Kopf.

Jenna sah die Läusenissen in dem schütteren Haar und kratzte sich ebenfalls.

»Weshalb bist du hier?«, fragte der Mann.

»Wegen Diebstahl. Ich wurde in eine Falle gelockt.«

»Das behaupten fast alle«, erwiderte der Mann und verschränkte die Arme vor der Brust. Er stank schlimmer als die Bärin des Vaganten.

Jenna presste die Lippen aufeinander und sagte dazu nichts weiter. Der Mann würde ihr ja doch nicht glauben.

Das Stroh raschelte, als die Frau sich erhob. Sie schlurfte zu dem Eimer in der Ecke und verrichtete geräuschvoll ihre Notdurft. Verzweifelt schloss Jenna die Augen. Hier in dieser Zelle würde sie sicher bald den Verstand verlieren.

• • •

Auch an diesem Tag kam Jakob viel zu früh. Elisabeth glaubte beinahe, er würde aus einem Versteck heraus beobachten, wann Hermann das Haus verließ. Mit klopfendem Herzen öffnete sie die Tür.

Jakob sah zu Boden und trat verlegen von einem Fuß auf den anderen.

»Wollt Ihr nicht hereinkommen?«, fragte Elisabeth.

Schwer stieß Jakob den Atem aus und schüttelte den Kopf. »Ich bin hier, um mich von Euch zu verabschieden.«

Elisabeth starrte ihn erschrocken an. Ein Band zog sich um ihren Hals und nahm ihr die Luft zum Atmen. »Aber warum denn?«

Den Blick weiterhin auf den Boden gerichtet, zuckte Jakob mit den Schultern. »Ich ertrage es nicht mehr, in Eurer Nähe zu sein, ohne Euch berühren zu dürfen.«

Elisabeth legte sich die Hand auf die Brust, um ihren Herzschlag zu beruhigen. »Aber Steffan braucht Euch!« Sie spürte, dass ihr die Zeit wie Sand durch die Finger rann. Wenn sie nun keine Entscheidung traf, würde sie Jakob nie wiedersehen. Sie biss sich auf die Unterlippe, dann trat sie einen Schritt zurück und hielt weit die Tür auf. »Und ich brauche Euch auch. Bitte kommt herein.«

Jakob hob den Blick und sah ihr tief in die Augen. Er atmete schwer, doch dann folgte er ihrer Bitte. Als sie die Tür hinter ihm geschlossen hatte, riss er Elisabeth in seine Arme und drückte sie an sich. Seine Lippen suchten die ihren, und er küsste sie.

Elisabeth wusste, es gab kein Zurück mehr. Sie musste es geschehen lassen, denn ohne Jakob wollte und konnte sie niemals mehr sein. Ihr Herz schlug so heftig wie nie zuvor. Wie eine Ertrinkende klammerte sie sich an ihn. Die Zeit schien stillzustehen, doch dann ließ Jakob von ihren Lippen ab.

»Ist Steffan noch im Bett?«, fragte er leise.

Als sie nur atemlos nickte, nahm er ihre Hand und ging mit ihr die Stiegen hinauf zu ihrer Schlafkammer.

Am Nachmittag lugte Elisabeth durch den Türspalt zum Arbeitszimmer. Jakob saß bei Steffan und lehrte den Jungen geduldig das Zählen. Elisabeth betrachtete Jakobs breite Schultern in dem weißen Hemd und das blondgelockte Haar, durch das sie am Morgen ihre Finger hatte gleiten lassen. Abermals spürte sie das Leben in sich pulsieren. Ein Leben, das durch Jakob von ein auf den anderen Tag so bunt wie der Frühling geworden war. An Hermann und seine Hure dachte Elisabeth nicht mehr. Sobald ihr Gemahl das Haus verlassen hatte, war er für sie weit fort. Sollte er doch tun und lassen, was er wollte.

Als hätte er ihre Blicke gespürt, drehte sich Jakob zu ihr um und lächelte sie an. Elisabeth legte ihre Hand auf die Brust und zwinkerte ihm zu. Mit leiser Stimme wies Jakob Steffan an, mit dem Stilus fünf Kreise auf die Wachstafel zu zeichnen. Dann erhob er sich und kam zu Elisabeth. Elisabeth wandte sich um und ging eilig den Flur entlang bis zu der Nische unter der Treppe. Jakob folgte ihr, und als sie sich gegenüberstanden, nahm er sie in den Arm und küsste sie. Niemals mehr wollte Elisabeth ohne dieses herrliche Flattern in der Brust leben. Jakob sollte für immer bei ihr sein. Sie schmiegte sich an seine Brust und ließ sich von ihm halten. Sie wollte nicht daran denken, dass dies alles nur Wunschträume waren. Sie würde nie neben ihm aufwachen. Er würde immer nur ihr Geliebter und nie ihr Gemahl sein. Doch in diesem Augenblick wollte sie dankbar sein. Dankbar, die Liebe spüren zu dürfen. Jakob hob mit dem Daumen ihr Kinn an und küsste sie erneut.

Viel zu rasch löste er sich wieder von ihr und sah sie an. »Wir müssen vorsichtig sein.«

»Natürlich«, sagte sie. »Wenn Hermann von uns erfährt, tötet er mich und wahrscheinlich auch dich.« Sie stieß tief den Atem aus, um die Wolke zu vertreiben, die sich vor ihr Glück geschoben hatte. »Aber das wird nicht geschehen. Wir passen auf.«

Jakob nickte. »Ich muss jetzt wieder zu Steffan.«

»Und ich ans Herdfeuer.« Elisabeth strich ihm das Haar aus der Stirn und fuhr mit den Fingern über seine Wange. »Bis nachher.«

Als sie einige Zeit später den Eintopf abschmeckte, spie sie unvermittelt die Karotten auf den Boden. Ein Höllenfeuer loderte durch ihren Mund. Was hatte sie bloß getan? War ihr das Pfeffersäckchen in den Topf gefallen, oder hatte sie zu viel Ingwer hineingegeben? Elisabeth konnte sich nicht mehr erinnern und sah sich verzweifelt in der Küche um. Was sollte sie bloß tun? Hermann würde sicherlich bald nach Hause kommen. Nachdenklich biss sie sich auf die Unterlippe.

Da steckte Jakob den Kopf durch die Tür. »Wir sind für heute fertig mit dem Unterricht.«

»Ihr geht schon?« Elisabeth wischte sich die Hände an einem Tuch ab.

»Ja, ich habe noch einige Besorgungen zu machen.«

Steffan schob sich an ihm vorbei und sah in den Kessel. »Das riecht aber gut.«

Elisabeth wusste nicht viel über Jakob. Nicht einmal, wo er wohnte und wie alt er war. »Besorgungen?«, fragte sie nach.

»Ja, ich muss einiges im Haus ausbessern.«

Sie legte das Tuch auf die Anrichte. »Wartet, ich bringe Euch zur Tür.«

Steffan hing immer noch mit der Nase über dem Kessel.

»Du bleibst vom Feuer weg, hörst du?«, ermahnte Elisabeth. Als sie mit Jakob die Stiegen hinabging, vergewisserte sie sich mit einem Blick über die Schulter, ob Steffan in der Küche geblieben war. Er war ihnen nicht gefolgt, und so griff sie verstohlen nach Jakobs Hand. Sie fühlte sich wunderbar warm in ihrer eigenen an.

Jakob drückte leicht ihre Finger und lächelte. »Morgen sehen wir uns wieder.«

Auch wenn die Nacht einsam und lang vor ihr lag, nickte Elisabeth tapfer. Bevor er ging, sahen sie sich noch einmal tief in die Augen, dann schloss sie die Tür hinter ihm. In diesem Moment hörte sie von oben einen Aufschrei. Steffan! Zwei Stufen auf einmal nehmend, stürmte sie die Stiege hinauf. Steffan wimmerte, schrie wieder auf und weinte. In der Küche sah Elisabeth ihn auf dem Boden sitzen und sich die Hand halten. Sein Gesicht war nass von Tränen.

Sie beugte sich zu ihm hinab, riss seine Hände auseinander und betrachtete die roten Finger. »Was hast du getan?«

»Der Löffel ist mir in den Kessel gefallen.« Steffan schluchzte. »Ich wollte ihn wieder herausholen.«

Erbost schüttelte Elisabeth den Kopf und richtete sich wieder auf. »Ich hab dir doch gesagt, du sollst dich vom Kessel fernhalten.« Sie ging zum Spülstein und tauchte ein Tuch in das kalte Wasser.

»Was ist hier los?«

Wie aus dem Nichts stand Hermann in der Tür. Die Leichtigkeit, die Elisabeth den Tag über verspürt hatte, war augenblicklich verflogen. Stattdessen drückte wieder der Mühlstein ihre Brust zusammen. »Steffan hat sich am Kessel verbrannt.«

»Warum lässt du den Jungen allein am Feuer? Kannst du mir das erklären?« Hermann sah sie finster an.

»Es war nur für einen Augenblick. Ich konnte ja nicht ahnen, dass er vom Eintopf probieren will.«

Steffans Schluchzer waren verstummt. »Es ist nicht schlimm und tut auch gar nicht mehr weh.« Er wischte sich mit dem Ärmel über die Wangen. »Bitte, bitte schimpft nicht mit Mutter.«

Hermann zog sich die dünne Schaube aus und hängte sie über die Stuhllehne. Dann schnupperte er in Richtung Kessel. »Schon wieder Eintopf? Was ist mit dem Huhn, das du mir schon seit einigen Tagen braten willst?«

Das Huhn hatte Elisabeth schlichtweg vergessen. Es war so viel passiert in der Zwischenzeit, vor allen Dingen in ihrem Herzen …

»Ich hab keins bekommen. Zurzeit rafft irgendeine Seuche die Viecher dahin. So hat es mir zumindest der Bauer auf dem Markt erzählt.« Sie mied Hermanns Blick. »Aber morgen, da brat ich dir einen Hasen.«

»Egal, wichtig ist, dass ich Fleisch zwischen die Zähne bekomme. Von mir aus auch ein Stück vom Ferkel.« Hermann zog den Stuhl hervor und ließ sich seufzend darauf nieder.

»Ich sehe, was sich machen lässt.« Elisabeth nahm drei Holzschalen vom Regal, füllte die erste mit dem Eintopf und stellte sie vor Hermann auf den Tisch. Steffan bekam den zweiten Napf und sie den dritten. Dann setzte sie sich zu den beiden und sprach das Gebet. Als sie geendet hatte, starrte sie in ihre Schale und dachte an Jakob, um das hässliche Gefühl in ihrer Brust zu vertreiben. Was er wohl gerade tat? Ob er auch aß? Und wenn, was?

Plötzlich gab Hermann einen röhrenden Schrei von sich und spuckte ihr eine Fontäne Eintopf ins Gesicht.

»Verdammt! Was zum Teufel ...?«, krächzte er.

Sie sah auf. Hermann hielt sich den Hals und hustete und keuchte. »Bist du des Wahnsinns? Willst du mich töten?«, stieß er hervor.

Elisabeths Blick schnellte zu Steffan. Ihr Sohn ließ den Löffel in die Schale fallen, als wäre er aus heißem Eisen.

Sie sah wieder zu ihrem Gemahl. »Es ... es tut mir leid. Das habe ich nicht gewollt.«

Hermann sprang auf und warf dabei fast den Tisch um. »Du Höllenweib!« Er hob die Hand, holte aus und schlug ihr mit aller Kraft ins Gesicht.

Elisabeth hielt sich die brennende Wange und starrte Hermann an.

Steffan saß starr wie ein Stück Holz neben ihr und schluchzte leise. Sie widerstand der Versuchung, ihn zu packen und mit ihm aus dem Haus zu flüchten. Wo sollte sie auch hin? Stattdessen stand sie mit weichen Knien auf, um Hermann einen Krug Bier zu holen.

Ihr Gemahl hustete noch einmal und leerte den Krug mit gierigen Schlucken. Dann erhob er sich, zog sich die Schaube über und verließ wortlos das Haus.

Steffan sah seine Mutter mit großen Augen an. »Was ist denn mit dem Eintopf?«

»Er ist zu scharf geworden. Du kannst ihn nicht essen.« Elisabeth griff nach seiner Schale. Ihre Hände zitterten jedoch so sehr, dass sie ihr aus der Hand fiel. Der Eintopf verteilte sich über den Boden. »Es ist nichts passiert. Gar nichts passiert.« Sie griff nach der Wurzelbürste und rutschte mit den Knien über den Boden. »Es ist nichts passiert. Wirklich nicht.« Hektisch schrubbte sie über die Spritzer des Eintopfs.

»Mutter? Steht wieder auf, ich bekomme Angst.« Steffan rutschte von seinem Stuhl und rüttelte an ihren Schultern. »Bitte, Mutter, bitte weint doch nicht und steht wieder auf. Kommt, ich mache das für Euch weg.«

Als Elisabeth sein Schluchzen vernahm, kehrte ihr Verstand allmählich wieder zurück. Sie hielt inne und sah ihren Sohn an. »Ist schon gut.« Langsam richtete sie sich auf und erhob sich von den Knien. »Alles ist gut. Wirklich. Ich war nur etwas durcheinander.« Sie rang sich ein Lächeln ab. »Ich sehe nach, ob ich noch ein Stück Schinken für dich habe.«

Steffan wischte sich mit dem Ärmel den Rotz von der Nase und schüttelte den Kopf. »Ich mag nichts essen.«

»Dann bringe ich dich zu Bett.« Sie nahm seine Hand und drückte sie. »Warte ab, morgen ist wieder ein schöner Tag. Das verspreche ich dir.«

• • •

Jenna erwachte von einem schleifenden Geräusch. Obwohl der Sommer noch lange nicht vorbei war, fror sie in der Zelle immerzu. Das Gemäuer war so klamm, dass es an manchen Stellen sogar glänzte. Licht fiel durch den Spalt der geöffneten Tür und blendete sie. Jenna schirmte sich die Augen mit der Hand ab. Dann sah sie, dass eine Gestalt eintrat, und an der roten Kutte erkannte sie eine der Wachen. Der Mann trat auf sie zu, griff nach ihrem Arm und zerrte sie auf die Beine. Jenna taumelte schlaftrunken.

»Mitkommen, Weib. Dir wird der Prozess gemacht«, raunte der Wächter.

In der Ecke unter dem Fensterschlitz raschelte das Stroh. »Und mir? Wann wird mir endlich der Prozess gemacht?«

»Halt's Maul, Kerl.« Der Mann fesselte Jennas Hände, legte ihr das Seil um den Hals und zerrte sie aus der Zelle. Auf dem Gang hielt er ihr die Fackel vor die Nase. »Keine Sperenzchen, hast du mich verstanden?«

Jennas Augen brannten von dem Rauch der Fackel. Sie nickte. Was sollte sie auch gegen diesen baumlangen Wächter ausrichten können? »Wo bringst du mich hin? Ins Rathaus?«

»Ach wo. Der Turmmeister hat hier eine Kammer, in der er das Gesindel aburteilt. Hast Glück, dass er so rasch Zeit für dich hat.«

»Glück?«

»Ja, sicher. Wenn sie die Strafe vollzogen haben, bist du wieder frei. Dir fehlt dann wahrscheinlich eine Hand oder die Zunge oder was auch immer. Aber du musst nicht mehr in diesem Loch hier sitzen.«

Die Angst kroch Jenna wie eine fette Ratte den Rücken hinauf und krallte sich in ihrem Nacken fest. »He, hör auf mit dem Gerede. Ich bin unschuldig!«

Der Mann lachte lauthals auf. Sein Atem roch nach Zwiebeln. »Was interessiert mich das? Erzähl es dem Turmmeister und nicht mir.«

»Das mache ich.« Jenna nahm all ihren Mut zusammen, auch wenn sie wusste, dass ihr niemand glauben würde.

Auf bloßen Füßen folgte sie dem Mann eine enge Treppe hinab. Unten im Turm befand sich die Richtkammer, die mit einer hölzernen Tür verschlossen war. Der Wächter stieß sie mit dem Fuß auf und schob Jenna hinein.

Durch das hohe Fenster schien ihr die Sonne ins Gesicht. Sie blinzelte, als der Wächter sie an einem Holzbalken festband und sie auf die Knie zwang. Vor ihr stand ein großes Schreibpult aus hellem Holz. Es roch, als wäre es gerade erst zusammengezimmert worden.

Der Wächter stellte sich neben sie und verschränkte die Arme vor der Brust. »Wenn der Turmmeister eintritt, hast du dein Haupt zu senken. Verstanden?«

Jenna nickte. Der Boden, auf dem sie kniete, war hart wie Stein. Sie sah zu den leeren Bänken neben sich, dann wieder zum Fenster. Ein Vogel zwitscherte davor, und Jenna glaubte, den Rhein riechen zu können. Sie dachte an Amando. Ob er sich um sie sorgte? Ihr Magen krampfte sich zusammen. Wenn sie dies alles doch nur schon hinter sich hätte! Der Wächter rülpste laut, und sie erschrak.

Als er sie ansah, lachte er. »Das musste sein, hab immer so viel Luft im Bauch.«

»Versuch es mit Kümmel. Der hilft«, sagte Jenna, und unvermittelt fiel ihr der Kräutergarten ein, den Gernot abgebrannt hatte. Aber Amando hatte die Schriften ihres Onkels gerettet. Nur das zählte. Sie würde wieder Kräuter ziehen, wenn auch nur in Tontöpfen, damit sie sie mit auf die Reise nehmen konnte. Sie würde Salben anrühren und Tinkturen herstellen. Aber was, wenn sie ihr die Hand abschlugen? Was sollte sie dann tun? Jenna versuchte zu schlucken, doch ihr Hals war so trocken wie ein aufgerautes Stück Holz in der Sonne. Mittlerweile schmerzten ihr die Knie von dem harten Boden. Sie verlagerte ihr Gewicht und sah zu dem Wächter auf. »Wann kommt der Turmmeister denn?«

»Der kommt, wenn er es für richtig hält.« Der Mann ließ die Mundwinkel hängen und kratzte sich das mausbraune Haar. »Hab auch keine Lust, mir hier die Beine in den Bauch zu stehen, das kannst du mir glauben.«

»Ob du nun vor der Zelle stehst oder hier. Wo ist der Unterschied?«, sagte Jenna missmutig. Die Sorge des Wächters hätte sie gern gehabt.

Als Antwort rülpste der Wächter erneut.

Mittlerweile war die Sonne an dem Fenster vorbeigewandert und ließ die Richtkammer in einem dämmrigen Licht zurück. Jenna lauschte, doch auf dem Gang draußen blieb es auch weiterhin still. Sie erhob sich von den Knien. »Ich kann nicht mehr.«

Der Wächter legte ihr die Hand auf die Schulter. »Halt, Mädel. So geht das nicht. Du musst knien, wenn der Turmmeister kommt.«

Jenna wusste nicht, ob sie sich das wirklich wünschen sollte. Im nächsten Augenblick hörte sie von draußen Schritte.

Der Wächter sagte rasch: »Da kommt er! Los, knie dich hin und senke dein Haupt.«

Jenna schwindelte es, doch sie gehorchte. Aber es war nicht der Turmmeister, der eintrat. Aus den Augenwinkeln sah sie die

Kupplerin, den Freier und den Büttel, der sie festgesetzt hatte. Jenna hob den Kopf und kniff die Augen zusammen. »Du verlogenes Weibsbild! Willst du dich etwa noch in den Zeugenstand setzen?«

Die Alte sah sie gespielt mitleidig an, während sie den Männern schweigend in die Bank folgte. Abermals ertönten Schritte.

Der Wächter stieß Jenna mit dem Ellenbogen an. »Den Kopf senken, hab ich gesagt.«

Sie erhaschte dennoch einen Blick auf die Tür und sah den Turmmeister in seiner schwarzen Robe durch die Tür treten. Er war hochgewachsen und dürr wie ein Stecken. Zwei Männer folgten ihm. Mit strammen Schritten gingen sie auf das Pult zu, setzten sich zu dritt dahinter und räusperten sich einer nach dem anderen. Der linke prüfte die Spitze der Feder mit seinem Daumen. Der rechte entrollte ein Pergament und las dem Turmmeister die Anklage vor.

»Jenna von Buckelmeunt wird vorgeworfen, dem Häns Steinbach Geld gestohlen zu haben.« Er zählte Zeitpunkt, Ort und die Zeugin Griet auf, die das angeblich alles gesehen haben wollte.

Der Turmmeister sah zu der Kupplerin. »Kannst du das wirklich bezeugen?«

Griet nickte heftig. »Die Hure ist zu Häns rein, das hab ich gesehen. Aber kaum war sie drinnen, ist sie durch das Fenster wieder raus. Mit dem Geld in der Hand.«

»Sie lügt!«, rief Jenna dazwischen. »Sie hat mich in eine Falle gelockt.«

»Still!«, raunte der Turmmeister. »Du redest erst, wenn du gefragt wirst. Ansonsten wird die Anhörung vertagt.« Er legte die Hände auf das Pult, verschränkte die Finger ineinander und sah wieder zu den Zeugen auf der Bank. Der Freier und der Büttel bestätigten natürlich die Aussage der Alten.

»Verlogenes Pack«, zischte Jenna durch die geschlossenen Zähne.

Der Turmmeister strafte sie mit einem warnenden Blick und flüsterte dem Schreiber zu seiner Linken etwas ins Ohr. Dieser nickte und kritzelte einige Worte auf das Pergament. Dann sah der Turmmeister wieder zu Jenna.

»Nun, Jenna von Buckelmeunt, wie bist du zur Hurerei gekommen?«

»Gar nicht!«, spie Jenna aus. »Ich bin eine Heilerin und keine Hure. Die Alte dort hat mich in eine Falle gelockt und behauptet, der Mann habe arge Schmerzen. Sie hat mich um Hilfe gebeten, und ich bin ihr gefolgt.« Jenna erzählte, was in der Kammer geschehen war.

Der Turmmeister holte tief Luft. »So oder so hast du das Geld an dich genommen, ohne einen Dienst geleistet zu haben. Du hast es also gestohlen. Das streitest du doch nicht ab, oder?«

Jenna nickte. »Nein, das streite ich nicht ab. In meiner Not hatte ich jedoch gar nicht darüber nachgedacht.«

Der Richter tuschelte mit dem Mann zu seiner Rechten. Dann nickte er und erhob sich. »Jenna von Buckelmeunt wird des Diebstahls angeklagt. Da sie jedoch ihre Hände noch braucht, um weiterhin tatkräftig arbeiten zu können, soll ihr lediglich das linke Ohr abgeschnitten werden.«

Jenna bekam keine Luft mehr. Ihr Herz klopfte so heftig, als wollte es zerbersten. Schwarze Punkte tanzten vor ihren Augen, wurden größer und tauchten die Richtkammer in Dunkelheit. Als das Licht wieder in ihre Augen zurückkehrte, würgte sie vor Übelkeit.

»Wenn der Richter das Urteil abgesegnet hat, soll die Strafe an Mariä Himmelfahrt ausgeführt werden.« Der Turmmeister schlug mit der flachen Hand auf das Pult und wandte sich zum Gehen. »Bringt sie zurück in die Zelle.«

Schwarze Wolken waberten durch Jennas Kopf. Das Ohr wollten sie ihr abschneiden? Das mussten doch Schmerzen bis zur Besinnungslosigkeit sein. Wie sollte sie das aushalten? Ihre Füße bewegten sich nicht mehr von der Stelle, die Knie wurden weich, dann sackte sie zusammen.

Der Wächter griff ihr unter den Arm und zog sie wieder hoch. »He, machst du etwa schlapp?«

Jenna strauchelte erneut, doch der Wächter schleifte sie bis zur Stiege. Dort umfasste er ihre Hüfte, legte sie sich über die Schulter und stapfte nach oben. »Mädel, was machst du für Sachen?«, sagte er keuchend.

Jenna schnappte nach Luft und schluckte gegen den Würgereiz in ihrem Hals. Das Ohr wollten sie ihr abschneiden? Welches noch? War es das linke oder das rechte? Würde sie dann noch hören können? Mit dem anderen, oder?

In der Zelle zog der Wächter sie von seiner Schulter und ließ sie zu Boden gleiten. Staub wirbelte aus dem Stroh auf. Er schob sie mit dem Fuß weiter in den Raum hinein, dann fiel die Tür ins Schloss und der Riegel knirschte von außen.

Jenna blinzelte. Allmählich drang wieder Luft in ihre Lungen, und ihr Herzschlag beruhigte sich. Hinter ihr raschelte das Stroh. Dann kamen Schritte näher und eine Hand berührte ihre Schulter.

»Was ist mit dir? Haben sie dich gefoltert?«

Jenna sah auf und blickte in die wässrigen Augen des alten Mannes. »Sie wollen mir ein Ohr abschneiden! Gleich an den Feiertagen.«

Der Mann sah sie betreten an. »Das ist bitter. Aber immerhin besser, als ewig hier in der Zelle zu hocken.«

»Ich hab solche Angst!«

»Das verstehe ich.« Der Mann zog sie in seine dürren Arme und hielt sie fest.

Abermals raschelte das Stroh, und die Frau ohne Zunge kroch auf allen vieren zu ihnen. Sie legte den Kopf auf Jennas Oberschenkel und stieß einen tiefen Seufzer aus. Jenna strich ihr über das verfilzte Haar. Da begann die Frau, leise eine Melodie zu summen.

14

Amando folgte dem Klang des Schmiedehammers. Die Luft hinter der verwaisten Hütte roch immer noch nach verkohlter Erde.

Neben ihm schüttelte Loppo den Kopf. »Bruder, ich hab dir gesagt, sie wollte in die Stadt, um Kräuter zu kaufen. Warum suchst du sie hier?«

»Ich war in Köln und hab nach ihr gefragt. Dort will sie niemand gesehen haben.« Amando klammerte sich an die Hoffnung, Jenna hier zu finden. Auch, wenn er sich kaum vorstellen konnte, dass sie in ihren Weiler zurückgekehrt war.

Rauch stieg aus dem Kamin der Schmiede auf, und als sie näher traten, sah Amando den Rücken des Mannes. Wenn vom Wuchs auch eher mittelmäßig, war er ein Kerl mit breiten Schultern. Der Schmied schlug mit einem Hammer auf glühendes Eisen und schien sie nicht zu bemerken.

Amando hustete, um auf sich aufmerksam zu machen. »Gott zum Gruße, Schmied.« Seine Eingeweide krampften sich zusammen, als er daran dachte, dass Jenna diesem grobschlächtigen Kerl ausgeliefert gewesen war.

Der Schmied ließ den Hammer sinken, wandte sich um und kniff die Augen zusammen. »Wollt ihr etwas in Auftrag geben?«

»Nein«, sagte Amando. »Wir suchen Jenna. Ist sie hier?«

»Jenna?« Der Schmied spie auf den Boden. »Wenn dieses Weib am Leben hängt, hält es sich besser fern von mir. Und nun verschwindet ebenfalls. Ich hab zu tun.« Er wandte sich wieder seiner Arbeit zu.

Die Sorge um Jenna brachte Amando fast um den Verstand, und er war nicht mehr in der Lage, an irgendetwas anderes zu denken. Wenn er tief in sich hineinhorchte, spürte er, dass ihr etwas zugestoßen sein musste. Vielleicht wusste die Bäuerin des nahe gelegenen Hofes etwas oder hatte Jenna gesehen. Doch als Amando die Frau kurz darauf nach ihr fragte, schlug diese erst das Kreuzzeichen und dann die Tür zu. Nun wusste er ganz sicher, dass Jenna hier nicht zu finden war.

»Hab ich dir doch gesagt«, murrte Loppo. »Hierher zu gehen war verschwendete Zeit.«

Sie kehrten ins Lager zurück, wo Amando seine Mutter aufsuchte. Sie saß bei ihrem Karren und flickte das Kleid einer ihrer Puppen.

»Bitte, Mammere, wende deine Fähigkeiten an. Nur ein einziges Mal! Jenna ist in Gefahr, das spüre ich.«

Maria schüttelte den Kopf. »Verlange das nicht von mir. Ich habe bei den Göttern geschworen, nie wieder in die Zeit zu sehen.«

Amando sah sie finster an. »Weißt du denn nicht, dass du mich mit deinem Verhalten davontreibst? Glaube mir, ich werde so lange nach ihr suchen, bis ich sie gefunden habe. Und wenn ich dafür jeden verdammten Stein in diesem Reich umdrehen muss.«

Maria funkelte ihn an. »Das tust du nicht! Das Mädchen wird dich auch weiterhin unglücklich machen.«

»Sie macht mich nur unglücklich, wenn sie nicht bei mir ist.«

In diesem Augenblick hätte Amando seine Mutter würgen können, damit sie ihm den Wunsch erfüllte und in die Zeit sah. »Verstehst du nicht? Ich vergehe fast vor Sorge um sie.«

»Du bist jung und wirst sie bald vergessen haben. Außerdem wartet irgendwo im Reich eine Frau deinesgleichen auf dich.« Sie glättete mit den Fingern das Kleid der Puppe. »Und nun geh zu deinem Bruder und übe mit den Messern. Bald ist Jahrmarkt.«

»So unkonzentriert, wie ich bin, ist das viel zu gefährlich«, wandte Amando ein.

Seine Mutter gab sich unbeeindruckt von der Drohung und zuckte nur mit den Schultern. »Dann lass es bleiben und genieß das warme Wetter.«

Amando schüttelte den Kopf und ließ sie mit ihrer Puppe allein. Er konnte sich nicht erklären, welchen Groll seine Mutter gegen Jenna hegte. Das Mädchen hatte ihr nie etwas getan. Oder hatte sie trotz ihres Schwurs etwas gesehen? Arge Befürchtungen überfielen ihn. Jenna war eine Frau, die bei den Männern Begehren weckte. Sie hätte niemals ohne Begleitung nach Köln gehen dürfen. Er hätte besser auf sie aufpassen müssen. Erst recht, da die Götter sie ihm vor die Füße gelegt hatten.

Amando ging zu seinem Bruder. Loppo versenkte gerade eine brennende Fackel in seinem Mund.

»Ich laufe noch mal nach Köln. Die Stadt ist groß, es gibt so viele Gassen und Winkel ... Die will ich noch mal abgehen und nach Jenna fragen.«

Der Bruder zog die gelöschte Fackel aus dem Mund und spie auf den Boden. »Eigentlich müsste ich Alma mit der Wäsche zur Hand gehen. Aber weißt du was? Ich frage sie, ob sie vielleicht allein damit fertig wird.«

Sie gingen zu dem nahe gelegenen Bach, wo Alma hockte und

die Wäsche ausdrückte. Als das Mädchen die beiden bemerkte, erhob es sich und stemmte die Hände in die Hüften. Seine dunklen Augen funkelten Loppo böse an.

»Kommst reichlich spät, mein Lieber.« Alma deutete auf den Korb mit der Wäsche, die sie bereits ausgedrückt hatte.

Loppo senkte schuldbewusst den Kopf. »Hab Amando bei der Suche nach Jenna helfen müssen. Nun wollen wir nach Köln.« Er deutete mit dem Blick auf den Korb. »Wie ich sehe, bist du aber auch fast fertig.«

Alma schnappte nach Luft und schüttelte den Kopf. »Wie kann einer von mir verlangen, dich Nichtsnutz zum Mann zu nehmen? Da hätte ich viel zu rasch einen Buckel vom Arbeiten.«

»Ganz meine Rede.« Loppo grinste.

Amando wusste, an den beiden würde sich Mammere genauso die Zähne ausbeißen wie an ihm. Trotz der Sorge um Jenna amüsierte er sich über den Gedanken.

Alma hörte nicht auf zu keifen. »Du bist meiner ganz und gar nicht wert! Ich habe einen Edelmann verdient und sonst keinen. Einen Mann, der mir ein Dach über dem Kopf bietet und mir Gesinde zur Seite stellt.«

»Der Meinung bin ich auch.« Loppo legte die Hand auf ihre Schulter. »Ich rate dir nur, nicht so kratzbürstig zu ihm zu sein. Sonst hast du ihn rascher vertrieben, als das Wasser den Rhein hinabfließt.«

»Bei einem anderen Mann werde ich gewiss keinen Grund zur Kratzbürstigkeit haben.« Der Anflug eines Lächelns umspielte ihre Lippen.

»Sehr gut. Dann sind wir uns ja einig.« Loppo prustete und brach dann in Gelächter aus.

Alma fiel mit ein, und sie umarmten sich freundschaftlich.

Als sie sich voneinander lösten, wandte sich Amando zum Gehen. »Dann komm, Bruder. Lass uns endlich aufbrechen.«

Alma klatschte in die Hände. »Auf, auf, ihr beiden. Und bringt nur ja Jenna mit. Wir brauchen sie hier.«

»Sag das mal Mammere«, erwiderte Amando. Dann machten sie sich auf den Weg.

Sobald sie in der Stadt angekommen waren, liefen sie durch unzählige schmale Gassen und breitere Straßen, erkundigten sich in Gasthäusern nach Jenna.

Doch am Abend kehrten sie zurück, ohne sie gefunden zu haben.

• • •

Stina bekam als Erste den Stock der Mutter Oberin zu spüren. Ihre gellenden Schreie fuhren Ursula durch Mark und Bein, und auch die anderen Huren erstarrten.

»Ich werde dich lehren, mir zu gehorchen!« Mutter Katharina schlug erneut zu.

Der Hund an ihrer Seite fiel mit einem Jaulen in die Schreie ein. Ursula hielt sich die Ohren zu.

Die Mutter Oberin hob erneut den Stock. »Hackst du nun endlich das Holz?«

Stina wandte sich zu ihr um und funkelte sie an. »Sind wir Eure Sklavinnen, oder was?«

Die Mutter Oberin verpasste ihr abermals einen Hieb. Die Haut über Stinas Augenbraue platzte auf, und sie hielt sich heulend das Gesicht.

»Haltet inne!«, schrie Ursula und fasste nach dem Arm der Mutter Oberin.

Augenblicklich schnappte der Hund nach Ursulas Bein und biss zu. Der Schmerz in ihrer Wade ließ sie Sterne sehen. »Nehmt diese Bestie weg«, keuchte sie.

»Ich hacke das Holz. Ganz bestimmt. Nehmt nur den Hund weg«, flehte nun auch Stina.

»Reginald, aus!«, rief Mutter Katharina und verließ mit einem hochmütigen Gesichtsausdruck den Hof.

Der Hund ließ endlich von Ursulas Wade ab. Blut lief ihr über die bloßen Füße. Sie wischte es mit dem Ärmel ihres Hemdes fort.

Stinas linkes Auge schwoll zu. Als sie die Axt aufhob, ahnte Ursula, was sie vorhatte. »Ich spalte ihr den Schädel«, stieß sie durch die geschlossenen Zähne aus.

Ursula trat erschrocken auf sie zu. »Halt dich zurück! Die Bestie wird dir die Kehle durchbeißen.«

Doch Stina ließ sich nur schwer besänftigen. »Dann spalte ich dem Köter ebenfalls den Schädel.«

»Dazu wirst du dann nicht mehr in der Lage sein. Bitte, Stina. Lass es und hacke einfach nur das Holz.«

Stina sah zu den anderen Huren, die sie regungslos anstarrten. »Ihr seid so feige!« Sie wandte sich an Ursula. »Eins sag ich dir: Sobald der Drachen schläft, haue ich ab. Kommst du mit?«

Ursula stieß schwer den Atem aus und deutete mit dem Blick auf die Mauer. »Siehst du die Spitze der Lanze? Die gehört zu dem Büttel, der das Haus bewacht.«

»Himmel!«, stieß Stina aus. »Wir sind gewöhnliche Huren. Was glauben die, was wir verbrochen haben?«

»Sie wollen die heilige Stadt säubern. Das hast du doch gehört.«

»Glauben die wirklich, alle Huren ausrotten zu können? Wie tumb sind die denn? Wir hier sind nur einige von vielen.«

»Das weiß ich auch. Aber wahrscheinlich wollen sie den Schein wahren.« Ursula dachte an Hermann. Eine unbändige Wut überfiel sie. Ihm ging es wahrlich auch nur um sein Seelenheil, und sicher hatte er bei dieser »Säuberung« nicht einen Herzschlag lang darüber nachgedacht, welchen Qualen sie hier ausgesetzt sein würden. Vielleicht wusste er aber auch gar nichts davon. Es musste doch irgendeine Möglichkeit geben, ihm von dieser grausamen Mutter Oberin zu berichten! Wenn nichts geschah, würde die Erste hier bald ihr Leben lassen, und das wäre mit Sicherheit Stina. Die hatte noch nie ihren Mund halten können.

Ursula fasste die Freundin am Arm. »Nun komm, ich helfe dir das Holz zu hacken.«

Die Mutter Oberin kam kurz darauf mit zwei weiteren Äxten wieder. Eine davon reichte sie Ursula, die andere einer jungen Hure, die Ursula erst seit kurzer Zeit kannte. Das Mädchen sah blass aus und war mager wie ein Ast. Als es die Axt nahm, zog das Gewicht des Werkzeugs es fast zu Boden. Es war der jungen Frau anzusehen, dass sie solch ein Gerät noch nie in der Hand gehalten hatte. Sie versuchte einen Hieb, konnte die Axt jedoch nicht hoch genug schwingen und traf statt des Holzscheits ihr Schienbein. Kreischend ließ sie sich zu Boden fallen und presste die Hände auf ihr Bein. Blut quoll zwischen den Fingern hervor. Ursula legte ihre Axt zu Boden und eilte zu dem Mädchen. Als sie sich vor die Verletzte hockte, traf sie ein Hieb in den Rücken, der sie nach vorn taumeln ließ.

»Hab ich dir erlaubt, die Arbeit niederzulegen?«, schrie die Mutter Oberin.

Ursulas Rücken brannte wie Feuer. Sie schloss die Augen und

sog tief den Atem ein. Dann wandte sie sich um. »Wollt Ihr unsere Seelen retten oder uns jetzt schon ins Fegefeuer jagen?«

Ein weiterer Hieb traf ihre Schulter. Ursula warf den Kopf zurück und biss die Zähne zusammen.

»Wer das hier nicht aushält, ist ohnehin zu schwach, ein Leben in Reue zu führen. Und nun steh auf und gehe an die Arbeit.«

Ursula sah zu dem Mädchen, das sich immer noch wimmernd das Bein hielt. Ihr Blut hatte mittlerweile die Erde getränkt.

Stöhnend stand Ursula auf und stellte sich vor die Oberin. »Jemand muss sich um ihre Wunde kümmern.«

»Das hat dich nicht zu interessieren. An die Arbeit mit dir!«

Der Hund neben ihr fletschte die Zähne und knurrte. Es war ein struppiges Tier mit spitzen Ohren und blutunterlaufenen Augen, die aussahen, als wären sie dem Teufel gestohlen worden.

»Aber seht Ihr nicht, wie stark sie blutet? Die Wunde muss gewiss genäht werden.«

»Begib dich an die Arbeit. Ich kümmere mich darum.« Die Mutter Oberin band den Lederriemen, an dem sie den Hund bei sich führte, an einen Holzpfahl und ging zu dem schmiedeeisernen Tor in der Mauer. Sie öffnete es und trat auf die Gasse.

Ursula bemerkte, dass Stina die Situation genau beobachtete. Die Hure kniff die Augen zusammen, hob die Axt auf und schlich zu dem Hund. Doch ehe sie zuschlagen konnte, hatte sich der Köter schon in ihrem Oberschenkel festgebissen. Stina schrie auf und fiel zu Boden. Ursula eilte zu ihr. Die Bestie riss an dem Bein, und Stina brüllte sich schier die Lunge aus dem Hals. Ursula trat nach dem Hund, doch die Tritte brachten ihn wohl noch mehr in Rage, denn er zerrte und riss wie besessen an Stinas Bein. Die Schreie der Hure verstummten. Sie verdrehte die Augen und wurde bewusstlos.

Der Hund ließ jedoch immer noch nicht von ihr ab. Wenn ihn niemand zurückhielt, würde er Stina zu Tode beißen. Ursula bemerkte das Gewicht der Axt in ihrer Hand und hob sie an. Im gleichen Augenblick stieß sie jemand so heftig in den Rücken, dass sie auf die Bestie stürzte. Der Köter jaulte auf. Doch ehe er nach Ursula schnappen konnte, rollte sie sich von ihm fort. Er wollte ihr nach, doch der kurze Lederriemen hielt ihn von ihr fern.

»Reginald, kusch dich!«, rief die Oberin.

Als sei zuvor nichts geschehen, setzte sich der Köter auf die Hinterbeine und leckte sich das Blut von den Lefzen.

Stina lag reglos auf dem Boden, und neben ihrem Bein breitete sich eine Blutlache aus. Ursula schluckte gegen die Übelkeit.

Die Mutter Oberin tippte ihr auf die Schulter. »Hattest du etwa vor, meinen Hund zu erschlagen?«

Ursula schenkte der Ordensfrau keine Beachtung und kniete sich neben Stina. »Wir müssen ihr helfen. Sie verblutet!« Sie sah zu Mutter Katharina auf. Kalte Angst hatte Besitz von ihr ergriffen. »Verdammt! Ich werde Euch beim Rat wegen Mordes anklagen!«

»Versuch das ruhig.« Die Mutter Oberin verschränkte die Arme vor der Brust. »Die Büttel können sie mit dem anderen Weibsbild ins Hospital bringen.«

Ursula strich Stina über das Haar. Die Wangen der Freundin waren blutleer. »Und wo sind die verdammten Büttel?«

»Die dürfen den Hof erst betreten, wenn ihr alle im Haus seid.«

Bei einem Blick über die Schulter bemerkte Ursula, dass die anderen Frauen zusammengedrängt hinter ihr standen. »Ihr habt gehört, was Mutter Katharina gesagt hat.« Sie strich Stina noch einmal über das Haar und erhob sich. Dann folgte sie den anderen ins Haus.

Einige Zeit später, als die Sonne schon tief am Himmel stand, betrat ein Geistlicher das Haus. Wahllos suchte er sich fünf der Frauen aus, um ihnen die Beichte abzunehmen. Ursula gehörte dazu, und als sie an der Reihe war, folgte sie dem Priester in die Kapelle.

Er wies sie an, sich auf den nackten Boden zu setzen und die Hände zum Gebet zu falten.

Seit einer Ewigkeit hatte Ursula nicht mehr die Beichte abgelegt und wusste nicht, wie sie dem Geistlichen welche Sünden beichten sollte.

Der Priester schien ihre Unsicherheit zu bemerken und räusperte sich. »Ich bin Vater Ignatius und werde euch hier im Haus zur Seite stehen, wenn ihr für eure Sünden büßt. Spürst du Reue wegen dem, was du getan hast?«

»Ja, sicher. Ich schäme mich dafür, mich den Männern hingegeben zu haben. Ich möchte nichts mehr, als wieder ein ehrbares Leben führen. Aber Vater, verratet mir, weshalb geht die Mutter Oberin so hart mit den Frauen ins Gericht?«

»Buße muss schmerzen, sonst ist sie nicht wahrhaft. Erst wenn ihr bereit seid, zu entbehren und in Demut zu leben, wird der Herr euch eure Sünden vergeben. Bedenke, im Vergleich zu dem Fegefeuer, in dem die Huren in einer Feuerwand brennen werden, ist die Buße ein Geschenk des Himmels. Du hast nicht nur selbst gesündigt, meine Tochter. Genau wie die anderen Frauen hier, hast du auch die Männer zur Sünde verführt. Männer, die zuvor unschuldig waren.« Er hob mahnend den Zeigefinger. »Ihr, die Huren der Stadt, verleitet die Männer, Unzucht und sogar

Ehebruch zu begehen. Wegen euch werden die, die bei euch gelegen haben, ebenfalls die grausamsten Strafen im Fegefeuer erleiden. Seid froh, dass sich die ehrwürdige Mutter bereit erklärt, euch zu helfen.«

Ursula dachte über die Worte des Priesters nach. Es traf sie wie ein Faustschlag, als ihr bewusst wurde, dass sie Hermann zur Sünde verleitet haben sollte. Hieß das etwa, er hätte ein züchtiges Leben geführt, wenn es sie nicht gäbe? Ursula schüttelte den Kopf. Nein, dann hätte er sich zu einer anderen Hure gelegt. Als er zum ersten Mal das Haus auf dem Berlich betreten hatte, war er nicht wegen ihr gekommen. Er hatte Befriedigung bei irgendeiner Hure gesucht, da seine Gemahlin ihn anwiderte. War es da Ursulas Schuld, dass er sich bei ihr versündigt und die Ehe gebrochen hatte?

Ursula sah Vater Ignatius an. »Wenn die Männer nicht zu mir gekommen wären, dann eben zu einer anderen Hure.«

Vater Ignatius hob die Augenbrauen. »Was willst du damit sagen, meine Tochter?«

»Die Männer sind von mir nicht zur Sünde verführt worden. Sie haben mich aufgesucht, weil sie es wollten.«

»Aber nur, weil es euch gibt. Die Männer werden zur Sünde verführt, weil ihr da seid, weil ihr euren Leib darbietet wie eine reife Frucht. So, wie Eva Adam verführt hat.« Vater Ignatius räusperte sich. »Gehe in dich und denke über meine Worte nach. Erst durch Einsicht bist du bereit zur Buße.«

15

Wenn Jenna die vergangenen Tage richtig gezählt hatte, musste heute Mariä Himmelfahrt sein. An diesem Tag würden die Schergen sie zum Richtplatz führen. Seit sie von dem Urteil erfahren hatte, wollte die Übelkeit nicht mehr aus ihrem Leib weichen. Vor nicht allzu langer Zeit hatte sie sich noch auf diesen Tag gefreut, an dem sie mit Körben voller Kräuter in die Messe gegangen wäre, um sie dort weihen zu lassen. Tränen stiegen ihr in die vom Schlaf verklebten Augen. Stattdessen würde man sie an diesem Tag nun verstümmeln. Ihre Gedanken kreisten ununterbrochen darum, und sie war beinahe froh, dass sie es nun bald hinter sich gebracht hatte. Sie wollte nicht daran denken, dass sie am Wundbrand sterben könnte. Sie würde sich gleich danach Schafsgarbe für die Verletzung besorgen. Dabei stand Amando ihr sicher zur Seite.

Jenna wischte sich die Tränen von den Wangen. Sie würde nicht allein sein, und nur das zählte. Bei dem Gedanken döste sie wieder ein und träumte sich in das Lager der Vaganten.

Jenna erwachte erst wieder, als sie jemand unsanft an der Schulter rüttelte. Sie brauchte einen Augenblick, um zu begreifen, wo sie sich befand. Sie war nicht bei Amando, sondern in der kalten Zelle. Ihr Magen krampfte sich zusammen, und sie blinzelte zu dem Mann auf, der vor ihr stand.

Der Wächter hielt ein Seil in der Hand und blickte sie an. »Es ist so weit. Auf, Mädchen, ab zum Heuwemarkt.« Er griff nach ihrem Arm und zog sie auf die Beine.

Jenna taumelte, ihr Mund war trocken. »Bitte, gib mir etwas Wasser, sonst sterbe ich noch vor Durst.«

»Ich will kein Unmensch sein«, sagte der Wächter. »Gleich vor der Tür der Zelle kannst du dir etwas aus dem Eimer schöpfen. Aber dann lässt du dir von mir die Hände fesseln.«

Jenna nickte schwach und versuchte, auf ihren wackeligen Beinen Halt zu finden.

»Gott schütze dich«, sagte eine Stimme in der dunklen Ecke.

Jenna dankte dem Gefangenen und ließ sich von dem Wächter aus der Zelle führen. Wie versprochen durfte sie vor der Tür das abgestandene Wasser aus einem Eimer schöpfen, dann band er ihr mit dem Seil die Hände auf dem Rücken zusammen.

Als sie kurz darauf den Frankenturm verließ, brannte die Sonne heiß auf sie herab. Das Licht stach ihr in die Augen, sodass sie kaum etwas sehen konnte. Der Wächter stieß sie zu einem Karren, der einem Holzkäfig glich. Als Jenna hineinstieg, gewöhnten sich ihre Augen allmählich an das Sonnenlicht.

Die Türen und Fenster der Häuser waren zum Teil mit Lilien geschmückt. Die Leute in den Gassen trugen ihre feinsten Kleider und strömten dem Dom entgegen. Einer der Vorbeiziehenden spie ihr ins Gesicht und stieß Flüche aus. Sein Nebenmann tat es ihm nach. Jenna senkte den Kopf und starrte auf ihre Beine. Der Wächter zog den Karren an den gaffenden Leuten vorbei, ließ die Kathedrale hinter sich und ging weiter zum Heuwemarkt. Dort angekommen, ließ er Jenna aus dem Käfig und band sie an einen Pfahl.

Neben ihr errichteten Zimmerleute einen Galgen. Die Übelkeit in ihrem Leib wurde unerträglich, und abermals war Jennas Hals so trocken, dass ein Hustenanfall sie schüttelte. Sie glaubte zu ersticken und warf panisch den Kopf in den Nacken. Der Wächter spritzte ihr kaltes Wasser ins Gesicht, und sie schnappte nach Luft.

Die große Glocke des Doms begann zu schlagen und rief die Kölner zur Messe. Die Leute, die an Jennas Pfahl vorbeieilten, zeigten mit dem Finger auf sie, tuschelten und lachten. Jenna ahnte, dass es bis zum Vollzug der Strafe noch eine ganze Weile dauern würde.

Breitbeinig baute sich der Wächter neben ihr auf und verschränkte die Arme vor der Brust. Die Zimmerleute hatten den Galgen fertig errichtet und legten ihre Hämmer nieder. Sollte Jenna dankbar sein, dass sie hier nur ein Ohr verlor statt ihr Leben? Aber sie hatte doch niemals eine schwerwiegende Sünde begangen, hatte immer nur helfen wollen! Sie fuhr sich mit der Zunge über die trockenen Lippen und schmeckte das Salz ihrer Tränen. Noch mehr Leute eilten an ihr vorbei, zeigten hämisch mit dem Finger auf sie und lachten ihr ins Gesicht.

Kurze Zeit später war der Heuwemarkt wie leer gefegt. Nur einige Händler bauten ihre Holzbuden auf. Jenna weinte still. Das Seil, mit dem sie an den Pfahl gebunden worden war, schnitt ihr in die Handgelenke. Sie versuchte die Schultern zu bewegen, doch das verstärkte den Schmerz darin nur. Aber noch schlimmer als die Schmerzen war der Durst, der ihr Mund und Kehle austrocknete. Ihre Beine wollten sie nicht mehr tragen, und so rutschte sie den Pfahl hinab, bis sie im Staub saß.

Die Vaganten wollten an Mariä Himmelfahrt in Köln auftreten, doch auf welchem Platz, war Jenna nicht bekannt. Es würde mit Sicherheit nicht der Heuwemarkt sein, denn hier waren nur der Galgen und die Verkaufsbuden errichtet worden. Jenna schloss die Augen und hing ihren Gedanken nach. Dachte an Marias Puppenspiel, das diese nicht unweit von hier vorführen würde. Dachte an die Bärin, die hoffentlich nicht auf glühenden Holzscheiten tanzen musste, an Loppos Fackeln und natürlich an Amando. Alles war anders gekommen, als sie es sich ausgemalt hatte.

Bald darauf hallten abermals die Glocken des Doms. Jenna sah sich um. Ob nun der Henker kam, um ihr das Ohr abzuschneiden? Noch war er nicht zu sehen. Die Sonne stand nun genau über ihr. Es war Mittag, und die Händler hatten ihre Stände fast fertig aufgebaut. Jenna sah die Äpfel leuchten, hörte Hühner gackern und Schweine grunzen. Mittlerweile waren ihre Arme taub geworden, aber so spürte Jenna wenigstens keinen Schmerz mehr darin. Sie schloss die Augen, versuchte sich wieder in ihre Träume zu flüchten, aber es gelang ihr nicht. Die Angst nahm von ihr Besitz und hielt sie fest in ihren Krallen.

Ein wenig später bemerkte sie eine Gestalt, die sich zu ihr herabbeugte. Eine beleibte Frau hielt ihr einen Becher an die Lippen. »Ich kann dein Elend nicht mehr mit ansehen. Hier, trink das, Mädchen.«

Gierig schluckte Jenna den sauren Wein und seufzte dann dankbar auf.

»Gott möge deiner Seele gnädig sein«, sagte die Frau und eilte davon.

Jenna sah ihr nach, bis sie hinter der Auslage einer der Buden verschwand. Nun bewegte sich aus einer Gasse eine Prozession auf den Heuwemarkt. Vorneweg trugen Diener eine Sänfte, auf der ein Geistlicher in einer weißgoldenen Robe saß. Ihm folgten unzählige weitere Geistliche, dahinter wurde die Schlange der

Bürger immer länger. Jenna hörte ihr Gemurmel, dann erhoben sie die Stimmen zu einem Choral. Trotz der Hitze stellten sich ihr die Nackenhaare auf. Die Prozession schritt an ihrem Pfahl vorbei. Unzählige Augenpaare richteten sich auf sie. Die Gesänge wurden lauter, fast anklagend. Jenna hielt den Blick gesenkt. Sie sah unzählige Lederschuhe, bloße Füße und Lumpen, die um Füße gewickelt waren, und roch die Ausdünstungen der Menschen, die an ihr vorbeiprozessierten. Jennas Tränen tropften auf den staubigen Boden. Sie starrte die nassen Kreise an. Sie fransten kurz aus und wurden blasser, bis die nächsten Tränen daneben tropften und genauso wie die anderen trockneten.

Allmählich verschwanden die Füße aus ihrem Blickfeld, der Gesang entfernte sich, und Jenna atmete wieder ruhiger. Sie wagte einen Blick zum Himmel. Die Sonne hatte den Zenit überschritten, und der Galgen neben ihr warf seinen Schatten auf sie. Abermals krampften sich ihre Eingeweide zusammen. Gewiss würde bald der Henker kommen. Weshalb nur hatte der Wächter sie so früh an den Pfahl gebunden?

Allmählich füllte sich der Heuwemarkt mit den Bürgern der Stadt, die an den Holzbuden entlangschlenderten. Neugierig sahen sie immer wieder zu ihr herüber. Ein halbwüchsiger Bursche bewarf sie mit Mist. Jenna wandte das Gesicht ab. Plötzlich erhob sich aufgeregtes Gemurmel, die Leute schauten sich suchend um und eilten schließlich einem Karren entgegen, der von einem Ochsen auf den Heuwemarkt gezogen wurde. Pfiffe und wütende Schreie hallten über den Platz. Einige der Bürger schwangen ihre Fäuste und streckten sie gen Himmel.

Ein Gefangener wurde von dem Karren gezerrt. Er war abgemagert und trug ein sackfarbenes, schmutziges Hemd. Das dunkle Haar und der zottelige Bart waren verfilzt. Der Mann riss an seinen Fesseln, doch er schien zu schwach zu sein, um sich gegen den Griff der Büttel wehren zu können. Der Henker trat ihm entgegen und führte ihn zu dem Galgen. Als er dem Mann den Strick um den Hals legte, schrie der Verurteilte vor Todesangst.

Jenna zitterte am ganzen Leib. Sie blickte zu dem Priester neben dem Gefangenen, dessen Gebet in den Schreien unterging. Plötzlich wurde der Mann still. Und auch die Menschen auf dem Heuwemarkt hielten die Luft an. Der Henker zog den Bock unter den Füßen des Mannes fort. Ein Knacken war zu hören, als das Genick des Mannes brach, dann war es vorbei. Der Pulk jubelte und klatschte begeistert.

Gleich darauf entrollte der Richter ein Pergament und trug Jennas Vergehen vor. Als er die Strafe verkündete, jubelte die Menge erneut. Jennas Herz wog schwer wie Blei.

Der Priester trat auf sie zu. Hinter ihm wetzte der Henker das Messer. Abermals sprach der Geistliche ein Gebet und beendete es mit einem Amen.

»Ab mit dem Ohr!«, schrie jemand.

Der Henker schob den Holzbock, auf dem kurz zuvor der Gehenkte gestanden hatte, vor Jenna. Mit tiefer Stimme wies er sie an, die rechte Wange darauf zu legen. Jenna ließ den Blick über die Menge schweifen und zuckte zusammen. War das dahinten nicht Amando? Mit weit aufgerissenen Augen sah er zu ihr her. Sie öffnete den Mund, doch ehe sie etwas sagen konnte, stieß der Henker sie zu Boden und drückte ihren Kopf auf den Holzbock.

Um sie herum wurde es still. Doch im nächsten Moment sirrte etwas durch die Luft – und schon sah Jenna, wie sich ein Messer in den Oberschenkel des Henkers bohrte. Sein rauer Schrei zerriss die Stille. Stimmen wurden laut und steigerten sich in Gebrüll.

Jenna sah wieder in die Menge, suchte nach Amando. Doch sie konnte ihn nirgendwo mehr entdecken.

• • •

Amandos Lungen brannten. Ehe die Leute begriffen hatten, was auf dem Richtplatz geschehen war, war er im Getümmel abgetaucht. An der Stelle, wo sich die Menschentraube lichtete, hatte Amando Fersengeld gegeben und war durch die Gassen gelaufen, bis er sicher war, dass ihm niemand folgte. Er musste die Stadt verlassen und zu ihrem Lager zurückkehren. Vorerst zumindest. Dann würde er weitersehen. Wenn die Schergen nach ihm suchten, durfte er nicht mehr bei der Familie bleiben.

Amando war froh, dass Loppo nicht bei ihm gewesen war. Mammere hatte ihn, Amando, zum Heuwemarkt geschickt, und ohne weiter darüber nachzudenken, war er dorthin gerannt. Nun wusste er, dass Mammere doch in die Zeit gesehen hatte.

Doch auch wenn er den Henker für kurze Zeit außer Gefecht gesetzt hatte, war Jenna immer noch in Gefahr. Wenn nicht heute, so würde sie zu einem anderen Zeitpunkt gerichtet. Was hatte sie bloß angestellt, dass sie ein Ohr verlieren sollte?

Als wäre er ein einfacher Besucher der Stadt, schlenderte Amando durch die Hahnenpforte. Die Wachen beachteten ihn kaum, da sie nur Augen für die Pilger hatten, die immer noch in die Stadt strömten.

Nachdem Amando die Mauern von Köln hinter sich gelassen hatte, übermannte ihn die Verzweiflung. Die Götter hatten ihm Jenna anvertraut, und er hatte kläglich versagt. Die Wut auf sich selbst legte sich wie ein eiserner Ring um sein Herz. Auf dem Weg zum Lager dachte er verzweifelt darüber nach, wie er Jenna helfen konnte. Höchstwahrscheinlich hatte der ein oder andere bemerkt, dass er das Messer geworfen hatte. Er ballte die Faust und schlug sie in seine linke Hand. Verdammt! Dafür würden sie ihn am nächsten Baum aufknüpfen.

Amando erreichte die Wagen der Sippe, ging zu dem Karren seiner Eltern, suchte nach einem Tuch und schnürte sein Bündel. Dann versteckte er sich hinter einem Busch, um dort auf die Rückkehr seiner Familie zu warten. Im Schutz des Grüns konnte er an nichts anderes als an Jenna denken. Fast wäre er zu spät gewesen. Weshalb sie auf den Richtplatz geführt worden war, hatte er nicht mitbekommen. Er hatte nur gesehen, wie der Henker ihr den Kopf auf den Holzbock gedrückt hatte. Bei der Erinnerung daran zog sich schmerzhaft seine Brust zusammen.

Als seine Sippe zum Lager zurückkehrte, neigte sich die Sonne bereits dem Horizont entgegen. Amandos Befürchtung, sie würden in Begleitung der Stadtbüttel kommen, bewahrheitete sich zwar nicht, dennoch gestikulierten und sprachen sie wild durcheinander, und Amando glaubte, seinen Namen zu hören. Seine Mutter ging zum Karren, hob die Abdeckung an und spähte darunter. Kopfschüttelnd sah sie zu ihrem Mann. Amando wartete noch einen Augenblick, dann wagte er sich aus seinem Versteck.

Maria entdeckte ihn als Erste und reckte wehklagend die Hände in den Himmel. Loppo kam ihm mit zornigem Blick entgegen.

»Sag nicht, dass du wirklich derjenige gewesen bist.« Loppo kniff die Augen zusammen.

»Der was gewesen ist?«, fragte Amando seufzend.

»Der, der den Henker mit einem Messer attackiert hat. Ja, das warst du, sonst würdest du dich wohl kaum hier verstecken.« Missbilligend schüttelte Loppo den Kopf.

»Ja, ich war es. Und weißt du auch, warum? Weil Jenna mit dem Kopf auf dem Richtbock lag.« Amando sog tief den Atem ein.

»Jenna? Was hat sie denn angestellt?«

»Ich weiß es nicht.« Amando spürte, wie die Machtlosigkeit wieder Besitz von ihm ergriff. »Was hätte ich denn tun sollen, außer das Messer zu werfen?«

»Und was war dann?« Loppo starrte ihn an.

»Dann bin ich abgehauen. Was sonst?«

»Puh.« Loppo wischte sich mit dem Hemdsärmel den Schweiß von der Stirn.

Amando stierte ihn an. »Suchen sie nach mir?«

»Ja, sicher! Sie haben auch auf dem Domplatz nach dir gesucht und uns gefragt, ob du zu uns gehörst. Ein Junge war bei ihnen, der dein Aussehen beschrieben hat. Wir haben natürlich geleugnet, dich zu kennen.«

Amando fuhr sich durch das Haar und stöhnte. »Verdammt, ich habe euch in Gefahr gebracht!«

»Nun, wenn die Büttel dich hier finden, dann gnade uns Gott.«

»Das wird nicht geschehen.« Amando sah zu seiner Mutter, die ihrer Unterhaltung gebannt lauschte. Selten hatte er sie so still erlebt.

16

Elisabeth stand in der Dämmerung auf, um das Frühmahl vorzubereiten. Sie brauchte die Zeit für sich allein, um die Müdigkeit zu vertreiben und um nicht länger in Hermanns Nähe zu sein. In den letzten Tagen war er bereits am frühen Abend daheim gewesen, was sie stutzig gemacht hatte. Ob er seine Hure zum Teufel gejagt hatte? Oder sie ihn? Elisabeth stellte fest, dass sie es schrecklich fand, wenn Hermann so viel zu Hause war. Dann schien es, als wäre die Luft in ihrem Heim so dünn, dass sie kaum atmen konnte.

Sie presste die Lippen aufeinander und wärmte über der Kochstelle Milch auf. Vor dem Fenster erwachte die Stadt in grauem Licht. Am gestrigen Abend war das Wetter umgeschlagen, und der Wind hatte dunkle Wolken über den Himmel gejagt. Ein Gewitter war ausgeblieben, doch die Luft roch auch weiterhin nach Regen.

Elisabeth dachte an Jakob, den sie heute endlich wiedersehen würde. Am gestrigen Feiertag war der Unterricht ausgefallen, damit sie an der Prozession und den Feierlichkeiten in der Stadt teilnehmen konnten. Während Hermann mit den anderen Ratsmitgliedern in der Schenke gesessen hatte, hatte sie mit Steffan die Aufführungen der Vaganten auf dem Domplatz angesehen, bis diese von den Bütteln gestört wurden. Jemand hatte wohl auf dem Heuwemarkt ein Messer auf den Henker geworfen, als dieser einer Frau das Ohr abschneiden wollte. Elisabeth ängstigten solche Unruhen, und so war sie mit Steffan nach Hause geeilt.

Sie hörte die Schritte kleiner Füße hinter sich und wandte sich um. Steffan rieb sich mit dem Fingerknöchel über ein Auge und kroch auf die Bank. In seinem Arm hielt er die Lumpenpuppe, die er immer noch zum Einschlafen brauchte. Elisabeth ging zu ihm, strich ihm über das Haar und wünschte ihm einen gesegneten Morgen. Dann nahm sie ihm die Puppe ab.

»Die soll doch im Bett bleiben, wenn du aufstehst«, sagte sie mit sanfter Stimme.

»Wer soll im Bett bleiben?« Hermann war ebenfalls aufgestanden und stand nun in der Tür. Das Haar klebte ihm wie graues Kraut am Kopf.

Rasch versteckte Elisabeth die Puppe hinter ihrem Rücken.

Hermann kam näher. »Was hast du da?« Er blickte hinter sie und riss ihr die Puppe aus der Hand. Entsetzt sah er sie an. »Was zum Teufel ist das? Sag nicht, dass unser Sohn mit Puppen spielt.«

»Das ist nicht seine«, log Elisabeth. »Er hat sie gestern auf dem Jahrmarkt gefunden.«

»Und weshalb schleppt er sie dann mit nach Hause?« Hermann warf die Lumpenpuppe in das Feuer unter der Kochstelle.

Steffan gab einen erstickten Laut von sich, presste die blutleeren Lippen aufeinander und starrte zur Kochstelle. Die Flammen züngelten um die Puppe und fraßen sich durch den Stoff. Die Augen des Jungen glänzten von den Tränen, die er sichtlich mühsam zurückhielt.

Rasch nahm Elisabeth die Milch von der Kochstelle, damit sie nicht überkochte.

Hermann schüttelte missbilligend den Kopf. »Der Junge hängt zu sehr an deinem Rockzipfel. Es muss sich etwas ändern. Setz dich.« Er wies mit der Hand auf den Tisch.

Elisabeth befürchtete, Hermann würde seinen Sohn wieder zur Schule schicken wollen, und wappnete sich bereits zur Gegenwehr. Unsicher ließ sie sich auf einen der Stühle nieder.

Hermann setzte sich ebenfalls. Ehe er etwas sagen konnte, begann Elisabeth rasch: »Steffan hängt mir nicht zu sehr am Rockzipfel. Den ganzen Tag über ist er mit Herrn Euskirchen im Studierzimmer. Dabei sieht er mich ja kaum.«

Hermann trommelte mit den Fingern auf der Tischplatte herum. »Das geht so nicht.«

»Aber warum denn nicht? Herr Euskirchen ist ein hervorragender Lehrer.« Elisabeth sah zu der Puppe, von der nur noch schwarze Reste übrig geblieben waren. Wenn Jakob nicht mehr zu ihnen kommen würde, wäre ihr Leben wieder genauso trist wie zuvor.

»Das weiß ich«, sagte Hermann. »Aber es wäre gut für Steffan, wenn du einige Stunden am Tag außer Haus wärst.« Er beugte sich zu ihr und hob die Augenbrauen. »Und es wäre gut für dich, wenn du etwas für dein Seelenheil tun würdest.«

Elisabeth schoss die Hitze in die Wangen. Wusste Hermann etwa, dass Jakob und sie sich liebten? Sie versuchte, seinen Gesichtsausdruck zu lesen. Nein, das konnte nicht sein. Dann säße er nicht so ruhig hier, sondern würde sie verprügeln, wenn nicht sogar töten. Stattdessen blickte er sie nun freundlich an.

»Mein Seelenheil?«, fragte Elisabeth vorsichtig nach. »Was ist denn damit?«

»Man kann nie genug für das Seelenheil tun, meine Liebe.« Hermann lächelte. »Wie du weißt, gefällt Gott vor allem die Mildtätigkeit der Menschen. Und an dieser fehlt es dir doch ein wenig.«

Elisabeth konnte sich nicht erklären, worauf Hermann hinauswollte. Bisher war er doch dafür zuständig gewesen, den Bettlern beim Kirchgang ein paar Münzen zuzuwerfen. Wie sollte sie denn um Himmels willen ihre Mildtätigkeit unter Beweis stellen, wenn sie das ganze Haus allein in Ordnung halten musste? Glaubte Hermann etwa, sie säße hier und hätte nichts zu tun? Außerdem fehlte ihr eigenes Geld für milde Gaben.

»Ich sehe, du bist ratlos«, sagte Hermann. »Das wundert mich nicht, weil du kaum etwas vom Stadtleben weißt. Dafür brauchst du mich. Und da mir dein Seelenheil selbstverständlich am Herzen liegt, helfe ich dir gern.«

Er lächelte schon wieder. Doch seine Worte hörten sich so heuchlerisch an, dass es Elisabeth eiskalt über den Rücken lief. Was hatte er bloß mit ihr vor? Da sie seinen Anblick nicht mehr ertragen konnte, sah sie zu Steffan. Stumm zählte der Junge irgendetwas an seinen Fingern ab und schien ihr Gespräch nicht mitzubekommen.

»Hast du gehört, Weib?«, fragte Hermann nach.

Elisabeth konnte ihren Groll gegen ihn einfach nicht mehr verbergen und kniff die Augen zusammen. »Was willst du von mir? Sag es endlich!«

»So ungeduldig?« Er hob die Augenbrauen.

Elisabeth verkniff sich weitere Worte, die ihr nur Schaden bringen würden, und sah Herman fest in die Augen. Sie waren von einem Grün, das an schlammige Pfützen im Sommer erinnerte.

Er wandte den Blick ab. »Also gut. Dann will ich dich nicht weiter auf die Folter spannen.« Er räusperte sich. »Ich habe dir doch von dem Büßerinnenhaus erzählt.«

Elisabeth nickte. »Ja, das hast du. Willst du mich etwa auch dort hineinstecken? Ich wüsste nicht, was ich zu bereuen haben sollte.« Plötzlich fiel ihr Hermanns Vorschlag wieder ein, den Frauen das Sticken beizubringen. Ob er seine Worte etwa ernst gemeint hatte?

»Nein, du sollst dort nicht büßen. Aber wie ich bereits gesagt habe, kannst du den armen gefallenen Mädchen ein wenig die Handarbeit beibringen.«

Elisabeth sah ihn misstrauisch an. »Ist das dein Ernst? Ich soll mich tatsächlich zwischen die Huren setzen?«

In Hermanns Augen trat ein Glanz, den Elisabeth nie zuvor gesehen hatte. »Zwischen *ehemalige* Huren, die ihre Sünden bitterlich bereuen und in dem Haus auf den rechten Weg zurückgebracht werden. Ist es nicht unsere Pflicht, ihnen dabei zur Seite zu stehen? Du wirst ihnen zeigen, was eine gute Magd können muss.«

Im Grunde fand Elisabeth daran nichts Verwerfliches. Die meisten dieser Frauen waren unschuldig in Not geraten. Wenn sie nicht verhungern wollten, blieb ihnen nichts anderes übrig, als ihre Liebesdienste anzubieten. Dennoch beraubte Hermann sie, Elisabeth, gerade der schönsten Stunden, die sie am Tag hatte.

»Das geht nicht«, sagte sie fest entschlossen. »Ich habe genug im Haus zu tun. Schließlich haben wir kein Gesinde.« Sie hob das Kinn.

»Das wird sich bald ändern. Ich verspreche dir, eine Magd einzustellen.«

Allmählich dämmerte es Elisabeth, weshalb sich Hermann so umgänglich gab. »Etwa eine der Huren?«, fauchte sie und biss sich auf die Lippen, um nicht die weiteren Worte auszusprechen, die ihr auf der Zunge lagen.

»Gewiss nicht!« Hermann wurde laut. »Was zierst du dich so? Sei froh, wenn du endlich mal etwas Gutes tun kannst.« Er sah sie eindringlich an. »Ich werde heute dem Rat vortragen, dass du Mutter Katharina zur Hand gehen wirst.«

Elisabeth holte tief Luft. »Und wenn ich mich weigere?«

Hermann erhob sich und schlug mit der flachen Hand auf den Tisch.

Steffan schrak auf und sah ihn aus großen Augen an.

Hermanns Gesicht hatte die Farbe einer reifen Kirsche angenommen. Er kniff die Augen zusammen. »Wenn es sein muss, prügele ich dich dort hin.«

Steffan schlug sich die Hand vor den Mund.

»Das traue ich dir zu«, sagte Elisabeth und ließ die Schultern hängen. Ihr schoss durch den Sinn, Hermann doch beim Rat des Ehebruchs zu bezichtigen.

Ihr Gemahl musste wohl den gleichen Gedanken gehabt haben. »Und solltest du mich beim Rat anklagen ... nun, glaub mir, dann prügele ich dich zu Tode und verscharre dich in dem Gewölbe unter dem Lager.«

Steffan begann zu weinen. Auch Elisabeth vermochte die Tränen nicht mehr zurückzuhalten. Wie konnte Hermann vor seinem Sohn solch eine ungeheuerliche Drohung aussprechen? Das Gewölbe unter dem Lager war ausgehoben worden, damit sich dort Nahrungsmittel kühlen ließen. Elisabeth stieg nur ungern hinab. Es war ungefähr zwanzig Fuß lang, und man konnte sich nur gebückt darin fortbewegen. Ein dunkler, grauenhafter Ort. Ein kaltes Grab, wie Elisabeth es immer nannte. Von daher lagerte sie dort seit langer Zeit kaum noch etwas.

Hermann wandte sich zur Tür. »Ich denke, du hast mich verstanden. Und nun gehe ich zum Rat. Sie sollen dich bei Mutter Katharina ankündigen.« Im nächsten Moment war er fort.

Elisabeth legte das Gesicht in die Handflächen, und Steffan strich ihr über den Unterarm. »Mutter?«, sagte er mit dünner Stimme. »Ihr werdet doch gehorchen, oder?«

Sie nahm die Hände vom Gesicht, zog die Nase hoch und nickte. »Sicher. Hab keine Angst.« Nur Steffan zuliebe würde sie in dieses Haus gehen und dafür die schönen Stunden in Jakobs Nähe opfern. Sie musste wenigstens so lange am Leben bleiben, bis Steffan erwachsen war.

Elisabeth erhob sich, um ihrem Sohn das Frühmahl aufzuwärmen. Ihre Schultern wogen schwer wie Blei, und auf ihrer Brust lag ein Steinbrocken, der ihr schier den Atem raubte.

»Versprecht Ihr es mir, Mutter?«

»Ja, ich verspreche es dir.« Elisabeth füllte Steffans Schale und stellte sie vor ihm auf den Tisch. Sie selbst würde keinen Bissen den Hals hinabbekommen.

• • •

Amando musste da gewesen sein und das Messer geworfen haben. Wenn sie ihn nur nicht auch noch gefangen genommen hatten! Seit der Wächter sie wieder in die Zelle gebracht hatte, bangte Jenna um Amandos Leben. Wie sie am Licht erkannte, war dies nun drei Tage her. Ihrem Ohr war nichts geschehen, dennoch wusste sie nicht, wie der Turmmeister weiter mit ihr verfahren würde. Der Wächter hatte ihr dazu nichts sagen können. Hoffentlich erging es ihr nun nicht wie dem alten Mann in ihrer Zelle. Sie musste hier raus, musste wissen, was mit Amando geschehen war, bevor sie noch verrückt vor Sorge wurde!

Als hätte Gott ihre Gebete erhört, öffnete sich bald darauf die Tür, und der Wächter wies sie an, ihm zu folgen.

Der Mann band ihr die Hände auf dem Rücken zusammen und führte sie erneut in die Richtkammer.

»Du hast Glück, Mädchen«, sagte er. »Der Turmmeister will dich sehen. Da wird er gleich festsetzen, wann deine Strafe endgültig vollzogen wird.«

»Was ist mit dem Mann, der das Messer geworfen hat?«, fragte Jenna rasch.

Der Wächter hob die Schultern. »Was weiß ich?«

»Aber du musst doch wissen, ob sie ihn gefangen genommen haben?«

»In diesem Turm sitzt er auf keinen Fall. Das wüsste ich. Aber es gibt ja noch andere Kerker.« Der Mann öffnete die Tür zur Richtkammer und führte sie hinein. Erneut kniete sie sich neben die Bank.

Abermals wartete sie eine gefühlte Ewigkeit auf den Turmmeister. Als er endlich mit seinem Schreiber und einem weiteren Mann den Raum betrat, schmerzten Jenna wieder die Knie. Sobald er sie ansprach, sah sie auf.

»Jenna, wie du weißt, wurde der Henker kurz vor dem Vollzug deiner Strafe verletzt. Kanntest du den Mann, der das Messer geworfen hat?«

Jenna schüttelte den Kopf. Verstohlen sah sie zu dem Wächter. Es war ein Fehler gewesen, ihn nach Amando zu fragen. Doch zum Glück schwieg der Mann und schien mit den Gedanken woanders zu sein. Versonnen beobachtete er eine Spinne, die über den Boden krabbelte.

»Ich konnte nicht sehen, wer das Messer geworfen hat, da ich mit dem Kopf auf dem Richtbock lag«, ergänzte sie schnell.

Sie hatten Amando also nicht gefasst. Erleichtert stieß Jenna den Atem aus.

»Hast du denn eine Vermutung?«

In diesem Augenblick war sie froh, nicht erzählt zu haben, dass sie zuletzt bei den Vaganten gelebt hatte. »Nein, überhaupt nicht.«

»Wir waren im Weiler Buckelmeunt, um dort die Leute zu befragen. Es hieß, du wurdest von dort vertrieben, weil du eine Zaubersche seist.«

»Sie lügen, ich bin keine Zaubersche, sondern eine Heilerin.«

Der Turmmeister sah sie an. »Deine Strafe wurde diesbezüglich bereits von der Bauernbank vollzogen. Also steht das hier auch nicht zur Verhandlung.« Er räusperte sich. »Du weißt also nicht, wer das Messer geworfen hat?«

»Nein«, sagte Jenna mit fester Stimme. »Ich kenne kaum jemanden in der Stadt.«

»Wo lebst du denn jetzt?«

Jenna hob die Schultern. Die Seile schnitten ihr in die Handgelenke. »Mal hier, mal da.«

Der Turmmeister flüsterte seinem Schreiber etwas ins Ohr, dann erhob er sich. »Wir ziehen uns zur Beratung zurück.«

Die anderen beiden folgten ihm aus der Kammer.

»Was hat das zu bedeuten?«, fragte Jenna den Wächter. »Warum nennt der Turmmeister nicht einfach einen neuen Zeitpunkt zur Vollstreckung meiner Strafe?«

»Woher soll ich das wissen?« Geräuschvoll stieß der Mann auf und grinste. »Das musste sein.«

Nur wenige Minuten später stellten sich die Herren wieder hinter das Schreibpult.

Der Turmmeister räusperte sich. »Jenna aus Buckelmeunt, da

dein Weiler zum Kölner Schweid gehört, sehen wir es als unsere Pflicht an, dich zurück auf den Pfad der Tugend zu bringen. Schließlich bist auch du eine Tochter der Stadt.«

Jenna verstand nicht ganz und wartete angespannt auf die weiteren Worte des Turmmeisters.

»Da du derzeit ohne Wohnsitz und mittellos bist, sehen wir deinen Diebstahl als Mundraub an. Du wirst daher in dem neu errichteten Haus für Büßerinnen Buße tun. Dort wirst du bleiben, bis deine Seele wieder rein ist. Danach sehen wir weiter.« Er sah zu dem Wächter. »Bring sie zum Eigelstein. Das Haus Zur Büchse müsste dir bekannt sein.«

Der Mann neben Jenna nickte. »Gewiss, ehrwürdiger Herr.«

Jenna verstand immer noch nicht, was vor sich ging. Von solch einem Haus hatte sie noch nie gehört. Der Wächter wies sie an, sich von den Knien zu erheben, und Jenna gehorchte.

Die Luft war warm und roch nach den Ausdünstungen der Stadt. Jenna und der Wächter gingen an der Stadtmauer entlang, in deren Nischen die Bettler lungerten, bis sie die Eigelsteintorburg erreichten. Unterwegs gafften die Leute sie an, da ihr immer noch die Hände auf dem Rücken gefesselt waren.

Endlich erreichten sie das Haus Zur Büchse. Das Gebäude war von einer mannshohen Mauer umgeben, und vor dem Tor stand ein Büttel, der das Grundstück mit seiner Lanze bewachte. Jenna sank der Mut, denn sie hatte gehofft, aus diesem Haus irgendwann fliehen zu können. Immer noch vermochte sie sich nicht vorzustellen, wie sie hier ihre Sünden büßen sollte. Musste sie etwa den Schleier tragen und das Gelübde ablegen? Nein, das konnte sie sich nicht vorstellen. Schließlich hatte der Turmmeister davon gesprochen, dass sie nur so lange in dem Haus bleiben musste, bis ihre Sünden gebüßt waren. Und dann? Bevor Jenna sich weitere Gedanken machen konnte, führte der Wächter sie an dem Büttel vorbei durch das schmiedeeiserne Tor. Der Mann hob eine Augenbraue und grinste sie an. Bis auf einen Hund, der an einer Kette döste, hielt sich keine Seele in dem Hof auf. Eine winzige Kapelle war dicht an die Mauer gebaut. An einigen Stellen fehlten die Dachziegel, sodass es dort hineinregnen konnte. Überall wucherte kniehoch das Unkraut. Ein Birnbaum trug nur eine Handvoll Früchte und verlor bereits sein Blattwerk. Der Ort wirkte traurig und düster.

Der Wächter klopfte an die Tür des Gebäudes. Kurz darauf drehte sich ein Schlüssel im Schloss, und ein Riegel knirschte. Dann öffnete sich die Tür. Eine junge Nonne lugte durch den Spalt und sah sie mit großen braunen Augen an.

Der Wächter fuhr sich durch das Haar. »Die hier soll ich euch bringen. So hat es der Turmmeister im Namen des Richters angeordnet.«

Die Schwester zog die Tür ein Stück weiter auf. »Ist das wahr? Weiß er denn nicht, dass wir keinen Platz mehr haben?«

»Die passt sicher noch dazwischen.« Der Wächter löste das Seil an Jennas Handgelenken und schob sie durch die Tür. Sicher war er froh, diesen unseligen Ort schleunigst wieder verlassen zu können.

Die Nonne verriegelte die Tür von innen wieder. Den Schlüssel trug sie an einem Band, das ihre dunkelgrüne Tracht zusammenhielt.

»Komm, ich bringe dich zur ehrwürdigen Mutter. Sie wird dir weitere Anweisungen geben.« Die Nonne faltete die Hände vor der Brust und schritt einen kleinen Flur entlang, an dessen Ende eine Tür lag.

In dem Haus stank es genauso erbärmlich wie in ihrer Zelle und vermutlich wie sie selbst. Jenna wünschte sich sehnlichst eine Schüssel Wasser und reine Kleidung. Vielleicht würde die Mutter Oberin ihr dies ja gewähren.

Die junge Nonne klopfte an die Tür, und als aus dem Inneren Einlass gewährt wurde, trat sie ein. »Hier ist eine Neue«, sagte sie leise.

»Davon weiß ich gar nichts.« Die Stimme der ehrwürdigen Mutter war kräftig.

Jenna sah, wie sie sich hinter einem Schreibpult erhob. Ihre Statur passte zu dem Klang der Stimme, denn die Ordensfrau war stämmig wie die Bärin des Vaganten. Sie trat auf Jenna zu. »Wer schickt dich?«

Jenna rieb sich über die Handgelenke. »Der Turmmeister aus dem Frankenturm. Seinen Namen kenne ich nicht.«

»Der Wächter, der sie gebracht hat, hat seinen Namen auch nicht genannt.«

»Hatte er ein Schreiben dabei?«

Die junge Nonne schüttelte den Kopf.

»Das kann doch wohl nicht sein. Wahrscheinlich war sie ihnen nicht einmal das Pergament wert. Wie kannst du sie einlassen, ohne genau zu wissen, wer sie ist?« Missbilligend schnalzte die Mutter Oberin mit der Zunge. »Mach dich auf zum Rat und hol dir das Urteil. Ich muss genau wissen, womit sie sich schuldig gemacht hat.«

»Das kann ich Euch sagen«, wandte Jenna ein.

Die Mutter Oberin machte eine Handbewegung, als wolle sie eine Fliege vertreiben. »Du? Du kannst mir viel erzählen.« Sie sah wieder zu der jungen Nonne. »Husch, worauf wartest du?«

Die Nonne knickste und verschwand durch die Tür.

Mit eisernem Griff umfasste die Mutter Oberin Jennas Oberarm. »Mitkommen«, befahl sie.

Sie führte Jenna in einen angrenzenden Raum, in dem Tische und Bänke standen. In einer der Ecken befand sich die Kochnische mit einer Feuerstelle. Daneben stapelten sich Kessel und Platten. An der gegenüberliegenden Wand führte eine Treppe ins Obergeschoss. Ungefähr zwei Dutzend Frauen lungerten auf den Bänken herum. Als Jenna mit der ehrwürdigen Mutter den Raum betrat, verstummte ihr Geschnatter.

Die Ordensfrau stemmte die Hände in die ausladenden Hüften. »Ich glaube, ich sehe nicht recht«, bellte sie in den Raum. »Sofort an die Arbeit!«

Die Frauen sprangen auf. Die einen nahmen Besen und Putzlappen in die Hand, die anderen Hämmer und Nägel.

»Faules Pack!«, schimpfte die Mutter Oberin. »Heute Abend fällt das Mahl aus, das könnt ihr mir glauben.« Sie sah zu Jenna und stieß sie zu den anderen. »Los, nimm dir den Putzlumpen! Die Fensterläden haben es nötig. Und vergiss nicht, dabei das Vaterunser zu beten.«

Jenna gehorchte, obwohl sie immer noch nicht wusste, was sie von diesem Haus halten sollte und welchen Zweck es erfüllte. Zu ihren Füßen rutschte eine Frau auf den Knien und scheuerte mit einer Bürste die Holzdielen.

»Wo sind wir hier?«, raunte Jenna ihr zu.

Die Frau sah zu ihr auf. Sie trug eine graue Haube, aus der schwarze Strähnen hervorlugten. »Ruhig«, flüsterte sie und sah kurz über ihre Schulter. »Gleich, wenn das Ungeheuer wieder draußen ist, können wir reden.«

Die Frau schien in Jennas Alter zu sein. Ihre vollen Wangen waren gerötet und die Augen dunkel wie die Erde nach einem

Regenguss. Die Mutter Oberin stand jedoch wie ein Fels in dem Raum und verschränkte die Arme vor der Brust.

Jenna wrang den Wischlappen in dem Eimer aus und begann, Ruß und Schmutz von den Fensterläden zu wischen. Mittlerweile hatte sie sich so sehr an den Hunger gewöhnt, dass ihr das Abendmahl gewiss nicht fehlen würde. Für die Frauen hier tat es ihr jedoch leid. Ihnen allen hatte sich ein hartes Leben ins Gesicht gegraben, und Jenna ahnte, welchem Gewerbe sie zuvor nachgegangen waren. Sicher sah der Rat auch sie als die gefallenen Töchter der Stadt an und versuchte, sie hier auf den rechten Weg zu bringen.

Jenna hatte so viele Fragen! Auf die Antworten würde sie jedoch erst einmal warten müssen. Genauso stoisch wie die Frau zu ihren Füßen wienerte sie weiter die Fensterläden und hoffte, die Mutter Oberin würde bald den Raum verlassen. Doch es dämmerte bereits hinter den Fenstern, als die Nonne endlich wieder durch die Tür ging. Dies jedoch nicht, ohne sich vorher ein saftiges Stück Schinken und einen Krug Wein aus der Vorratskammer geholt zu haben. Der rauchige Duft waberte ihr noch eine Weile hinterher.

Die Frau zu Jennas Füßen richtete sich auf und streckte den Rücken durch. »Schinderei«, raunte sie. »Etwas anderes ist das hier nicht. Den ganzen Vormittag haben wir Holz gehackt und Körbe geflochten und am Nachmittag das Haus geschrubbt. Und wofür? Für eine hohle Hand.« Nun musterte sie Jenna etwas genauer. »Bist du eine von uns?«

»Wenn du mit *uns* die Dirnen meinst, nein, dann bin ich keine von euch«, sagte Jenna.

Die Frau zog die Stirn kraus. »Und was machst du dann hier?«

»Es gibt noch andere Sünden ... Mich hat man wegen Diebstahl in den Turm geworfen.« Jenna rechtfertigte ihre Tat nicht mehr. Bisher hatte es auch niemanden geschert, wie das Ganze in Wahrheit abgelaufen war.

»Dann nimmst du einer Hure den Platz weg.« Die Frau hob die Augenbrauen.

»Seid ihr denn freiwillig hier?«

Die Dirne lachte bitter. »Keine der Frauen ist das. Der Rat hat uns in dieses Haus gezwungen, weil sie die Stadt von der Sünde säubern wollen.« Sie schüttelte den Kopf. »Dabei verstecken sich da draußen so viele Schlupf- und Winkeldirnen, wie es Hunde in der Stadt gibt. Und mal ganz ehrlich, selbst am Fuße des Tempelbergs gibt es Huren, oder glaubst du nicht?«

»Sicher.« Jenna nickte und sah sich um.

Die anderen Frauen hatten inzwischen ebenfalls ihre Arbeit niedergelegt und setzten sich nun an die leeren Tische. Eine von ihnen machte sich an dem verschlossenen Riegel der Vorratskammer zu schaffen, bekam ihn jedoch mit bloßen Händen nicht auf.

Die Hure legte Jenna die Hand auf den Unterarm. »Ich bin übrigens die Elsgen. Und du?«

»Jenna aus Buckelmeunt.«

»Gut, Jenna. Dann wollen wir mal sehen, ob wir nicht doch noch etwas zu essen bekommen.« Elsgen grinste teuflisch. Dann ging sie zu der Stiege und hob dort einen Hammer auf. Vor der Vorratskammer schob sie die andere Frau zur Seite und machte sich an dem Riegel zu schaffen.

Die Mutter Oberin musste schon taub sein, wenn sie die Schläge nicht hörte. Vielleicht dachte sie aber auch, die Frauen wären noch bei der Arbeit. Mittlerweile hatte Elsgen den Riegel aus dem Holz geschlagen. Die Tür öffnete sich, und die Huren drängten sich in die Vorratskammer. Jenna folgte ihnen, denn mittlerweile spürte auch sie den Hunger wieder heftiger. Es dauerte nicht lange, und die Frauen gerieten in Streit, denn die Kammer war klein und jede von ihnen wollte das beste Stück daraus haben.

»Die wollen uns hier tatsächlich verhungern lassen!«, schrie plötzlich die Hure, die sich als Erste durchgesetzt hatte. Sie hielt eine tote Ratte am Schwanz in die Höhe. »Die verfluchte Heilige hat sich das letzte Stück Schinken genommen.«

»Von Rattenfleisch muss ich furzen«, sagte eine der Frauen und wandte sich ab.

»Ich auch«, erwiderte eine andere und verzog angewidert den Mund.

Mit gesenkten Häuptern schlurften die Huren zurück zu den Tischen. Doch ihr Unmut war so groß, dass am hintersten Tisch bald zwischen zwei Frauen ein Streit entflammte. Eine andere versuchte zu schlichten und fing sich eine blutige Nase ein.

»Seid ihr von Sinnen?«, schrie Elsgen und zog die blutende Frau fort. Diese riss sich das Tuch vom Kopf, presste es sich auf die Nase und setzte sich auf die Stiege.

Jenna eilte zu ihr. »Gib mir das Tuch und leg den Kopf in den Nacken.«

Die Frau sah sie aus grünen Augen an. Ihr flachsblondes Haar war in der Mitte gescheitelt und zu einem dicken Zopf geflochten. »Warum?«, fragte sie.

»Weil ich es mit Wasser tränken will.« Jenna streckte ihr die Hand entgegen.

»Die Frauen sind unleidlich, weil sie Hunger haben«, sagte Elsgen. »Das ist nicht der erste Streit und wird auch nicht der letzte sein. Wenn das ehrwürdige Biest Wind davon bekommt, geht sie mit der Rute dazwischen.« Sie legte der anderen Hure die

Hand auf die Schulter. »Gib ihr das Tuch, Urselchen. Ich habe das Gefühl, die Frau hat Ahnung von blutenden Nasen.«

Jenna behielt erst einmal für sich, dass sie sich mit noch ganz anderen Verletzungen und Krankheiten und deren Heilung auskannte. Was sollte sie hier auch ohne Kräuter ausrichten?

Die Frau reichte ihr das mit Blut besudelte Tuch. »Danke für deine Hilfe. Ich bin die Ursula«, sagte sie.

»Ich heiße Jenna. Und nun leg den Kopf in den Nacken. Bin gleich zurück.« Jenna ging zum Spülstein und tauchte das Tuch in einen Eimer mit Wasser.

»He, warum verschmutzt du unser Wasser? Das ist das Einzige, was wir hier zum Saufen bekommen!«, schrie prompt eine der Frauen am nahen Tisch. Es war die, die Ursula die Nase blutig geschlagen hatte.

»Ich glaube, ich habe im Hof einen Brunnen gesehen«, sagte Jenna. »Ich werde die Mutter Oberin fragen, ob ich dort neues Wasser holen kann.«

Die Hure lachte heiser auf. Ihre Wangen waren von tiefen Narben entstellt, als hätte ihr jemand ein Messer durch das Gesicht gezogen. »Nee, das wird nichts, Mädchen. Selbst wenn sie dich lässt, kommst du nicht an dem Köter vorbei. Wärst übrigens nicht die Erste, die er in Stücke reißt.« Sie sah Jenna spöttisch an, doch diese wandte der Frau den Rücken zu und ging mit dem nassen Tuch zurück zu Ursula.

»Das war gar nicht gut«, schnaubte Elsgen.

»Solltet ihr hier nicht lieber zusammenhalten?« Jenna legte Ursula das Tuch in den Nacken. Mittlerweile lief nur noch ein dünnes Rinnsal Blut aus der Nase der Hure. »Es muss doch Wasser auf die Mühlen der Mutter Oberin sein, wenn ihr euch hier gegenseitig an den Hals geht.«

»Hast ja recht, aber sag das mal der da.« Elsgen deutete mit dem Blick auf die streitlustige Frau.

Jenna setzte sich neben Ursula auf die Stiege und sah zu Elsgen auf. »Wie lange dauert es, bis wir unsere Sünden genügend gebüßt haben?«

»Was weiß ich?« Elsgen zuckte mit den Schultern.

Von draußen ertönte jetzt der scheppernde Klang einer Glocke.

»Abendgebet«, sagte Ursula, nahm das Tuch fort und erhob sich.

Elsgen reichte Jenna die Hand und zog sie auf die Beine. »Wir sollten uns sputen, sonst hetzt uns das ehrwürdige Ungeheuer den Köter auf den Hals.«

Gemeinsam mit den anderen Frauen verließ Jenna das Haus, und in einer Reihe gingen sie zu der Kapelle. Neben der offenen Tür standen die junge Nonne und die Oberin, die den Hund an der kurzen Kette hielt. Er hatte die Ohren gespitzt und verfolgte die Frauen mit seinem Blick.

Jenna betrat die finstere Kapelle und schüttelte sich. Nicht eine einzige Kerze brannte. Die Luft roch abgestanden und modrig.

»Ihr betet gemeinsam das *Ave-Maria*, bis ich euch wieder rufe. Und nun auf die Knie!«, schrie die Mutter Oberin in die Kapelle. Die Huren gehorchten und knieten sich auf den Boden. Die Tür knallte in den Rahmen, und Jenna fuhr zusammen.

Für einen Augenblick blieb es noch still. Dann begann Ursula das *Ave-Maria* zu beten, und nach und nach fielen die anderen mit ein. Als sie im Chor das Gebet sprachen, stellten sich Jenna die Härchen auf den Armen auf.

• • •

Seine Sippe war weitergezogen, doch Amando hatte sich geweigert, sie zu begleiten. Nur gemeinsam mit Jenna würde er seiner Familie folgen, und wenn es darüber Winter wurde.

Lediglich Loppo stand ihm weiterhin zur Seite und war bei ihm geblieben. In den letzten Tagen war er sogar allein nach Köln gegangen, da Amando befürchtete, dort erkannt zu werden.

Amando holte tief Luft und spie den Grashalm aus, auf dem er lange gekaut hatte. Irgendjemand würde schon wissen, in welchem Kerker Jenna saß. Hätte sie ihre Strafe bekommen und wäre danach auf freien Fuß gesetzt worden, wäre sie längst zu ihm zurückgekehrt, dessen war sich Amando sicher.

Er erhob sich und ging zu Loppo. Sein Bruder saß an der Feuerstelle und zog einem Hasen das Fell über die Ohren. Sie hatten Glück. So nahe an der Stadt machte niemand Hatz auf Wilderer wie in so mancher Grafschaft.

Amando sah auf ihn hinab. »Wenn du mich suchst, ich bin am Bach.«

»Was hast du vor? Nimmst du ein Bad?« Loppo blinzelte gegen das Sonnenlicht.

Mit einem mulmigen Gefühl im Bauch griff sich Amando in das schulterlange Haar. »Ich werde mir den Kopf scheren.«

Loppo grinste. »Ganz kahl?«

»So kahl es geht.«

Amando liebte sein Haar, das ihm in schweren Locken auf die Schultern fiel. Als er noch ein Kind gewesen war, hatte seine Mutter ihm erzählt, kleine Geister würden darin wohnen und ihn beschützen. Doch auch wenn er längst nicht mehr daran glaubte, fiel es ihm schwer, sich von seiner Haarpracht zu trennen. Aber seine Eitelkeit zählte nicht. Er suchte auf dem Karren nach seinem schärfsten Messer und ging zum Bach.

Kurz darauf fuhr er sich mit der Klinge über den nassen Kopf. Strähne für Strähne fielen die rotbraunen Locken in den Bach und trieben davon. Als Amando glaubte, kein einziges Haar mehr auf dem Kopf zu haben, stieg er aus dem Wasser und setzte sich in die Sonne, damit er noch brauner wurde als in den vergangenen Tagen schon.

Der Wind fühlte sich auf seinem Haupt ungewohnt an. Amando strich mit der Hand darüber und hoffte, dass ihm der glatte Schädel bei seiner Suche nach Jenna ausreichend Tarnung sein würde.

Ein kleiner Junge hatte ihn gesehen, so viel stand fest. Amando kratzte sich am Kinn, wo ihm mittlerweile ein Bart wuchs. So, wie er sich mittlerweile verändert hatte, würde ihn gewiss niemand wiedererkennen.

Voller Hoffnung, Jenna bald zu finden, erhob sich Amando und kehrte zurück zu Loppo an die Feuerstelle. Er konnte bereits das gebratene Fleisch riechen und spürte, wie das Loch in seinem Bauch wuchs.

Loppo drehte den Hasen an einem Spieß über dem Feuer. Als er zu Amando sah, lachte er schallend auf. »Dreh dich mal um.«

Amando gehorchte und zeigte ihm den Hinterkopf. »Und? Habe ich noch Ähnlichkeit mit mir selbst?«

»Nicht mehr viel. Nur solltest du dir noch etwas Sonne auf die Glatze scheinen lassen, ehe wir erneut in die Stadt gehen. So, wie du gerade aussiehst, bemerkt ein jeder, dass du dir gerade erst das Haar geschoren hast.«

Amando verspürte Unmut. »Ich wollte eigentlich gleich morgen wieder hin, sobald die Stadttore geöffnet sind.« Nun ärgerte er sich, dass er sich nicht schon früher von seinem Haar getrennt hatte.

»Leg dich ein oder zwei Tage in die Sonne, dann wird es schon gehen. Wenn Jenna im Kerker sitzt, kann sie dir eh nicht davonlaufen.«

»Aber sie könnten sie erneut auf den Richtbock bringen! Das muss ich verhindern.«

Amando dachte nach. Jeder Tag, den er hier vertändelte, war verschenkte Zeit. Plötzlich fiel ihm etwas ein. »Hast du noch diese Mönchskutte?«

»Ja, natürlich. Die müsste auf unserem Karren sein.« Loppo zeigte mit dem Daumen hinter sich.

Sie hatten die Kutte im letzten Jahr in Frankfurt gefunden. Nachdem andere Schausteller das Lager vor den Mauern der Stadt verlassen hatten, waren ihr Unrat und diese Kutte am Main zurückgeblieben. Loppo, der so gut wie alles gebrauchen konnte, hatte das Kleidungsstück aufgehoben und auf ihrem Karren verstaut.

»Dann werden wir doch morgen in die Stadt gehen«, sagte Amando und grinste zufrieden.

17

Elisabeth verspürte Übelkeit und fragte sich, ob sie in der letzten Zeit vielleicht etwas Falsches gegessen hatte. Als sie beim Frühmahl die Schale mit dem Dinkelbrei von sich schob, sah Hermann sie argwöhnisch an.

»Mir geht es nicht gut.« Elisabeth legte sich die Hand auf den Leib.

»Hör auf, mir eine Posse vorzuspielen«, knurrte Hermann. »Du hast dich lange genug gedrückt. Heute gehst du in dieses Haus.«

»Ich spiele dir nichts vor. Mir geht es wirklich nicht gut.« Hermanns Worte und der Gedanke an das Büßerinnenhaus verstärkten Elisabeths Übelkeit nur noch. Sie schluckte gegen den Würgereiz an, der ihr den Hals hinaufkroch.

Seit Wochen schon schob sie die von Hermann auferlegte Pflicht vor sich her. Hatte sich immer mit der vielen Hausarbeit oder mit einer Erkältung oder Rückenschmerzen entschuldigt. Doch nun fühlte sie sich wirklich nicht gut. Speiübel war es ihr, dabei wusste sie, dass Hermanns Geduld am Ende war.

Steffan sah sie aus großen Augen an. »Weshalb seid Ihr so weiß im Gesicht?«, fragte er mit dünner Stimme.

»Weil sie sich vor der Arbeit drücken will. Ich habe mir diesen

Mist nun lange genug angehört. Du kommst von jetzt an deiner wohltätigen Plicht nach. Verstanden?« Hermann schnaubte und starrte sie mit schmalen Augen an.

Elisabeth sprang auf und taumelte kurz. Dann fing sie sich wieder und eilte aus der Küche. Auf der Stiege drohten ihre Beine nachzugeben, aber sie musste unbedingt an die frische Luft. Sie atmete tief ein und ging weiter hinab bis zur Eingangstür. Als sie diese aufriss, wäre sie beinahe mit Jakob zusammengestoßen.

Elisabeth konnte die Tränen nicht mehr zurückhalten. »Hermann will, dass ich heute in dieses Haus gehe! Er glaubt mir nicht, dass es mir wirklich schlecht geht.« Sie schluchzte leise.

Jakob strich ihr über den Oberarm und zog sofort seine Hand wieder zurück. »Soll ich mit ihm reden?«

»Bist du verrückt geworden? Er darf nicht wissen, dass ich mich dir anvertraut habe. Soll er etwa Verdacht schöpfen?«

»Nein, gewiss nicht.« Jakob sah über sie hinweg in den Flur. »Ich gehe besser hinein, bevor er uns noch hier stehen sieht.«

Wie gern hätte sich Elisabeth in seine Arme geschmiegt. In der letzten Zeit hatte sich Hermann erst spät am Vormittag zum Stapelhaus begeben, sodass sie kaum die Möglichkeit gehabt hatten, sich zu liebkosen. Dabei brauchte Elisabeth Jakob in diesen Tagen mehr als je zuvor. Doch mehr als ein zärtlicher Blick oder eine kurze Berührung von Jakob war ihr nicht vergönnt gewesen. Nur ein einziges Mal hatten sie sich geliebt, und es schien Elisabeth, als läge dies nicht Wochen, sondern Jahre zurück. Sie glaubte, vor Sehnsucht zu vergehen.

Jakob lächelte sie liebevoll an, dann schob er sich an ihr vorbei in den Flur. »Du solltest einen Arzt aufsuchen«, sagte er leise.

Bei dem Gedanken an das, was ein Arzt herausfinden könnte, krampfte sich Elisabeths Magen so heftig zusammen, dass sie auf die Gasse lief und sich dort an der Hauswand erbrach. Als ihr Magen nichts mehr hergab, wischte sie sich mit dem Handrücken über den Mund und richtete sich auf. »Herr im Himmel, lass nicht sein, was nicht sein darf«, betete sie leise und sah an der Fassade ihres Hauses hinauf. Wie es schien, hatte Hermann nicht aus dem Fenster gesehen. Auf wackeligen Beinen ging sie wieder hinein. Hermann konnte nicht von ihr verlangen, dass sie in ihrem Zustand im Büßerinnenhaus arbeitete, es sei denn, er wollte sie ins Grab bringen. Doch dies war ihm durchaus zuzutrauen.

Mit einem tiefen Seufzer stieg Elisabeth hinauf ins Obergeschoss. Auf der Stiege lauschte sie, ob sich Jakob mit Hermann unterhielt. Aber es waren keine Stimmen zu hören.

Oben angekommen, sah sie ins Studierzimmer. Jakob strich Steffan über das Haar und ermutigte ihn, die Zahlen von eins bis zwanzig zu schreiben. Fast glaubte Elisabeth, die Berührung von Jakobs Hand zu spüren. Eine wohlige Wärme breitete sich in ihr aus, und für einen Augenblick vergaß sie ihr Unwohlsein. Wie sehr sehnte sie sich nach Jakobs Zärtlichkeiten! Das warme Gefühl schlug sogleich wieder in Schmerz um. Warum nur verbrachte Hermann so viele Stunden zu Hause? Weshalb ging er nicht mehr zu seiner Hure? Weil sie vermutlich in dem Büßerinnenhaus war. Elisabeth schüttelte den Kopf, schloss die Tür des Studierzimmers und begab sich wieder in die Küche. Das Unwohlsein ließ nach, und sie verspürte plötzlich Hunger. Hastig nahm sie ihre Schale vom Tisch und schlang den Brei im Stehen hinunter.

»Wie ich sehe, geht es dir besser.« Hermann war hinter sie getreten. Er trug inzwischen sein gutes Wams in den Farben Gold und Grün. Das Haar hatte er glatt gekämmt, und seine Wangen waren gerötet, als hätte er sich das Gesicht mit kaltem Wasser gewaschen. Er trank einen Schluck Bier und stellte den Becher in den Spülstein. »Dann kannst du dich ja jetzt zum Büßerinnenhaus begeben. Die Frauen freuen sich gewiss schon, von dir die Handarbeit zu lernen.« Hermann drohte ihr mit dem Zeigefinger. »Ich gehe ins Stapelhaus. Solltest du glauben, du könntest zu Hause bleiben, wird das Folgen haben.«

Elisabeth kniff die Augen zusammen, verbiss sich jedoch eine Erwiderung. Die Angst davor, ihm könne die Hand ausrutschen, war viel zu groß. Außerdem hatte sie Steffan versprochen, Hermann zu gehorchen.

Sie drehte sich um und sah in den Spülstein. »Wenn ich das Geschirr abgewaschen habe, gehe ich«, sagte sie leise.

»Glaube mir, es ist sehr gut für dein Seelenheil.« Hermann tätschelte ihre Schulter und verließ die Küche.

Nachdem die Tür unten ins Schloss gefallen war, ging Elisabeth ins Studierzimmer. Jakob sah auf und strahlte sie an.

Auch Steffan ließ für einen Augenblick den Stilus ruhen. »Ist Vater fort?«

»Ja, er ist ins Stapelhaus gegangen.«

Steffans Gesichtszüge wurden weich. Er atmete tief aus, klemmte die Zunge zwischen die Zähne und setzte den Stilus wieder auf die Wachstafel.

Jakob erhob sich und trat auf Elisabeth zu. »Geht es Euch besser?«

»Ein wenig. Kann ich Euch einen Augenblick unter vier Augen sprechen, Herr Euskirchen?«

Jakob nickte und folgte ihr hinaus auf den Flur. Elisabeth schloss die Tür zum Studierzimmer und fiel ihm um den Hals. Jakob küsste ihre Stirn, ihre Wangen und dann endlich ihren Mund. Als er endlich von ihren Lippen ließ, sah sie ihn voller Verlangen an. »Ich muss in dieses Büßerinnenhaus gehen. Hermann hat es mir befohlen.«

Jakob runzelte die Stirn.

»Er ist so versessen darauf, dass ich da hingehe! Dass er sich dabei nur um mein Seelenheil sorgt, kann ich nicht so recht glauben.«

»Du hast recht, das passt nicht ganz zu ihm. Aber vielleicht findest du die Gründe heraus, wenn du erst dort bist.«

Elisabeth schmiegte die Wange an Jakobs Brust. »Dabei will ich viel lieber in deiner Nähe sein.«

»Ich weiß, mein Engel.« Jakob küsste ihr Haar. »Mir geht es genauso.«

Elisabeth löste sich von ihm, atmete tief durch und wandte sich um. In der Schlafkammer zog sie sich Haube und Mantel an und verließ kurz darauf das Haus.

• • •

Die Tage flossen ineinander, und der Zustand in dem Haus wurde immer unerträglicher. Stunde um Stunde waren die Frauen den Bosheiten der Mutter Oberin ausgesetzt, dazu litten sie unsäglichen Hunger, den auch die vielen Gebete nicht zu mildern vermochten. Mittlerweile wurden die Tage deutlich kürzer, und der Herbst zog ins Land. Mit der Wärme des Sommers schwand auch Jennas Zuversicht, Amando je wiederzusehen. Gewiss war er ohne sie weitergezogen.

Ursula stieß sie leicht mit dem Ellenbogen an. »Woran denkst du?«

»An Amando«, sagte Jenna leise.

»Wer ist das? Dein Geliebter?«

»Nein, ein Freund. Aber ich vermisse ihn.« Jenna erzählte Ursula von ihrer Begegnung mit Amando und von ihrer kurzen Zeit bei den Vaganten.

»So, wie du ihn beschreibst, ist er gewiss nicht ohne dich fortgegangen.« Ursula lächelte zuversichtlich.

Seufzend flocht Jenna weiter die Weidenäste und beobachtete dabei, wie die Mutter Oberin aus der Vorratskammer trat. Die Nonne hinkte seit Tagen und verzog ständig das Gesicht vor Schmerz. Auch wenn die unbarmherzige Frau ein schwarzes Bein verdient hätte, konnte Jenna dies nicht länger mit ansehen. Sie legte den Korb zur Seite und ging zu ihr. »Euch schmerzt das Bein?«

Die Mutter Oberin kniff die Augen zusammen. »Was geht dich das an?«

»Ich bin Heilerin. Vielleicht kann ich Euch helfen.«

»Heilerin? Pah. Eine Diebin und eine Hure bist du.«

Jenna ging gar nicht erst auf ihre ungerechten Worte ein, sondern sagte stattdessen: »Dennoch kenne ich mich mit der Heilkunst der Hildegard von Bingen aus. Ich könnte mir Euer Bein einmal ansehen.«

Argwöhnisch sah sich die Mutter Oberin um, ehe sie erwiderte: »Gut, dann komm mit in mein Arbeitszimmer.«

Jenna folgte ihr. Als sich die Nonne kurz darauf auf den Stuhl setzte und ihren Habit über das Knie hochzog, sah Jenna sofort den Wulst an ihrem Schienbein. »Seit wann habt Ihr das Geschwür?«

»Schon länger. Manchmal heilt es ein wenig ab. Aber zurzeit ist es sehr groß und schmerzt unerträglich.« Sie sog den Atem durch die geschlossenen Zähne.

»Habt Ihr frischen Beifuß?«, wollte Jenna wissen.

»Nein, so etwas haben wir hier nicht.«

»Auf dem Hof wäre genügend Platz, um einen Kräutergarten anzulegen«, schlug Jenna vor.

»Aber das hilft mir im Moment nicht.«

»Kann Schwester Margarethe denn keinen frischen Beifuß besorgen?«

»Sicher. Ich werde sie gleich auf den Markt schicken.« Die Mutter Oberin verzog gequält das Gesicht.

»Sagt mir Bescheid, wenn sie zurück ist«, bat Jenna, auch wenn sie kein großes Mitleid mit der Oberin hatte.

Sie verließ das Arbeitszimmer und begab sich zurück an ihre Flechtarbeit. Gerade als sie den Korb wieder in die Hand nahm, trat der Büttel ein, der das Haus bewachte. Eine blasse Frau begleitete ihn. Sie trug Röcke aus feinstem Gewebe, die am Saum mit einer Borte aus Brokat abschlossen. Sicher war die Frau keine von ihnen. Außerdem sah sie so traurig aus, als hätte sie gerade einen geliebten Menschen verloren.

»Wo ist die Mutter Oberin?«, bellte der Mann.

Eine der Huren zeigte auf die Tür. »Ich denke, das Ungeheuer ist nebenan in seinem Arbeitszimmer. Bringst du Nachschub?«

»Dir sollte man die Respektlosigkeit aus dem Leib prügeln«, herrschte der Büttel sie an.

Die Hure ging zu ihm. »Das würde dir gefallen, was?«

Murrend ließ der Büttel sie stehen und führte die Frau aus dem großen Raum.

»Wer mag das sein?«, fragte Ursula.

Jenna hob die Schultern. »Gewiss keine Sünderin.«

»Auch der Adel oder die Patrizier können Dreck am Stecken haben«, wiedersprach Ursula.

»Mit Letzterem kennst du dich ja besonders gut aus.« Elsgen

schleuderte ihren Korb durch den Raum. »Ich habe keine Lust mehr, den ganzen Tag Körbe zu flechten, die dann von der Obrigkeit teuer auf dem Markt verkauft werden. Glaubt mir, das ehrwürdige Ungeheuer stopft sich mit unserer Arbeit die Taschen voll, während wir hier hungern müssen.«

»Hast du je daran gezweifelt?«, sagte Jenna, ließ den Korb in ihrer Hand sinken und sah Ursula an. »Was meint sie damit, dass du dich gut mit dem Adel auskennst?«

»Mit Patriziern«, wandte Elsgen ein.

Ursula warf ihr einen bösen Blick zu. »Hurengeheimnis«, zischte sie.

»Wir sind keine Huren mehr.« Elsgen sah auf die schwarzen Ränder ihrer Fingernägel. »Ursula hatte einen Edelfreier, der ihr den Himmel auf Erden versprochen hat. Sie braucht nur ihre Sünden zu büßen, und dann holt er sie als Magd in sein Haus. Dort kann er sie besteigen, ohne auch nur einen Pfennig zu bezahlen. Liebe nennt er das.« Elsgen lachte verächtlich.

In Ursulas Augen glänzten Tränen. »Sei still, Elsgen.«

»Er ist verheiratet, oder?«, fragte Jenna nach.

Elsgen grinste. »Natürlich ist er das. Aber irgendetwas muss er an unserem Urselchen finden. Schließlich ist er der Stifter dieses scheinheiligen Hauses.«

Jenna sah Ursula verblüfft an. »Stimmt das?«

Die Hure nickte und wischte sich mit dem Handrücken über die Nase. »Er ist ein guter Mann.«

Da öffnete sich die Tür, und die Mutter Oberin führte die vornehme Frau in den Raum. »Das hier ist Elisabeth Quattermart«, sagte sie. »Sie wird euch fortan das Handarbeiten lehren. Ihr habt ihr Folge zu leisten, ansonsten werde ich euch bestrafen.«

Ursula schlug sich die Hand vor den Mund und starrte die Frau an. Die Hure war bleich wie Kalkstein.

»Was ist denn?«, flüsterte Jenna.

Ursula schüttelte den Kopf. »Nichts, gar nichts«, sagte sie kaum hörbar.

Jenna sah zu der Frau. Sie wirkte immer noch äußerst unglücklich. Ihre Augen waren rot gerändert und ihre Wangen eingefallen. Sie versank fast in dem grünen Kleid. »Sie scheint über ihre Aufgabe nicht gerade erfreut zu sein«, sagte Jenna zu Ursula.

Die Mutter Oberin sah über die Köpfe der Huren zu ihr herüber. »Still dahinten.« Sie hob den Stock. »Folge habt ihr zu leisten! Ich hoffe, ihr habt mich verstanden.« Sie legte die Hand auf den Rücken der Frau und schob sie ein Stück nach vorn. »Sagt den Sünderinnen, woran Ihr mit ihnen arbeiten wollt.«

Elisabeth Quattermart sah von einer Frau zu der anderen. »Die Mutter Oberin hat mir vorgeschlagen, mit euch zusammen an einem Altartuch für die Kunibertkirche zu arbeiten.« Ihre Stimme war dünn und kaum hörbar.

Elsgen verdrehte die Augen und stöhnte auf. »Ich schätze, wir erhalten auch dafür keinen Lohn.«

»Ist dir Gottes Gunst nicht Lohn genug?«, keifte die Mutter Oberin.

Elsgen schwieg darauf, denn sie hatte in den letzten Tagen allzu oft den Stock zu spüren bekommen.

Elisabeth straffte den Rücken. »Bitte setzt euch an die Tische. Ich möchte mich zunächst ein wenig mit euch unterhalten.«

Während die Mutter Oberin in ihr Arbeitszimmer zurückkehrte, folgte Jenna den anderen Frauen zu den Tischen und ließ sich dort zwischen Elsgen und Ursula nieder.

Elisabeth verschränkte die Hände vor dem Bauch und schritt

um die Tische herum. Auf dem letzten freien Stuhl ließ sie sich nieder. Die Frauen starrten sie an.

Elisabeth räusperte sich. »Mein Gemahl ist der Stifter dieses Hauses. Von daher ist es meine Pflicht, euch auf eurem Weg in ein ehrbares Leben beizustehen. Die Handarbeit zu erlernen wird euch später von Nutzen sein. Ihr seid dann in der Lage, eine Anstellung zu finden.«

Elsgen strich sich das Haar aus der Stirn. »Das ist nicht wahr.«

»Warum nicht?«, sagte Elisabeth.

Ursula bekam einen heftigen Hustenanfall. Jenna klopfte ihr mit der flachen Hand den Rücken, doch sie konnte sich nicht mehr beruhigen. Tränen rannen ihr über das gerötete Gesicht, während der Husten sie schüttelte.

»Sie braucht einen Schluck Wasser!«, rief Jenna.

Unsicher sah Elisabeth zu der Kochstelle. Als sie den Holzeimer am Boden entdeckte, sprang sie auf. Sie nahm einen Becher, beugte sich über den Eimer – und hielt inne. Augenblicklich wurde sie noch blasser, als sie ohnehin schon war. Im nächsten Moment würgte sie und rannte aus dem Raum.

Ursula beruhigte sich allmählich wieder, und Elsgen wischte ihr die Tränen von den Wangen.

»Die da ist die Gemahlin deines Freiers«, sagte sie. »Hast du gewusst, dass dieses scheinheilige Eselsgesicht sie hierherschickt?«

Ursula schüttelte den Kopf. »Nein, davon hat er kein Wort gesagt«, krächzte sie und hustete erneut. Dann holte sie tief Luft. »Aber vielleicht ist sie unsere Rettung. Von ihr wird Hermann erfahren, welche Zustände hier herrschen. Das wird er nicht dulden, glaubt mir.«

Elsgen lachte auf. »Als ob er davon nicht längst wüsste!«

Elisabeth Quattermart kehrte in den Raum zurück. Graue Schatten lagen unter ihren Augen, und auf ihrem Rocksaum zeichneten sich Spritzer von Erbrochenem ab. Sie ließ sich auf dem Stuhl nieder und legte das Gesicht in die Hände.

»Himmel, stellt die sich an.« Missbilligend schüttelte Elsgen den Kopf, dann sah sie wieder zu Ursula und flüsterte: »Wirst du es ihr sagen?«

Empört riss Ursula die Augen auf und antwortete so leise sie konnte: »Bist du von Sinnen? Hermann würde mich vierteilen.«

Jenna verspürte Mitleid mit der Frau, die von ihrem Gemahl betrogen wurde und der sogar die Unverfrorenheit besaß, sie in dieses Haus zu schicken. Dass Elisabeth nicht freiwillig hier war, konnte Jenna in ihren Augen lesen. Sie erhob sich und ging zu der Frau. »Habt Ihr schon lange mit der Übelkeit zu kämpfen?«

Elisabeth nahm die Hände vom Gesicht und sah auf. »Es war das Wasser, vor dem ich mich geekelt habe. Es stinkt erbärmlich.«

»Dann seid Ihr ziemlich empfindlich. Wir bekommen hier nichts anderes zu trinken. Euch jedoch wird die Mutter Oberin gewiss etwas Wein anbieten.«

»Ich kann das hier nicht ...« Der Blick der Frau war ein einziger Hilfeschrei.

»Dann geht wieder nach Hause.« Jenna sah zu Ursula, die sie anstarrte.

»Das ist nicht möglich. Ich habe hier eine Aufgabe zu erfüllen«, sagte Elisabeth leise.

»Weshalb? Müsst Ihr auch Eure Sünden büßen?«

Die Wangen der Frau röteten sich. »Nein, gewiss nicht.« Sie legte die Hand auf ihren Bauch.

»Seid Ihr in guter Hoffnung?«, fragte Jenna.

Elisabeth kniff die Augen zusammen. »Was redest du da?«

»Ihr habt diesen besonderen Glanz in den Augen. Dazu ist es Euch übel, und Ihr seid ziemlich blass.«

»Ich hab dir doch gesagt, diese stinkende Brühe war schuld.«

»Dann versucht es halt mit Kümmel.« Jenna wandte sich ab und ging zurück zu den anderen.

• • •

Hermann durchmaß die Schlafkammer mit langen Schritten. Am Fenster blieb er stehen, blickte hinaus und schritt abermals von der einen Wand zu der anderen. Wie ihm Herr Euskirchen versichert hatte, war Elisabeth am frühen Nachmittag in das Büßerinnenhaus gegangen. Der Blick des Lehrers war ihm nicht gerade freundlich gewesen, das hatte Hermann sofort bemerkt. Wahrscheinlich hatte Elisabeth dem Mann die Ohren vollgejammert. Das traute er seinem Weib durchaus zu. Er dachte an Ursula. Was mochte sie dazu sagen, dass er Elisabeth in das Haus geschickt hatte? Es müsste seiner geliebten Ursula doch klar sein, dass er dies nur getan hatte, um zu erfahren, wie es ihr ging. Sie war ein kluges Mädchen. Als er Ursula vor seinem inneren Auge sah, seufzte Hermann vor Sehnsucht laut auf. Allzu lange durfte sie ihre Sünden nicht büßen müssen, sonst würde er vor lauter Verlangen noch den Verstand verlieren.

Abermals sah er aus dem Fenster und entdeckte, dass Elisabeth gerade auf das Haus zuschritt. Sie ging so gebeugt, als würde wahrhaftig eine Krankheit in ihr schlummern. Sicher ahnte sie, dass er aus dem Fenster sah, und spielte ihm die Leidende vor. Hermann verließ die Schlafkammer, eilte die Stiege hinab und riss die Tür auf.

Elisabeths Augen weiteten sich, und sie legte die Hand auf ihre Brust. »Musst du mich so erschrecken?«

Hermann zog sie an sich und roch an ihrer Haube, an ihrem Umhang, weil er hoffte, Ursulas lieblichen Duft zu entdecken. Doch Elisabeth verströmte nur den Gestank von Erbrochenem. Angewidert ließ er von ihr ab.

Elisabeth sah ihn finster an. »Was schnüffelst du an mir, als wärest du ein räudiger Hund?«

Er ging auf ihre Frage nicht ein. »Wie war es in dem Haus?«, fragte er stattdessen.

»Grauenhaft.« Elisabeth schob sich an ihm vorbei in die Eingangshalle und zog den Umhang aus. »Ich habe mich übergeben müssen.«

Hermann folgte ihr und nahm ihr den Umhang aus den Händen. »Übergeben? Aber warum denn?«

»Hast du immer noch nicht begriffen, dass ich seit Tagen krank bin?«

Hermann dachte an den Morgen – eine widerwärtige Posse war das gewesen, mehr nicht. Doch er durfte sie nicht verärgern. Nicht, bevor sie ihm erzählt hatte, wie es den Frauen in dem Haus ging. Es war eine Schande, dass er dort keinen Zutritt hatte, obwohl er der Stifter war. Aber Mutter Katharina hatte ihm unmissverständlich klargemacht, dass sie jegliche Gedanken der Sünde unterbinden wollte. So ganz hatte Hermann das nicht verstanden und er ärgerte sich über ihre Worte. Glaubte die Mutter Oberin etwa, ihn überkämen sündige Gedanken, wenn er eine Hure ansah? Die hatte wohl eher der Büttel, der das Haus betreten durfte, um für die Sicherheit der Nonnen zu sorgen.

Elisabeth stieg die Treppen hinauf. Hermann folgte ihr in das

Studierzimmer, wo sie Herrn Euskirchen einen schönen Tag wünschte und ihrem Sohn einen Kuss auf das Haar drückte.

»Du solltest die beiden nicht stören«, sagte Hermann.

»Ich werde ja wohl nach meinem Kind sehen dürfen«, blaffte Elisabeth ihn an und verließ das Zimmer.

Hermann folgte ihr in die Schlafkammer. »Wie geht es den Frauen in dem Haus? Sind sie auf einem guten Weg?«

Elisabeth zog die Schuhe aus und setzte sich auf die Bettkante. »Willst du wirklich die Wahrheit wissen?«

Hermann verspürte kurz einen Krampf in der Brust. »Es geht ihnen doch gut, oder?«

»Nein. Sie werden dort wie Leibeigene gehalten. Bekommen kaum etwas zu essen und müssen verfaultes Wasser trinken.«

Hermann glaubte, sich verhört zu haben. »Wie bitte? Du scherzt doch, nehme ich an?«

»Sehe ich aus, als wäre ich zum Scherzen aufgelegt?« Elisabeth kniff die Augen zusammen. »Und nun lass mich allein. Ich würde gern ruhen.«

Ihr abweisendes Verhalten machte Hermann wütend. Er trat auf sie zu und sah ihr fest in die Augen. »Wenn ich dich etwas frage, hast du Rede und Antwort zu stehen!« Dann holte er aus und schlug ihr mit der flachen Hand ins Gesicht.

Elisabeth riss die Augen auf und schnappte nach Luft, ehe sie wimmernd in sich zusammensank.

Hermann wandte sich von ihr ab. Er ging zu der Tür, nahm Barett und Mantel vom Haken und zog sich an. Er musste unbedingt selbst nach dem Rechten sehen.

Kurz darauf eilte er über den Eigelstein zum Büßerinnenhaus und stellte sich dem Büttel entgegen. »Lass mich ein.«

Der Büttel blaffte ihn an: »Die Herrschaften haben keinen Zutritt.«

Hermann fasste ihn am Kragen. »Du sollst mich einlassen! Ich bin der Stifter dieses Hauses.«

Augenblicklich hielt der Büttel ihm die Lanze unter die Nase. »Ihr könnt von mir aus der Erzengel Gabriel sein. Hier kommt kein Mann rein. Anordnung der ehrwürdigen Mutter.«

Gegen die Lanze des Büttels kam Hermann nicht an, auch wenn ihm seine Wut bereits Hörner zu verleihen schien. »Dann geh und hol sie! Es ist wichtig.«

»Ihr wartet hier.« Der Büttel schloss das Tor auf, ging hindurch und verriegelte es wieder von innen.

Hermann rüttelte daran, aber es war fest verschlossen. Er sah an der mannshohen Mauer hinauf und überlegte, hinüberzuklettern. Doch als er die Hände hob und versuchte, sich an der Mauer hochzuziehen, hörte er auf der anderen Seite einen Hund bellen. Hermann löste die Hände rasch wieder von der Mauerkante und klopfte sich den Staub von der Hose. Das Haus war strenger bewacht als ein Kerker. Dabei hätte er alles dafür gegeben, in Ursulas Augen zu sehen. Er musste sich vergewissern, ob es ihr gut ging.

Schritte näherten sich, dann wurde von innen der Riegel aufgeschoben. Der Büttel öffnete das Tor, und die Mutter Oberin trat auf die Gasse.

»Herr Quattermart, was für eine Ehre. Ihr wünscht mich zu sprechen?« Sie lächelte fromm.

»In der Tat. Meine Gemahlin sprach von unhaltbaren Zuständen in dem Haus.«

»Die da wären?« Die Mutter Oberin lächelte auch weiterhin und stützte sich auf den Stock in ihrer Hand.

»Die Frauen bekommen kaum etwas zu essen und nur faules Wasser zu trinken, sagt sie. Dazu müssen sie wie Leibeigene schuften.«

»Aber Herr Quattermart! Bisher erfreuen sich die Frauen bester Gesundheit.« Sie lehnte den Stock an ihr Bein und faltete die Hände vor der Brust. »Buße zu tun heißt schließlich nicht, sich der Völlerei hinzugeben. Die Seele zu reinigen bedeutet Entbehrungen. Das wisst Ihr doch.«

Hermann gab sich mit ihrer Antwort nicht zufrieden. Die Sorge um Ursula war übermächtig. »Aber wenn die Frauen verunreinigtes Wasser trinken müssen, werden sie krank.«

»Verunreinigtes Wasser? Was denkt Ihr? Wir haben im Hof einen Brunnen, der nur frisches Wasser hergibt. Seht mich an, sehe ich aus, als würde ich unter der Ruhr leiden?«

»Nein, bis auf den Stock seht Ihr gesund aus. Aber lasst mich ein, damit ich mich selbst davon überzeugen kann, dass es den Frauen ebenfalls gut geht.« Ursula war ihm so nah, dass er fast die Hand nach ihr ausstrecken konnte.

»Das geht nicht. Die Frauen leben in einer Klausur. Ihr würdet all meine Arbeit zunichtemachen, wenn Ihr hineingeht.«

»Ich hege gewiss keine sündigen Gedanken, wenn ich einer Hure entgegentrete. Was denkt Ihr von mir?«, blaffte Hermann sie an.

»Ihr vielleicht nicht. Aber die Huren könnten versuchen, Euch zu verführen. Ihr wisst, wie viel Verderbnis sie in ihrer Seele beherbergen. Bis sie davon gereinigt sind, ist es noch ein langer und beschwerlicher Weg. Ihr wollt ihn doch sicherlich nicht noch steiniger machen, oder?«

Wenn Hermann einen Stein in der Hand gehabt hätte, hätte er ihn in diesem Augenblick der Mutter Oberin an den Kopf geschlagen! Er versuchte, die Beherrschung wiederzuerlangen, und zählte stumm bis fünf. Dann atmete er tief ein. »Den Frauen geht es also gut?«

Mutter Katharina nickte bedächtig. »Das sagte ich doch schon.«

»Und wenn eine von ihnen erkrankt? Was geschieht dann?« Hermann wollte sich nicht ausmalen, dass seine Ursula an der Ruhr sterben könnte. Er würde dieses Haus abfackeln, dessen war er sich sicher.

»Wir haben eine Heilerin unter den Frauen. Sie wird sich dann kümmern.«

»Stehen ihr alle nötigen Mittel dazu zur Verfügung?« Hermanns Gemüt wollte sich nicht beruhigen.

»Selbstverständlich. Wir werden sogar einen Kräutergarten anlegen.«

»Sehr gut. Fangt noch heute damit an, Mutter Oberin.« Hermann musste sich eingestehen, dass er für den Moment hier nicht weiterkam. Also wünschte er der Oberin einen guten Tag und ging zurück zu seinem Haus.

18

Noch bevor die Vögel mit ihrem Gesang den neuen Tag begrüßten, rüttelte Schwester Margarethe an Jennas Schultern. Verschlafen rieb diese sich die Müdigkeit aus den Augen.

Die Nonne hielt ein Öllicht in der Hand und sah auf sie herab. »Du musst kommen, die Mutter Oberin hat arge Schmerzen.«

Jenna richtete sich auf. Am Abend zuvor hatte sie Mutter Katharina noch einmal nach dem Beifuß gefragt, doch diese hatte nur gesagt, dass Schwester Margarethe keinen bekommen habe. »Habt ihr Mohnsaft im Haus?«, wollte sie von der jungen Nonne wissen.

»Das ist mir nicht bekannt.« Schwester Margarethe huschte aus der Schlafkammer.

Jenna schwang die Beine aus dem Bett und folgte ihr in die Kammer der Oberin.

Der Hund lag neben dem Bett der ehrwürdigen Mutter und knurrte, als Jenna näher an das Bett trat.

Mutter Katharina ächzte. »Aus, Reginald.«

»Schwester Margarethe sagt, Ihr habt arge Schmerzen.«

»Es schmerzt und klopft wie verrückt.«

Jenna schlug die Bettdecke zurück, schob den Saum des Nachtgewands hoch und leuchtete mit dem Öllicht. Das purpurfarbene Geschwür hatte sich auf das Doppelte vergrößert und war prall mit Eiter gefüllt. »Ich werde es öffnen müssen. Habt Ihr Mohnsaft im Haus?«

Die Mutter Oberin schüttelte den Kopf. »Nein.«

»Wir sollten wirklich unbedingt einen Vorrat an Arzneien und Kräutern anlegen.« Jenna sah Schwester Margarethe an. »Bring mir ein scharfes Messer und ein Tuch.«

Die junge Nonne schaute zu der Mutter Oberin. »Soll ich das wirklich tun?«

»Geh schon. Schlimmer können die Schmerzen nicht werden.«

»Ich muss es aufschneiden, damit Euch der Eiter nicht das Blut vergiftet.« Jenna hoffte nur, dass dies noch nicht geschehen war.

Schwester Margarethe eilte aus der Schlafkammer. Kurz darauf kam sie mit einem Messer zurück und reichte es Jenna. Dann drückte sie der Mutter Oberin ein Tuch in die Hand. »Hier, steckt es Euch in den Mund.«

Der Griff des Messers fühlte sich in Jennas Hand kalt an. In diesem Augenblick wurde ihr bewusst, welche Macht sie gerade besaß. Der Gedanke an Flucht schlich sich in ihren Kopf. Doch dann hörte sie den Hund neben sich hecheln. Er würde ihr an die Kehle springen, wenn sie aus dem Zimmer lief. Und wenn nicht, musste sie immer noch den Büttel überwältigen, der vor dem Tor postiert war. Aber vielleicht schlief dieser ja auch.

Sie sah die Mutter Oberin an. »Es ist nur ein kleiner Schnitt, und es wird rasch vorbei sein. Nur, was ist mit dem Hund? Wird er mich anfallen, wenn ich Euch wehtue?«

Die Mutter Oberin sah zu Schwester Margarethe. »Geh mit ihm vor die Tür.«

Die junge Nonne nahm die Kette von dem Haken an der Wand und führte das Ungetüm aus der Schlafkammer.

Jennas Hoffnung auf Flucht schwand. Vor der Tür würde der Hund sie sofort packen, und die junge Nonne würde ihn gewiss nicht halten können.

Jenna stellte das Öllicht neben das Bein der Kranken und hielt das Messer über die Flamme. Dann setzte sie die Klinge auf das Geschwür und ritzte es auf. Die Mutter Oberin brüllte vor Schmerz. Vor der Tür begann der Hund zu kläffen und an der Tür zu kratzen. Eiter und Blut quollen aus dem Geschwür, und in der Kammer breitete sich der Gestank der Fäulnis aus. Jenna nahm der Mutter Oberin das Tuch aus der Hand und wischte den Eiter ab. »Es ist vorbei. Gleich wird der Schmerz nachlassen.«

Mutter Katharina schluchzte. »Dein Wort in Gottes Ohr. Ich gehe noch an dem Schmerz zugrunde.« Sie kniff die Augen zusammen und biss sich auf den Fingerknöchel.

Jenna dachte an die Frauen hier im Haus, die Hunger litten und den Stock zu spüren bekamen, wenn sie nicht gehorchten. Nein, sie verspürte kein Mitleid mit der Mutter Oberin. »Wie gesagt, wir sollten unbedingt Mohnsaft im Haus haben«, sagte sie kühl. Sie hatte ihre Pflicht getan. Ob Schwester Margarethe nun den Beifuß oder gar Mohnsaft besorgte oder nicht, sollte ihr gleich sein.

»Ja, ich werde dafür sorgen«, jammerte Mutter Katharina.

Den nächsten Tag verbrachte die Mutter Oberin im Bett, und so wachte Schwester Margarethe über die Frauen. Die junge Nonne war mit ihrer zierlichen Gestalt nicht sonderlich furchteinflößend, wohl aber das Viech, das sie an der Kette hielt.

Am Morgen darauf gab es eine dünne Brotsuppe, was bedeutete, dass lediglich ein paar Krumen im grünlichen Wasser schwammen. Aber wenigstens hatten sie es abgekocht. Vor den Fenstern graute der Morgen, und die Frauen löffelten still die Brühe. Bis auf die stumme Mergh, die nur in ihre Schale stierte. Ihr Gesicht war leichenblass.

»Was ist mit dir?«, fragte Jenna.

Die Hure schüttelte den Kopf. Tränen rannen über ihre Wangen. Dann zeigte sie auf ihren Bauch.

»Bekommst du ein Kind?« Jenna nahm ihre Hand.

Die stumme Mergh nickte mit einem verzweifelten Gesichtsausdruck.

Elsgen stöhnte auf. »Ach herrje. Wenn man genau hinschaut, kann man es schon erkennen. Ich schätze, es ist zu spät, um es wegzumachen.«

»Allerdings«, sagte Jenna. »Mergh würde dabei gewiss sterben.«

Ursula legte den Löffel in die Schale und sah sie nachdenklich an. »Ein Kind ist ein Geschenk Gottes. Keine Frau sollte ein Ungeborenes töten.«

»Und was soll sie dann mit dem Balg anstellen?« Elsgen schüttelte den Kopf. »Es wird ihr doch an der Brust verhungern.«

»Es gibt immer einen Ausweg«, sagte Ursula.

»Ja, sicher. Der Herr hat es gegeben, und der Herr wird es wieder nehmen. Amen.« Elsgen verzog die Lippen zu einem Strich. Dann sah sie zu Jenna. »Glaubst du wirklich, es ist zu spät?«

Ganz genau wusste Jenna es nicht. Sie hatte nie ein Kind empfangen und kannte keine Frau, die eine Frucht abgetrieben hatte. Aber ihr Verstand sagte ihr, dass es gewiss gefährlich war, wenn sich der Bauch bereits rundete. Sie betrachtete die leichte Wölbung. »Ich denke, damit habt ihr mehr Erfahrung als ich.«

»Bei mir ist es schon etwas länger her«, bemerkte Elsgen. »Aber ich hab es auch sofort wegmachen lassen, nachdem meine Monatsblutung ausgeblieben ist.« Sie sah zu Mergh. »Ach Kleine, warum hast du denn so lange gewartet?«

Mergh zuckte mit den Schultern.

»Vielleicht will sie es ja gar nicht wegmachen.« Ursula strich ihr über das Haar.

Mergh riss die Augen auf und schüttelte heftig den Kopf. Dann machte sie eine wegwerfende Handbewegung.

Elsgen warf Ursula einen bösen Blick zu. »Glaubst du, sie ist dumm?«

»Nein, aber ein Kind zu verlieren, tut sehr weh.« Ursula knetete unruhig ihre Hände.

Jenna glaubte zu ahnen, was geschehen war. »Du hast ein Kind verloren?«

»Ich war damals von unserem Knecht schwanger. Als mein Vater davon erfuhr, hat er mich vom Hof gejagt.« Ursula schluchzte. »Dennoch wäre es mir nie in den Sinn gekommen, es wegzumachen. Ich habe Leopold so sehr geliebt, und das Kind war das Einzige, was mir von ihm geblieben ist.«

»Wie ist es passiert?«, fragte Jenna.

»Ein Freier hat mich ziemlich grob genommen. Danach überfielen mich Krämpfe, und Blut lief aus mir hinaus. Darin war ein kleiner Klumpen, der wohl mein Kind gewesen sein musste.« Ursula schluckte. Eine Träne lief ihr über die Wange, die sie rasch fortwischte. »Aber das ist lange her.«

Jenna wusste, dass Ursula jünger war als sie selbst. Die Hure musste damals also ein ganz junges Mädchen gewesen sein. Sicher hatte sie nicht gewusst, was der Knecht mit ihr trieb. Jenna legte den Arm um ihre Schultern und drückte sie an sich. »Es war gewiss Gottes Wille.«

Ursula sagte darauf nichts.

»Wer weiß, wofür es gut war, Urselchen«, bestätigte auch Elsgen. »Du warst damals noch eine Winkeldirne und hattest kein Zimmer. Im Winter wäre das Würmchen erbärmlich erfroren. Oder glaubst du, irgendein Wirt hätte dich mit dem Kind aufgenommen?« Sie sah zu Mergh, die vor sich hin starrte. »Auch sie wird kein Wirt aufnehmen, wenn wir wieder draußen sind.«

Jenna sah auf, als die stumme Mergh aus dem Arbeitszimmer der Mutter Oberin zu ihnen zurückkam. Die Nonne hatte sie zu sich rufen lassen. Sicher war auch ihr der gerundete Bauch der Hure aufgefallen.

Jenna erhob sich vom Tisch und ging zu Mergh. »Hat sie deine Schwangerschaft bemerkt?«

Mergh nickte.

»Was hat sie gesagt? Musst du das Haus verlassen?«

Die Lippen fest aufeinandergepresst, schüttelte Mergh den Kopf und öffnete die Hand. Sie hielt darin einen kleinen Tiegel und sah Jenna fragend an.

»Egal, was das ist, du darfst das auf keinen Fall nehmen.« Jenna legte die Hände auf Merghs Schultern. »Hast du mich verstanden?«

Die Hure wandte den Blick ab und biss sich auf die Lippe.

»Gib es mir«, raunte Jenna.

Mergh ließ den Tiegel fallen, wand sich aus Jennas Griff und lief davon.

Jenna öffnete das kleine Gefäß und stellte fest, dass es leer war. In diesem Augenblick kam die Mutter Oberin in den Raum.

Jenna lief zu ihr hin. »Was habt Ihr Mergh gegeben?«

»Ein Mittel, das ihr helfen wird«, sagte die Mutter Oberin. Ihre Stimme war kalt und teilnahmslos.

»Was für ein Mittel?« Jennas Magen krampfte sich zusammen.

Mutter Katharina hob stumm die Schultern. »Was interessiert es dich?«

»War es ein Gift? Kann sie daran sterben?«

»Dann hat Gott es so gewollt.« Die Mutter Oberin schob Jenna zur Seite und ließ sie stehen. Wie es schien, heilte das Geschwür an ihrem Bein gut ab, denn sie hinkte kaum noch.

Jenna wandte sich um und eilte die Stiegen hinauf in den Schlafraum. Dort lag Mergh auf ihrem Lager und starrte gegen die Deckenbalken. Sie war so bleich, als sei ihr sämtliches Blut aus dem Gesicht gewichen.

Jenna setzte sich zu ihr. »Du musst dich erbrechen. Hörst du?« Sie rüttelte an Merghs Schultern. Doch diese starrte weiterhin nur gegen die Decke.

»Was ist mit ihr?« Elsgen war hinter Jenna getreten.

»Die Oberin hat ihr ein Mittel gegeben. Ich weiß nicht, ob es Gift war! Mergh muss sich unbedingt erbrechen.« Die Angst schnürte Jenna den Hals zu.

Elsgen verzog das Gesicht und kratzte sich am Kinn. »Ein Mittel zur Abtreibung? Du meinst, das ehrwürdige Biest hilft Mergh, das Kind loszuwerden?« Sie blies die Wangen auf.

»Sie kann daran sterben!« Jenna versuchte, die Finger in Merghs Mund zu stecken. Die Hure wand sich, presste die Lippen aufeinander und schlug nach Jenna. »Du musst sie festhalten!« Verzweifelt sah Jenna zu Elsgen.

»Siehst du nicht, dass sie nicht will? Die Mutter Oberin hat ihr gewiss nicht allzu viel davon gegeben. Lass einfach den Dingen ihren Lauf.«

Doch Jenna hörte nicht auf Elsgens Worte und versuchte weiterhin, Merghs Lippen zu öffnen. Plötzlich krümmte sich die junge Frau zusammen und gab einen erstickten Laut von sich. Jenna nahm sie in den Arm und hielt sie fest.

Elsgen riss die Augen auf. »Was ist mit ihr?«

Jenna spürte, wie sie selbst am ganzen Leib zitterte. »Das Gift wirkt. Verdammt, ich weiß nicht, wann genau sie es eingenommen hat!«

Abermals krampfte Mergh. Der krächzende Laut, den sie dabei von sich gab, fuhr Jenna durch Mark und Bein. Dann erschlaffte sie in Jennas Armen. Ihr Atem ging schwer, und sie hielt die Augen geschlossen. Die Hure hatte das Bewusstsein verloren. Als Jenna nach unten sah, entdeckte sie den Blutfleck, der sich auf Merghs Röcken ausbreitete. Behutsam legte Jenna die Hure auf das Lager zurück, hob die Röcke an und drückte ihr das zerknüllte Laken zwischen die Beine.

»Wird sie sterben?«, fragte Elsgen mit dünner Stimme.

Verzweifelt sah Jenna sie an. »Ich weiß es nicht.«

Mergh bäumte sich in einem Krampf auf, blieb jedoch weiterhin ohne Bewusstsein. Schier verrückt vor Angst, hielt Jenna die Hand der Hure. Die Finger fühlten sich eiskalt an, als hätte Mergh bereits der Tod ereilt. Doch ihre Brust hob und senkte sich. Jenna untersuchte das Laken. Die Blutung hatte nachgelassen.

Angestrengt dachte Jenna nach. Wie konnte sie nur das Gift aus Merghs Leib ausführen? Bachbunge, Wermut und Ingwer fielen ihr ein. Daraus vermochte sie ein Mittel zu brühen, das abführend wirkte. Sie sprang auf und eilte aus der Schlafkammer. Ohne an die Tür zu klopfen, stürmte Jenna in das Arbeitszimmer der Mutter Oberin.

Diese saß an dem kleinen Tisch unter dem Fenster und nagte an einem Hühnerschlegel. Zu ihren Füßen lag der Hund an der Kette und knurrte. »Was fällt dir ein?«, raunte die Oberin.

»Ich brauche Ingwer, Wermut und noch andere Kräuter. Ihr müsst Schwester Margarethe losschicken, damit sie alles besorgt!« Jenna schnappte nach Luft.

»Bist du von Sinnen? Scher dich sofort aus meinem Zimmer, sonst hetze ich den Hund auf dich!«

»Mergh stirbt! Und das durch Eure Hand, Ihr habt ihr Gift gegeben!«, schrie Jenna.

Die Kette rasselte. Jenna sah zu dem Hund, der aufgesprungen war. Er fletschte die Zähne und knurrte sie an.

»Habe ich nicht. Und nun zum letzten Mal: Verschwinde, sonst lass ich den Hund los!«, raunte die Mutter Oberin.

Der Hund begann wild zu bellen. Jenna sah seine spitzen Reißzähne und wich zurück.

»Hinaus mit dir!«, brüllte die Mutter Oberin gegen das Gebell an.

Rückwärts taumelte Jenna aus dem Arbeitszimmer und warf die Tür ins Schloss. Um ihre Wut zu bezähmen, setzte sie sich in dem kleinen Flur auf einen Hocker und atmete tief in den Bauch und langsam wieder aus. Im nächsten Augenblick ging die Eingangstür auf, und Elisabeth trat ein. Sie trug ein smaragdblaues Überkleid und sah auch heute aus, als hätte sie gerade jemanden zu Grabe getragen.

Jenna kam ein Gedanke, und sie sprang auf. »Frau Quattermart, etwas Furchtbares ist geschehen! Nur Ihr könnt uns noch helfen.«

Elisabeth sah sie erschrocken an. »Was denn?«

»Ihr müsst mir Heilpflanzen besorgen.«

»Aber warum?«

»Eine der Huren hat eine Vergiftung. Wir brauchen Kräuter, die das Gift abführen.«

»Eine Vergiftung? Woher denn, um Himmels willen?«

»Sie trägt, besser gesagt, sie trug ein Kind.«

Elisabeth wurde noch blasser, als sie ohnehin schon war. »Wer hat ihr das Gift gegeben?«

»Die Mutter Oberin. Und gewiss viel zu viel davon.« Jenna zog an Elisabeths Ärmel. »Nur Ihr könnt uns helfen. Ihr müsst mir Ingwer, Flohsamen, Wermut und Bachbunge besorgen.«

»Aber wenn die Mutter Oberin davon erfährt?«

»Ihr seid hier keine Gefangene, anders als wir. Ihr könnt kommen und gehen, wann Ihr wollt. Was soll sie Euch schon anhaben können?« Jenna sah sie flehend an. »Bitte, Mergh geht es furchtbar schlecht. Ich habe solche Angst, dass sie stirbt.«

Elisabeth nickte. Auch in ihren Augen stand die Angst geschrieben. »Ist gut, ich gehe auf den Markt und versuche, alles zu bekommen.«

Jenna überfielen Zweifel. Das dauerte alles viel zu lange. Außerdem würde die Mutter Oberin mitbekommen, wenn sie einen Heiltrank für Mergh zubereitete. »Geht bitte zu einem Apotheker und bittet ihn um ein Mittel gegen Verstopfung, oder besser noch eines gegen Vergiftung.«

»Ich werde schon etwas bekommen.« Elisabeth griff nach der Klinke und eilte aus dem Haus.

Jenna hoffte nur, dass es nicht zu spät war. Sie stieg die Treppe hinauf und ging in den Schlafsaal.

Elsgen saß weiterhin neben Mergh und wachte über sie. »Wo warst du?«

»Ist sie noch ohne Bewusstsein?«, fragte Jenna.

»Nein, sie schläft nur. Eben war sie kurz wach.«

»Ich habe Frau Quattermart um Hilfe gebeten.«

Elsgen strich über Merghs Hand. »Wird sie eine Arznei besorgen?«

Jenna nickte. »Ja, sie geht zu einem Apotheker.«

»Und das ehrwürdige Biest?«

»Hat davon nichts mitbekommen.« Jenna trat zu dem kleinen Fenster und sah hinaus. Ursula und zwei andere Frauen hackten im Hof Holz.

Die Zeit zog sich zäh wie Baumharz. Dann waren plötzlich Schritte auf der Stiege zu hören, und als Jenna die Tür aufriss, sah sie die Mutter Oberin vor sich.

Die Nonne schnaufte. »Hier seid ihr also. Was erlaubt ihr euch, den helllichten Tag in der Schlafkammer zu verbringen?«

Jenna kniff die Augen zusammen. »Mergh braucht uns.«

»Ach ja? Tut sie das?« Spöttisch verzog die Mutter Oberin den Mund. »Wenn ihr in drei Herzschlägen nicht unten seid, hetze ich euch den Hund auf den Hals.« Sie wandte sich ab und stieg ächzend die Treppe wieder hinunter.

»Ich weiß nicht, wie lange ich das noch ertrage.« Elsgen presste die Lippen aufeinander.

»Ich denke, so lange, bis sie uns wieder herauslassen.«

Die Hure schüttelte den Kopf. »Eher, bis ich dem ehrwürdigen Biest den Hals umgedreht habe. Und das, schwöre ich dir, wird nicht mehr lange dauern.«

»Ich helfe dir gern dabei.« Jenna seufzte. »Aber erst müssen wir sehen, dass Mergh wieder auf die Beine kommt.«

»Das dünne Ding ist zäh wie getrocknetes Ziegenfleisch, glaube mir.« Elsgen strich Mergh über die Wange.

Mergh riss die Augen auf und krampfte erneut. Jenna nahm sie in den Arm und wiegte sie wie ein Kind an ihrer Brust. Doch außer beschwichtigende Worte zu flüstern konnte sie nichts tun. Wo blieb bloß Elisabeth? Müsste sie nicht längst zurück sein?

19

Ununterbrochen musste Elisabeth an Mergh denken. Dank der Arznei des Apothekers und Jennas raschem Eingreifen am gestrigen Tag hatte sie die Vergiftung wohl überstanden. Elisabeth schloss die Tür zu ihrem Haus auf und sah die Treppe hinauf. Kurz lauschte sie, ob Stimmen zu hören waren. Als sie nur Stille wahrnahm, entledigte sie sich ihres Umhangs und stieg hinauf ins obere Stockwerk. Mittlerweile war sie sicher, dass auch sie ein Kind erwartete – Jakobs Kind. Als Elisabeth den Korb mit den Einkäufen auf den Tisch stellte, hörte sie Schritte vor der Tür zur Küche.

Jakob steckte den Kopf durch den Türspalt. »Du bist wieder da, wie schön.« Er lächelte.

Für einen Augenblick vergaß Elisabeth ihren Kummer und lächelte ebenfalls. »Ist Hermann nicht hier?«

»Nein, er ist vor gut einer Stunde aus dem Haus gegangen.« Jakob trat in die Kochstube.

Als würde ein Band sie zu ihm ziehen, eilte Elisabeth zu Jakob, schlang die Arme um ihn und schmiegte die Wange an seine Brust. Nur einen Herzschlag lang, dann ließ sie ihn los und trat einen Schritt zurück.

»Keine Sorge, Steffan ist beschäftigt, er hat dich gar nicht kommen hören.« Jakob schloss die Tür hinter sich und nahm sie in den Arm.

Seine Lippen waren warm und schmeckten nach Anis. Elisabeth wäre am liebsten in ihn hineingekrochen.

»Ich werde verrückt, wenn ich dich nicht bald wieder lieben kann«, flüsterte er in ihr Ohr.

Ein Feuer loderte durch ihren Leib. Auch sie sehnte sich so sehr danach, ihn zu spüren, dass es beinahe schon schmerzte. Dann dachte sie an die Folgen ihrer Liebschaft und presste sich verzweifelt an ihn.

Jakob sah sie an. »Du zitterst ja.« Sorge umwölkte seinen Blick. »Fühlst du dich immer noch unwohl?«

Elisabeth rang mit sich. Sollte sie es ihm sagen? Doch was war dann? Er konnte ihr ja sowieso nicht helfen. »Ein wenig noch. Aber das geht vorbei.«

»Ich glaube dir das nicht.« Jakob blickte ihr tief in die Augen. »Dich bedrückt etwas.«

Elisabeth wandte den Blick ab. »Ja, mich bedrückt die Arbeit in dem Büßerinnenhaus, und es bedrückt mich, dir nicht mehr so nahe sein zu können.« Sie hoffte, er würde sagen, dass er sie und Steffan an einen Ort bringen wollte, wo sie niemand fand und wo sie mit ihm zusammen leben konnte. Mit ihm, Steffan und dem Kind, das in ihr heranwuchs.

»Das bedrückt mich auch, glaube mir.« Er seufzte. Dann küsste er sie auf die Wange und ließ sie los.

Kälte erfasste Elisabeth, und sie schlang die Arme um ihren Leib, um sie abzuwehren. Es konnte sein, dass Jakob genau wie sie dachte, wenn er von dem Kind erfuhr. Vielleicht würde er sie woanders hinbringen. Vielleicht würde er aber auch das Weite suchen. Elisabeths Mut sank.

»Ich gehe zurück zu Steffan, bevor der Junge uns noch hier stehen sieht.« Jakob verließ die Küche.

Unwillkürlich streckte Elisabeth die Hand aus, als könnte sie ihn allein durch die Kraft ihrer Gedanken zurückholen. Auch, wenn Jakob ihr so vertraut war, als würden sie ewig einander kennen, wusste sie nach wie vor nichts über ihn.

Kraftlos ließ sie sich auf der Bank nieder und starrte die kalte Kochstelle an. Der Duft der Äpfel in dem Korb stieg ihr in die Nase. Angewidert schob Elisabeth ihn zur Seite. Mittlerweile war ihr sogar entfallen, was für ein Mahl sie heute zubereiten wollte. Sie dachte an Mergh und strich sich mit der Hand über den Bauch. Und wenn sie sich auch dieses Mittel besorgen würde? Aber wie viel durfte sie überhaupt davon nehmen? Die Gedanken schossen wie verirrte Pfeile durch ihren Kopf. Um überhaupt an das Mittel zu gelangen, musste sie sich der ehrwürdigen Mutter anvertrauen. Nein, das war undenkbar. Gewiss würde die Ordensfrau Hermann davon erzählen. Und Jenna? Vielleicht half die ihr ja. Aber Jenna war eine Heilerin und keine Hebamme. Wusste sie überhaupt, wie eine Frucht abgetrieben wurde?

Elisabeth schmerzte der Kopf. Sie stand auf und räumte den Korb aus. Einen Krug Bier, ein Brot, Äpfel und einen Kohlkopf hatte sie auf dem Markt erstanden. Sie dachte an das Fass mit den Salzheringen, das sie in dem Gewölbe unten aufbewahrte. Hermann hasste Fisch. Und gerade deswegen würde er diesen heute vorgesetzt bekommen.

Elisabeth begab sich in das Lager, kniete sich vor die Holzklappe, die im Boden eingelassen war, und zog sie an dem Eisenring auf. Augenblicklich schlug ihr ein Gestank entgegen, als verwese dort unten ein ganzes Fangnetz voller Fische. Rasch schlug sie die Klappe wieder zu.

• • •

»Wir müssen es einfach hinbekommen.« Elsgen hatte die Stimme gesenkt. Eindringlich sah sie Jenna an. »Ich halte es hier nicht mehr aus.«

»Wir sollten Frau Quattermart ins Vertrauen ziehen. Anders ist eine Flucht kaum zu bewältigen.« Jenna ließ die Axt in der Hand sinken. Ihre Schulter schmerzte.

»Vielleicht kann sie uns Gift besorgen. Damit könnten wir dann den Köter ausschalten.«

»Und wenn sie ihrem Gemahl davon erzählt?« Jenna wusste nicht so recht, ob sie der Frau wirklich vertrauen konnten. Sie wirkte so unsicher.

In diesem Augenblick trat die Mutter Oberin aus dem Haus. Sie hielt die Rute in der einen, den Hund an der Kette in der anderen Hand. »He!«, schrie sie. »Das Holz hackt sich nicht von allein.«

»Gönnt uns mal ein wenig Erholung!«, keifte Elsgen. Sie schlug die Axt in einen Holzscheit, ließ sie darin stecken und trat zu der Mutter Oberin. Als sie vor ihr stand, hob sie die Hände. »Seht Ihr die Blasen?«

»Geh sofort zurück an die Arbeit!«, brüllte die Oberin als Antwort.

Geifer lief aus den Lefzen des Köters. Er knurrte Elsgen an. Jenna krampfte sich der Magen zusammen. Noch hielt die Mutter Oberin ihn fest an der Kette. Doch ihr zorniger Blick verriet, dass es so nicht mehr lange bleiben würde.

Elsgen rührte sich jedoch nicht und stand fest wie ein Baum vor ihr. Da hob die Mutter Oberin den Stock. Elsgen griff rasch nach ihrem Handgelenk und hielt es fest. Die Ordensfrau lockerte sofort die Hundekette, und das Tier verbiss sich ohne zu zögern in

Elsgens Oberschenkel. Ihr markerschütternder Schrei hallte über den Hof.

»Aus, Reginald!«, herrschte die Mutter Oberin den Hund an.

Winselnd ließ der Hund von Elsgen ab. Sie fiel zu Boden und presste die Hand auf die Röcke. Ein dunkler Fleck breitete sich auf dem Stoff aus.

Jenna eilte zu ihr und warf der Oberin einen finsteren Blick zu. »Euren Hund sollte man erschlagen!«

Die Mutter Oberin wandte sich um und kehrte wortlos ins Haus zurück.

»Verdammter Mist«, keuchte Elsgen.

Jenna schob ihre Röcke hoch und betrachtete die Wunde. Sie war ungefähr so groß wie ein Apfel und blutete stark. »Ich muss sie auswaschen.« Sie sprang auf und lief ins Haus. Kurz darauf kam sie mit einem Leinenlaken in den Hof zurück.

Elsgen biss die Zähne zusammen und drückte den Stoff auf die Wunde. Jenna ging zum Brunnen und ließ den Eimer hinab.

In diesem Augenblick trat die Mutter Oberin wieder aus dem Haus. »Faule Weibsbilder! Habe ich nicht gesagt, ihr sollt zurück an die Arbeit gehen.«

Jenna erhob sich, stemmte die Hände in die Hüften und baute sich vor der Mutter Oberin auf. »Habt Ihr eigentlich den Verstand verloren? Elsgen blutet stark. Ihre Wunde musste genäht werden.«

Die Mutter Oberin griff Jenna ins Haar und zog daran. »Du solltest dein Maul im Zaum halten. Mitkommen!« Sie riss fester an Jennas Haar und zog sie hinter sich her.

Jenna schrie auf. Ihre Kopfhaut brannte, und es blieb ihr nichts anderes übrig, als der Mutter Oberin zu folgen.

Diese zerrte sie zur Kapelle, ließ Jennas Haar los und stieß sie durch die offene Tür. »Sollte ich morgen gute Laune haben, lasse ich dich vielleicht wieder raus«, raunte die Mutter Oberin und knallte die Tür zu. Von außen schob sich der Riegel vor.

Durch die maroden Dachlatten verirrte sich hier und da ein Sonnenstrahl. Es war kühl in der Kapelle, und selbst ein Stall war heimeliger als dieser Ort. Es gab keinen Altar, keine Heiligenbilder und nicht einmal ein Kreuz. Jenna setzte sich mit dem Rücken an die Wand, atmete einmal tief durch und träumte sich dann an einen schöneren Ort.

Sie befand sich an dem Bach nahe dem Lager der Vaganten. Amando setzte sich neben sie, lächelte unbekümmert und legte den Arm um sie. Eine angenehme Wärme breitete sich in Jennas Körper aus. Es fühlte sich so schön an, dass sich die Härchen in ihrem Nacken aufstellten. Fast schon konnte sie die Erde und das Grün am Bach riechen. Und Amando. Sie betrachtete Amandos Lippen. In diesem Augenblick wünschte sie sich nichts mehr, als sie auf ihren eigenen Lippen zu spüren. Und schon sah Amando ihr nur kurz in die Augen, schloss dann die Lider und küsste sie.

Jenna riss die Augen auf, denn ihr Herz schlug so heftig, als wollte es ihr aus dem Leib springen. Was war das? War das etwa Liebe? Jenna fasste sich an den Hals. Wie sollte sie dieses Gefühl aushalten können, ohne Amando nahe zu sein? Waren ihre Tage bisher qualvoll gewesen, würden die kommenden fortan unerträglich sein. Sie durfte nicht mehr an ihn denken, musste ihn nicht nur aus ihrem Kopf, sondern auch aus ihrem Herzen verdrängen.

Abermals holte Jenna tief Luft und zwang ihre Gedanken woanders hin. Zu dem Friedhof, auf dem ihr Vater begraben lag. Allmählich ließ das Flattern in ihrem Bauch nach, das Ziehen in ihrem Herzen jedoch blieb. Sie betrachtete das Grab ihres Vaters – da trat Amando neben sie und legte auch hier den Arm um sie. Die

Wärme kehrte zurück und mit ihr dieses Flattern. Amando lachte und fasste nach ihrer Hand. »Das ist Liebe«, hörte sie ihn sagen.

Jenna hob die Lider, sah sich um und flüsterte Amandos Namen. Doch er war fort. Allmählich begriff sie, dass sie immer noch auf dem Boden saß und mit dem Rücken an der Wand lehnte. Sie musste eingeschlafen sein. Jenna legte sich auf den Boden und schloss erneut die Augen. Sie war so erschöpft, dass der Schlaf sie gleich wieder übermannte.

• • •

Die ganze Nacht über hatte Elisabeth still geweint. Um ihr ungeborenes Kind, um ihre aussichtslose Liebe zu Jakob und letztendlich aus Angst vor dem Tod. Die meisten Tränen hatte sie jedoch wegen Steffan vergossen. Was sollte aus ihm werden, wenn sie nicht mehr über ihn wachen konnte? Dennoch durfte sie dieses ungeborene Kind nicht austragen. Hermann würde sie totschlagen, wenn er von ihrer Schwangerschaft erfuhr. Wie sie selbst wusste natürlich auch er, dass dieses Kind niemals von ihm sein konnte.

Hermanns Ausdünstungen stiegen ihr in die Nase, und Elisabeth quälte sich aus dem Bett. Er lag noch in tiefem Schlaf und schien nicht zu bemerken, dass sie aus der Kammer schlich.

Allmählich dämmerte der Morgen, und Elisabeth schürte das Feuer unter der Kochstelle. Auch diesmal überkam sie die Übelkeit. Sie eilte zu dem Abtritt auf dem Hof und schaffte es gerade noch, den Kopf über das Loch in der Planke zu halten. Sie erbrach sich so lange, bis ihr Magen nichts mehr hergab. Dann richtete sie sich auf und stützte sich mit der Hand an der Wand ab, um dem Schwindel Herr zu werden. Je eher sie dem Ganzen ein Ende setzte, desto besser. Mit jedem Tag, den sie wartete, gefährdete sie ihr Leben erst recht. Nur, wie sollte sie es anstellen, ohne dass Hermann etwas bemerkte? Selbst wenn alles gut ging, würde sie sicher nicht sofort wieder auf den Beinen sein. Sie musste mit der ehrwürdigen Mutter darüber reden. Sie würde vorgeben, dass es bei dieser Geschichte um eine Freundin ging, und dann hören, was die Ordensfrau ihr riet.

Elisabeth wartete, bis der Schwindel nachließ, und ging zurück ins Haus. In der Küche bereitete sie den Getreidebrei zu und durchlebte dabei in Gedanken den heutigen Tag. Sie wünschte sehnlichst, er wäre schon vorbei. Verzweifelt sah sie aus dem Fenster und hoffte, sie würde auch morgen früh noch die Sonne aufgehen sehen.

Hermann schlurfte schlaftrunken herein und setzte sich an den Tisch. »Ach, übrigens«, sagte er mit heiserer Stimme. »Ich nehme Steffan heute mit ins Stapelhaus. Es ist an der Zeit, dass er mir ein wenig zusieht, wenn ich die Geschäfte abwickele.«

Auch Steffan kam in dem Moment in die Küche und setzte sich still an den Tisch.

Elisabeth versuchte einen klaren Gedanken zu fassen. »Und Jakob?«

»Der weiß Bescheid und bleibt heute zu Hause.«

Davon hatte Elisabeth nichts gewusst. Seit sie die Arbeit im Büßerinnenhaus verrichtete, bekam sie so gut wie nichts mehr mit, zumal sie kaum noch mit Jakob und Steffan alleine war. Aber wenn sie genau nachdachte, kam ihr Hermanns Ansinnen gerade recht. »Wann seid ihr zurück?«

Hermann kratzte geräuschvoll den letzten Brei aus der Schale. »Ach, es kann spät werden. Heute werden einige Handelsschiffe in Köln erwartet.« Er stellte die leere Schale auf den Tisch und wuselte mit der Hand durch Steffans Haar. »Und anschließend gehen wir ins Wirtshaus und lassen uns dort einen Braten schmecken. Was hältst du davon, mein Sohn?«

Steffans Augen begannen zu leuchten. Rasch nickte er. »Dann bin ich wohl bald ein richtiger Kaufmann.«

Sichtlich zufrieden lehnte Hermann sich in der Bank zurück und verschränkte die Arme vor der Brust. »Sagen wir, du bist auf dem besten Weg.« Er sah zu Elisabeth. »Du kannst heute etwas länger im Büßerinnenhaus arbeiten, immerhin musst du hier nicht kochen.« Er lachte auf.

Seit Elisabeth ihm am gestrigen Tag gesagt hatte, dass es den Frauen im Haus gut ging, war er bester Laune. Natürlich war es eine Lüge gewesen, denn in Wahrheit hatte die Mutter Oberin zum Beispiel Jenna zwei Tage in der Kapelle eingesperrt, ohne einen Bissen Brot und mit nur wenig Wasser. Eine der Huren litt an einer schrecklichen Bisswunde, die der furchterregende Hund ihr zugefügt hatte, und die stumme Mergh erholte sich nur schlecht von den Folgen der Abtreibung. Elisabeth schnürte sich der Hals zu, als sie daran dachte. Nein, sie würde nur eine kleine Menge des Mittels nehmen. Und wenn die Frucht dann doch in ihrem Leib blieb, musste sie es erneut versuchen.

»Was geht dir durch den Kopf?«, fragte Hermann.

Elisabeth sah ihn verwundert an. Das hatte er sie in all den Jahren ihrer Ehe noch nie gefragt. Hatte er ihre Gedanken erraten können? Rasch wandte sie den Blick ab. »Ach, nichts.«

»Den Sünderinnen geht es aber gut, oder? Sie sind auf einem guten Weg. Ist es nicht so?« Hermanns Blick bohrte sich wie ein Splitter in ihre Augen.

Elisabeth strich sich über den Hals. »Ja, sicher«, log sie erneut. »Wir arbeiten an einem Altartuch.«

»Wunderbar! Dann sind ihre Seelen gewiss bald rein.«

Elisabeth starrte in den leeren Kessel über der Feuerstelle. Dass eine der Frauen Hermanns Hure war, hatte sie schon vom ersten Tag an geahnt. Vielleicht war es Ursula. Wie es schien, konnte die Hure ihr kaum in die Augen sehen. Aber das war ihr auch nicht wichtig. Elisabeth hoffte im Moment nur, den heutigen Tag zu überleben. Sie räumte die Schalen vom Tisch, wusch sie im Spülstein ab und wünschte Hermann und Steffan einen schönen Tag. Dabei vermied sie es, ihrem Sohn in die Augen zu sehen, da sie kurz davor war, in Tränen auszubrechen.

• • •

Wie jeden Tag herrschte im Büßerinnenhaus eine feindselige Stimmung. Obwohl sich Elisabeth den Frauen gegenüber immer freundlich gegeben hatte, benahmen sie sich ihr gegenüber wortkarg – bis auf Jenna, die wohl nicht eine Feindin in ihr sah. Und das, obwohl Elisabeth Jennas Bitte, sie mit Heilkräutern zu versorgen, nicht nachgekommen war. Aber ihr stand einfach nicht der Kopf danach, und es fehlte ihr auch die Zeit dazu. Hatte sie doch in den letzten Tagen nicht rasch genug nach Hause kommen können, um wenigstens noch ein Weilchen in Jakobs Nähe zu sein. Und um sich den Gedanken hinzugeben, wie sie aus diesem schrecklichen Zustand wieder herauskam.

Einige der Huren schrubbten die Stiege, andere flochten Körbe und wieder andere schlugen im Hof Steine.

Eine Hand legte sich auf Elisabeths Schulter. »Habt Ihr die Heilkräuter?«

Erschrocken fuhr sie herum und blickte in Jennas Augen. »Nein, tut mir leid. Ich habe noch nicht die Zeit dazu gefunden.«

Jenna verzog den Mund. »Es ist wichtig! Elsgens Bisswunde droht brandig zu werden.«

»Ja, ich weiß.« Elisabeth sah sich um. »Ist die Mutter Oberin in ihrem Arbeitszimmer?«

Jenna blickte sie traurig an. »Allerdings. Und sie schlägt sich dort wohl den Bauch voll. Wir hingegen haben heute noch keine Krumen Brot gesehen.«

So sehr Elisabeth dieser Umstand leidtat, hatte sie im Augenblick kein Ohr für die Nöte der Frauen. Später vielleicht, wenn sie nur erst alles überstanden hatte. Das Herz schlug ihr bis zum Hals, und sie ließ Jenna stehen. Mit zittriger Hand klopfte sie an der Tür des Arbeitszimmers.

»Jetzt nicht!«, hörte sie die Mutter Oberin dahinter knurren.

»Ich bin es, Elisabeth«, sagte sie mit dünner Stimme.

»Ach, Ihr seid es. Dann tretet ruhig ein.«

Wie Jenna bereits gemutmaßt hatte, schnitt sich die Mutter Oberin gerade ein daumendickes Stück vom Schinken ab und biss hinein. Dann erst sah sie auf. »Bedrückt Euch etwas?«, murmelte sie mit vollem Mund.

Obwohl Elisabeth am liebsten gleich wieder aus dem Zimmer gerannt wäre, blieb sie vor dem Tisch stehen und nickte. Sie konnte jetzt nicht mehr zurück und musste es endlich hinter sich bringen.

»Nun redet doch schon«, sagte die Mutter Oberin und spülte den Bissen mit einem Schluck Wein hinunter.

Elisabeth hätte ihr nur zu gern den Becher aus der Hand gerissen, so trocken war ihre eigene Kehle plötzlich. »Ich muss vorweg sagen, es geht nicht um mich, sondern um eine Freundin.«

Die Mutter Oberin zuckte mit den Schultern. »Und?«

Elisabeth holte tief Luft. »Ich habe erfahren, dass Ihr ein Mittel habt, welches abtreibend wirkt. Ihr müsst wissen, meine Freundin ist in anderen Umständen und kann das Kind auf keinen Fall behalten.« Elisabeth rasselte die Sätze nur so herunter. »Sie ist keine schlechte Frau, wirklich nicht. Aber sie ist noch nicht verheiratet, und der Onkel hat sie ... Ihr wisst, was ich meine.«

Die Mutter Oberin kniff die Augen zusammen. »Ich soll ein abtreibendes Mittel hier haben? Wer erzählt so etwas?«

»Ihr habt es der stummen Mergh gegeben.«

»Na, die kann es Euch ja wohl kaum erzählt haben.«

»Hat sie auch nicht«, erwiderte Elisabeth knapp.

»Dann ist es Jenna gewesen. Aber das ist auch egal. Wenn Ihr meint, auch Eurem Gemahl von dem Mittel erzählen zu müssen, erzähle ich ihm von Eurer ungewollten Schwangerschaft.«

»Aber ich bin nicht ... Meine Freundin ...«

Die Mutter Oberin winkte mit dem Messer in der Hand ab. »Ja, sicher. Und der Mond ist viereckig.«

»Aber Ihr müsst mir glauben!« Elisabeth versuchte sich zu rechtfertigen, doch die Ordensfrau hob die Hand.

»Ich habe genug gehört.« Sie erhob sich von dem Stuhl und ging zu der Truhe neben der Tür. Der Deckel knarzte, als sie ihn öffnete. Einen Augenblick lang wühlte die Mutter Oberin mit der Hand in der Truhe, dann holte sie eine Stricknadel hervor und reichte sie Elisabeth.

»Lasst Vorsicht walten, wenn Ihr sie Eurer Freundin einführt, sonst kann es zu unschönen Blutungen kommen. Seht zu, dass Ihr nur die Fruchtblase zerstört. Das tut nicht weh. Die Schmerzen treten erst ein, wenn das Kind abgeht.«

Elisabeth starrte die lange Nadel an. »Aber wie ...«

»Wäret Ihr es, die ungewollt schwanger ist, würde ich Euch ja helfen. Aber Eurer Freundin kann ich nicht helfen. Das müsst

Ihr schon tun.« Spöttisch hob sie die Augenbrauen. »Na, nehmt schon die Nadel und geht zu Eurer Freundin. Ich brauche Euch hier heute nicht.«

Elisabeths Hände waren so feucht, als wäre sie darauf durch taunasses Gras gegangen. Rasch wischte sie sich die Finger an ihren Röcken ab und griff nach der Nadel. Sie war kalt und weiß wie ein Knochen. Als Elisabeth bemerkte, dass sie aus einem ebensolchen angefertigt worden war, lief ihr ein Schauer über den Rücken.

Die Mutter Oberin setzte sich wieder an den Tisch, nahm das Messer in die Hand und sah sie fragend an. »Brennt Euch sonst noch etwas auf der Seele?«

Elisabeth schüttelte den Kopf. Als wenn dieser Umstand nicht schon Elend genug wäre! Sie verstaute die Nadel unter ihrem Umhang, wünschte der Oberin einen gottgefälligen Tag und verließ das Arbeitszimmer – und lief erneut Jenna über den Weg. Elisabeth wollte an ihr vorbei, doch Jenna hielt sie am Arm fest.

»Bitte, nur Ihr könnt uns hier helfen«, flehte Jenna.

Elisabeth kehrte den Blick nach innen. Die Worte der ehrwürdigen Mutter hallten in ihren Ohren wider. Aber wie sollte sie wissen, ob sie nur in die Fruchtblase stechen würde? Sie würde doch gar nicht sehen können, was die Nadel anrichtete. Warum half ihr denn niemand?

»Ist alles gut bei Euch?«, fragte Jenna nun.

Elisabeth blinzelte. »Wie?«

»Ob alles gut bei Euch ist! Ihr seht aus, als wäret Ihr dem Leibhaftigen begegnet.« Jenna ließ Elisabeths Arm los. »Seid Ihr krank? Vielleicht kann ich Euch helfen.«

Elisabeth starrte sie an. »Helfen? Mir?«

»Wenn Ihr mir sagt, was Euch fehlt, kann ich Euch ein Heilkraut empfehlen.«

Elisabeth versuchte, einen klaren Gedanken zu fassen, und schüttelte den Kopf. Nein, sie konnte Jenna nicht um Hilfe bitten. Wie auch? Jenna durfte dieses Haus nicht verlassen. »Ich muss gehen«, sagte sie nur und schob sich an Jenna vorbei.

Als Elisabeth kurze Zeit später die Tür zu ihrem Haus aufschloss, fühlte sich ihr Kopf an, als befände sich nichts anderes als Moos darin. Sie war nicht mehr in der Lage zu denken. Sie wusste nur eins, sie musste handeln. Und sie musste es an diesem Tag tun. Wenn Hermann und Steffan heimkehrten, hätte sie vielleicht das Schlimmste überstanden. Dann war alles gut.

Tränen rannen Elisabeth über die Wangen, als sie sich die Stiege hinaufschleppte. Töten! Sie würde ihr Kind töten!

»Nein! Nein! Das stimmt nicht!«, schrie sie und sank vor der Tür zu ihrer Schlafkammer in die Knie. Das, was da in ihr war, war noch kein Kind. Nur eine Frucht. Ein Samen, wie der einer Blume in der Erde.

Sie schluchzte und wischte sich mit dem Ärmel über die Wange. Dann erhob sie sich wieder, ging in die Schlafkammer und zog sich den Umhang aus. Die Nadel fühlte sich in ihrer Hand fremd an. Elisabeth legte sie auf ihr Kissen. Sie durfte nicht denken. Eine Stimme schrie in ihrem Kopf. Nicht denken!

Wie von Geisterhand geführt schritt Elisabeth zu der Truhe, öffnete den Deckel und holte einen Stapel Laken heraus. Eines nach dem anderen breitete sie auf dem Bett aus. Später würde sie diese verbrennen. Dann starrte sie die Nadel an. Nicht denken! Nur hinlegen und es tun! Dann wird alles gut. Alles wird wieder gut. Eine unsichtbare Hand legte sich um ihren Hals. Sie bekam keine Luft mehr. Nicht denken! Elisabeth strich sich über den

Kehlkopf. Dann zog sie sich bis auf das Unterkleid aus und legte sich auf das Bett. Sie schob den Saum der Unterröcke über ihren Po, spreizte die Beine und griff nach der Nadel, am ganzen Leib zitternd. Nur die Fruchtblase! Es würde nicht wehtun, hatte die Mutter Oberin gesagt.

Ein Bild schob sich vor ihr inneres Auge. Sie sah sich selbst vor der Feuerstelle stehen. Ihr Bauch wölbte sich unter dem Kleid. Lächelnd legte sie die Hand auf die Kugel. Doch dann sah sie, dass Hermann mit einem Dolch in der Hand hinter sie trat. Er hob den Arm und …

Elisabeth schrie auf. Blut, da war überall nur Blut. An den Wänden, an der Tür! Steffan weinte!

Elisabeth kniff die Augen fest zusammen, um das Trugbild zu vertreiben. Schwer atmend blickte sie hoch zu den Deckenbalken. Sie musste es tun! Sie musste für Steffan leben! Sie spreizte erneut die Beine und führte vorsichtig die Nadel ein, bis sie auf Widerstand traf. War dies die Fruchtblase? Abermals wollten sich Bilder vor ihr inneres Auge schieben. Hermann, der Steffan schlug. Steffan, der weinend neben ihrem toten Leib saß. Elisabeth versuchte die Bilder fortzuschieben. Sie biss die Zähne zusammen und stach zu.

20

Es war sinnlos, die Mutter Oberin erneut nach den Heilkräutern zu fragen, dachte Jenna. Vielleicht konnte sie aber die junge Nonne um Hilfe bitten. Sie sah zu Schwester Margarethe, die auf einem wackeligen Hocker saß und die Arbeiten der Huren bewachte. Die Mutter Oberin hatte ihr den Hund anvertraut, damit sie nicht ganz so wehrlos war. Aufmerksam schweifte der Blick der jungen Nonne durch den Raum. Die Frauen flochten stumm die Körbe, hier und da verständigten sie sich durch Augenkontakt.

Jenna hasste diese Arbeit, denn sie bescherte ihr viel zu viel Zeit zum Nachdenken. Sie legte die Weidenäste zur Seite und stand auf, um nach Mergh zu sehen.

»Wo willst du hin?«, fragte Schwester Margarethe sofort.

»Ich will zu Mergh. Das wird ja wohl gestattet sein, schließlich muss sich einer um sie kümmern.«

»Ja, geh schon«, sagte Schwester Margarethe und wedelte mit der Hand. Dann richtete sie den Blick aus ihren dunklen Augen wieder auf die Huren.

Jenna stieg die Treppe hinauf in den Schlafraum. In den Tagen, als sie eingesperrt gewesen war, hatte Elsgen Mergh das Heilmittel gegeben. Nun war es aufgebraucht, und Jenna wusste nicht, womit sie Mergh noch helfen sollte. Hätte sie wenigstens Ringelblumen gehabt! Laut Hildegard sollte man diese ausgekocht und warm auf den Bauch legen und den gewonnenen Sud vermischt mit Wein trinken. Das Gift käme dann entweder oben oder unten wieder raus. Aber was half es, sich diese Sätze aus der Abschrift des Onkels in Erinnerung zu rufen? Sie hatte keine Ringelblumen.

Jenna stieg wieder hinab und ging zu Schwester Margarethe. Der Hund knurrte leise.

»Geht es ihr gut?«, fragte die junge Nonne.

»Nein. Sie kommt nicht richtig auf die Beine. Ich brauche unbedingt Heilkräuter, am besten Ringelblumen. Wann geht Ihr wieder auf den Markt?«

Schwester Margarethe sah sie verständnislos an. »Was meinst du?«

»Die Mutter Oberin hat gesagt, Ihr würdet Samen für einen Kräutergarten besorgen. Und getrocknete Heilpflanzen kaufen, damit ich Tränke und Salben herstellen kann.«

Die Kette des Hundes rasselte leise, als die junge Nonne mit den Schultern zuckte. »Davon weiß ich nichts.«

Das hätte Jenna sich denken können. Das Geschwür am Bein der Mutter Oberin heilte allmählich ab, also sah sie es wohl nicht mehr als notwendig an, einen Vorrat von Kräutern oder einen Kräutergarten anzulegen. Jenna wünschte, das Bein der Oberin wäre abgefault, dann wären sie diese unbarmherzige Frau wenigstens los. Im nächsten Augenblick wunderte sie sich, wie sehr sie sich verändert hatte, seit sie in diesem Haus lebte. Bevor sie hier hergekommen war, hätte sie niemals irgendeinem Menschen eine Krankheit an den Hals gewünscht. Nicht einmal Gernot, der sie immerhin von sich gestoßen hatte. Sie hatte heilen wollen und nicht über die Menschen richten – egal, ob sie gut oder schlecht waren. Sicher gab es einen Grund für die Kaltherzigkeit der Mutter Oberin. Kein Mensch kam schlecht auf die Welt. Die Menschen wurden von anderen Menschen oder von ihrem Schicksal geprägt. Es sei denn, der Teufel hatte von der Seele Besitz genommen, was ebenfalls durchaus möglich sein mochte. So hatte es ihr zumindest der Onkel erklärt. Aber ob der Teufel sich dies auch bei Frauen wagte, die ihr Leben so nahe bei Gott verbrachten wie die Nonnen?

»Du solltest wieder an die Arbeit gehen«, sagte Schwester Margarethe.

»Weshalb ist sie so böse?«, fragte Jenna.

»Wen meinst du?«

»Die Mutter Oberin. Weshalb quält sie die Frauen hier so?«

»Das macht sie doch gar nicht.« Schwester Margarethe lockerte die Kette in ihrer Hand. »Die Frauen haben schwere Sünden auf sich geladen. Die vergibt ihnen Gott nicht, wenn sie sich nicht selbst knechten. Vergiss nicht, die Mutter Oberin ist Gottes Werkzeug.«

»Dann glaube ich wohl an einen anderen Gott. Der ist nicht so grausam wie Eurer. Meiner ist barmherzig, wie auch Christi es auf Erden gewesen ist.«

Schwester Margarethe biss sich auf die Unterlippe, und Jenna verspürte einen Hauch Mitleid. Die junge Nonne hatte mindestens so viel Angst vor der Oberin wie die anderen Frauen.

»Verzeiht, dass ich Euch in Bedrängnis gebracht habe«, sagte Jenna. »Aber die Mutter Oberin setzt das Leben der Frauen hier aufs Spiel. Sie hätte Mergh mit dem abtreibenden Mittel fast umgebracht.« Sie zeigte auf den Hund. »Und der hier, der hätte Elsgen auf Geheiß der Mutter Oberin fast totgebissen. Ursula hat mir zudem von der Hure erzählt, die nicht so viel Glück hatte, die ins Hospital gebracht wurde, weil der Hund ihr das Bein zerfetzt hat.«

»Warum sagst du mir das? Warum gehst du nicht zu der ehrwürdigen Mutter und sagst es ihr selbst?«

»Weil sie mich dann wohlmöglich wieder mehrere Tage in die Kapelle sperrt.« Jenna zwang sich, die Fassung zu bewahren. »Und weil ich die Hoffnung habe, dass in Eurer Brust ein gutes Herz schlägt. Ein Herz, wie es Gott gefällig ist. Lasst nicht zu, dass die Mutter Oberin es vergiftet.« Jenna wandte sich ab und ging zurück zu ihrem Platz an den Tisch.

»Was hast du ihr gesagt?«, flüsterte Ursula.

»Etwas, das ich besser der Mutter Oberin an den Kopf geworfen hätte.« Jenna nahm den halb fertigen Korb vom Tisch und setzte ihn auf ihren Schoß.

»Das darfst du nicht tun. So wird deine Seele nie gereinigt.« Ursula seufzte und starrte auf ihre Hände. »Wir müssen Buße tun.«

Neben ihr schüttelte Elsgen den Kopf. »Seit Mergh das Kind verloren hat, redet Ursula andauernd solch einen Unsinn.«

Jenna nahm Ursulas Hand und drückte sie. »Ist es die Erinnerung an dein Kind, die dich so schmerzt?«

Ursula zog die Nase hoch und nickte. »Ich bin schuld, dass mein Kind tot ist, weil ich gesündigt habe.«

Elsgen schüttelte abermals verächtlich den Kopf. »Lass mich raten. Ich schätze, Vater Ignatius hat dir auch mit dem achten Höllenkreis und der Flammenwand auf dem Läuterungsberg gedroht.«

»Mach dich doch nicht so verrückt.« Jenna umfasste mit beiden Händen Ursulas kalte Finger. »Was geschehen ist, ist geschehen. Du musst lernen, damit zu leben.«

Ursula sah sie traurig an. »Ich werde mich bei Gott nicht mehr versündigen. Das schwöre ich.«

Elsgen lachte auf. »Da hast du dir aber einiges vorgenommen.«

• • •

Hermann nahm am Abend den Weg, der am Büßerinnenhaus vorbeiführte. Als er davor stand, blickte er sehnsüchtig an der Mauer hoch.

Der Büttel kratzte sich den Kopf und sah ihn fragend an. »Stimmt etwas nicht?«

»Geht es den Frauen gut?«, fragte Hermann.

Der Büttel zuckte mit den Schultern. »Ich denke schon. Aber genau weiß ich es nicht. Ich darf ja nur noch hinein, wenn es notwendig ist.«

»Wann warst du zuletzt darin?«

»Ist schon länger her.« Er runzelte die Stirn. »Wartet, genau genommen war ich nicht mehr im Haus, nachdem Ihr das letzte Mal die Mutter Oberin habt sprechen wollen.«

Hermann nahm Steffans Hand fester in seine. Er sollte nach Hause gehen, denn Elisabeth konnte ihm gewiss mehr sagen als dieser Mann. Hermann verabschiedete sich und ging mit Steffan rasch weiter den Eigelstein entlang, bis er vor seinem Haus stand. Es dämmerte bereits, und er wunderte sich, dass alle Fenster im Dunkeln lagen. Ob Elisabeth nicht zu Hause war? Aber wo sollte sie zu dieser Zeit sein? Vielleicht war sie auch nur eingeschlafen.

Hermann schloss die Tür auf und schob Steffan ins Haus.

Dann entfachte er ein Öllicht und stieg mit dem Jungen die Treppe hinauf.

»Ist Mutter nicht da?«, fragte Steffan leise.

»Das werden wir gleich sehen.« Hermann öffnete die Tür zur Schlafkammer. Im dämmrigen Licht sah er Elisabeth mit entblößtem Unterleib auf dem Bett liegen.

»Mutter schläft, oder?«

Hermann stellte sich vor den Jungen, damit er nicht in die Schlafkammer sehen konnte. »Ja, sie schläft, und wir wollen sie dabei nicht stören. Geh in deine Kammer und zieh die guten Sachen aus.«

Steffan gehorchte, und als der Junge in seiner Kammer verschwunden war, trat Hermann näher an das Bett heran. Da sah er das dunkle Blut auf dem Laken zwischen Elisabeths Beinen. Eine kalte Faust krallte sich um sein Herz. Er schaute auf ihre Hand, in der sie eine lange Nadel hielt. Hermann keuchte auf. »Was hast du getan? Du Hure!«

Elisabeth hielt stumm die Augen geschlossen und regte sich nicht.

Hermann holte aus und schlug ihr ins Gesicht. »Du hast dir einen Bastard aus dem Leib geholt. Du verdammtes Weibsstück!«

Hermann wollte erneut zuschlagen, da bemerkte er, dass der Schlag Elisabeth nichts hatte anhaben können. Sie blieb auch weiterhin ohne Bewusstsein. Er sah auf ihre Brust, die sich nur ganz schwach hob und senkte. Wenn sie starb, hatte sie es verdient!, dachte er zornig. Dann würde sie bis in alle Ewigkeit im Fegefeuer schmoren. Schwer atmend betrachtete er ihr fahles Gesicht. In diesem Augenblick fiel ihm sein Sohn ein. Er durfte sie so nicht sehen! Hermann verließ eilig die Schlafkammer und ging zu Steffan.

Dieser saß auf der Bettkante und zog sich gerade sein Hemd aus. »Kann ich Mutter eine gute Nacht wünschen?«

»Nein, mein Sohn. Sie schläft tief und fest. Leg auch du dich hin. Es ist schon spät.«

Steffan nickte gehorsam, und Hermann schloss die Tür der Kammer. Dann ging er zurück zu Elisabeth. Sie lag immer noch reglos da. Ob er ihr die Hände um den Hals pressen sollte, damit es rascher ging? Hermann zögerte. Dies war eine Sünde, von der er sich nicht so rasch reinwaschen konnte. Sicher starb sie bald auch ohne seine Hilfe. Er bedeckte ihre entblößte Scham. Dann schob er einen Stuhl an das Bett, setzte sich darauf und starrte auf ihren Brustkorb, bis ihm die Augen brannten.

Sie hatte einen Bastard getragen. Doch von wem? Das Geheimnis würde sie wohl mit ins Grab nehmen. Nun wusste er, dass Elisabeth ebenfalls eine Hure war, die es wohl mit jedem getrieben hatte. Vielleicht mit dem Lehrer? Er lehnte sich auf dem Stuhl zurück und verschränkte die Arme vor der Brust. Es war ihm egal, denn bald schon würde sie tot sein. Fort aus seinem Leben. Von nun an würde er seine Liebe zu Ursula ausleben können, wie es ihm gefiel. Hermann spürte, wie ihm die Lider schwer wurden. Was machte es schon, wenn er kurz die Augen schloss, um etwas zu ruhen?

Ein Wimmern weckte ihn. Hermann schlug die Augen auf und starrte Elisabeth an. Sie war aufgewacht, hatte die Hände in das Laken gekrallt und wand sich vor Schmerzen. Warum war sie nicht tot? Er sprang auf, fasste nach ihren Schultern und schüttelte sie. »Wessen Bastard hast du getragen? Sag es mir!«, schrie er.

Anstatt ihm zu antworten, biss sich Elisabeth die Lippen blutig.

»Verdammte Hure!« Er senkte die Stimme, um Steffan nicht zu wecken. »Im Fegefeuer sollst du schmoren. Verrecke endlich!«

Elisabeth biss sich auf die Finger und wimmerte weiter. »Du musst Hilfe holen, bitte, Hermann! Ich will nicht sterben.«

»Sei still, oder willst du, dass Steffan dich hört?«

»Hermann, bitte! Ich halte die Schmerzen nicht mehr aus.«

Außer sich vor Zorn kniff er die Augen zusammen. »Ich werde dir helfen. O ja, das werde ich. Die Hölle, in die du unbedingt willst, kann ich dir auch bieten.« Er legte die Hand auf ihren Mund. »Und nun sei endlich still.«

• • •

Die eintönige Arbeit, die vielen Gebete und der ständige Hunger schürten in Jenna Tag für Tag die Sehnsucht nach dem Abend. Immer noch litt sie unter dem Verlangen, Amando wiederzusehen, und wenn sie spät auf ihrem Lager ruhte, träumte sie sich zu ihm hin. Das war die schönste, wenn auch die schmerzlichste Zeit des Tages.

Jenna stapelte die Holzscheite und dachte an Elisabeth. Heute war schon der dritte Tag, an dem sie nicht gekommen war. Dabei war sie die Einzige, die ihnen helfen konnte. Die einzige Verbindung zu der Welt hinter der Mauer des Büßerinnenhauses. Sie musste unbedingt wiederkommen. Vielleicht konnte sie Amando suchen und ihm eine Nachricht bringen. Er würde sie hier rausholen, egal, wie er es anstellte.

Jenna wischte sich die Holzsplitter von den Händen und ging ins Haus. Die Mutter Oberin saß wie eine Matrone auf dem Stuhl und beobachtete die Frauen bei ihrer Arbeit. Am Morgen hatte sie Mergh von der Schlafstätte gezerrt und gemeint, sie habe nun genug geruht. Dabei litt Mergh immer noch unter der Vergiftung und war kraftlos und bleich.

Jenna ging zu der Mutter Oberin. »Sagt, warum kommt Frau Elisabeth nicht mehr? Sie wollte doch mit uns das Altartuch fertig machen. Nun liegt es da, weil keine von uns weiß, wie sie die Arbeit beenden soll.«

»Keine Ahnung. Sie kommt einfach nicht mehr.« Die Mutter Oberin sah finster drein. »Aber du hast recht. Das gehört sich nicht. Sie hätte sich wenigstens entschuldigen können.«

»Warum fragt Ihr nicht Herrn Quattermart, warum seine Frau nicht mehr kommt?«

»Das lass mal meine Sorge sein. Und nun geh wieder an die Arbeit.« Die Oberin machte eine ungeduldige Handbewegung.

Jenna wandte sich ab und ging zu dem Tisch, an dem Elsgen und Ursula saßen.

»Hast du sie nach Elisabeth gefragt?«, flüsterte Elsgen.

»Sie weiß auch nichts.« Jenna verzog die Lippen zu einem Strich. »All meine Hoffnung hatte ich in Elisabeth gelegt. Sie muss einfach wiederkommen!«

»Nun, sie wirkte immer so bedrückt, als hätte sie genug eigene Sorgen. Ob sie uns wirklich geholfen hätte, wage ich zu bezweifeln.«

»Daran bin nur ich schuld«, sagte Ursula leise. »Sicher weiß sie, dass Hermann mit mir die Ehe gebrochen hat.«

»Ach was. Glaubst du etwa, er hätte ihr das gesagt?« Jenna schüttelte den Kopf. »Niemals.«

»Ach …« Tränen schimmerten in Ursulas Augen. »Hier drinnen ist es, als säße man in einem Fass, auf dessen Deckel ein großer Stein liegt. Man hört und sieht nicht, was in der Welt draußen geschieht.«

»Es ist zum Verrücktwerden. Wir müssten doch allmählich genug Buße getan haben.« Jenna stand wieder auf und ging erneut zu der Mutter Oberin. »Sagt, wie lange wird es dauern, bis unsere Seelen wieder rein sind? Wann, denkt Ihr, können wir das Haus verlassen?«

Die Mutter Oberin sah sie an, als hätte sie eine Irre vor sich stehen. »Wie bitte?«

»Ich frage, wann wir genug gebüßt haben.«

»Dann, wenn Vater Ignatius euch von den Sünden freispricht.« Die Mutter Oberin hob eine Augenbraue.

Jenna spürte, wie die Ungeduld in ihr übermächtig wurde. »Und das ist wann? Ich habe das Gefühl, Ihr wollt uns für immer hier gefangen halten.«

»Gott bewahre!« Die Mutter Oberin legte die Hand auf die Brust und schnappte nach Luft. »Das wird mir der Herr doch wohl nicht antun.«

Jenna glaubte ihr kein Wort. Sicher war es der Rat der Stadt, der bestimmte, wie lange sie hier festgehalten wurden.

Gerade als Jenna sich wieder auf ihren Platz setzen wollte, klopfte es. Das Getuschel im Raum verstummte, und die Frauen starrten zur Tür. Der Büttel trat ein, ging zu der Mutter Oberin und flüsterte ihr etwas ins Ohr. Sie nickte und erhob sich, um ihm nach draußen zu folgen. Jenna glaubte, den Namen Hermann Quattermart verstanden zu haben.

• • •

Ursula zerriss es innerlich. Immer wieder dachte sie an die Worte des Priesters, der ihr die Beichte abgenommen hatte. Ihre Angst vor den Höllenkreisen und dem Fegefeuer war mittlerweile so groß, dass sie ihre unsterbliche Seele hasste. Ursula verstand nicht, wie sorglos Elsgen sein konnte. Sie nahm die Worte des Priesters einfach nicht ernst. Dabei wusste der Geistliche doch genau, was in der Bibel geschrieben stand. Denn anders als die meisten war er der lateinischen Sprache mächtig.

Eine Hand legte sich von hinten auf Ursulas Schulter, und sie schrak auf. Als sie sich umwandte, blickte die Mutter Oberin sie ernst an. Ursulas Herz begann zu rasen. Hatte sie etwas falsch gemacht? Sie sah auf ihre Hand, in der sie den Hammer hielt, um die Steine zu klopfen. Hatte sie über ihre Gedanken die Arbeit vergessen?

»Ich muss mit dir reden. Folge mir in mein Arbeitszimmer.«

Ursula legte den Hammer zu den Steinen auf dem Boden und ging hinter der Mutter Oberin her ins Haus. Stiche der Angst jagten durch ihren Bauch. Gewiss hatte Elisabeth herausgefunden, dass sie Hermann zur Sünde verführt hatte.

Die Mutter Oberin hielt ihr die Tür zum Arbeitszimmer auf. »Setz dich dort an den Tisch.«

Ursula tat wie geheißen und sah sie bang an. »Habe ich etwas falsch gemacht?«

Die Mutter Katharina ließ sich ihr gegenüber nieder und holte tief Luft. »Nein, es ist nur etwas Schreckliches geschehen.«

»Was denn?« Ursula knetete die feuchten Finger in ihrem Schoß.

»Elisabeth Quattermart ist womöglich tot.«

»Wie bitte?«

»Du hast richtig gehört. Ihr Gemahl war eben hier und hat mir die traurige Nachricht überbracht.«

»Aber wie kann das sein? Vor drei Tagen war sie doch noch bei uns. Und weshalb ›womöglich‹?«

»Er sagt, sie haben sich gestritten. Und auf dem Höhepunkt des Streits hat sie angekündigt, dass sie vor Kummer ins Wasser geht, und ist fortgelaufen.«

»Hat denn jemand gesehen, dass sie ins Wasser gegangen ist?«

Die Mutter Oberin hob die Schultern. »Das hat Herr Quattermart nicht gesagt.«

Ursulas Blick irrte in dem Arbeitszimmer umher. Hermann stand jetzt mit seinem Sohn ganz allein da.

»Nun denn …« Die Mutter Oberin erhob sich. »Er war hier, weil er rasch eine Magd braucht, die sich um das Haus und um den Sohn kümmert. Bisher hatte die Familie Quattermart kein Gesinde, Elisabeth wollte wohl nie eine Hilfe an ihrer Seite, wie Herr Quattermart meinte.«

Hermann brauchte auf der Stelle eine Magd? Allmählich begriff Ursula, weshalb die Mutter Oberin mit ihr diese Unterhaltung führte.

»Also hat er mich bezüglich einer Magd um Rat gebeten. Genau genommen hat er mich nach einer von euch gefragt, deren Seele vielleicht bereits so rein ist, dass sie die Stelle antreten könnte.«

Sollte das wirklich wahr sein? Ursula konnte es nicht so recht glauben. Wenn, dann hätte Hermann sie doch gezielt ausgewählt!

»Aber wie ich ihm sagte, ist dies noch bei keiner von euch der Fall.« Die Mutter Oberin schritt in dem Arbeitszimmer hin und her.

Ursula hatte es geahnt. Ihre Seele war gewiss noch nicht gänzlich von allen Sünden gereinigt. Aber sie spürte, dass die Oberin etwas mit ihr vorhatte. Hermann würde nie und nimmer eine der anderen Frauen in sein Haus holen.

»Und warum führt Ihr dann diese Unterhaltung mit mir?«, fragte sie freiheraus.

Die andere setzte sich wieder. »Keine von euch ist bereits von den Sünden gereinigt. Aber bei dir sehe ich die größte Bereitschaft, ernsthaft für die Sünden büßen zu wollen.«

Ursula senkte den Blick. Natürlich wollte sie das. Aber wenn Hermann sie in sein Haus und später sicher auch in sein Bett rief, sündigte sie erneut und würde gewiss im Fegefeuer enden. Aber vielleicht nahm er sie ja nach dem Trauerjahr zur Frau! Er hatte ihr doch immer beteuert, wie sehr er sie liebte.

Bei diesem Gedanken erfasste Ursula eine Welle des Glücks, ein Gefühl, für das sie sich jedoch augenblicklich schämte. Elisabeth war vielleicht tot. Dennoch, sie hatte den Weg ins Wasser selbst gewählt, und sie hatte Hermann und ihren Sohn zurückgelassen. Sie hatte das Leben verschmäht, nachdem sich Ursula so sehr sehnte.

Sie sah auf. »Ich büße bereits, seit ich in diesem Haus bin. Was soll ich mehr tun?«

Die Mutter Oberin schürzte die Lippen und schien nachzudenken. Dann kniff sie die Augen zusammen. »Unter Umständen käme für dich die Selbstgeißelung in Betracht. Du musst bedenken, in nur wenigen Tagen könnte der Priester dir die Absolution erteilen.«

Ursula schluckte. »Ihr meint, ich soll mich selbst auspeitschen?«

»Ja, so ist es.«

Ursula glaubte bereits die Schmerzen auf ihrem Rücken zu

spüren. Doch wenn sie es nicht tat, nahm sich Hermann gewiss eine andere Magd.

»Wärest du dazu bereit?« Die Mutter Oberin neigte leicht den Kopf zur Seite und sah sie an.

Ursula sog tief den Atem durch die Nase, dann nickte sie. »Ja, ich wäre dazu bereit.«

»Gut.« Mutter Katharina öffnete einen Schubladenkasten unter der Tischplatte und holte eine Geißel hervor. Drei Lederriemen waren an einem Stab befestigt. Ihre Enden wiesen dicke Knoten mit Nägeln auf.

Ursula wurde es übel. »Wie oft?«, fragte sie mit zitternder Stimme.

»Morgens und abends jeweils vier Schläge vor dem Gebet. Du kannst dich dazu in die Kapelle begeben. Vater Ignatius wird entscheiden, wann er dir die Absolution erteilt.« Die Mutter Oberin schob ihr die Geißel zu.

Ursula schluckte gegen die Säure, die ihr in die Kehle stieg. Dann nahm sie den Stab in die Hand und erhob sich. »Ich werde gleich heute Abend damit beginnen.« Auf unsicheren Beinen verließ sie das Arbeitszimmer der Mutter Oberin.

• • •

Ein bleierner Himmel hing über der Stadt, und Amandos Mönchskutte wie auch Loppos Umhang waren vom Regen durchweicht. Zum wiederholten Male lief Amando mit Loppo durch die Gassen von Köln, suchte die Türme auf und fragte die Wächter nach Jenna. Doch niemand der Männer kannte die Gefangene. Mit jedem Abend, an dem er die Mönchskutte wieder ablegte, wurde Amando das Herz schwerer.

»Wir sollten den Rat der Stadt fragen, was meinst du?«

»Und damit den Verdacht auf uns lenken? Das geht nicht.« Amando presste die Lippen aufeinander und strich sich über den Bart. »In irgendeinem Turm muss sie doch sein.«

»Oder im Kerker des Bischofspalastes. Da haben wir noch nicht nachgefragt. Komm, lass uns auf den Domplatz gehen.«

Auf dem Aldemarkt schoben sie sich durch das Gedränge. Eine Menschentraube hatte sich um einen Verkaufsstand gebildet, an dem ein Mann eine Wundertinktur anpries. Angeblich sollte sie sogar die Ruhr heilen. Abermals wurde es Amando schwer ums Herz, da er an Jenna dachte. Er stellte sich vor eine Frau, die gerade den Arm hob, um einen der Tiegel zu erstehen.

»He, ich war zuerst da!«, keifte die Frau.

»Sag, Weib, wurde hier in der letzten Zeit eine Frau gerichtet?«

»Hier werden andauernd Leute gerichtet.« Sie fuchtelte mit den Händen, als wolle sie einen Schwarm Fliegen vertreiben. »Und nun geh aus dem Weg. Ich muss auch solch einen Tiegel haben.«

Amando schob sich weiter durch die Menschentraube und fragte eine andere Frau.

»Letztens haben sie einer die Zunge aus dem Maul gerissen.« Die Frau streckte ihre eigene heraus, als sei Amando schwer von Begriff.

Er wurde hellhörig. »Wie sah die Frau aus?«

»Die war zweimal so dick wie ich.«

Amando seufzte innerlich erleichtert auf, bedankte sich und verließ mit Loppo den Aldemarkt. Sie gingen die Gasse hinauf, die zum Domplatz führte. Vor dem Bischofspalast befragten sie den Wächter, doch der wusste auch nichts von einer Frau, die hier vielleicht im Kerker einsaß.

»Wir sollten in eine Schenke einkehren«, sagte Loppo und sah sehnsüchtig zu dem bronzefarbenen Schild, das über einer Tür im Wind baumelte.

Amando stimmte ihm zu, auch wenn er die Untätigkeit hasste.

Nachdem der Wirt ihnen zwei Krüge mit Bier an den Tisch gebracht hatte, gesellte sich eine Alte zu ihnen.

Sie setzte sich neben Amando und zupfte an seinem Ärmel. »Du bist doch nicht wirklich ein Mönch, oder?«

Amando brach der Schweiß aus. Ob sie ihn erkannt hatte? Aber das war unmöglich. »Natürlich! Wie kommst du darauf, dass es nicht so sein könnte?«

»Unter der Kapuze deiner Kutte steckt das Gesicht eines schönen Jünglings, der gewiss in vollem Saft steht.« Sie strich ihm mit den knochigen Fingern über die Hand. »Aber ich will dich nicht auf sündige Gedanken bringen.«

Loppo lachte auf. »Hältst du dich etwa für ein begehrenswertes Weib, dem selbst ein Mönch nicht widerstehen kann?«

Die Alte sah Loppo an und lächelte süß. Die oberen Schneidezähne fehlten ihr. »Ich rede doch nicht von mir, junger Mann. Aber ich kenne ein schönes Mädchen. Etliche Männer behaupten, sie hätten zwischen ihren Schenkeln das Paradies gefunden.« Sie hob die Augenbrauen. »Es gibt nicht mehr viele von den hübschen Dingern in der Stadt.«

Loppo runzelte die Stirn. »Nicht? Wo sind denn all die Huren hin?«

»Ihr habt noch nicht davon gehört?«

»Wovon?«, fragte Loppo nach.

Amando verzog die Lippen und fuhr mit dem Finger über den Henkel seines Krugs. Was interessierte ihn das Geschwätz über die Huren?

Die Alte griff nach Loppos Krug und nahm einen tiefen Schluck. »Na, von der Säuberung. Der Rat hat die Huren aus den Gassen vertrieben. Einige von ihnen haben sie sogar vom Berlich geholt. Im Büßerinnenhaus sollen sie nun ihre Sünden büßen.« Sie lachte spöttisch. »Als ob die Frauen bekehrt werden könnten!«

Amando leerte seinen Krug in einem Zug. Dann kramte er ein paar Pfennige aus seiner Geldkatze, legte sie auf den Tisch und wandte sich an Loppo. »Lass uns gehen.«

Die Alte legte die Hand auf seinen Unterarm. »Nicht so eilig, Bruder. Vielleicht hat dein Begleiter nun doch Lust auf eine Hübschlerin.«

»Gewiss nicht«, sagte Amando und erhob sich. »Er hat bereits eine Frau.«

Loppo sah zu ihm auf und runzelte die Stirn.

»Komm, mein Freund, dein Weib wartet auf dich.« Amando nickte ihm auffordernd zu.

Seufzend gab Loppo nach. »Ja, du hast wohl recht.« Er wollte sich erheben, hielt jedoch noch einmal inne. »Warte kurz.«

Die Alte rieb sich die Hände und grinste schief. »Also doch.«

»Nein, ich habe nur eine Frage. Hast du von dem Henker gehört, der bei einer Hinrichtung von einem Messer getroffen wurde?«

Amando glaubte sich verhört zu haben. Er warf Loppo einen warnenden Blick zu, doch sein Bruder beachtete ihn nicht.

»Ja, sicher. Ich war sogar dabei.« Die Alte reckte das Kinn vor. »Hab selbst dafür gesorgt, dass die Hure in den Kerker kam. Ein Elend, dass der Henker das Urteil nicht vollziehen konnte.«

Amando starrte sie an. »Die Hure?«

»Ja, die Hure hatte einen Freier bestohlen und wollte mit dem Geld auf und davon. Kurz zuvor hatte sie mich in einer Gasse angesprochen und gefragt, ob ich einen Freier kenne, der sie gut bezahlt.«

Amando hörte das Blut in seinen Ohren rauschen. »Das ist nicht wahr, oder?«

»Doch, doch, das hat sie.« Die Alte wich seinem Blick aus.

Amando hoffte inständig, dass sie die Wahrheit verdrehte, um nicht ihren eigenen Hals in Gefahr zu bringen. »Weißt du, wo sie gefangen gehalten wird?«, fragte Amando entgegen jeder Vernunft.

Die Alte schien kurz zu überlegen, dann schüttelte sie den Kopf. »Vorher hat sie auf dem Frankenturm gesessen, aber ob das noch so ist, weiß ich nicht. Aber wenn sie erneut auf den Richtbock muss, rufen sie es aus. Warum fragst du?«

»Reine Neugierde«, sagte Amando, erhob sich und sah Loppo eindringlich an. »Wir müssen jetzt wirklich gehen.«

Vor der Tür der Schenke schüttelte Amando den Kopf. »Kerl, du hast uns fast um Kopf und Kragen gebracht. Was, wenn die Alte mich als den Messerwerfer erkannt hätte?«

»Hat sie aber nicht.« Loppo deutete mit einem Kopfnicken die Gasse hinauf. »Komm, lass uns den Frankenturm suchen.«

21

Ein Fieber hatte sich plötzlich über Nacht ausgebreitet, und mehr als die Hälfte der Huren litten darunter. Jenna hatte den hustenden und verschnupften Frauen strengste Bettruhe verordnet und dankte Gott, dass sie selbst bisher von der Krankheit verschont geblieben war. Sie ging die Stiegen hinab, um der Mutter Oberin von dem misslichen Zustand zu berichten. Die kranken Frauen konnten unmöglich arbeiten, denn wenn sich ihre Lungen entzündeten, würde dies ihren Tod bedeuten. Mergh litt am schlimmsten unter dem Fieber, da ihr Leib noch geschwächt war. Immer wieder verlor sie das Bewusstsein.

Jenna klopfte an die Tür der Kammer, in der die Mutter Oberin schlief. Ein Keuchen war zu hören. Jenna deutete es als Aufforderung einzutreten und schob die Tür auf.

Schwester Margarethe saß neben dem Bett der Mutter Oberin und kühlte ihr die Stirn mit einem nassen Tuch. »Sie hat Fieber! Ich bekomme es nicht gesenkt.« Verzweifelt sah sie zu Jenna auf.

Diese warf einen überraschten Blick auf die Mutter Oberin. »So geht es mehr als der Hälfte der Frauen. Wir brauchen unbedingt Heilkräuter.«

Mutter Katharina bekam einen Hustenanfall. Als sie sich wieder einigermaßen beruhigt hatte, hob sie den Kopf ein wenig.

»Geh zum Markt und besorge uns Heiltränke. Ich befürchte, ich überlebe sonst das Fieber nicht«, krächzte sie.

In Jennas Kopf überschlugen sich die Gedanken. Durfte sie wirklich das Haus verlassen?

»Schwester Margarethe wird dich begleiten«, ergänzte die Mutter Oberin im nächsten Moment.

Jenna sank das Herz. Einen Lidschlag lang hatte sie gehofft, zum Lager der Vaganten laufen zu können, um Amando zu sehen. Womöglich gar bei ihm zu bleiben.

»Aber jemand muss Euch die Stirn kühlen«, wandte Schwester Margarethe ein.

»Das kann eine der anderen Frauen machen. Jenna, hol eine, die noch gesund ist. Und du, Margarethe, sag dem Büttel Bescheid, er soll die Huren im Haus bewachen.«

Jenna eilte die Stiegen hinauf und ging zu Elsgen. Die Hure saß neben Merghs Bett und hielt der Kranken die Hand. »Was hat das ehrwürdige Biest gesagt?«

»Ich soll zum Markt gehen und Heiltränke besorgen!« Jenna konnte die Worte, die ihr aus dem Mund kamen, selbst nicht recht glauben.

Elsgen sah sie entgeistert an. »Du? Allein?«

»Nein, Schwester Margarethe soll mich begleiten.«

»Du kannst wirklich das Haus verlassen? Wie kommt es? Doch nicht nur, weil die Frauen krank sind?«

»Die Oberin liegt selbst mit Fieber im Bett.«

Elsgen hob die Brauen. Ein Ausdruck der Schadenfreude glitt über ihr Gesicht. »Ach? Sieh an.« Plötzlich kniff sie die Augen zusammen. »Das heißt, sie ist wehrlos.«

»Sie ja, der Hund sowie der Büttel sind es jedoch nicht.« Jenna legte die Hand auf Merghs Stirn. Sie glühte wie ein Holzscheit im

Feuer. »Während Schwester Margarethe mich begleitet, soll eine der Frauen bei ihr sitzen und ihr Fieber senken.«

Elsgen sprang auf. »Wunderbar, dann kann ich dem Biest gleich den Hals umdrehen.«

Jenna legte die Hand auf ihren Unterarm. »Bitte nicht, Elsgen. Das würde böse für dich enden. Vermutlich am Galgen.«

»Weshalb? Sie kann doch am Fieber gestorben sein. Oder an einem Hustenanfall erstickt.« Elsgen schob die Unterlippe vor.

»Selbst wenn, würden sie dich dennoch beschuldigen, das weißt du. Wir alle sind dem Richter nicht mehr wert als der Dreck unter seinen Nägeln.«

»Das sind wir niemandem.« Elsgens Blick verschleierte sich.

»Sie hat nach Ursula gefragt«, log Jenna, um das Schlimmste zu verhindern.

»Die ist wieder in der Kapelle. Weiß der Henker, was sie mit ihren Gebeten zu erreichen glaubt. Sie spricht ja kaum noch mit uns, seit die Mutter Oberin sie zu sich gerufen hat.«

Um sie herum husteten und stöhnten die Frauen. Jenna tätschelte rasch Elsgens Schulter. »Pass gut auf die Kranken auf. Ich bin so bald es geht wieder zurück.«

»Es wäre ein Leichtes für dich, Schwester Margarethe wegzulaufen, das weißt du.«

»Ja«, sagte Jenna. »Aber ich überlasse euch nicht dem Schicksal.«

»Etwas anderes hätte ich auch nicht erwartet.« Elsgen erhob sich und umarmte Jenna. »Dennoch würde ich es dir nicht verdenken. Nutze die Gelegenheit und kehre zurück in dein altes Leben.«

Jenna presste die Lippen aufeinander. Dann verließ sie den Schlafsaal, um Ursula aus der Kapelle zu holen.

Als Jenna kurz darauf die Tür zur Kapelle aufschob und in das dämmrige Innere blickte, gefror ihr das Blut in den Adern. Ursula kniete wimmernd und mit nacktem Oberkörper auf dem Boden. Immer und immer wieder schlug sie sich die Enden einer Geißel auf den Rücken. Blut tropfte aus den Wunden zu Boden.

Jenna eilte zu ihr und riss ihr das Folterinstrument aus der Hand. »Was machst du? Bist du von Sinnen?«

Ursula brach weinend zusammen. »Nicht, gib sie mir wieder«, keuchte sie. »Ich muss es tun.«

»Du musst gar nichts, außer zur Vernunft kommen!«, schrie Jenna lauter, als sie wollte.

»Ich muss büßen, damit meine Seele rein genug für Hermann ist. Bitte, lass mich.« Ursula schluchzte.

»Deine Seele wird auch so gereinigt.« Jenna legte ihr das Hemd über die Schultern. »Und nun steh auf. Ich werde Salbe vom Markt mitbringen, damit ich deine Wunden versorgen kann.«

»Warum bist du hergekommen?« Ursula erhob sich von den Knien und wischte sich die Tränenschlieren von den Wangen.

»Die Mutter Oberin ist krank. Jemand sollte bei ihr wachen und ihr die Stirn kühlen, damit das Fieber nicht noch steigt.«

»Du darfst das Haus verlassen?« Ursula sah sie mit großen Augen an.

»Ja, ich soll Heiltränke besorgen.«

»Kommst du zurück?« Ursula nahm das Hemd von ihren Schultern und zog es sich an. Als das grobe Sackleinen über ihren Rücken strich, presste sie die Lippen aufeinander.

»Soll ich euch etwa im Stich lassen?«

»Ja, Jenna. Geh zu deinem Amando und ziehe mit ihm weiter. Dann bist du wenigstens du frei. Wir werden das Fieber hier schon überleben.«

Jenna strich ihr über die Wangen. »Versprich mir, dass du dich nie wieder geißelst.«

Ursula senkte den Blick. »Das kann ich nicht.«

Jenna sog tief den Atem ein. Sie wusste, es machte keinen Sinn, weiter auf Ursula einzureden. Ihre Angst vor dem Fegefeuer war mittlerweile so groß, dass sie selbst mit dem Teufel tanzen würde, um ihm zu entkommen.

»Komm, lass uns zur Mutter Oberin gehen«, sagte sie und griff nach Ursulas Hand, um sie zurück in das Haus zu bringen.

Jenna sah in den Himmel, der ihr nie zuvor so weit vorgekommen war. Der Herbst zeigte sich von seiner schönen Seite. Die Sonne schien, und es wehte ein lauer Wind durch die Gassen. Schwester Margarethe, die neben ihr herging, gab sich schweigsam. Jenna blieb stehen und sah sehnsüchtig zu dem Stadttor, vor dem die Vaganten gelagert hatten.

»Warum gehst du nicht weiter?«, fragte Schwester Margarethe.

Jenna verspürte ein Kribbeln in den Adern. Sie brauchte nur loszulaufen. Gewiss konnte sie schneller rennen als Schwester Margarethe. Und endlich wäre sie dann bei Amando in Freiheit.

»Wir sollten uns sputen, damit die Mutter Oberin rasch ihre Arznei bekommt.« Die junge Nonne biss sich auf die Unterlippe.

»Sie und die anderen Frauen«, sagte Jenna leise. Nein, sie konnte die anderen nicht im Stich lassen. Erst würde sie die Arznei besorgen und dann weitersehen.

Sie suchten einen Apotheker auf, der auf dem Aldemarkt seine Arzneien anbot. Jenna erstand etwas gegen Fieber und Husten. Doch sie vertraute nicht vollständig auf die Wirkung des Tranks, denn der Apotheker konnte ihr nur vage sagen, was darin enthalten war. Misstrauisch sah Jenna ihn an.

»Thymian und Lindenblüte«, ergänzte er noch rasch.

Ganz in der Nähe seines Stands entdeckte Jenna eine Kräuterfrau. In mehreren Körben bot sie erlesene Kräuter an. Jenna kaufte getrockneten Meisterwurz, Galgant und Perlagonienpulver. Doch darüber hinaus wollte sie unbedingt noch frische Kräuter suchen, zum Beispiel Bertram, und vielleicht würde sie an einem Bach etwas Brunnenkresse finden.

Und sie wollte zu Amando.

Deshalb wandte sich Jenna an Schwester Margarethe: »Wir sollten vor den Mauern der Stadt nach wirksamen Kräutern suchen.«

Schwester Margarethe riss die Augen auf. »Vor den Mauern? Aber wir haben doch die Arznei, und außerdem sollen wir so rasch wie möglich zurück ins Haus kehren. Die Mutter Oberin wird uns strafen.«

»Das tut sie bestimmt nicht, weil ihr nur meine Kräuter Linderung verschaffen werden. Nun kommt schon.«

Schwester Margarethe sah sich unsicher um. »Glaubst du wirklich?«

»Ja, vertraut mir.«

Sie ließen die Kathedrale hinter sich, hielten sich eine Weile nördlich bis zum nächsten Stadttor und verließen dahinter die Straße. Während Jenna mit raschen Schritten querfeldein lief, die junge Nonne im Schlepptau, verspürte sie heftiges Herzklopfen. An den Feldwegen fand Jenna etwas Bertram und legte ihn zu der Arznei in den Korb.

»Wir sind schon sehr weit vor den Mauern! Wir sollten zurückkehren«, sagte Schwester Margarethe mit dünner Stimme.

»Noch nicht. Ich brauche noch Mohn.« Jenna suchte jedoch nicht mehr nach Kräutern. Ihr Blick schweifte in die Ferne zu dem

Platz, wo die Vaganten damals ihr Lager aufgeschlagen hatten. Doch als sie noch etwas näher kamen, durchfuhr Jenna ein heißer Schreck. Die Wagen waren verschwunden und der Platz auf dem Feld menschenleer. Amando war fort.

Ihre Kehle schnürte sich zu, und sie glaubte, keine Luft mehr zu bekommen. Er war weitergezogen, würde für ewig nur noch ein Bild in ihrem Herzen sein. Jenna hörte das Blut in ihren Ohren rauschen. Sie wandte den Blick von der Lagerstelle ab und sah die junge Nonne an. »Lasst uns zurückgehen.«

Ihr Herz fühlte sich wund an. Was hätte sie getan, wenn sie Amando gefunden hätte? Wäre sie bei ihm geblieben und hätte die Frauen sich selbst überlassen? Oder hätte sie ihn gebeten, auf sie zu warten, bis sie wieder frei sein würde? Daran hatte Jenna zuvor keinen Gedanken verschwendet.

Enttäuschung gesellte sich zu der Traurigkeit in ihrem Herzen. Amando war ohne sie weitergezogen, dabei hatte er versprochen, auf sie achtzugeben, sie zu beschützen. Weil Daschbog sie ihm vor die Füße gelegt hatte – der Gott des Sommers und des Glücks.

Tränen verschleierten Jennas Blick. Sie blinzelte sie fort, bückte sich und rupfte einige Ringelblumen aus der Erde.

Eine ganze Weile später trat sie mit Schwester Margarethe durch die Eigelsteintorburg und kehrte in das Büßerinnenhaus zurück. Obwohl Ursula der Mutter Oberin ununterbrochen die Stirn gekühlt hatte, war das Fieber immer noch hoch. Ursula sah Jenna fragend an. »Du bist zurückgekommen?« Ihr Blick war voller Schmerz.

»Ja, natürlich.« Jenna flößte Mutter Katharina etwas von der Arznei ein.

Die Mutter Oberin wimmerte im Fiebertraum, zuckte und zitterte. Dann hielt sie sich schützend den Arm vor das Gesicht. »Nein, nicht! Schlagt mich nicht. Ich bin nicht schuld!«, rief sie.

»So geht das schon eine ganze Weile«, sagte Ursula.

»Ich glaube, jemand hat ihr einst großes Herzeleid zugefügt. Vielleicht ist sie deshalb so gnadenlos mit uns.« Jenna strich Ursula über den Arm. »Wenn das Mittel wirkt, wie es sollte, wird sie gleich ruhig schlafen.«

Sie wandte sich ab und ging hoch in den Schlafraum der Frauen. Das Röcheln und Husten der Kranken war bereits auf der Stiege zu hören.

Elsgen saß immer noch an Merghs Lagerstatt und kühlte der Kranken die Stirn. Die Kranke war kaum bei Bewusstsein, und der Heiltrank lief ihr an den Mundwinkeln hinab. Ein Hustenanfall überfiel sie. Er war so heftig, dass sie sich erbrach.

Elsgen sah verzweifelt zu Jenna auf. »Geh und versorge die anderen Frauen. Ich kümmere mich darum.«

Bis tief in die Nacht hatte Jenna alle Hände voll zu tun. Mittlerweile gab es mehr kranke als gesunde Frauen in dem Haus. Sie selbst verspürte jedoch immer noch keine Anzeichen von Fieber, und dafür dankte sie Gott.

Als der Morgen graute, fand sie etwas Zeit, um ihre eigenen Arzneien herzustellen. Jenna ging zur Kochstelle und zerstieß die Meisterwurz in kleine Stücke. Da ihr der Wein fehlte, setzte sie das Kraut mit Wasser an. Später würde sie die Masse abseihen und den Frauen den Sud zu trinken geben.

Als Nächstes zerstieß sie Bertram und Galgant und mischte alles unter das Pergalonienpulver. Die Müdigkeit floss inzwischen schwer wie Blei durch ihre Adern, doch sie wollte noch die Brunnenkresse verarbeiten und setzte diese ebenfalls mit Wasser an.

Dann wischte sie sich die Hände an ihren Röcken ab und verließ die Kochstelle.

Als sie kurz darauf wieder an Merghs Bettstatt erschien, schüttelte Elsgen verzweifelt den Kopf.

»Sie war in den letzten Stunden nicht mehr bei Bewusstsein.« Elsgen seufzte.

Jenna legte die Hand auf Merghs Brustkorb. Ihr Atem ging flach und unregelmäßig – und im nächsten Moment verebbte er ganz. Jennas Magen zog sich zusammen. »Sie hat es nicht geschafft«, flüsterte sie.

»Um Himmels willen.« Elsgen biss sich auf den Finger ihrer geballten Hand. Tränen rannen aus ihren geröteten Augen.

• • •

»Eine Tote?« Hermann starrte seinen Bruder an.

»Ja, sie ist an einem Fieber gestorben.« Werner sah betreten drein.

Hermanns Hände begannen zu zittern. »Wie ist ihr Name?« Er traute sich kaum, die Frage auszusprechen.

»Der ist mir nicht bekannt. Der Bürgermeister erzählte mir nur von einer Epidemie, die in dem Haus ausgebrochen ist, und dass es bereits zu einem Todesfall kam. Aber warum interessiert dich der Name dieser armen Tochter?« Werner starrte ihn an. »Himmel, Hermann, du bist ja so bleich, als wärest du selbst erkrankt!«

Mit bebenden Fingern setzte sich Hermann das Barett auf den Kopf. »Ich muss zum Haus und dem Vorfall nachgehen.«

Sein Bruder umrundete das Schreibpult. »Warum machst du solch einen Aufstand? Es war doch nur eine Hure.«

Hermann erwiderte nichts und ließ ihn stehen. Jede Frau durfte es sein, nur nicht seine Ursula. Nein, niemals. Wie sollte er dann weiterleben? Hermann wurde schier verrückt vor Angst. Ihm war speiübel, als er den Eigelstein entlangeilte. Außer Atem blieb er gleich darauf vor dem Büttel stehen, der das Tor in der Mauer bewachte.

»Mir ist zu Ohren gekommen, dass eine der Frauen gestorben ist«, platzte es aus Hermann heraus.

Der Büttel nickte. »Ja, das Fieber hat sie dahingerafft.«

»Welche war es?«

Der Büttel glotzte ihn an. »Herr, was stellt Ihr für Fragen? Woher soll ich das wissen?«

Die Faust, die Hermanns Herz umschlossen hatte, drückte fester zu. »Ich muss augenblicklich mit der ehrwürdigen Mutter sprechen.«

»Das geht nicht.« Der Büttel schob die Finger unter den Helm und kratzte sich am Kopf. »Die liegt ebenfalls krank danieder.«

»Dann lass mich in das Haus!« Hermanns Stimme war alles andere als fest.

»Das darf ich nicht, das wisst Ihr.«

»Dann machst du diesmal eine Ausnahme.« Bedrohlich baute sich Hermann vor ihm auf. Wenn er nicht bald erfuhr, ob es Ursula gut ging, würde er den Mann töten.

»Nein, Herr. Die Mutter Oberin hat diese Vorschrift gemacht. Sie gilt ausnahmslos.«

Hermann ärgerte sich nicht zum ersten Mal, dass dieser Nonne so viel Macht gewährt worden war. Aber es hatte sich keine andere Gottesdienerin gefunden, die mit so vielen Sünderinnen unter einem Dach leben wollte.

»Geh hinein und erkundige dich nach dem Namen der Toten«, sagte er barsch.

Der Büttel bewegte sich keinen Fuß weit von der Stelle. »Ich darf nicht mit den Huren sprechen.«

Hermann verlor die Fassung und ballte die Faust vor der Nase des Büttels. »Dann frag verdammt noch mal diese junge Nonne da drinnen!«

Der Büttel verdrehte die Augen. »Schon gut, Ihr gebt ja doch keine Ruhe. Weshalb auch immer Euch diese tote Hure interessiert.« Er schüttelte den Kopf, schloss das Tor auf und betrat den Hof. Da er das Tor nicht hinter sich verschloss, nutzte Herrmann die Gelegenheit und schlüpfte ebenfalls hindurch. Bitte, Herr, lass es nicht Ursula sein, betete er still.

In diesem Augenblick kam eine Frau aus der Kapelle, und Hermann schrak zusammen. Ungläubig starrte er sie an. »Ursula«, flüsterte er. »Du lebst.«

Trotz ihrer Schönheit sah sie erbärmlich aus. Abgemagert und blass. Das Haar ungekämmt. Ihr Anblick zerriss ihm fast das Herz. Hermann wollte sie in den Arm nehmen, doch sie wich zurück. »Nicht!«

»Du weißt nicht, was ich für eine Angst ausgestanden habe, als ich von der toten Frau hörte! Du musst unbedingt bald zu mir kommen, mein Lieb.«

»Der Priester bestimmt, wann ich mit der Geißel genug Buße getan habe.«

»Mit der Geißel?« Hermann starrte sie an.

»Du musst gehen!« Ursula sah zu der Tür.

»Ich hol dich hier heraus. Glaube mir.« Hermann verschränkte die Finger, um dem Drang zu widerstehen, ihr über das Haar zu streichen. Himmel, wie sehr er sie liebte!

»Du musst gehen, bevor dich jemand sieht«, sagte Ursula abermals.

Hermann nickte. »Bald bist du bei mir«, sagte er und verließ dann eilig den Hof.

Auf der Gasse spürte er, wie es in seinen Eingeweiden rumorte. Ursula geißelte sich wegen ihm. Das konnte er nicht zulassen. Er musste unbedingt Vater Ignatius aufsuchen, damit er Ursula die Absolution erteilte. Das Rumoren in seinem Bauch wurde heftiger, und er beschleunigte seinen Schritt. Doch zuerst musste er auf den Abtritt. Rasch lief er zu seinem Haus.

Nachdem Hermann sich erleichtert hatte, füllte er ein Säckchen mit Goldstücken und eilte zur Kunibertkirche. Er fand Vater Ignatius in der Sakristei, wo er die Monstranz mit Hostien befüllte.

»Vater«, sagte er leise, »kann ich Euch sprechen?«

Der Priester wandte sich um. »Sicher, mein Sohn«, sagte er, als er Hermann erkannte. »Was führt dich zu mir?«

»Ich habe erfahren, dass sich meine zukünftige Magd im Büßerinnenhaus geißeln muss.«

»Ich weiß. Die Mutter Oberin hat ihr dazu geraten, damit ihre Sünden rascher gebüßt sind.«

»Das sehe ich ein.« Hermann nahm die Hand des Priesters und legte das Säckchen mit den Goldmünzen hinein. »Aber findet Ihr nicht, dass es nun genug ist?«

Die Finger des Priesters schlossen sich fest um das Säckchen. »Ich könnte ihr unter Umständen die Beichte abnehmen, um dies herauszufinden.« Der Blick aus seinen Augen war kalt und berechnend.

Hermann verstand. »Ich würde Euch gern eine weitere Spende zukommen lassen, da ich weiß, dass Ihr für eine neue Glocke sammelt. Wann, glaubt Ihr, könnt Ihr Ursula die Beichte abnehmen?«

»Ich würde ja morgen früh in das Haus gehen, jedoch fürchte ich das Fieber.«

»Die Frauen sind auf dem Weg der Besserung«, sagte Hermann, obwohl er sich dessen gar nicht sicher war. »Zumindest ist Ursula nicht von der Krankheit betroffen«, fügte er rasch hinzu, um sich in dem Gotteshaus nicht wegen einer Lüge zu versündigen. »Die Spende, die ich Euch zukommen lasse, wird doppelt so hoch sein wie die, die Ihr in den Händen haltet.« Sein ganzes Vermögen hätte Hermann für Ursula gegeben. Nun, da er sie gesehen hatte, war die Sehnsucht nach ihr erst recht unerträglich geworden.

»Nun, wenn du sagst, Ursula sei frei vom Fieber, werde ich ihr gleich morgen früh die Beichte abnehmen.«

Freude und Glückseligkeit übermannten Hermann so heftig, dass ihm die Augen feucht wurden. Er musste an sich halten, dem Priester nicht vor lauter Dankbarkeit um den Hals zu fallen.

Er wollte gerade gehen, als Vater Ignatius ihn am Arm festhielt.

»Die Mutter Oberin hat mir erzählt, was mit Elisabeth geschehen ist. Deine Gemahlin wollte ins Wasser gehen, sagte sie. Aber was ist mit ihrem Leib? Ist er immer noch nicht gefunden worden?«, fragte der Priester.

Hermann sah betreten zu Boden. »Nein, Vater, sie wurde noch nicht gefunden. Aber ich bin mir sicher, dass sie ertrunken ist.« Nun war ihm doch eine Lüge in dem Gotteshaus über die Lippen gekommen. Er seufzte. »Ich werde Euch Bescheid geben, wenn Ihr die Totenmesse lesen könnt.«

22

Ursula biss die Zähne zusammen, schlug ein letztes Mal zu und fiel vornüber mit dem Gesicht in den Staub. Flammen züngelten über ihren Rücken und fraßen sich in das Fleisch. Wimmernd krümmte sie sich und versuchte gegen den Schmerz zu atmen. Wie aus weiter Ferne hörte sie die Tür zur Kapelle knarzen.

Eine Stimme drang an ihr Ohr. »Ursula? Ursula!«

Sie kannte die Stimme, konnte sie jedoch keinem Gesicht zuordnen. Langsam hob sie den Kopf und blinzelte. Sie sah nur ein verschwommenes Bild. Einen weißen Bart, weißes Haar. Gott? Nein, sie war doch noch nicht bereit, um vor ihn treten zu können.

»Ursula, hörst du mich?«

Sie nickte. »Herr, lass mich noch ein wenig Buße tun. Dann komme ich zu dir.«

»Ursula, ich bin es! Vater Ignatius.«

Sie blinzelte. »Bin ich noch auf Erden?« Das geschundene Fleisch auf ihrem Rücken gab ihr die Antwort, bevor es der Priester tat.

»Ich bin hier, um dir die Beichte abzunehmen.«

Ursula stützte sich auf die Hände, um sich zu erheben.

»Hier, bedecke zuerst deine Blöße.« Vater Ignatius hielt ihr das Hemd hin und wandte den Blick von ihren Brüsten ab.

Rasch erhob sich Ursula, nahm es ihm aus der Hand und zog es über. Als das Linnen sich auf ihren wunden Rücken legte, schrie sie auf und ging wieder auf die Knie.

Der Priester sah sie besorgt an. »Hast du mir etwas zu beichten, meine Tochter?«

»Nein«, wimmerte Ursula. »Nein, gewiss nicht mehr.«

»Auch keine sündigen Gedanken?«

Ursula biss sich auf die Unterlippe. Sollte sie ihm wirklich ihre Träume beichten? Ja, sie musste es tun, denn dem Herrn im Himmel waren sie gewiss nicht entgangen. Ursula nickte. »Doch, die hatte ich, Vater.«

Der Priester hob die Augenbrauen. »Beichte sie.«

»Ich habe von einem Stück Braten und einem Becher roten Wein geträumt.«

»Soso«, murmelte der Priester. »Du solltest dir den dritten Höllenkreis vor Augen halten, daran denken, dass die Gefräßigen im eisigen Regen vom Höllenhund Kerberus geschunden werden.«

Augenblicklich hatte Ursula den Hund der Mutter Oberin vor Augen. Eine kalte Hand griff nach ihrem Herz.

Der Blick des Priesters wurde sanft. »Aber es war nur ein Traum, sagst du? Und du verspürst Reue darüber?«

Ursula nickte. »Gewiss.«

»Dann sei dir die Sünde vergeben. So wie ich dir die Sünden vergebe, wird sie dir auch der Herr vergeben. Was du hier auf Erden gebüßt hast, wird auch im Himmel gebüßt sein.« Vater Ignatius schlug mit der Hand das Kreuzzeichen. »Gehe hin in Frieden, meine Tochter.«

»Ihr meint, meine Seele ist jetzt rein? Ich kann das Haus verlassen?« Ursula glaubte zu träumen.

»Ja, meine Tochter. Du bist bereit für ein ehrbares Leben, das von Gebeten geprägt sein soll.« Vater Ignatius lächelte milde. »Ich werde die Mutter Oberin in Kenntnis setzen.« Er reichte ihr die Hand, um ihr aufzuhelfen.

Ursula schüttelte den Kopf. »Nein, Vater, lasst mich noch etwas hier verweilen. Ich will Gott für seine Gnade danken.«

»Wie du möchtest. Ich gehe dann zu Mutter Katharina und setze sie von der Loslösung deiner Sünden in Kenntnis.« Vater Ignatius segnete sie erneut und verließ die Kapelle.

Der Schmerz ließ Ursula keinen klaren Gedanken fassen. Hermann – wie sollte sie zu ihm gelangen? Sie konnte doch nicht einfach hingehen und an seine Tür klopfen. Wie würde er erfahren, dass sie endlich bereit war, in seinen Dienst zu treten?

Ursula winkelte die Beine an, schlang ihre Arme um die Knie und wiegte ihren Oberkörper vor und zurück. Wie ihre Seele würde auch ihr Rücken wieder heilen. Sie war frei von Sünde, und nur das zählte. Ursula zog die Nase hoch und lächelte unter Tränen. Nie in ihrem Leben hatte sie sich so frei gefühlt. Das Hochgefühl, das sie erfasste, war stärker als die Schmerzen. Sie sprach ein Gebet, in dem sie Gott dankte, und erhob sich. Dann verließ sie die Kapelle und sah in den Himmel. Ein Sonnenstrahl brach durch die Wolken.

»Danke, Herr«, sagte sie abermals leise und öffnete die Tür des Büßerinnenhauses.

Jenna eilte auf sie zu. »Was hat Vater Ignatius von dir gewollt? Sollst du dich weiterhin geißeln?«

Ursula schüttelte den Kopf und lächelte wieder. »Nein, ich bin frei von Sünde.«

»Wie?« Elsgen war neben Jenna getreten und sah Ursula ungläubig an. »Heißt das, du kannst das Haus verlassen?«

Plötzlich überfielen Ursula Zweifel. Durfte sie wirklich einfach gehen? Musste die Mutter Oberin oder gar der Rat der Stadt nicht sein Einverständnis geben? Reichte das Wort des Priesters aus?

Sie zuckte mit den Schultern. »Ehrlich gesagt, weiß ich das gar nicht. Aber Vater Ignatius hat mir die Absolution erteilt. Und er hat gesagt, dass ich nun ein ehrbares Leben führen kann. Gewiss holt mich Hermann bald.«

»Na, ob das wirklich die bessere Wahl ist, wage ich zu bezweifeln. Willst du nicht doch lieber zurück zu Claeß gehen?«

»Ins Hurenhaus?« Ursula starrte Elsgen an. »Bist du verrückt geworden? Was glaubst du, wofür ich mich so geschunden habe? Um mich gleich darauf wieder zu versündigen?«

Elsgen runzelte die Stirn. »So oder so wirst du dies tun. Ich denke nicht, dass dein Edelfreier die Finger von dir lassen wird, wenn du bei ihm lebst. Und in den Augen der Kirche ist kein Mensch frei von Sünde – es sei denn, die Münzen klimpern. Dann wird gern eine Ausnahme gemacht.«

»Bei mir nicht. Ich habe gewiss nicht den Priester bestochen!«, fauchte Ursula.

Jenna ging dazwischen. »Es reicht, Elsgen. Lass Ursula tun, was sie für richtig hält.« Sie nahm Ursulas Hand. »Ich habe eine gute Salbe für deinen Rücken angerührt. Wenn du willst, trage ich sie dir vorsichtig auf.«

Ursula senkte den Blick. »Würdest du das noch tun? Nach all meinen Zurückweisungen?« Nun tat es ihr leid, Jennas Hilfe bisher ausgeschlagen zu haben.

»Aber gewiss. Komm mit hoch auf die Schlafkammer, damit ich deinen Rücken versorgen kann.«

Oben in der Kammer streifte Ursula das Hemd ab, legte sich bäuchlings auf die Bettstatt und holte tief Luft, um sich gegen den Schmerz zu wappnen. Die erste Berührung brannte wie Feuer, doch dann ließ der Schmerz nach. Unter Jennas behutsamen Händen strömte Wärme durch Ursulas Leib. Alles würde gut werden.

• • •

Seit Steffan wieder die Schule besuchte, war es im Haus so still, dass man nur das Holz der Wände atmen hörte. Da Jakob Euskirchen zu oft nach Elisabeth gefragt hatte, hatte Hermann ihn einfach aus dem Dienst entlassen. Außerdem hegte Hermann immer noch den Verdacht, dass der Bastard von diesem Lehrer gewesen war. Eine unbändige Wut hatte ihn erfasst, als er in Jakobs scheinheiliges Gesicht sah. Aber er hatte den Zorn im Griff gehabt und sich zurückhalten können.

Steffan weinte viel um seine Mutter, doch Hermann verbot ihm die Tränen. Schließlich wurde es Zeit, dass sein Sohn zu einem Mann heranreifte.

Hermann schob den Stoffballen wieder auf die Klappe, die zum Kellergewölbe führte, und wedelte mit der Hand den Gestank fort. Dann schritt er in seinem Lager auf und ab, blieb vor dem Fenster stehen und sah hinaus. Der widerliche Geruch wollte ihm nicht aus der Nase weichen, deshalb öffnete er ein Säckchen, das mit Muskat gefüllt war, roch daran und verschloss es wieder. Er musste zu Vater Ignatius gehen. Er musste wissen, ob der Priester schon bei Ursula gewesen war und ob Hermann sie endlich zu sich holen konnte.

Herrmann verließ das Lager und eilte die Stiegen hinauf, um

in seinem Arbeitszimmer die Goldmünzen zu holen, die er bereits am Abend zuvor abgezählt und in seinem Pult verstaut hatte.

Als er kurz darauf auf die Gasse trat, sog er tief die Luft in seine Lungen. Kaum wahrnehmbar lag der Hauch des Herbsts darin. Hermann beschleunigte seinen Schritt und begab sich zur Kunibertkirche.

In dem Gotteshaus erneuerte Vater Ignatius gerade die Altarkerzen.

Hermann trat auf ihn zu. »Guten Tag, Vater Ignatius. Habt Ihr in meinem Sinne handeln können? Wart Ihr im Büßerinnenhaus?«

Der Priester nickte. »Ja, ich war bei Ursula und habe ihr die Absolution erteilt. Ihre Seele ist frei von Sünde.« Er hielt die Hand auf.

Erleichtert stieß Hermann den Atem aus und gab ihm die Goldmünzen. Ohne langes Zögern verabschiedete er sich und eilte aus der Kirche.

Sein Herz schlug ihm bis in den Hals, als er endlich das Tor in der Mauer rings um das Büßerinnenhaus erreichte, vor dem der Büttel in der Nachmittagssonne döste. Als er Hermann sah, sprang er auf die Beine.

»Seid gegrüßt, Herr Quattermart.« Er lupfte seinen Helm.

»Geh und hol die Mutter Oberin, damit ich mit ihr reden kann.«

»Ich weiß nicht, ob sie nicht immer noch krank ist.«

Ungeduldig stach Hermann ihm seinen Finger in den Oberarm. »Dann sieh nach!«

»Wie Ihr meint.« Der Büttel öffnete das Tor und schlurfte über den Hof.

Um sich die Zeit zu vertreiben und nicht schier verrückt vor Aufregung zu werden, zählte Hermann die verbliebenen Blätter an dem Birnbaum im Hof des Büßerinnenhauses. Als er bei zwanzig angekommen war, gab er auf. Das Zählen beruhigte ihn nicht. Er verschränkte die Hände auf dem Rücken und schritt vor dem Tor auf und ab.

Dann endlich kehrte der Büttel zurück, und in seiner Begleitung befand sich die ehrwürdige Mutter. Hermann betrachtete sie und stellte fest, dass sie alles andere als krank aussah, offenbar war sie rasch genesen. Hermann begrüßte sie und nahm das Barett vom Kopf.

»Was kann ich für Euch tun?«, fragte sie.

»Vater Ignatius hat mir berichtet, dass er Ursula frei von Sünde gesprochen hat. Dann kann ich sie endlich als Magd in den Dienst nehmen.«

Die Mutter Oberin hob die Augenbrauen. »Es scheint Euch dringend zu sein.«

»Ja, gewiss.« Er kratzte sich die Nase. »Ihr kennt den Grund. Ich brauche unbedingt eine Hilfe im Haus.« Herrmann bemühte sich um einen traurigen Gesichtsausdruck.

»Ja, ich kenne ihn. Aber ich weiß nicht, ob Ursula schon gefestigt genug ist.« Sie hielt ihm die offene Hand hin.

Dass auch die Mutter Oberin geldgierig war, hatte Hermann schon festgestellt, als er sie um Ursulas Freigabe bat. Damals hatte sie ihm Verschwiegenheit versichert, und er hoffte, dass dies auch so blieb.

Hermann griff nach seiner Geldkatze, die er am Gürtel trug, und schüttete die Münzen in seine Hand. Es waren einige Albusse, aber auch Pfennige darunter. Er gab sie alle der ehrwürdigen Mutter.

Sie warf einen kurzen Blick darauf. »Ihr hattet gesagt, niemand darf wissen, dass Ihr ausgerechnet nach Ursula verlangt habt.« Sie presste die Lippen zusammen und senkte den Blick. Diesmal untersuchte sie die Münzen ausgiebiger. »Nichts für ungut, werter Herr Quattermart, aber ich hege einen Verdacht. Und dann ist da ja noch die Sache mit Eurer Gemahlin ... Ist ihr Leichnam mittlerweile geborgen worden?«

Hermann spürte, wie ihm die Hitze in den Nacken stieg. Nicht auszudenken, wenn die Mutter Oberin bei den richtigen Leuten zu plappern begann. »Nein, das Wasser scheint ihren Leib verschluckt zu haben.« Er rieb sich über den Hals. »Was verlangt Ihr?«

Die Mutter Oberin schloss die Finger um die Münzen. »Das Doppelte von dem, was Ihr Vater Ignatius gegeben habt.«

Woher zum Teufel wusste diese Frau, was er dem Priester gegeben hatte? Nun, er würde keine Antwort auf diese Frage erhalten, so viel stand fest. Die Mutter Oberin hatte ihn in der Hand.

Herrmann holte tief Luft. »Also gut. Gleich morgen bringe ich Euch, was Ihr verlangt. Aber nun schickt Ursula heraus.«

Die Mutter Oberin schürzte die Lippen. »Woher soll ich wissen, ob Ihr wirklich wiederkommt, wenn Ihr habt, was Ihr wollt?«

»Ihr wisst genau, dass Ihr in der Lage seid, Gerüchte in die Welt zu setzen, die mich um Kopf und Kragen bringen können. Erst recht, wenn sie aus Eurem Mund stammen.« Hermann ärgerte sich abermals über seinen Leichtsinn, sie ins Vertrauen gezogen zu haben. Aber was war ihm anderes übrig geblieben? Seine Ungeduld stieg ins Unermessliche, und er musste sich zwingen, ruhig zu bleiben.

»Nun denn, dann will ich Euch glauben. Eine Hure weniger in diesem Haus bedeutet auch weniger Arbeit für mich.« Sie wandte sich ab und ging über den Hof zurück ins Haus.

Erneut begann Hermann die Blätter am Birnbaum zu zählen.

Doch sobald er bei fünf angekommen war, schweiften seine Gedanken ab, und er malte sich die Zeit aus, die vor ihm lag.

Als sich die Tür des Hauses endlich öffnete, wollte ihm fast das Herz aus dem Hals springen. Wie lange hatte er auf diesen Augenblick gewartet! Ursula trat heraus. Ihr gebeugter Gang war unsicher und ihr Gesicht immer noch bleich und ausgezehrt. Aber bald würde sie wieder die schöne stolze Ursula sein, die er kannte. Er nickte ihr zu und verkniff sich ein Lächeln. Vor den neugierigen Augen der anderen war sie nur seine Magd. Ursula sagte kein Wort, als sie zu ihm auf die Gasse trat.

»Das ist der schönste Tag in meinem Leben«, flüsterte Hermann. Ursula schlug die Augen nieder und blieb weiterhin stumm.

Hermann wandte sich zum Gehen. Wenn sie erst einmal allein waren, konnte er sie endlich in seine Arme schließen.

Kurz darauf öffnete er mit zittrigen Fingern die Tür zu seinem Haus und deutete mit der Hand in den Flur. »Ich begrüße dich in meinem Heim, mein Lieb.«

Ursula trat ein und sah sich in der Eingangshalle um. Hermann schloss die Tür hinter ihr. Dann nahm er sein Barett vom Kopf, schleuderte es in die Ecke und riss Ursula in seine Arme. Sie versteifte sich jedoch und schob ihn von sich fort.

Verdutzt sah er sie an. »Was ist, mein Lieb? Bist du nicht glücklich, hier bei mir zu sein?«

Ihr Gesicht war verzerrt, als litte sie Schmerzen.

Hermann strich ihr über die Wange. »Verzeih, dein Rücken, nicht wahr?«

»Das ist es nicht allein ...« Ursula biss sich auf die Lippe. »Ich habe mich nicht gegeißelt, um mich gleich wieder zu versündigen.«

»Versündigen?« Hermann trat einen Schritt zurück.

»Was ist mit deiner Gemahlin geschehen?«, fragte Ursula.

Hermann wich ihrem Blick aus. »Sie ist ins Wasser gegangen, weil sie das Kind eines anderen in sich trug.«

»Dann hast du also das Trauerjahr einzuhalten, bevor du eine andere Frau ehelichst.«

Hermann runzelte die Stirn. Was redete Ursula da? Er konnte sie nicht ehelichen, das musste sie doch wissen. Aber er sagte ihr dies im Augenblick besser nicht, denn dann verließ sie womöglich auf der Stelle das Haus. Daran würde er zerbrechen, das wusste er. Was war bloß aus ihr geworden?

»Lass uns erst einmal einen Becher Wein trinken. Komm mit hinauf in die Stube. Steffan ist noch in der Schule, wir sind also allein.« Er verdrängte das Verlangen nach ihrem Leib und ihrer Liebe und deutete auf die Stiege.

Ursula ging vor ihm hinauf. Am oberen Absatz blieb sie unschlüssig stehen und sah sich um.

»Hier entlang«, sagte Hermann und ging zu der Tür am Ende des Ganges. »Du wirst dich schnell zurechtfinden.« Er mühte sich ein Lächeln ab und führte sie durch die Tür zu einem rot gepolsterten Stuhl. »Setz dich.«

Schwer atmend ließ sie sich nieder und ließ den Blick durch die Stube bis zu dem Hochzeitsschrank gleiten. Hermann ging zu dem Möbel mit den Schnitzereien, nahm zwei Becher heraus und goss aus einem Krug roten Wein hinein. Seine Hände zitterten immer noch, als er ihr einen der Becher reichte. Sie schien es zu bemerken, wandte jedoch den Blick ab, ohne etwas zu sagen. Warum blieb sie nur so stumm? Das war doch nicht seine Ursula! Hermann spürte, wie Verzweiflung das Glück in seinem Herzen verdrängte. Das durfte nicht sein, nicht am schönsten Tag seines

Lebens. Er würde alles geben, damit das Lachen in ihre Augen zurückkehrte. Aber er begriff auch, dass dies nicht von heute auf morgen geschehen würde. Sie hatte schwer für ihre Sünden büßen müssen. Ihre Seele war zwar nun rein, aber sicher auch wund. Das musste erst einmal heilen.

Er ballte die Hand in seinem Schoß. Verdammt, es fiel ihm so schwer, sie nicht zu berühren, sie nicht lieben zu dürfen!

• • •

»Sag, wie stellen wir es an? Uns muss doch etwas einfallen.« Elsgen trommelte abwechselnd mit den Fingern auf den Tisch.

Jenna war mit den Gedanken ganz woanders gewesen. Verdutzt sah sie Elsgen an. »Was meinst du?«

»Na, der Aufstand. Hörst du mir etwa nicht zu?«

Jenna rührte weiter in dem Topf, in dem sie über der Flamme einer Kerze Schweinefett zum Schmelzen brachte. »Verzeih«, murmelte sie.

Elsgen verschränkte die Arme vor der Brust und lehnte sich auf der Bank zurück. »Lass mich raten, du denkst an Amando.«

Jenna schüttelte den Kopf. An ihn hatte sie ausnahmsweise gerade nicht gedacht. »Nein, an Ursula. Sie sah so elend aus, als sie das Haus verlassen hat.«

»Verstehe ich auch nicht. Da wartet sie die ganze Zeit auf ihren Edelfreier, und wenn er dann endlich kommt, zieht sie ein Gesicht, als hätte man sie in saure Milch getunkt.«

»Sie hat viel durchmachen müssen.« Jenna dachte an Ursulas Rücken, und ihr Unterleib zog sich zusammen.

»Nun, sie hat sich freiwillig gegeißelt, damit sie endlich zu ihm kann. Das ist es ja, was ich nicht verstehe.«

»Sie hat sich eher aus Angst vor dem Fegefeuer gegeißelt. Sie ist nicht dumm und weiß, was Hermann mit ihr vorhat. Er wird sie wieder zur Sünde drängen. Wenn er sie nicht sogar zwingt.«

»Das Fegefeuer …« Elsgen verdrehte die Augen. »Wer weiß schon, ob es das wirklich gibt! Und ob man wirklich davon verschont bleibt, wenn man den Kirchenmännern die Schatullen füllt. Kann ich mir ehrlich gesagt nicht vorstellen.« Sie zuckte mit den Schultern.

»Das werden wir wohl erst nach unserem Tod erfahren.« Jenna nahm den Topf von der Flamme.

»Möglicherweise. Aber Ursula ist eine der wenigen Frauen, die den Weg aus der Gosse hinausgefunden hat. Sie hat sich bei einem reichen Patrizier einnisten können. Das passiert nicht jeder Hure.« Sie runzelte die Stirn. »Andererseits ist sie nun diesem edlen Freier auf Gedeih und Verderb ausgeliefert. Heiraten wird der sie gewiss nicht. Nein, ich möchte nicht in ihren Schuhen stecken.«

»Steckst du ja auch nicht.« Jenna gab den Veilchensaft unter das flüssige Fett. »Sag mal, was wolltest du mir eigentlich eben sagen?« Jenna rührte weiter in der Salbe.

»Ach so. Ja, der Aufstand. Wir sollten endlich etwas unternehmen. Ich habe keine Lust mehr, in diesem Haus zu schuften, bis ich alt und grau bin. Das ehrwürdige Biest lässt uns gewiss nicht gehen, bevor wir uns nicht auch noch gegeißelt haben.« Sie beugte den Kopf näher und schnupperte an der Salbe. »Wozu ist die gut?«

»Sie hilft gegen Kopfschmerzen, aber auch gegen Geschwüre und Würmer.«

»Ach«, bemerkte Elsgen und kratzte sich die Stirn. »Sag mal, du hast doch bestimmt auch das ein oder andere Kraut dabei, das in gewisser Dosis tödlich ist.«

Jenna starrte sie an. »Du glaubst doch nicht etwa, dass ich die Mutter Oberin vergifte? Das kannst du wirklich nicht von mir verlangen. Ehrlich gesagt schufte ich lieber hier im Haus, als wieder auf dem Turm zu sitzen.«

Elsgen plusterte die Wangen auf und blies den Atem durch gespitzte Lippen aus. »Also, es muss ja nicht unbedingt das ehrwürdige Biest sein.«

»Und wen dann?« Jenna hob die Augenbrauen.

Nachdenklich knabberte Elsgen auf ihrer Unterlippe. Dann erhellte sich ihr Blick. »Der Köter muss dran glauben! Wenn wir den erst außer Gefecht gesetzt haben, ist alles andere ein Kinderspiel.«

»Ich vergifte auch keine Hunde«, wandte Jenna ein.

»Du liebe Güte! Dann legen wir ihn halt nur schlafen.« Elsgen verengte die Augen zu Schlitzen. »Mohnsaft müsste doch gehen, was meinst du?«

»Und wie willst du ihn dem Vieh einflößen?«

»Am besten mit einem Brocken Fleisch.« Elsgen grinste teuflisch.

»Ja, sicher. Das kommt hier ja auch jeden Tag auf den Tisch.«

»Sag mal, mir scheint, als wolltest du dich gar nicht an dem Aufstand beteiligen.«

»Doch, ich helfe euch gern.« Jenna seufzte. »Nur, wo soll ich danach hin?«

»Ich könnte dich mit ins Hurenhaus nehmen. Ursulas Zimmer ist ja jetzt frei.«

Bei dem Gedanken durchfuhr es Jenna eiskalt. Sie musste an den Kerl denken, dem sie dies alles hier zu verdanken hatte.

Angewidert presste sie die Lippen aufeinander. »Du meinst, ich soll mich ebenfalls als Hure verdingen? Nein, nichts gegen dich, Elsgen, aber das wäre nichts für mich.«

Elsgen legte den Kopf schief. »Am Anfang erfordert es etwas Überwindung, das stimmt. Aber irgendwann macht es dir nichts mehr aus.« Sie wandte den Blick ab. »Glaube mir, Hunger, Durst und erfrorene Zehen sind viel schlimmer.«

23

Die Kammer unter dem Dach war einfach eingerichtet. Ein Holzkreuz hing über dem Bett, und in der Truhe lagen zwei mausgraue Kleider, die Hermann wohl kurz zuvor gekauft haben musste. Ursula hatte ihn um einen Tag Ruhe gebeten, bevor sie ihren Dienst antreten würde. Hermann hatte ihn ihr gewährt, und sie hatte den gestrigen Tag mit stillen Gebeten in dieser Kammer verbracht. Hermann hatte ihr die Mahlzeiten vorgesetzt, die aus Speck, Brot und Käse bestanden. Kochen könne er nicht, hatte er mit traurigem Blick in den Augen gesagt und die Kammer wieder verlassen.

Einst hatte es Tage gegeben, da hatte Ursula geglaubt, ihn zu lieben. Doch dieses Gefühl war nicht mehr da. Sicher, sie mochte Hermann, aber sie hegte nicht mehr das Verlangen, von ihm berührt zu werden oder gar in seinen Armen zu liegen.

Ursula wusch sich mit dem kalten Wasser aus der Waschschüssel und zog eines der Kleider an. Dann ging sie in die Küche und öffnete die Tür zur Speisekammer. Der Duft von Speck, Äpfeln und Brot schlug ihr entgegen. Tiegel in allen Größen standen auf den Regalen. Ursula hob die Deckel an und roch Muskat, Pfeffer und ein Gewürz, das sie nicht kannte, dessen Schoten jedoch himmlisch dufteten. Es gab Säcke mit Weizen, Dinkel und sogar eine Kanne mit frischer Milch. Wie es schien, hatte Hermann die Kammer kurz zuvor aufgefüllt. Ursula wurde jedoch unruhig, da sie lange Zeit nicht mehr gekocht hatte. Sicher hatte sie es damals zu Hause von der Mutter gelernt, aber sie konnte sich kaum noch daran erinnern.

Verzweifelt betrachtete sie das blutige Stück Fleisch, das in ein Tuch eingeschlagen war. Sie wusste nicht einmal, ob es von einem Schwein oder einem Rind stammte. Gewiss würde Hermann sie wieder fortschicken, wenn sie ihm aus diesen Köstlichkeiten keine schmackhafte Mahlzeit zubereitete.

In dem Moment wurde ihr bewusst, dass sie ihm sehr viel zumutete. Er durfte sie nicht berühren, wie er es sich erhofft hatte. Dazu konnte sie keinen Haushalt führen, nicht kochen und wusste nicht einmal, wie sie mit Steffan umzugehen hatte. Sie war eine erbärmliche Magd. Das Einzige, was sie gelernt hatte und konnte, war, die Männer mit gespreizten Schenkeln und entblößten Brüsten zu beglücken. Gott mochte ihr vielleicht die Sünden vergeben haben, doch er hatte sie nicht gelehrt, wie sie eine gute Magd sein konnte. Und erst recht nicht, wie sie sich als Gemahlin eines Patriziers zu geben hatte.

Ursula seufzte tief auf. Was nutzte es, wenn sie hier in Selbstmitleid versank? Es war besser, sie nahm ihr Schicksal in die Hand und versuchte, sich in den Haushalt einzufinden. Also griff sie nach dem Stück Fleisch und beschloss, einen kräftigen Linseneintopf zu kochen. Ein Mahl, das die Mutter damals auch oft zubereitet hatte. Wenn auch eher mit Speck. Sollte sie lieber den Speck anstelle des Fleisches nehmen? Nein, sie wollte Hermann gut sein. Da musste es schon das schöne Stück Fleisch sein, das von feinen Fettfäden durchzogen war. Aber gab es überhaupt Linsen? Ursula öffnete die kleinen Säcke und fand in der hintersten Ecke einen, der zur Hälfte mit Linsen gefüllt war. Sie nahm ihn, stellte ihn zu dem Stück Fleisch auf den Tisch und schürte das Feuer unter der Kochstelle. Sogar ein Eimer mit frischem Wasser stand bereits daneben.

Erst in diesem Augenblick wurde ihr klar, dass sie wohl ganz allein im Haus war. Vielleicht sollte sie sich erst einmal umsehen? Das Lager war für sie tabu, das hatte ihr Hermann unmissverständlich gesagt. Nicht einmal ausfegen durfte sie es. Angeblich lagerten dort feine Stoffe und kostbare Gewürze, und der aufwirbelnde Staub würde sie nur verunreinigen. Ursula zuckte mit den Schultern. Dann gab sie das Fleisch ins Wasser, um es auszukochen, und ging noch einmal in die Kammer, um Rüben zu holen. Die würden gut in den Eintopf passen, wie sie fand. Das Ganze wollte sie mit Pfeffer und Muskat würzen. Vielleicht noch etwas von dem duftenden Gewürz dazugeben. Ein schmackhaftes Mahl zuzubereiten, war wohl doch nicht so schwer, wie sie gedacht hatte.

Nach einer Weile nahm sie das Fleisch aus dem siedenden Wasser und schnitt es in kleine Stücke. Gemeinsam mit den Linsen und den Rüben gab sie es wieder in den Topf. Sie pfefferte den Eintopf, zerkleinerte mit einem Mörser die duftende Gewürzschote und die Muskatnuss und schüttete die Gewürze in den Kessel. Sie würde alles noch ein wenig köcheln lassen, und dann wäre das Mahl auch schon fertig. Für den Augenblick hatte Ursula ihren inneren Frieden wiedergefunden.

Sie setzte sich an den Tisch und dachte an die Frauen im Büßerinnenhaus. Kurze Zeit später schrak sie auf. Hatte sie da gerade ein Klopfen gehört? Ursula starrte auf die Tür und horchte. Aber es blieb still. Sicher hatte sie sich das Geräusch nur eingebildet.

Ihre Gedanken kehrten zurück zu den Huren. Was für Schicksale mochten ihnen wohl beschieden sein? Ursula hatte Hermann von den Grausamkeiten der ehrwürdigen Mutter erzählt, doch er hatte nur mit den Schultern gezuckt und gemeint, es bedürfe eben einiges an Leid, bis der Herr ihnen die schweren Sünden vergab.

Plötzlich ging die Tür auf, und Hermann trat ein. Als er sie sah, stahl sich ein Glanz in seine Augen, und er lächelte.

Ursula erhob sich von dem Stuhl und trat ihm entgegen. »Ich habe etwas gekocht.«

»Es geht dir besser?« Hermann nahm das Barett vom Kopf und legte es auf den Tisch.

»Ja, die Ruhe hat mir gutgetan.«

Sichtlich erleichtert trat er zu ihr und nahm sie in die Arme. Abermals wand sie sich und wich zurück.

»Ach, mein Lieb, was kann daran Sünde sein, wenn ich dich wie eine Schwester im Arm halte? Bitte lass mich nur einen Augenblick deine Wärme spüren.« Flehend sah er sie an.

Sie näherte sich ihm und ließ es geschehen, dass er sie erneut umfing. Vertraut legte sie die Wange an seine Brust und hörte seinen raschen Herzschlag. Hermann seufzte und drückte sich fester an sie. Ursula spürte seine harte Erregung an ihrem Bauch, erinnerte sich an ihre gemeinsamen Nächte, an die Unzucht, die sie miteinander getrieben hatten, und wand sich wieder aus seinem Arm. Nein, sie durfte ihn nicht verführen.

Hermann bedrängte sie nicht weiter. Er stieß nur schwer den Atem aus und setzte sich an den Tisch. Ursula holte die Holzschalen vom Regal, füllte sie mit dem Eintopf und stellte eine vor ihn hin.

Hermann sah hinein und rümpfte die Nase. »Linsen?«

»Ja, ich habe sie mit dem guten Fleisch gekocht, das du gekauft hast.«

Sein Blick verfinsterte sich. Schweigend nahm er den Löffel in die Hand, tauchte ihn in die Schale und schob sich den Eintopf in den Mund. Kurz darauf zuckte sein Hals, als unterdrücke er ein Würgen. Es bereitete ihm sichtlich Mühe, den Eintopf zu schlucken, und schließlich spuckte er ihn zurück in die Schale.

Ursula sah ihn erschrocken an. »Was ist damit?«

»Es ekelt mich ohnehin vor Linsen. Aber diese lassen sich nicht einmal kauen, so hart sind sie. Dazu schmeckt alles scheußlich nach Zimt!«

Ursula spürte, wie ihr heiß wurde. Zimt hieß dieses himmlisch duftende Gewürz also, und wie es schien, passte es nicht zu dem Eintopf. Sie schluckte.

»Warum hast du keinen anständigen Braten gemacht? Das war feinstes Fleisch vom Rind.« Hermann warf den Löffel auf den Tisch und sah Ursula mit einer Mischung aus Enttäuschung und Zorn an. »Ich frage mich, wozu ich dich in mein Haus geholt habe. Ich darf dich nicht berühren, und kochen kannst du auch nicht.« Er stand auf und verließ die Küche.

Ursula wurde es angst und bange. Was sollte sie tun, wenn er sie vor die Tür setzte? Sie würde als Bettlerin vor dem Kirchenportal sitzen. Das hielt sie nicht aus. Und irgendwann würden sie Hunger und Kälte zurück ins Hurenhaus treiben. Dann wären alle ihre Qualen umsonst gewesen.

Ursula legte das Gesicht in die Handflächen und dachte nach. Noch war sie jung und gesund. Es würde ihr noch Zeit genug bleiben, ihre Sünden erneut zu büßen, bevor sie vor den Herrn trat.

Nach einem letzten Zögern erhob sie sich ebenfalls vom Tisch und ging hinaus. Die Tür am Ende des Flures stand einen Spaltbreit offen. Ursula näherte sich ihr und lugte hindurch.

Hermann saß an seinem Schreibpult und starrte die Wand

an. Er atmete schwer, und Ursula befürchtete, dass er in diesem Augenblick eine Entscheidung traf. Deshalb schlich sie zu ihm und legte die Hand auf seine Schulter. Herman schrak zusammen. Als er zu ihr aufsah, sah sie die Tränen auf seinen Wangen.

Ursula küsste sie ihm fort. »Verzeih«, flüsterte sie, nahm seine Hand und legte sie auf ihre rechte Brust. Ihre eigene wanderte weiter hinab und fuhr sanft über die Wölbung in seinem Schritt. Sein Glied wuchs unter ihren Fingern und verhärtete sich. Ursula schob seinen Hosenbund hinab und befreite es aus der Enge. Hermann schloss die Augen, stöhnte auf und knetete ihre Brust. Sie wusste, wie sie ihn erregen konnte, und sie wusste, wie sie ihm die Freuden der Lust schenkte. Dies war das Einzige, das sie richtig machte.

Sie ließ von seinem Glied ab und schob sich die Röcke über die Hüfte. Als sie sich rittlings auf Hermanns Schoß setzte, sah er sie mit verschleiertem Blick an. Sie führte ihn in sich ein und schob langsam die Hüfte vor und zurück. Er keuchte und drückte sich tiefer in sie. Ursula spürte, dass er sich rascher in ihr bewegen wollte, doch sie spannte die Muskeln ihrer Schenkel an und hielt mit ihrem Gewicht dagegen. In ihr zuckte und pulsierte sein Glied. Hermann warf den Kopf in den Nacken, stöhnte und wimmerte. Sie wusste, sie bereitete ihm süße Qualen, und je länger sie seinen Höhepunkt hinauszögerte, desto größer würde die Erlösung sein. Eine schier endlose Welle des Glücks würde ihn erfassen.

Einen Herzschlag lang verharrte sie noch still auf ihm, dann bewegte sie sich wieder langsam. Hermanns Atem ging rascher. Er stöhnte und wand sich unter ihr. Als die Adern an seinen Schläfen hervortraten, hielt sie erneut inne.

Hermann kniff die Lider zusammen, schluckte schwer und

knetete ihre Brüste so fest, dass es sie schmerzte. Abermals versuchte er, sie zu stoßen, doch sie drückte ihren Po auf seinen Schoß.

»Bitte. Bitte, ich halte es nicht mehr aus!« Hermann wimmerte und keuchte.

Ursula löste ihre Muskeln. Als er es spürte, hob er den Kopf, schlang die Arme um sie und hielt sie fest. Dann stieß er so heftig und schnell in sie, dass es sie fast zerriss. Im nächsten Moment bäumte er sich auf und versteifte sich. Die Augen fest geschlossen, schrie er auf, und Ursula spürte, wie er sich pulsierend in sie ergoss, ehe er erschlaffte. Schwer atmend schlang er die Arme um sie.

Ja, das war es, was sie konnte – Freude und Lust spenden. Mehr nicht. Als sie sich aus seiner Umarmung gelöst hatte und von seinem Schoß gestiegen war, fuhr sie sich mit dem Saum ihres Kleides über die Scham. Dabei spürte sie etwas, was sie seit langer Zeit nicht mehr wahrgenommen hatte – ein Ziehen und das verlangende Pochen in ihrem Unterleib. Das Liebesspiel mit Hermann hatte sie ebenfalls erregt. Sie biss sich auf die Unterlippe. Lange Zeit war sie dem Fegefeuer nicht mehr so nah gewesen.

• • •

Jenna hatte schließlich doch in Elsgens Pläne eingewilligt und betrachtete nun den Tiegel mit dem Mohnsaft, den sie in den Händen hielt. Ein Mittel, das die Schmerzen linderte, aber in höherer Dosis auch einen Rauschzustand oder gar Bewusstlosigkeit herbeiführen konnte, denn es enthielt auch kleine Mengen Bilsenkraut. So hatte der Apotheker es Schwester Margarethe gesagt.

Elsgen trat neben sie und fingerte nach dem Tiegel. »Lass mich mal ein Näschen nehmen.«

Jenna schob sie mit dem Ellenbogen ein Stück von sich. »Nicht, sonst bist du gleich berauscht.«

»Wäre vielleicht gar nicht so schlecht.« Elsgen lachte auf. »Vielleicht ließe sich dann alles besser ertragen.« Sie zeigte Jenna ihre Handfläche. Die Haut war gerötet, und unter dem Zeigefinger hatte sich eine Blase gebildet. »So viel Holz, wie uns das ehrwürdige Biest hacken lässt, können wir gar nicht verfeuern.«

»Sie verkauft es. Genau wie die Steine, die wir schlagen.«

»Und die Körbe, die wir flechten«, fügte Elsgen hinzu. »Dank unserer Schinderei hat das Biest nun genug Geld gescheffelt. Zeit, dass wir dem ein Ende setzen.« Sie grinste.

»Hast du die anderen Frauen ins Vertrauen gezogen?«, fragte Jenna.

»Noch nicht. Aber es wird wohl keine geben, die hierbleiben will. Und du ja zum Glück auch nicht mehr.«

Jenna hatte ihr erzählt, dass sie umherziehen und ihre Heiltränke in den Städten verkaufen wollte. Zuerst hatte sie dabei im Hinterkopf gehabt, der Fährte von Amandos Sippe zu folgen und ihn zu suchen. Aber als sie genauer darüber nachgedacht hatte, war ihr Stolz zurückgekehrt. Amando war ohne sie weitergezogen. Seine Mutter hatte behauptet, sie brächte Unglück über ihn, und hatte im Grunde nicht gewollt, dass sich Jenna der Sippe anschloss. Nein, sie würde ihn nicht suchen, um sich ihm aufzudrängen.

»Du weißt, ich würde dich jederzeit mit in das Hurenhaus nehmen«, sagte Elsgen, als hätte sie ihre Gedanken gelesen.

»Ja«, sagte Jenna und zog die Nase hoch. »Aber ich bevorzuge es, durch das Land zu ziehen.«

»Das ist nicht ungefährlich. Nicht nur böse Menschen könnten dich umbringen, auch die Kälte und der Hunger.«

»Ich weiß, wie man ein Feuer schürt und welche Wurzeln ich essen kann.« Alles war Jenna lieber, als ins Hurenhaus zu gehen, doch das sagte sie nicht. Stattdessen schaute sie wieder auf den Tiegel. »Wie wollen wir dem Hund den Mohnsaft geben?«

»Gute Frage.« Elsgen stieß den Atem aus vollen Wangen aus.

Jenna dachte nach. Sie hatte das Tier noch nie fressen gesehen. Gewiss bekam er die Reste, die die Mutter Oberin von ihrem Mahl übrig ließ. Doch sie pflegte stets mit Schwester Margarethe hinter der verschlossenen Tür ihrer Kammer zu speisen. Die Mahlzeiten bereitete ihr die junge Nonne in der Nacht zu, wenn die Frauen schliefen, das hatte Jenna schon bemerkt. »Wenn ich nur einen einzigen Knochen mit etwas Fleisch daran bekäme, könnte ich ihn in dem Mohnsaft einlegen.«

»Genau. Und in der Nacht werfen wir ihn in den Hof, wo das Biest schläft. Sobald er ihn gefressen hat –«

Jenna unterbrach sie. »Hast du nicht verstanden? Ich brauche überhaupt erst einmal einen Knochen! Wo soll ich ihn herbekommen?« Sie sah Elsgen eindringlich an. »Wie du weißt, ist die Speisekammer der Mutter Oberin verschlossener als der Frankenturm.«

Elsgen presste die Lippen aufeinander. »Das lass mal meine Sorge sein. Schwester Margarethe geht doch morgen gewiss wieder auf den Markt.«

»Ja, und dann? Willst du dich vor sie stellen und sie bitten, dir einen Knochen mitzubringen?«

»Natürlich nicht. Aber warte ab, morgen haben wir einen Knochen.« Sie reckte das Kinn vor. »Wenn nicht sogar noch etwas Besseres«, setzte sie nach. Ihr Blick wurde glasig, als sähe sie durch die Mauern hindurch in weite Ferne. »Warum haben wir bloß nicht schon früher daran gedacht?«

»Weil ich da keinen Mohnsaft hatte«, sagte Jenna.

Elsgen schüttelte sich kurz und sah sie wieder an. »Hast ja recht. Aber morgen Nacht wird das Ganze hier ein Ende haben.« Sie lächelte selig. »Claeß wird Augen machen, wenn wir wieder vor ihm stehen.«

Sie hatten sich nicht getäuscht, denn am nächsten Morgen brach Schwester Margarethe schon früh auf. Sie trug den Weidenkorb bei sich, der davon zeugte, dass sie auf den Markt ging. In der Nacht hatten Elsgen und Jenna den anderen Frauen von ihrem Vorhaben erzählt. Nachdem das freudige Getuschel verstummt war, hatten sie einen Plan geschmiedet. Er schien ihnen allen ziemlich sicher, und vor lauter Aufregung hatte bis zum Morgengrauen keine der Frauen ein Auge zubekommen.

In dem Raum im Erdgeschoss hatte sich die Mutter Oberin an der Stirnseite eines Tisches platziert, um die Frauen bei der Arbeit zu bewachen. Neben ihr saß mit gespitzten Ohren der Hund. Wie Jenna zu ihrem Erschrecken feststellen musste, war er nicht an der Kette. Keine der Frauen wagte auch nur ein Wort zu flüstern. Stumm und mit flinken Fingern bogen sie die Weidezweige und flochten sie ineinander, bis die Körbe Form annahmen.

Elsgens wie auch Jennas Blicke huschten immer wieder zur Tür. Es war Jenna schleierhaft, wie Elsgen der jungen Nonne ihre Einkäufe stibitzen wollte. Doch sie hatte nur gemeint, sie solle ihr vertrauen. Ob sie auch daran gedacht hatte, dass der Hund nicht angekettet sein könnte? Jenna bezweifelte es.

Nach einer Weile ging langsam die Tür auf, und Jenna schlug das Herz bis zum Hals. Der Korb, den Schwester Margarethe trug, schien schwer zu sein, denn sie hielt den Griff mit beiden Händen fest umklammert. Aus den Augenwinkeln beobachtete Jenna Elsgen. Als Schwester Margarethe an ihrem Tisch vorbeiging, stellte Elsgen ihr ein Bein. Die junge Nonne stolperte und schlug der Länge nach auf den Boden. Während sich die Einkäufe aus dem Korb über den Boden verteilten, glaubte Jenna ihren Augen nicht zu trauen. Eine gerupfte Gans, Maronen, rotwangige Äpfel und ein Stück Schinken rollten über den Boden. Letzteres blieb genau vor Elsgens Füßen liegen. Über die restlichen Zutaten, die eines Festmahls würdig waren, ergoss sich rasch der Wein aus einem Krug. Die Mutter Oberin schrie auf, und der Hund neben ihr knurrte.

Elsgen erhob sich von ihrem Stuhl, schob den Schinken möglichst unauffällig mit dem Fuß unter den Tisch und beugte sich dann über die junge Nonne. »Habt Ihr Euch wehgetan?«

Schwester Margarethe rappelte sich auf und schüttelte den Kopf. »Irgendetwas muss mich zum Stolpern gebracht haben.«

Elsgen reichte ihr die Hand. »Vielleicht war es der Saum Eurer Tracht. Kommt, ich helfe Euch auf.«

Augenblicklich schlug der Hund an und begann wie wild zu bellen. Die Mutter Oberin fasste nach der Kette um seinen Hals, zog fest daran und redete auf ihn ein.

Jenna nutzte die Gelegenheit und bückte sich nach dem Schinken unter dem Tisch. Rasch schob sie sich ihn unter den Hintern und setzte sich fest darauf. Elsgen half der jungen Nonne, die Einkäufe aufzusammeln, und legte sie in den Korb. Der Hund beruhigte sich allmählich, ließ Elsgen jedoch nicht aus seinem wachsamen Blick.

»Elsgen, wisch den Boden«, herrschte die Mutter Oberin sie an. Dann betrachtete sie Schwester Margarethe aus verengten

Augen. »Und du, du gehst und wischst den Wein von der Gans und den anderen Sachen. Danach reden wir.«

Jenna konnte sich vorstellen, in welcher Sprache dies geschehen würde – in der mit dem Stock. Längst wussten alle hier, dass auch die junge Nonne unter dem Jähzorn der Mutter Oberin zu leiden hatte. Gewiss war auch sie nicht freiwillig hier.

Die Frauen tuschelten hinter vorgehaltenen Händen und schüttelten die Köpfe. Elsgen war derweil in die Kammer geeilt, um Eimer und Wischlappen zu holen.

Schwerfällig erhob sich Mutter Katharina von ihrem Platz, hielt den Hund an der Kette und ging zwischen den Tischen hin und her. »Ich will keinen Ton mehr hören! Ihr senkt sofort den Blick und arbeitet still weiter.«

Jenna drückte den Hintern fester auf den Schinken. Der Hund schien ihn jedoch zu riechen, denn er reckte die Schnauze vor und schnüffelte angestrengt in ihre Richtung. Geifer lief ihm an den Lefzen hinab. Jenna starrte auf ihren Weidenkorb und dachte an die kommende Nacht.

24

Das schlechte Gewissen und die Angst nagten auch weiterhin an Ursula. Hermann hatte Steffan zur Schule gebracht und war kurz ins Stapelhaus gegangen. In der Frühe hatte er bereits mit einem Augenzwinkern angedeutet, was geschehen würde, wenn er zurückkäme. Ursula geriet immer tiefer in den Strudel der Sünde, wenn sie hierblieb. Doch wo sollte sie hin? Sie nahm den Reisigbesen und begann die Küche auszufegen.

Unten im Korridor hörte sie die Eingangstür. Die Schritte auf der Stiege waren kaum zu überhören, und gleich darauf trat Hermann durch die offene Tür. Ursula tat, als bemerke sie ihn nicht. Er stellte sich hinter sie, schob ihr den Zopf über die Schulter und küsste ihren Nacken. Ein warmes Gefühl floss durch Ursulas Leib, doch sie versuchte es zu verdrängen. Alles wäre einfacher, wenn es sich nicht so schön anfühlen würde, geliebt zu werden – und wenn es kein Fegefeuer gäbe.

Hermann strich ihr über den Oberarm, umfasste ihn und wollte sie zu sich umdrehen. Sie versteifte sich und klammerte die Finger fest um den Reisigbesen.

»Wir sind allein, mein Lieb«, hauchte Hermann.

»Das ist es nicht.« Nun wandte sich Ursula doch zu ihm um.

»Hermann, ich habe solche Angst.« Tränen brannten in ihren Augen.

Er runzelte die Stirn. »Aber wovor denn? Hier in meinem Haus bist du in Sicherheit.«

»Hier ja, aber nach meinem Tod wird mich das Fegefeuer erwarten.« Sie senkte den Blick und sah, wie eine Träne auf ihre bloßen Füße tropfte.

»Ach, mein Lieb, sorge dich doch deshalb nicht. Bei der nächsten Beichte wird dir Vater Ignatius abermals die Absolution erteilen.«

Sie riss den Kopf hoch. »Du meinst, ich soll dem Priester beichten, was hier geschieht? Wie kann ich das, ohne deinen Ruf zu gefährden? Oder weiß er etwa von uns?«

»Du musst nur beichten, dass du Unzucht getrieben hast, nicht mit wem.« Herman presste die Lippen aufeinander und schien einem Gedanken nachzuhängen.

»Er wird es sich gewiss denken können.«

»Lass das mal meine Sorge sein.« Er strich ihr eine Strähne hinter das Ohr und nahm ihre Hand. »Komm, gehen wir in meine Kammer. Ich verzehre mich nach dir.«

Als er sie kurz darauf auf seinem Bett liebte, dachte Ursula an die schlimme Zeit der Geißelung. Sie dachte an Merghs Tod, an den schrecklichen Hund und den Hunger, den sie gelitten hatte. Alles durchlebte sie noch einmal in ihren Gedanken, um die Hitze und das Pochen in ihrem Schoß zu vertreiben. Dennoch flammten immer wieder kleine Feuer der Lust in ihr auf. Dann sah sie zu dem Waschtisch, auf dem ein silberner Kamm lag, der mit Edelsteinen verziert war. Sie dachte an Herrmanns Gemahlin, die hier in diesem Bett neben ihm gelegen hatte und die nun wahrscheinlich tot war. Ausgelöscht von dieser Welt. Endlich erkaltete Ursulas Schoß.

Nach einer Weile löste sich Hermann von ihr, rollte sich auf den Rücken und sah schwer atmend zu den Deckenbalken.

Ursula erhob sich aus dem Bett, zog sich das Kleid wieder an und glättete mit der Hand ihr Haar.

Hermann drehte sich auf die Seite, stützte den Kopf auf die Hand und lächelte selig. »Warum hast du es so eilig?«

Verlegen nestelte Ursula an dem Saum ihres Ärmels. »Ich muss noch viel schaffen. Das Haus will ausgefegt und das Huhn gebraten werden.« Doch vor allen Dingen musste sie auf andere Gedanken kommen.

»Mein Lieb« – Hermann neigte den Kopf zur Seite und lächelte weiterhin –, »ich bin so froh, dich hierzuhaben. Was sollten Steffan und ich nur ohne dich anfangen?«

Ursula erwiderte nichts und verließ Hermanns Schlafkammer. Steffan hatte sie bisher keines Blickes gewürdigt. Der Junge benahm sich, als gäbe es sie gar nicht, aß weniger als ein Vögelchen und sprach kein Wort. Ursula ging in die Küche und nahm wieder den Besen zur Hand. Abermals dachte sie an Herrmanns Frau. Sie war nicht ausgelöscht, denn ihr Geist schwebte in jeder Kammer. Ursula fuhr fest mit dem Reisig über den Boden, sodass der Staub aufwirbelte und ihr in die Nase stieg. Sie nieste dreimal hintereinander und wischte sich mit dem Ärmel über die Nase.

Hermann lugte durch den Türspalt. »Ich muss wieder ins Stapelhaus. Bin aber am frühen Abend zurück.« Er zog die Tür zu, und seine Schritte entfernten sich.

Ursula stellte den Besen an die Wand und ließ sich auf dem Hocker vor der Kochstelle nieder. Mit beiden Händen rieb sie sich über das Gesicht. Das dumpfe Gefühl in ihrem Herzen wollte nicht weichen. Vielleicht würde es ihr guttun, wenn sie auf den Markt ging, den Himmel sah und die Herbstsonne im Gesicht spürte.

Sie stieg die Treppe hinab und griff nach ihrem Umhang. Er war aus grober Wolle gefertigt und wog schwer in ihrer Hand. Hermann hatte ihn für sie gekauft. Für die kalten Tage, wie er meinte. Aber heute war ein sonniger Herbsttag. Ursula hängte den Umhang zurück an den Haken. In dem Augenblick, als sie den Schlüssel von dem Brett neben der Tür nahm, hörte sie ein Geräusch. War es ein Wimmern? Sie hielt inne und lauschte. Dann vernahm sie ein Klopfen und anschließend wieder ein Wimmern. Ihr Herz begann zu rasen, und sie schaute sich unruhig um. Die Geräusche schienen aus dem Lager zu kommen. Ursula wurde es angst und bange. Hermann hatte ihr verboten, das Lager zu betreten. Verbarg sich dort vielleicht etwas, das sie nicht entdecken durfte?

Abermals hörte sie Klopfgeräusche. Dann ein schwacher Ruf um Hilfe. Oder täuschten ihre Sinne sie? Ursula presste sich die Hand auf die Brust, um ihren Herzschlag zu beruhigen, und wandte sich langsam um. Die Tür zum Lager war nur angelehnt. Ursula schob sie auf. Da, wieder ein Ruf um Hilfe, diesmal deutlicher. Sie spähte in das Innere, erblickte Stoffballen und Säcke. Der Duft von Gewürzen hing in der Luft. Doch es war keine Menschenseele zu sehen. Ursula lauschte in die Stille. Sie hörte ein gedämpftes Husten und bekam es erneut mit der Angst zu tun. Elisabeths Geist? Bis zu diesem Augenblick hatte sie nie an Geister geglaubt, doch nun überfielen sie Zweifel. Vielleicht waren es auch Dämonen, die hier hausten. Sollte sie sich deshalb vom Lager fernhalten?

Ein Wimmern war zu hören. »Bitte, Hermann, hol mich hier

heraus!«, rief gleich darauf eine schwache Stimme. Sie schien aus dem Boden zu kommen.

Ursula fasste sich ein Herz und betrat das Lager. »Wer ist da?«, rief sie mit zittriger Stimme.

Abermals klopfte es. »Hier unten. Ich bin hier unten eingesperrt!«

»Wo?« Ursulas Blick schweifte über die Holzdielen.

»Hier! Ich bin hier unter der Klappe. Bitte hol mich hier raus.«

Plötzlich glaubte Ursula, die Stimme zu kennen. Sie wich zurück. Das konnte nicht sein! Oder war es doch ein Geist? Elisabeth Quattermarts Geist! Die Angst griff mit kalter Klaue nach ihrem Herz.

Es klopfte erneut. »Bist du noch da? So hilf mir doch!«

Die Stimme hörte sich nach einem Menschen an, nicht nach einem Geist. »Frau Elisabeth, seid Ihr es?«

»Ja, ich bin es. Befreie mich bitte!«

Ursula nahm den Boden in Augenschein. »Hier ist aber keine Klappe.«

»Sieh unter den Stoffballen nach.«

Ursula rückte den ersten zur Seite. Nichts. Dann versuchte sie es bei einem mit blauer Seide und starrte im nächsten Augenblick auf eine Eisenplatte in dem Boden. Sie bückte sich und zog an dem Ring. Sobald die Klappe geöffnet war, schlug ihr ein unerträglicher Gestank entgegen. Erschrocken und angewidert ließ sie die Platte wieder fallen. Zum Teufel! Was war das? Sie würgte.

Die Platte schob sich ein Stück auf, klappte jedoch sofort wieder zurück.

»So hilf mir doch! Ich schaffe es nicht allein.« Elisabeth schluchzte laut auf.

Ursula hielt den Atem an, griff erneut nach dem Ring, zog ihn hoch – und starrte in Elisabeths rot geränderte Augen. Ihr Gesicht war bleich und blutleer, die Wangen eingefallen und das Haar wie verfilzt. Hätte sie nicht nach verfaultem Fisch gestunken, hätte Ursula sie wirklich für einen Geist gehalten. Sie würgte erneut.

Elisabeth streckte die Hand nach ihr aus. »Zieh mich hoch. Ich bin zu schwach, um allein hinauszuklettern.«

Ursula nahm ihre eiskalte Hand und zog mit aller Kraft daran. Wimmernd kletterte Elisabeth aus dem Loch. Als sie endlich auf den Holzdielen lag, sah Ursula ihre blutverschmierten Unterröcke.

»Was zum Teufel ist geschehen?«, stieß sie aus.

Elisabeth keuchte. »Hermann ... Er hat mich hier unten eingesperrt.«

»Aber woher kommt das ganze Blut?«

»Bring mich hier fort. Dann erzähle ich es dir.« Elisabeth richtete sich auf.

»Schafft Ihr es bis unters Dach?«

»Ich versuche es.«

Ursula half ihr auf die Beine.

»Warte«, sagte Elisabeth. »Stell den Ballen zurück auf die Platte, sonst bemerkt Hermann, dass ich entkommen konnte.«

Ursula ließ Elisabeths Arm los, schloss die Platte und schob den Stoffballen darauf. »Wollte er Euch da unten sterben lassen?«

»Nichts anderes hatte er im Sinn.« Elisabeth schwankte. Keuchend griff sie nach Ursulas Arm und hielt sich daran fest.

Ursula dachte an die Tage, die vergangen waren, seit sie von Elisabeths angeblichem Tod erfahren hatte. Es konnte unmöglich sein, dass sie noch lebte. »Wieso seid Ihr nicht längst verdurstet?«, fragte sie fassungslos.

»Wenn da unten nicht das Fass mit dem sauren Bier gewesen

wäre, wäre ich das gewiss.« Elisabeth stöhnte. Ihr Gesicht verzerrte sich vor Schmerz, als sie einen Fuß vor den anderen setzte.

»Aber was war das für ein Gestank?«, wollte Ursula wissen und war sich sicher, dass sie ihn nie wieder aus der Nase bekommen würde.

»Ein vergessenes Fass mit Salzheringen. Früher wurden in dem Gewölbe Nahrungsmittel kühl gehalten. Aber ich war schon lange nicht mehr dort unten. Von jeher habe ich mich vor dem Loch gefürchtet.«

Das konnte sich Ursula lebhaft vorstellen. Langsam stieg sie mit Elisabeth die Treppe hinauf bis unter das Dach in Ursulas Kammer. Alle paar Schritte sackte Elisabeth in sich zusammen, und Ursula hatte Mühe, sie wieder aufzurichten. Als sie endlich in der Kammer waren, trug Ursula sie fast zu dem Bett. Keuchend ließ sich Elisabeth auf die mit Stroh gefüllte Matratze fallen. Ursula schüttete etwas Wasser in einen Becher und gab ihn ihr.

Gierig trank Elisabeth. Dann legte sie schwer atmend den Kopf auf das Kissen. »Hermann darf mich auf keinen Fall finden. Er würde mich auf der Stelle töten.«

»Aber weshalb denn? Was ist geschehen?« Sie deutete auf Elisabeths blutverschmierte Röcke.

»Ich trug das Kind eines anderen Mannes und habe es mir selbst weggemacht.«

»Selbst?«

»Ja, mit einer Nadel.« Elisabeth stöhnte und krümmte sich mit einem Mal vor Schmerzen.

Ursula wurde es übel. »Ist es denn wirklich abgegangen?«

»Ich weiß es nicht«, jammerte Elisabeth und biss sich auf den Fingerknöchel.

Ursula nahm ihre Hand und wartete, bis die Schmerzwelle

abgeebbt war. »Aber ich kann Euch nicht ewig hier oben verstecken.«

»Das musst du auch nicht.« Elisabeth sah sie mit fiebrigem Blick an. »Gehe und hole Jakob Euskirchen! Er wird mich von hier fortbringen.«

»Wo finde ich ihn?«

Elisabeth krümmte sich erneut. Ursula sah, wie sich ein feuchter Fleck auf Elisabeths Röcken ausbreitete. Dann verlor sie das Bewusstsein. Ursula starrte sie an. Hatte Hermann sie wirklich töten wollen? Und wer war dieser Jakob Euskirchen? Wo sollte sie ihn finden? Plötzlich hörte sie Schritte unten auf der Stiege. Hermann! Er war zurück! Sie eilte zur Tür und verließ die Kammer.

Hermann sah aus dem ersten Stockwerk zu ihr herauf und strahlte sie an. »Ich bin zurück, mein Lieb.«

Ursula ging ihm entgegen. »Komm mit in die Küche. Ich werde dir etwas Würzwein erwärmen.«

»Würzwein?« Hermann legte die Hand auf ihren Po. »Mir steht der Sinn eher nach etwas anderem. Komm, lass uns in meine Schlafkammer gehen und dort bleiben, bis Steffan aus der Schule kommt.«

Abscheu überfiel Ursula. In ihrer Nase haftete immer noch der Gestank des faulen Fischs, und sie glaubte, selbst danach zu stinken. Aber dies war es nicht, wovor sie sich besonders ekelte. Es war Hermann, der Elisabeth dort unten in dem Loch ihrem Schicksal überlassen hatte. Ursula befürchtete, dass Elisabeth starb, so viel Blut, wie sie verloren hatte. Hermann war ein eiskalter Mörder.

Ursula schluckte und versuchte, ihre Gefühle in den Griff zu bekommen. »Aber ich habe das Essen noch nicht vorbereitet«, sagte sie.

»Das kannst du immer noch tun.« Hermann drückte ihren Hintern. »Im Augenblick habe ich nur Hunger nach dir. Komm mit.«

Ursula wusste, sie musste es über sich ergehen lassen, damit Hermann keinen Verdacht schöpfte. So folgte sie ihm in die Schlafkammer, schob ihre Röcke hoch und legte sich auf das Bett. Im Nu warf sich Hermann auf sie und drang in sie ein. Als es nach einer schier endlosen Weile vorbei war, atmete Ursula erleichtert auf.

Hermann sah sie traurig an. »Es war, als hätte ich auf einem Brett gelegen. Was stimmt nicht mit dir?«

»Ich fühle mich ein wenig schwach«, log Ursula und wandte den Blick ab. »Mein Hals schmerzt, und ich befürchte, ich werde krank.«

Hermann legte die Hand auf ihre Stirn. »Fieber hast du nicht. Aber vielleicht ist es besser, du legst dich etwas hin. Schlaf ist doch immer noch das beste Heilmittel.«

»Aber das Abendessen ...«

Hermann winkte ab. »Ach was. Ruh dich aus. Ich kann mit Steffan im Wirtshaus zu Abend essen.«

Ursula stand auf, glättete sich das Haar und dankte Hermann. Dann stieg sie hinauf in ihre Kammer. Mit zittrigen Händen drückte sie die Klinke hinab und hoffte, dass Elisabeth noch am Leben war. Hermanns Gemahlin lag still da, aber ihre Brust hob und senkte sich.

Erleichtert setzte sich Ursula zu ihr auf die Bettkante. »Frau Elisabeth? Seid Ihr wach?«, fragte sie leise.

Elisabeths Lider flackerten. Sie begann zu wimmern. Dann riss sie die Augen auf und schoss hoch. »Jakob! So hilf mir doch! Das Kind! Es darf nicht sterben!« Sie keuchte.

Ursulas Herz raste. Sie fasste Elisabeth an den Schultern und drückte sie zurück auf das Kissen. »Ruhig, sonst hört Euch Hermann noch.«

Elisabeth starrte sie an. »Jakob!«

»Jakob ist nicht hier. Ihr seid bei mir in der Kammer.« Ursula strich ihr das verschwitzte Haar aus der Stirn. Elisabeths Haut glühte wie heißes Eisen. »Ihr habt hohes Fieber.« Verzweifelt sah sie sich um. Dann erhob sie sich und tauchte ein Tuch in die Waschschüssel. Sie würde damit Elisabeths Waden kühlen. Und wenn dies nicht half, würde sie zum Büßerinnenhaus gehen und Jenna um Hilfe bitten müssen.

• • •

Amando schluckte hart gegen den Kummer in seiner Brust. Der Herbst war schon weit fortgeschritten, und allmählich ging ihnen das Geld aus. Er und Loppo sollten sehen, dass sie bald zu der Sippe ins Winterquartier zogen. Das sagte ihm sein Verstand, Amandos Herz sprach jedoch andere Worte. Wenn er nie erfuhr, was mit Jenna geschehen war, wie sollte er dann je wieder ein Messer werfen können? Tag für Tag hatten Loppo und er auch weiterhin jeden Winkel der Stadt durchsucht. Der Wächter des Frankenturms wusste nichts von einer Jenna, als sie dort nachgefragt hatten. Er war allerdings auch noch nicht lange dort, denn sein Vorgänger war wohl vor wenigen Tagen gestorben. Nach dem Turmmeister hatte Amando jedoch nicht fragen wollen, viel zu sehr hatte er gefürchtet, dabei sein Misstrauen auf sich zu lenken.

Fröstelnd rieb sich Amando über den Arm. Es schien, als hätten die Götter Jenna zu sich geholt, sie ihm einfach wieder weggenommen. Sie war nicht auffindbar. Sogar dem Wind hatte

Amando mehrmals gepfiffen und darauf gehofft, er würde seine Gebete zu den Göttern tragen. Doch selbst der ließ ihn im Stich.

Amando zog die Schuhe aus und steckte die Füße in den Bach. Die tief stehende Sonne verlor an Wärme, und das Wasser war eiskalt. Dennoch war es eine Wohltat für seine geschundenen Fußsohlen. Wieder musste er an Jenna denken, die ihm befohlen hatte, beim Baden im Bach die Hosen auszuziehen. Seine Augen brannten, und er wischte sich rasch darüber.

»Vielleicht zieht sie durchs Land, um dich zu suchen.« Loppo warf einen flachen Stein. Er hüpfte dreimal auf der Wasseroberfläche, dann versank er im Bach.

Der Gedanke war Amando auch schon gekommen. Doch sein Gefühl sagte ihm, dass es nicht so war. Sie musste noch in der Stadt sein, ganz in seiner Nähe. Aber wo?

»Das Gerede der Alten im Wirtshaus ... Du erinnerst dich doch?« Loppo warf erneut einen Stein. Dieser hüpfte jedoch nur einmal, bevor er versank.

»Die Kupplerin? Warum denkst du an sie? Sehnt es dich nach einem Weib?«

»Nein, aber ich muss immer an dieses Haus denken. Vielleicht haben sie Jenna ja auch dorthin gebracht.«

»Weshalb sollten sie? Sie ist keine Hure.« Amando konnte sich nicht vorstellen, dass sich Jenna jemals den Männern angeboten hätte. Daher schien es unmöglich, dass er sie in diesem Haus finden würde.

»Aber wenn sie doch sonst nirgendwo in der Stadt ist! Und außerdem hat die Kupplerin gesagt, dass Jenna ...« Loppo sprach die weiteren Worte nicht aus.

Amando zog die Füße aus dem Bach. Erst jetzt bemerkte er,

dass sie fast zu Eisklumpen geworden waren. »Wo soll dieses Haus sein?«

»Ich weiß es nicht, aber wir könnten morgen danach fragen.«

Amando fühlte sich erschöpft, und ihm war kalt. Dazu verspürte er einen unbändigen Hunger.

»Warum schüttelst du den Kopf?«, fragte Loppo und erhob sich.

»Lass uns morgen in dem Haus nach Jenna fragen, und dann suchen wir noch einmal die ganze Stadt nach ihr ab.«

Loppo verdrehte die Augen. »Aber das machen wir doch schon seit Wochen! Du weißt, dass wir kein Geld mehr haben.«

Amando wollte nicht aufgeben. »Wir kommen auch ohne Geld aus. Noch finden wir im Wald und im Bach, was wir zum Überleben brauchen.«

Loppo presste die Lippen aufeinander. »Gegen deinen Sturkopf komme ich sowieso nicht an.«

25

Als es zu dämmern begann, brachte die Mutter Oberin den Hund wie fast jeden Abend in den Hof und schloss die Tür von innen ab.

»Genau, wie wir es uns vorgestellt haben«, sagte Jenna und wandte den Blick vom Fenster der Schlafkammer ab. »Gib mir den Schinken.«

Elsgen holte das Stück unter ihrer Bettdecke hervor und gab es Jenna. Der Mohnsaft war gewiss gut dosiert, und Jenna hoffte, er würde den Hund lange genug schlafen lassen. Sie stach das Messer in den Schinken und schnitt eine Kerbe hinein. Dann tauchte sie den Finger in den Mohnsaft, verteilte ihn großzügig in dem Fleisch und drückte die Kerbe wieder zu. Dabei dachte sie an die Zeit nach der Flucht. Nicht nur die Ungewissheit ängstigte sie, auch der Umstand, dass sie ganz allein sein würde. Niemand wäre da, mit dem sie reden und Freud und Leid teilen könnte. Jenna sank der Mut. Vielleicht sollte sie doch mit Elsgen gehen. Sofort verkrampfte sich ihr Bauch und sagte ihr damit, dass dies keine gute Entscheidung war.

Jenna wischte die Gedanken fort, es machte keinen Sinn, sich jetzt darüber den Kopf zu zerbrechen. Erst einmal mussten sie alle heil von hier fortkommen.

»Bist du fertig?«, fragte Elsgen.

Jenna hielt ihr den Schinken hin. »Hier, du kannst ihn der Bestie zum Fraß vorwerfen.«

»Wunderbar.« Elsgen grinste breit und nahm den Schinken an sich. »Wie lange dauert es, bis das Mittel wirkt?«

»Wir werden sehen.« Jenna zuckte mit den Schultern.

»Gut.« Elsgen wandte sich an die anderen Frauen. »Seid ihr bereit?«

Die Huren nickten und erhoben sich von ihren Schlafstätten.

»Ihr wisst Bescheid. Sobald der Hund schläft, schleichen wir uns aus dem Haus«, sagte Elsgen.

»Und der Wächter?«, fragte eine der Frauen kleinlaut.

»Den werden wir schon überwältigen. Vielleicht haben wir ja Glück und er schläft.« Elsgen trat zum Fenster.

Jenna hoffte, alles würde sich zutragen, wie sie es geplant hatten. Der Schinken flog in hohem Bogen hinaus, und Elsgen sah ihm nach.

»Dann wollen wir doch mal sehen, ob er anbeißt«, sagte Elsgen und lehnte sich weit über die Brüstung. Gleich darauf lachte sie leise auf.

»Was macht er?«, fragte Jenna.

»Er stürzt sich gerade auf den Happen und verschlingt ihn. Lass es dir schmecken, du elende Bestie.«

Auch wenn die kommende Zeit sie ängstigte, hoffte Jenna, der Mohnsaft würde bald wirken. Sie erhob sich und sah ebenfalls aus dem Fenster. Der Hund verschlang gerade den letzten Bissen und leckte sich mit langer Zunge über die Lefzen.

»Ich kann es kaum erwarten, das Haus zu verlassen. Ist er schon schläfrig?« Elsgen versuchte, über Jennas Schulter zu blicken.

»Nein, noch nicht.« Sie wandte sich ab und gab Elsgen den Blick frei. »Halt du ihn im Auge.«

Die Zeit ging zäh dahin, und Jenna hing ihren Gedanken nach. Wo Amando bloß sein mochte? Das Winterlager lag weiter südlich, wie er erzählt hatte. Aber wo genau, wusste sie nicht. Jenna seufzte. Sie würde ihn wohl nie finden.

Endlich hob Elsgen triumphierend die Faust. »Ja! Die Bestie hat sich zur Ruhe begeben.«

»Bist du sicher, dass er nicht nur döst?«, fragte Jenna.

Elsgen wandte sich zu ihr um. »Der liegt wie tot auf der Seite. Wo ist das Messer?«

Jenna reichte es ihr und sah zu den Frauen, die sie erwartungsvoll anblickten. »Na los, wir verlassen das Haus! Aber leise.« Eine Gänsehaut bildete sich unvermittelt auf ihren Armen.

In einer Reihe schlichen sie die Stiege hinab. Als sie vor der Eingangstür standen, machte sich Elsgen mit dem Messer an dem Schloss zu schaffen.

»Bekommst du es auf?«, fragte Jenna leise.

»Einen Augenblick noch.« Elsgen stocherte in dem Loch herum und fluchte leise.

Plötzlich erhellte ein schwacher Schein den Flur. »Was ist hier los?«, polterte eine Stimme durch die Dunkelheit.

Jenna fuhr herum und sah die Mutter Oberin in ihrem Nachtgewand hinter den Frauen stehen. In diesem Augenblick stürzten sich drei der Huren auf die Ordensfrau und schlugen mit den Fäusten auf sie ein. Die Mutter Oberin schrie, als steckte sie am Spieß. Jennas Herz klopfte heftig. Unfähig, ein anderes Gefühl als Angst zu verspüren, sah sie zu Elsgen, die unbeirrt weiter an dem Schloss herumfuhrwerkte. Dann sprang endlich die Tür auf. Ein letztes Mal wandte sich Jenna um. Die Mutter Oberin lag unter den Huren begraben, die ihr immer noch Schläge verpassten. Lediglich ein Wimmern war von ihr zu hören. Es schien, als entledigten die Frauen sich ihres ganzen Zornes, der sich in den letzten Wochen aufgestaut hatte.

Schwester Margarethe erschien auf dem Treppenabsatz und starrte mit weit aufgerissenen Augen hinunter auf die Prügelei. Sie schlug sich die Hand vor den Mund, trat zurück und schloss rasch wieder die Tür ihrer Schlafkammer.

»Los, raus hier!«, schrie Elsgen und stürmte hinaus auf den Hof.

Jenna folgte ihr, und nach und nach ließen auch die Huren von der Mutter Oberin ab. Doch sie kamen nicht weit, denn draußen erwartete sie bereits der Büttel, stellte sich ihnen breitbeinig in den Weg und richtete die Lanze auf sie. Das Geschrei der Mutter Oberin musste ihn geweckt haben.

Jenna erstarrte. Doch mit einem Satz preschte Elsgen hinter dem Birnbaum hervor und stieß ihm das Messer in die Seite. Der Mann schrie auf und sank in die Knie. Wie auf ein Kommando stürmten die Huren durch das Tor auf die Gasse und waren kurz darauf verschwunden. Jenna sah ihnen nach und stieß schwer den Atem aus.

»Worauf wartest du?«, rief Elsgen. »Komm mit!«

Jenna nickte und folgte ihr ebenfalls in die Freiheit. Sie rannten, als sei der Teufel mit einer glühenden Mistforke hinter ihnen her. Erst als sie in eine kleine finstere Gasse eingebogen waren, blieb Jenna stehen und schnappte nach Luft. Elsgen rannte noch ein Stück weiter, dann hielt auch sie inne und wandte sich um.

Langsam kam sie auf Jenna zu und streckte ihr die Hand entgegen. »Komm mit ins Hurenhaus. Nur dort bist du vorerst in Sicherheit.«

Jenna schüttelte den Kopf. »Nein, Elsgen, hier trennen sich unsere Wege. Geh du mit den anderen zurück zu deinem Wirt.«

»Aber ich kann dich doch nicht allein lassen! Wo willst du denn hin?« Elsgen presste die Lippen aufeinander.

»Ich werde mich irgendwo verstecken und gleich morgen, wenn sich die Tore öffnen, die Stadt verlassen.« Jenna nahm Elsgens Hand und drückte sie. »Sorg dich nicht um mich, ich komme schon zurecht.«

Elsgen fiel ihr um den Hals. »Ach, meine liebe Jenna. Meine liebe Freundin ...« Sie schluchzte. »Pass gut auf dich auf.«

»Das mache ich.« Jenna löste sich aus der Umarmung und wischte sich die Tränen von den Wangen. »Nimm dich ebenfalls in Acht, Elsgen. Ich hoffe, euer Wirt hat ein gutes Versteck für euch.«

»Bestimmt. Und irgendwann werden sie es aufgeben, uns ausrotten zu wollen.« Elsgen lächelte gequält. »Eine Stadt ohne Huren gibt es nicht.«

Sie umarmten sich ein letztes Mal, dann wandte sich Jenna wortlos ab und lief in eine weitere finstere Gasse. Irgendwann folgte sie dem Geruch des Flusses, und als sie die Stadtmauer erreicht hatte, kauerte sie sich in einer der Nischen zusammen. Eine Weile lang dachte sie noch an Amando, an den nächsten Tag und die nächste Zeit. Doch dann übermannte sie die Müdigkeit und nahm den Gedanken die Kraft, sie weiter zu zermürben. Jenna schlief ein.

Ihr Mund war so trocken, als hätte sie Staub geschluckt. Jenna blinzelte in das Licht des Morgens und brauchte einen Augenblick, um sich zu orientieren. Nicht weit von ihr entfernt strömten Leute mit Karren durch das geöffnete Tor im Wachturm der Stadtmauer. Es waren hauptsächlich Bauern, die ihr Vieh in die Stadt brachten, um es zu verkaufen. Zuerst verspürte Jenna nur Hunger und Durst, dann kehrte die Angst zurück. Sollte sie jetzt gleich die Stadt verlassen? Wie lange würde es dauern, bis sie etwas zu essen fand? Jenna brachte den Mut noch nicht auf, den ersten Schritt in ihr ungewisses Leben zu gehen. Im Moment schien es, als wäre ihr sämtliche Kraft aus dem Leib gewichen. Vielleicht sollte sie doch erst zu dem Kloster gehen, wo ihr Vater begraben lag. Die junge Nonne würde ihr sicherlich etwas zu essen geben. Jenna erhob sich und klopfte den Staub aus ihren Röcken. Dann brach sie zum Kloster Revilien auf.

Die junge Nonne erkannte sie auf Anhieb und ließ sie durch das Portal in der Klostermauer ein. »Ich vermute, du willst am Grab deines Vaters beten.«

Jenna nickte. »Darf ich?«

»Sicher.« Die junge Nonne begleitete sie zu dem Erdhügel. Geschwächt von Hunger und Durst, kniete sich Jenna davor und sprach ein Gebet. Nachdem sie sich wieder erhoben hatte, sah sie die junge Nonne mit Tränen in den Augen an. »Dürfte ich vielleicht einen Schluck Wasser aus dem Brunnen nehmen?« Bereitwillig ließ die Nonne Jenna trinken und gab ihr anschließend einen Kanten Brot. Sie stellte keine Fragen und wünschte Jenna nur Gottes Segen. Jenna zwang sich zu einem dankbaren Lächeln. Dann verließ sie das Kloster und machte sich auf den Weg in Richtung Eigelsteintorburg. Da sah sie vor der Auslage eines Apothekers eine Frau stehen. Jenna ging näher.

»Ursula!«, rief sie verblüfft.

Ursula wandte sich um und riss die Augen auf. »Jenna! Dich schickt der Himmel! Ich wollte schon zum Büßerinnenhaus, um dich zu holen. Aber was machst du hier?«

»Wir sind geflüchtet.« Jenna sah sich um.

»Ihr alle?«

»Ja, aber ich muss fort, die Stadt verlassen. Sicher suchen die Büttel nach uns.« Sie trat einen Schritt zurück, doch Ursula fasste nach ihrem Arm.

»Ich brauche deine Hilfe! Elisabeth Quattermart ... sie lebt. Aber ich weiß nicht, wie lange noch.«

Jenna sah Ursula an. »Und Hermann?«

»Der ist nicht daheim. Später erkläre ich dir alles. Aber nun komm mit mir.«

Unzählige weitere Fragen schossen Jenna durch den Kopf. Sollte sie wirklich mitgehen? Sie wollte doch die Stadt verlassen. Was, wenn jemand sie erkannte? Aber was war mit Elisabeth? Sie brauchte ihre Hilfe. Nur das zählte.

»Wo ist das Haus der Quattermarts?«, fragte sie rasch, bevor sie der Mut verließ.

»Nicht weit von hier.« Es schien, als würde Ursula erst in diesem Augenblick begreifen, was geschehen war. Sie starrte Jenna an. »Und ihr seid wirklich geflüchtet?«

»Ja, aber nun komm!«

Ursula nickte und nahm Jennas Hand. »Es ist wirklich nicht weit.«

Sie liefen die Gasse entlang bis zu dem Haus der Quattermarts. Ursula schloss die Tür auf, und Jenna folgte ihr die Stiegen hinauf bis unter das Dach. Ein Stöhnen war aus einem verschlossenen Raum zu hören.

»Sie liegt in meiner Kammer. Ich habe versucht, das Fieber zu senken, doch es geht nicht herunter.« Ursula öffnete die Tür.

»Seid ihr beide wirklich ganz allein im Haus?«, fragte Jenna. Sie sah auf die kranke Frau und konnte sich immer noch keinen

Reim auf das machen, was hier vor sich ging. Elisabeth wand sich stöhnend auf dem schmalen Bett. Ihr verschwitztes Haar klebte in Strähnen auf ihrer Stirn.

»Ja, Hermann und Steffan sind unterwegs. Aber sie können jeden Augenblick nach Hause kommen. Wir müssen ruhig sein.«

Elisabeth schlug die Augen auf und starrte ins Leere. »Jakob. Komm zu mir, Jakob«, stieß sie heiser aus.

»Sie redet andauernd von ihm. Aber ich weiß nicht, wer dieser Jakob ist.«

Jenna legte die Hand auf die Stirn der Frau. »Sie hat Fieberträume. Was ist geschehen?«

Ursula schluchzte leise. »Sie hat sich mit einer langen Nadel das Kind weggemacht, das sie von einem anderen trug. Als Hermann sie fand, hat er sie in das Gewölbe unter dem Lager gesperrt. Sie wäre dort gestorben, wenn ich sie nicht gehört hätte.« Ursula legte sich die Hände vor das Gesicht und weinte.

Jenna packte das Grauen. Vorsichtig schob sie die Decke fort. Die Röcke der Frau waren dunkel von dem Blut, das sie verloren hatte. Jenna deckte den zitternden Leib wieder zu und legte die Hand auf Ursulas Schulter. »Gibt es hier in dem Haus eine Arznei gegen das Fieber?«

Ursula nahm die Hände vom Gesicht. »Nicht, dass ich wüsste. So gut kenne ich mich hier noch nicht aus. Ich wollte welche beim Apotheker besorgen und dich dann um Hilfe bitten. Aber da standest du plötzlich vor mir.«

»Sie muss viel trinken.« In diesem Augenblick vergaß Jenna all ihre Sorgen und sah nur die kranke Frau vor sich.

»Ich habe ihr Würzwein eingeflößt. Und etwas Fleischbrühe. Viel hat sie davon jedoch nicht getrunken. Ich hab solche Angst, Jenna! Was machen wir denn, wenn sie stirbt?«

»Daran wollen wir noch nicht denken. Geh und hole noch etwas Wein und Brühe. Ich kühle ihr derweil die Waden.«

Ursula eilte aus der Kammer, und Jenna nahm die Tücher von Elisabeths Waden, um sie erneut mit kaltem Wasser zu tränken. Die Gedanken rasten ihr durch den Kopf. Wie hatte dieser Quattermart nur so grausam sein können? Elisabeth hatte zwar eine Liebelei gehabt, aber er brach mit Ursula doch genauso die Ehe wie sie! Lebendig hatte er sie in diesem Gewölbe begraben wollen. Jenna konnte es nicht fassen. Anstatt sie zu töten, hätte er sie auch verstoßen können.

Ursula kehrte mit dem Würzwein und der Brühe zurück, und Jenna flößte Elisabeth etwas davon ein. Die Frau trank nur langsam, aber Jenna reichte ihr geduldig abwechselnd die Brühe und den Wein.

Als Elisabeth eine Weile später in einen unruhigen Schlaf gefallen war, saßen die beiden anderen zuerst schweigend neben der Kranken. Dann erzählte Jenna von der Flucht aus dem Büßerinnenhaus. Ursulas Augen weiteten sich, als sie der Geschichte lauschte.

Plötzlich klopfte es an der Tür. Erschrocken schlug sich Ursula die Hand vor den Mund. »Hermann«, flüsterte sie.

Eine gedämpfte Stimme drang herein. »Bist du noch wach, mein Lieb?«

Jenna wurde es speiübel. Sie sah zu Ursula und zuckte mit den Schultern.

»Ja, bin ich«, sagte Ursula. »Aber bitte komm nicht herein, denn ich sitze gerade auf dem Nachttopf. Wenn ich fertig bin, komme ich zu dir.«

»Gut, ich warte in meiner Schlafkammer auf dich. Aber sei

leise, damit Steffan dich nicht hört.« Hermanns Schritte entfernten sich von der Tür.

»Mir ist schlecht«, sagte Jenna. »Sag nicht, du steigst gleich wirklich zu ihm ins Bett?«

Ursula schluchzte auf. »Was bleibt mir denn anderes übrig? Wenn er uns hier findet, wird er uns alle drei töten. Glaube mir, ich hasse nicht nur ihn, sondern auch mich selbst dafür.« Tränen quollen aus ihren Augen. Sie wischte sich mit dem Ärmel über das Gesicht und zog die Nase hoch. »Er darf nicht sehen, dass ich geweint habe.«

»Dann warte noch etwas.« Jenna nahm das Tuch aus dem Wasser der Waschschüssel, wrang es aus und reichte es Ursula. »Hier, drück dir das auf die Augen.«

Ursulas Brust bebte, als sie sich das Gesicht mit dem Tuch bedeckte. Jenna wandte den Blick von ihr ab. Das, was hier geschah, war zu ungeheuerlich, als dass sie es verstehen konnte.

»Bitte, lass uns nicht im Stich.« Ursula nahm das Tuch von den Augen.

»Nein, ich bleibe und wache über Elisabeth. Wir müssen nur die kommende Nacht überstehen. Wenn Hermann morgen früh aus dem Haus ist, werde ich eine Arznei besorgen.«

»Ich gehe jetzt zu ihm. Sobald er mit mir fertig ist, komme ich zurück.« Ursula biss sich auf die Lippe und wandte den gequälten Blick ab. Dann verließ sie die Kammer.

Kurz darauf erwachte Elisabeth. Stumm blickte sie gegen die Deckenbalken.

»Ihr müsst viel trinken«, sagte Jenna und strich ihr über die Schulter.

Elisabeth sah sie an und nickte leicht. Abermals flößte Jenna ihr Wein und Brühe ein. Sie mochte nicht darüber nachdenken, was Ursula gerade über sich ergehen lassen musste. Dennoch beherrschte diese bittere Vorstellung ihre Gedanken und verbreitete Übelkeit erregenden Zorn in ihr. Jenna erhob sich, um die Tücher an Elisabeths Waden zu wechseln. In dem Augenblick, als sie diese in die Waschschüssel tauchte, begann Elisabeth zu keuchen. Jenna wandte sich um und sah, wie sich die Frau krümmte. Sie ließ die Tücher fallen und eilte zu Elisabeth. Als sie die Decke fortschlug und die Röcke hochschob, sah sie das frische Blut, das sich zwischen Elisabeths Beinen ausbreitete. Jennas Hände zitterten. Ein unsichtbares Band schnürte ihr die Kehle zu. Weshalb blutete Elisabeth? Waren die Wunden wieder aufgerissen? Was sollte sie bloß tun? Jenna nahm das Laken und presste es zwischen Elisabeths Beine. Die Frau keuchte und jammerte. Dann krampfte sie erneut. Ein gedämpfter Schrei verließ ihre Lippen, und sie erschlaffte. Jenna schluckte schwer und sah angstvoll auf Elisabeths Brustkorb. Als sie feststellte, dass die Frau atmete, schloss sie vor Erleichterung die Augen. Elisabeth lebte.

Sie brauchte eine Weile, bis ihre Hände nicht mehr zitterten, dann ging sie zu der Truhe und suchte nach einem sauberen Laken. Elisabeth blieb weiterhin ohne Bewusstsein, dennoch wusch Jenna sie und wechselte die Laken. Da sah sie den winzigen Klumpen inmitten des Blutes. Es musste die Frucht sein. Elisabeth hatte sie erst in dieser Nacht abgestoßen und nicht, als sie die Nadel eingeführt hatte. Jenna ließ sich auf der Bettkante nieder und seufzte tief auf. Dann strich sie sanft über Elisabeths Schultern. Die Lider der Kranken flatterten, und ein Schluchzer entwich ihrer Kehle.

Jenna beugte sich zu ihr hinab. »Frau Elisabeth? Könnt Ihr mich hören?«, flüsterte sie.

Sie bekam keine Antwort. Bleierne Müdigkeit überfiel Jenna.

Die Aufregung der letzten Stunden hatte sie ihre ganze Kraft gekostet, doch sie musste über Elisabeth wachen, zumindest bis Ursula wieder zurück war.

Als hätte Jenna sie mit dem Gedanken herbeigerufen, öffnete sich die Tür, und Ursula trat ein. Mit den dunklen Rändern unter den Augen und dem zerzausten Haar sah sie ebenfalls völlig erschöpft aus.

Jenna sah zu ihr auf. »Sie hat gerade erst das Kind verloren.«

»Dann war es also noch in ihr«, sagte Ursula leise. »Glaubst du, es war schon länger tot?« Trotz ihrer Frage wirkte Ursula teilnahmslos und gleichgültig. Ihr Blick schweifte durch die Kammer.

Jenna zuckte mit den Schultern. »Ich weiß es nicht. Wir sollten sie schlafen lassen.« Sie betrachtete Ursula, die sich auf den Boden setzte und eine Decke um ihre Schultern wickelte. Mit leeren Augen starrte sie die Holzwände der Kammer an. »Eure Flucht hat sich schon herumgesprochen, und Hermann ist sehr wütend über das, was im Büßerinnenhaus geschehen ist.«

Jenna legte ihr die Hand auf den Arm. »Hat er dir wehgetan?«

Ein leises Schnauben entfuhr Ursula. »Nein, ich meine, nur ein wenig. Er nimmt mich oft grob und stößt seine ganze Wut in mich hinein. Aber ich bin einiges gewohnt.«

Jenna nahm sie in den Arm. »Versuch ein wenig zu schlafen.«

Nickend schloss Ursula die Augen. Eine Träne quoll unter ihren Lidern hervor und rann über ihre Wange.

Eine ganze Zeit später schreckte Jenna aus einem Traum hoch, an dessen Bilder sie sich jedoch nicht mehr erinnern konnte. Vor ihr lag Ursula mit der Decke auf dem Boden und schlief. Jenna sah zu Elisabeth und legte ihr die Hand auf die Brust. Sie atmete in ruhigen Zügen, gewiss würde sie sich von alledem erholen. Jennas Hals war trocken vor Durst. Sie stand auf, schüttete etwas Wein in den Becher und trat ans Fenster. Ein Silberstreif erhellte den Horizont, und ein weiterer Tag in Freiheit brach an. Im nächsten Moment fiel ihr ein, dass Quattermart im Haus war. Ursula musste gewiss das Herdfeuer schüren und ihm das Frühmahl zubereiten. Jenna kniete sich neben sie und rüttelte sie sanft an den Schultern.

Ursula murmelte etwas Unverständliches, dann schlug sie die Augen auf. »Ich muss eingeschlafen sein.«

»Ich hab auch geschlafen«, sagte Jenna.

»Wie geht es Elisabeth?« Ursula richtete sich auf und sah zu dem Bett.

»Sie ist eine tapfere Frau und wird es überstehen. Ich werde gleich in die Stadt gehen und ihr etwas zur Stärkung besorgen. Aber sag mal, wie soll es weitergehen? Hermann wird sie gewiss irgendwann entdecken.«

Ursula rieb sich mit den Fingerknöcheln über die Augen. »Ich weiß es nicht. Aber wenn es Elisabeth besser geht, soll sie es selbst entscheiden.«

»Glaubst du, sie wird Hermann beim Rat anzeigen?«

»Wie könnte ich?«, sagte plötzlich eine schwache Stimme hinter ihnen. »Sie würden mich des Ehebruchs bezichtigen.«

Jenna sah sich überrascht um, biss sich auf die Unterlippe und verkniff sich eine Antwort darauf.

Neben ihr rappelte sich Ursula vom Boden hoch und setzte sich zu Elisabeth ans Bett. »Euer Gemahl ist alles andere als ein Heiliger.«

»Ich weiß.« Elisabeth hielt die Augen geschlossen und

schluckte. »Und ich weiß auch, dass du seine Hure bist. Das habe ich schon im Büßerinnenhaus bemerkt.«

Ursula senkte stumm den Kopf.

»Gräme dich nicht. Es macht mir nichts aus.« Elisabeth sah zu Jenna. »Wie geht es Steffan?«

»Da müsst Ihr Ursula fragen. Ich habe ihn noch nicht gesehen, seit ich hier im Haus bin.«

»Steffan geht es nicht so gut. Er vermisst Euch sehr«, sagte Ursula freiheraus.

»Bald bin ich wieder bei ihm.«

Jenna sah den Schmerz in den Augen der Frau. »Ihr müsst erst einmal im Bett bleiben.« Sie griff nach Elisabeths Hand, die sich immer noch warm anfühlte. »Ihr habt letzte Nacht Euer Kind verloren.«

»Ein Kind, das nicht auf dieser Welt sein durfte.« Seufzend schloss Elisabeth die Lider und presste die zitternden Lippen aufeinander.

Jenna mied Ursulas Blick. Sie konnte sich denken, wie sie darüber dachte. Doch es stand ihnen beiden nicht zu, über Elisabeth zu richten. Schließlich wussten sie nicht, wie es sich anfühlte, in den Schuhen der Patrizierin zu laufen.

»Ihr müsst Jakob finden«, sagte Elisabeth leise.

»Wer ist dieser Jakob?«, fragte Ursula.

»Ein guter Freund. Nur er kann mir und Steffan helfen.«

»Hermann hat allen erzählt, Ihr wäret ins Wasser gegangen. Sicher glaubt auch Jakob, dass Ihr tot seid.«

»Wenn ihr Jakob nicht findet, werden wir bald alle drei nicht mehr am Leben sein. Bitte, holt ihn hierher.«

Jenna erhob sich. »Wo finde ich ihn?«

»Das weiß ich nicht.« Elisabeth runzelte die Stirn. »Aber im

Haus nebenan wohnt ein Herr Fense. Er weiß gewiss, wo du Jakob antriffst.«

»Du kannst noch nicht gehen.« Ursula hielt Jenna am Ärmel fest. »Wir müssen warten, bis Hermann und Steffan aus dem Haus sind.«

»Wann geht er denn wohl?« Jenna setzte sich wieder auf die Bettkante.

»Keine Ahnung, aber es wäre wohl besser, wenn ich jetzt das Frühmahl zubereite. Sonst steht er nachher noch hier in meiner Kammer.« Ursula kämmte sich das Haar mit den Fingern und flocht sich einen Zopf. Dann verließ sie den Raum und eilte die Stiegen hinab.

• • •

In der Küche herrschte eine empfindliche Kälte. Ursula schürte das Feuer unter dem Kessel und machte sich auf den Weg, um Wassr vom Brunnen hinter dem Haus zu holen. Es wehte ein kühler Wind. In der Stadt war der herbstliche Geruch von feuchter Erde und Laub zwar kaum wahrnehmbar, aber Ursula glaubte ihn dennoch in der Nase zu haben. Das dumpfe Gefühl der Angst in ihrem Bauch wollte nicht weichen. Seit sie Elisabeth aus dem Gewölbe befreit hatte, hatte es sich dort eingenistet und quälte sie unablässig. Nie hätte sie gedacht, dass Hermann dazu fähig wäre, einen Menschen zu töten. Er war immer so liebevoll gewesen, wenn er bei ihr lag. Aber nun wusste Ursula, wozu er wirklich imstande war. Wenn er Elisabeth fand, wäre das der sichere Tod für sie alle drei.

Weshalb hatte Elisabeth nur die Ehe gebrochen? Sie hatte doch alles, wonach Ursula sich vor nicht allzu langer Zeit noch von ganzem Herzen gesehnt hatte. Sie schüttelte den Kopf und hob den Eimer aus dem Brunnen. Nein, Elisabeth hatte nur Hermanns Abneigung zu spüren bekommen, deshalb hatte sie sich in die Arme eines anderen Mannes geflüchtet. Und ganz sicher war sie keine kaltblütige Frau, die einfach so das Leben ihres Kindes wegwarf. Angst konnte die Menschen so sehr verändern, dass sie schreckliche Dinge taten.

In diesem Augenblick war Ursula heilfroh, Jenna bei sich zu haben. Kurz dachte sie an Elsgen und die anderen Frauen. Ob Claeß sie wieder aufgenommen hatte? Ob es das Hurenhaus überhaupt noch gab?

Als sie ins Haus zurückkehrte, trat Hermann ihr entgegen. »Ich muss ins Rathaus«, sagte er knapp.

»Aber das Frühmahl ...« Ursula fiel es schwer, in seine Augen zu sehen. Sie dachte an die vergangene Nacht, und der Ekel vor Hermann wütete durch ihren Magen.

»Das muss warten. Es geht um die Flucht der Huren. Das muss erörtert werden. Auch, was nun mit dem Haus geschieht.« Mit mürrischem Blick setzte er sich das Barett auf den Kopf und ließ sie stehen.

Wenigstens konnte sie nun in Ruhe die Morgensuppe zubereiten. Ursula ging hinauf in die Küche und schüttete das Wasser in den Kessel. In diesem Augenblick betrat auch Steffan den Raum und setzte sich stumm an den Tisch. Ursula erschrak. Sie hatte den Jungen fast vergessen. Steffans Augen waren rot gerändert, als hätte er die ganze Nacht geweint.

Ursula kniete sich vor ihn und strich ihm über das Haar, doch Steffan entzog sich ihrer Hand und starrte weiterhin auf seine Knie.

»Hast du Hunger? Gleich ist die Morgensuppe fertig.«

Steffan schüttelte den Kopf. Nicht ein Wort hatte Ursula aus seinem Mund gehört, seit sie hier im Haus der Quattermarts war. Kurz überlegte sie, ihn einfach in die Kammer zu Elisabeth zu bringen. Aber das durfte sie nicht tun, er würde sie in seiner kindlichen Unbedarftheit gewiss bei Hermann verraten. Ursula nahm seine Hand und brachte ihn in seine Stube, wo sie ihm Hemd und Hose reichte. Steffan zog sich an.

»Du kennst doch gewiss den Weg zur Schule. Kannst du ihn allein gehen?«, fragte sie ihn.

Steffan schüttelte den Kopf.

Bisher hatte Hermann ihn immer gebracht. Doch heute war er so rasch aus dem Haus geeilt, dass er seinen Sohn wohl vergessen hatte. Was sollte sie nun tun? Sie selbst wusste auch nicht, wo sich die Schule befand.

Steffan sah sie flehend an und öffnete die Lippen ein wenig, als wollte er etwas sagen. Er war so blass und seine Haut auf der Stirn so dünn, dass die Adern bläulich durchschimmerten. Ursula nahm ihn in die Arme und drückte ihn an sich, doch Steffan versteifte sich und wand sich aus ihrem Griff. Als sie ihn losließ, sah sie Tränen in seinen Augen glitzern. Die Lippen des Jungen zitterten.

»Mutter«, sagte er kaum hörbar. »Ich will zu meiner Mutter.«

Ursula sog tief den Atem ein. Einen Augenblick lang schaute sie ihn nachdenklich an, dann griff sie nach seiner Hand. »Dann komm. Ich bringe dich zu ihr.«

»Aber …« Steffan sah sie mit großen Augen an. »Aber sie ist im Wasser, hat Vater gesagt.«

»Nein, sie ist in meiner Kammer. Aber sie ist sehr krank. Du musst leise sein und darfst deinem Vater auf keinen Fall etwas verraten. Hörst du?«

Der Junge starrte sie an, als sähe er einen Geist.

»Komm mit.« Ursula führte ihn die Stiegen hinauf und öffnete die Tür ihrer Kammer.

Als der Junge Elisabeth sah, stürmte er ins Zimmer und fiel seiner Mutter um den Hals. Elisabeth schrie leise auf und drückte ihn fest an sich. Immer wieder küsste sie unter Tränen das Haar des Jungen, vergrub ihr Gesicht darin und schluchzte.

Nach einer Weile sah sie zu Ursula auf. Elisabeths Augen waren so rot, als hätte sie zu lange in den Wind geschaut. »Es war ein Fehler, ihn zu mir zu bringen. Es ist noch zu früh.« Abermals drückte sie die Lippen in Steffans Haar.

»Ich konnte ihn nicht mehr leiden sehen.« Ursula wandte den Blick ab. »Euer angeblicher Tod hat dem Jungen schier das Herz gebrochen. Er isst nicht mehr und redet kaum ein Wort. Seht nur, wie dünn seine Ärmchen sind! So wird er nie und nimmer ein starker Mann werden.«

Elisabeth zog die Nase hoch. »Hast ja recht.« Sie strich über Steffans Wangen, und der Junge drückte sich noch ein bisschen fester an ihre Brust.

Ein verhaltenes Lächeln huschte über Ursulas Lippen. »Hermann hat von der Flucht der Huren erfahren. Er wird erst einmal im Rathaus sein. Sollte er doch früher zurückkehren, sage ich, ich hätte Steffan in die Schule gebracht.«

Jenna nickte. »Ursula hat alles richtig gemacht. Und ich gehe jetzt die Arznei holen. Hast du Geld für mich?« Sie sah Ursula an.

»Ja, sicher. Komm, ich gebe es dir.«

»Bitte such nach Jakob«, flehte Elisabeth. »Nur mit seiner Hilfe können wir es schaffen. Frag bei Herrn Fense nach.«

»Kann ich diesem Herrn Fense trauen?«

»Nein«, sagte Elisabeth. »Verrat ihm nichts. Frag ihn nur, wo du Herrn Euskirchen findest.«

»Ich werde ihn schon ausfindig machen«, versprach Jenna und folgte Ursula aus der Kammer.

26

Herr Fense sah sie verdutzt an. »Du suchst Herrn Euskirchen? Warum?«

Betreten blickte Jenna zu Boden. »Jakob ist mein Bruder. Ich muss ihn finden.«

»Er hat mir gar nichts von einer Schwester erzählt.«

»Das glaube ich gern. Ich bin von meinem Mann verstoßen worden, er schämt sich wohl schrecklich für mich.«

Herr Fense hob beide Hände. »Ach, ich will das gar nicht so genau wissen. Aber glaubst du wirklich, er möchte, dass du ihn findest?«

»Sicher möchte er das, wenn er erfährt, weshalb ich ihn suche! Warum sagt Ihr mir nicht einfach, wo er wohnt? Ich werde ihn schon nicht meucheln.«

Herr Fense stieß geräuschvoll den Atem aus. »Na gut. Er wohnt zur Miete in der Stolckgasse. Du findest ihn beim Witwer Roth.«

Jenna bedankte sich und machte sich auf den Weg. Die Stolckgasse war ihr bekannt, denn sie befand sich unweit des Klosters Revilien. Auch wenn die Zeit eilte, lief sie zuvor noch zu dem Apotheker auf den Aldemarkt und kaufte bei ihm ein Heilmittel gegen Fieber und eins gegen Blutungen.

Als sie kurz darauf die Mauern des Klosters Revilien in der Ferne sah, wurden ihr abermals die Knie weich. Sie dachte daran, wie sie die Stadt hatte verlassen wollen, bevor sie Ursula getroffen hatte. Und immer noch lag die kommende Zeit ungewiss vor ihr.

Zwei Büttel kamen die Gasse entlang, und Jenna senkte den Blick zu Boden. Die Männer scherzten über einen Pfaffen, der wohl volltrunken die Messe gelesen hatte. Lachend gingen sie an Jenna vorbei.

Kurz darauf bog Jenna in die Stolckgasse ein und klopfte mit zittrigen Fingern an die Tür des Witwers Roth.

Ein großer blonder Mann öffnete ihr und sah sie mit traurigen Augen an. »Herr Roth ist auf Reisen. Es ist ungewiss, wann er wiederkommt.«

»Seid Ihr Herr Euskirchen?«

Der Mann nickte. »Der bin ich. Wer will das wissen?«

»Frau Elisabeth schickt mich. Sie braucht Eure Hilfe.«

Der Mann schwankte und hielt sich am Türblatt fest. »Das ist ein übler Scherz. Was fällt dir ein?« Seine blauen Augen verfinsterten sich.

»Nein, ist es nicht. Elisabeth lebt! Sie versteckt sich in ihrem eigenen Haus. Hermann Quattermart wollte sie töten, aber das erzähle ich Euch später. Kommt! Sie braucht Euch.«

»Dann lass uns gehen.« Jakob Euskirchen zog rasch die Tür hinter sich zu und lief die Stolckgasse entlang.

Jenna eilte ihm hinterher und hatte Mühe, seinen schnellen Schritten zu folgen. Irgendwann ließ sie ihn ziehen, verlangsamte ihren Gang und setzte sich auf einen Mauervorsprung. Unwillkürlich wusste sie, dass er der Vater des Kindes war, das Frau Elisabeth verloren hatte. Wieder einmal musste sie an ihre Liebe zu Amando denken. Solange er lebte, gab es die Möglichkeit, ihn irgendwann einmal wiederzusehen. Sie durfte die Hoffnung nicht einfach aufgeben.

Jenna blieb noch eine Weile lang sitzen und beobachtete das Treiben um sie herum. Ein junger Bursche schob eine Karre vor sich her, blieb kurz stehen und wischte sich mit dem Ärmel über die Stirn. Der Gestank, den das Gefährt verströmte, ließ darauf schließen, dass er ein »Goldgräber« war. So wurden die Henkersknechte genannt, die die Hinterlassenschaften der Bürger in den Rhein kippten. In einem der Fenster der Häuser saß ein junger Bursche und spie Apfelkerne auf die Gasse. Jenna erhob sich und machte sich wieder auf den Weg zum Haus der Quattermarts.

Nachdem sie an der Tür geklopft hatte, eilten im Inneren des Quattermart-Hauses Schritte die Stiegen herab. Dann öffnete sich die Pforte, und Ursula zog sie rasch in den Flur.

»Ist Quattermart zurück?«, fragte Jenna.

»Nein, zum Glück noch nicht. Aber niemand weiß, wann er kommt. Deshalb versteckst du dich besser rasch wieder in meiner Kammer.«

Jenna sah die Stiege hinauf. »Und du?«

»Ich bereite das Essen zu, als wäre es ein Tag wie jeder andere. Hermann darf auf keinen Fall Verdacht schöpfen. Egal, was geschieht, ihr müsst auf jeden Fall oben bleiben. Und sieh zu, dass der Junge nicht so viel herumläuft. Man kann seine Schritte bis hier unten hören.«

»Ist Herr Euskirchen bei Elisabeth?«, fragte Jenna.

»Ja.« Ein kleines Lächeln stahl sich auf Ursulas Lippen. »Eines weiß ich nun: Nie wieder in meinem Leben werde ich einen Menschen verurteilen oder gar beneiden.«

Jenna drückte ihre Hand. »Das hast du auch gar nicht nötig.

Du bist eine starke Frau, irgendwann wird auch dir das Glück beschieden sein.«

»Ich wäre schon froh, wenn wir alle heil aus dieser Sache herauskommen.« Sie entzog Jenna die Hand. »Aber nun geh endlich hinauf.«

Jenna folgte ihren Worten und eilte hoch in die Dachkammer. Steffan lag neben seiner Mutter im Bett, und Herr Euskirchen saß auf einem Stuhl daneben. Das Möbel war zuvor nicht in der Kammer gewesen, und Jenna vermutete, dass er ihn irgendwo im Haus weggenommen hatte. Die Luft in der kleinen Kammer war stickig und roch nach dem Blut, das Elisabeth verloren hatte.

»Wie geht es Euch?« Jenna wickelte die Arznei aus dem Tuch.

»Ich bin noch sehr schwach und fürchte, nicht auf meinen eigenen Beinen stehen zu können«, sagte Elisabeth und presste die blutleeren Lippen aufeinander.

»Das wäre auch nicht gut.« Jenna nahm den Deckel von dem Tontiegel.

Verzweifelt sah Jakob zu ihr auf. »Aber ich muss sie von hier fortbringen!«

Jenna schüttelte den Kopf. »Sie hat viel zu viel Blut verloren. Wenn sie zu rasch aufsteht, könnten die Wunden in ihrem Inneren wieder aufreißen, und sie würde an dem Blutverlust sterben. Vorerst muss sie ganz still liegen bleiben.«

»Aber wir können uns nicht ewig hier verstecken.« Jakob Euskirchen sah sich in der kleinen Kammer um. »Früher oder später wird Herr Quattermart uns finden.«

Jenna kniff die Augen zusammen. »Dann geht zum Rat und zeigt ihn an.«

»Nein, bitte nicht«, flehte Elisabeth. »Niemand wird mir glauben.«

»Warum nicht? Ursula kann bezeugen, dass Euer Gemahl Euch in das Gewölbe gesperrt hat.«

»Der Rat wird mir nicht glauben. Und Ursula erst recht nicht.«

»Was ist mit Euch, Herr Euskirchen? Ihr könntet doch behaupten, Ihr hättet Elisabeth gefunden.« Jenna wollte nicht wahrhaben, dass es keine gerechte Strafe für das gab, was geschehen war.

Jakob verzog das Gesicht. »Wie kann ich? Elisabeth hat mein Kind getragen. Außerdem bin ich nur ein armer Bürger der Stadt.«

In diesem Augenblick wurde Jenna wieder einmal klar, dass die Wahrheit nicht zählte. Die Schuld der Schwachen wog schwerer als die der Starken, so war es immer schon gewesen.

Sie gab etwas von der Arznei auf einen Löffel. »Es werden noch ein paar Tage vergehen, bis Ihr das Bett verlassen könnt. Bis dahin müsst Ihr Euch in der Kammer ruhig verhalten. Und außerdem ist Herr Euskirchen da. Er wird Euch schon vor Eurem Gemahl beschützen.«

Elisabeth starrte sie an. »Du wirst doch ebenfalls bei mir bleiben, oder?«

Nicht nur die Enge der Kammer drückte schwer auf Jennas Gemüt. Auch die Sehnsucht, die sie im Büßerinnenhaus zu verdrängen versucht hatte, überfiel sie mit aller Macht. Noch war es nicht Winter, noch konnte sie nach Süden ziehen, um Amando zu suchen.

»Mehr als Euch diese Arznei hier geben, kann ich nicht tun. Und die Kammer ist zu eng für uns alle.«

»Bleib wenigstens noch diese Nacht.« Elisabeth sah sie flehend an.

Jenna nickte. Es war ohnehin zu spät, um sich im Wald einen geschützten Platz zu suchen.

• • •

»Vielleicht wurde in dem Haus eine Heilerin gebraucht, und sie haben Jenna deshalb dort aufgenommen.« Loppo neigte den Kopf und sah Amando an. »Komm, Amando, lass uns fragen, ob sie dort gewesen ist. Es ist der letzte Winkel der Stadt, den wir noch nicht durchkämmt haben.«

Es war die Angst, die Amando bisher davon abgehalten hatte, in dem Haus nachzufragen. Angst davor, dass Jenna ihm aus freien Stücken den Rücken gekehrt haben könnte. Abermals wollte sich ein Bild vor Amandos inneres Auge drängen, doch er vertrieb es mit all der Kraft seiner Gedanken. »Dann wäre sie keine Gefangene gewesen und hätte mir Bescheid geben können, oder nicht?«

»Kerl, nun ist es aber gut.« Loppo schüttelte den Kopf. »Du wirst es nie erfahren, wenn wir nicht nachfragen.« Er griff nach Amandos Arm und zog ihn zu der Straße, die sich Eigelstein nannte.

Amando gab nach. Er wusste, sein Bruder hatte schon genug Geduld aufgebracht. Auch wenn er nach der letzten Suche versprochen hatte, weiterzuziehen, hatte Amando dies nicht übers Herz gebracht. Es schien, als zöge ihn jeden Tag aufs Neue eine unsichtbare Kraft in dic Stadt. Sie war so stark, dass Amando sich nicht dagegen wehren konnte. Doch nun bemerkte er Loppos Ungeduld, die sich wie die Sehne eines Bogens spannte.

Die Glocken eines Klosters hallten über die Dächer der Häuser hinweg. Jeder Schlag traf Amando bis ins Mark. Mit weichen Knien folgte er seinem Bruder, bis sie vor einem Tor standen.

Loppo spähte über die Mauer. »Das muss es sein.« Er drückte gegen das Tor, das sich daraufhin öffnete.

Amando wollte ihm schon wieder den Rücken zukehren, da fasste Loppo ihn an den Schultern und schob ihn zu dem Haus. Sie waren noch nicht ganz an der Eingangspforte angekommen, als diese geöffnet wurde.

Eine beleibte Nonne lugte durch den Spalt. »Macht, dass ihr fortkommt. Hier gibt es nichts zu sehen.«

Während Amando der Hals eng wurde, trat Loppo einen Schritt näher.

»Hört, ehrwürdige Frau. Wir suchen nach Jenna. Ist sie hier?«, fragte er.

»Jenna?« Die Nonne verzog die Lippen, als hätte sie an zu saurem Wein genippt. Ihr linkes Auge war zugeschwollen und blaugrau verfärbt. »Geht fort. Hier ist niemand mehr.« Ihr missmutiges Gesicht verriet jedoch, dass sie Jenna wohl kannte.

Auch wenn sein Herz wie wild in der Brust hämmerte, nahm Amando all seinen Mut zusammen und trat vor die Nonne. »Jenna war also hier? Wo sind die Frauen hin?«

»Fort, sie sind alle fort. Was weiß ich, wohin.«

Loppo verschränkte die Arme vor der Brust. »Weshalb wurde Jenna hier im Haus festgehalten? Ich dachte, hier sollten Huren bekehrt werden. Soviel ich weiß, ist Jenna eine Heilerin.«

In Amandos Ohren rauschte das Blut.

Die Nonne reckte das Kinn vor. »Pah! Jenna war die schlimmste von allen verderbten Sünderinnen. Sie hat nicht nur gehurt, sondern auch noch die Männer bestohlen.«

Amando fasste sich an den Hals.

Loppo hingegen gab sich unbeeindruckt von den Worten der Nonne. »Was geschieht nun? Werdet Ihr nach den Frauen suchen?«

»Sollen sie doch in der Hölle schmoren! Was geht es mich

noch an? Huren sind nicht zu bekehren, das habe ich von Anfang an gewusst.« Sie schnaufte. »Setzen sogar noch Kinder in die Welt, die dann unter ihren Sünden leiden müssen. Sie legen ihre Säuglinge einfach vor einem Kloster ab.«

»Ihr wisst also nicht, wo Jenna ist?«, beharrte Loppo, ohne auf das Geplapper der Nonne einzugehen.

»Nein!«, schrie sie. Ihr Gesicht war dunkelrot vor Zorn. »Ich will es auch gar nicht wissen! Es gibt dankbarere Geschöpfe als diese verhurten Weibsbilder. Um diese sollte sich der Rat kümmern. Ich« – sie tippte sich mit dem Zeigefinger auf die Brust –, »das kann ich euch sagen, werde keine einzige Hure mehr bekehren.« Schnaubend stemmte sie die Hände in die Hüften. »Und gewiss werden die hohen Herren der Stadt auch keine andere Ordensfrau mehr finden, die das auf sich nimmt.«

Ihre Worte quälten Amandos Ohren. Ihm war übel, und er wollte nur noch fort. Er griff nach Loppos Arm. »Lass uns von hier verschwinden.«

Sein Bruder nickte und folgte ihm auf die Gasse. Hinter der Mauer hörte er weiterhin die Nonne keifen.

Wo mochte Jenna nur sein? In einem Hurenhaus? Nun, es war gleichgültig. Sie war fort, fort aus seinem Leben. Für immer. Wie hatte er sich nur so täuschen können? All die Zeit, die er mit der Suche nach ihr verbracht hatte, war vergebens gewesen.

• • •

Die Angst rumorte in Ursulas Eingeweiden. Immer wieder malte sie sich aus, wie es sein würde, wenn Hermann nach Hause kam. Sie sah aus dem Fenster auf die Gasse. Die Sonne verschwand hinter dem Dach des gegenüberliegenden Klosters, es war die Zeit des Tages, zu der Steffan aus der Schule kam. Also musste sie ihn aus der Dachkammer nach unten holen. Aber was, wenn Hermann ihn unterwegs von der Schule hatte abholen wollen? Die Lehrer hätten ihm gesagt, dass Steffan nicht dort gewesen war. Ursula dachte angestrengt nach.

Eine Rauchfahne stieg aus dem Kessel über der Feuerstelle auf, und ein beißender Gestank breitete sich in der Küche aus. Verdammt, nun hatte sie die Rüben vergessen! Ursula löschte das Feuer unter dem Kessel und sah zu den Deckenbalken über ihr. Es war ruhig in der Dachammer. Kein Laut war zu hören und auch keine Schritte mehr. Sie musste nach oben gehen und Steffan holen. Hermann würde sie notfalls sagen, dass sich der Junge am Morgen nicht wohlgefühlt hatte. Und sie würde Steffan gleich zum Schlafen in seine Kammer schicken, noch bevor Hermann kam.

Ursula wischte sich die Hände an ihren Röcken ab. Plötzlich hörte sie, wie unten die Tür ins Schloss fiel. Dann vernahm sie Schritte auf der Stiege. Ihr Herz begann zu rasen. Es war zu spät, Hermann kam früher heim als erwartet! Als sich im nächsten Augenblick die Tür zur Küche öffnete, setzte sie ein angestrengtes Lächeln auf.

Hermann sah sie müde an. »Das war ein schrecklicher Tag, sag ich dir.« Er holte tief Luft und setzte sich an den Tisch.

»Was ist mit den Huren? Sind wirklich alle geflüchtet?« Abermals wischte sich Ursula die verschwitzten Hände an ihren Röcken ab.

»Alle fort. Diesen Sünderinnen ist doch nicht mehr zu helfen. Sie haben auf die Mutter Oberin eingeschlagen und den Büttel niedergestochen. Ist das zu fassen?« Er verengte die Augen. »Sollen sie doch in der Hölle schmoren, diese verhurten Weiber!«

»Aber das kann doch nicht sein.« Ursula versuchte, das Zittern in ihrer Stimme zu unterdrücken. »Wie wollen sie denn an dem Hund vorbeigekommen sein?«

»Vergiftet haben sie ihn«, spie Hermann aus und sah dann zu der Feuerstelle. »Was ist mit dem Essen? Es riecht verbrannt.«

Ursula senkte den Blick. »Verzeih, aber mir ist ein Unglück passiert.«

»Ach, mein Lieb, schütte es einfach weg und koch etwas anderes.« Er seufzte. »Du glaubst gar nicht, wie froh ich bin, dich rechtzeitig zu mir geholt zu haben. Sicher hätten die Huren dich auch noch niedergeschlagen.«

Ursula holte tief Luft und nickte. »Ja, das hätten sie gewiss, wenn ich mich ihnen in den Weg gestellt hätte.« Die Worte stachen ihr im Hals, und als sie näher zu ihm trat, trieb der Ekel ihr einen Schauder über den Rücken. Dennoch legte sie die Hand auf seine Schulter.

Hermann sah zu ihr auf und streichelte ihre Finger. »Wo ist Steffan? War er überhaupt in der Schule?« Er schüttelte den Kopf. »Kann er ja gar nicht, wenn ich ihn nicht dorthin gebracht habe. Ach herrje. Durch die schreckliche Nachricht habe ich ihn ganz vergessen.«

»Ich wollte ihn heute Morgen bringen, aber ihm war nicht wohl.«

»Hätte ich mir denken können, dass der Bursche die Gelegenheit schamlos ausnutzt. Ich sollte ihm dafür die Hammelbeine langziehen. Wo ist er?«

»Nein, Hermann, so darfst du nicht von ihm denken. Steffan hat Fieber und schläft.«

»Es gibt wohl keinen Jungen, der so oft Fieber hat wie er. Er gerät ganz nach seiner Mutter, sag ich dir.«

Ursula biss die Zähne zusammen, um die Wut und auch die Angst im Zaum zu halten. Plötzlich vernahm sie über sich ein dumpfes Geräusch, und augenblicklich schlug ihr das Herz bis in den Hals.

Hermann sah nach oben. »Was war das?«

»Was meinst du?« Ursula schluckte gegen die Trockenheit in ihrem Hals an.

»Da war doch was! Es kam aus deiner Kammer.« Hermann stand auf und stierte in die Höhe.

»Ich hab nichts gehört. Vielleicht sind ja Mäuse im Gebälk. Letztens habe ich –«

Hermann hob die Hand. »Still!«

Schritte waren zu hören. Ursula schloss die Augen und sog tief den Atem ein.

»Da ist doch wer in deiner Kammer!« Hermanns Blick verfinsterte sich. »Ein Freier?«

»Nein, du irrst dich. Da ist niemand.«

»Ha, das werden wir ja sehen.« Hermann schob sie zur Seite und trat an die Kochstelle. Sein zorniger Blick schlug schier Funken. »Einmal Hure, immer Hure!«, schrie er und nahm den Schürhaken von der Wand. Dann stürmte er aus der Küche und die Stiege hinauf.

Auch wenn sie ihn nicht aufhalten konnte, rannte Ursula ihm hinterher. Hermann trat mit dem Fuß die Tür zur Dachkammer auf und erstarrte. Seine Schultern bebten vor Zorn.

»So lass mich dir erklären ...«, flehte Ursula.

Doch Hermann nahm keine Notiz von ihr. Als er kurz darauf begriff, was hier vor sich ging, stürzte er sich mit einem Aufschrei auf Jakob Euskirchen und versuchte, mit dem Schürhaken auf ihn einzuschlagen. Es gelang Jakob nicht, ihn abzuwehren, und das

Eisenteil traf ihn an der Schulter. Ursula und Jenna versuchten, Hermann fortzuziehen, doch der trat nach ihnen und schüttelte sie ab. Aus den Augenwinkeln sah Ursula, wie Steffan an ihr vorbeihuschte und die Kammer verließ. Ursula zerrte weiter an Hermanns Arm. Er wehrte sich, und als sein Ellenbogen mit voller Wucht ihr Gesicht traf, wurde es dunkel um sie herum.

• • •

Amando kämpfte gegen den Schmerz in seinem Herzen. Bisher war keine der Huren gefunden worden. Doch wollte er Jenna wirklich wiedersehen, nachdem er wusste, dass sie sich anderen Männern für Geld angeboten hatte? Amando überlegte hin und her, während sie schweigend den Eigelstein entlangschritten. Vielleicht musste er versuchen, sie zu vergessen. Aber wie sollte er das anstellen, wenn sie doch so tief in seinem Herzen war?

Loppo schnalzte mit der Zunge. »Ich schätze, die Nonne war selbst das Kind einer Hure. Wahrscheinlich wurde auch sie vor einem Kloster abgelegt. Oder wie erklärst du dir sonst ihren Groll?«

»Was geht mich das an?«, murrte Amando.

Loppo legte ihm die Hand auf die Schulter. »Es tut mir leid«, sagte er.

Amando war froh, dass sein Bruder ihm nicht mit klugen Worten den letzten Funken seiner Beherrschung raubte. Er sah ihn an. »Aber danke, dass du nicht von meiner Seite gewichen bist.«

Loppo nickte. »Wenn nicht ich, wer dann? Aber hör zu, am besten brechen wir gleich morgen auf. Es wird dich auf andere Gedanken bringen, wenn wir nach Süden ziehen und uns in der einen oder anderen Stadt ein paar Münzen verdienen.«

»Es ist wohl wirklich besser so.« Amando sah in den Himmel. Die untergehende Sonne hatte die Wolken purpurn gefärbt. Mit diesem Tag ging auch ein Abschnitt seines Lebens zu Ende.

»Was ist denn mit dem Burschen dahinten los?«, fragte Loppo plötzlich und stieß Amando mit dem Ellenbogen an.

Amando sah die Straße entlang. Ein kleiner Junge stürmte auf sie zu und wedelte wild mit den Armen. »Helft, so helft doch!«, schrie er ängstlich.

Amando und Loppo eilten ihm entgegen. Als sie vor ihm standen, ging Amando in die Knie und fasste nach den Schultern des aufgelösten Jungen. »Warum schreist du denn so?«

»Mein Vater, er wird sie töten! Sie alle! Bitte helft«, stieß der Junge aus. Tränen rannen ihm in Sturzbächen über die mageren Wangen.

»Wo? In dem Haus dort drüben?« Amando sah über ihn hinweg.

Der Junge nickte. »Ja, kommt schnell mit!«

Amando richtete sich auf, sah kurz zu Loppo und nickte. Dann liefen sie zu dem Haus. »Du bleibst hier draußen und rührst dich nicht von der Stelle!«, rief Amando dem Jungen noch zu.

Die Tür stand auf, und schon im Korridor des Untergeschosses konnten sie das Geschrei hören. Amando nahm zwei Stufen auf einmal, bis er ganz oben vor der Tür der Dachkammer angelangt war. Auf den ersten Blick sah er einen Mann, der mit einem Schüreisen auf einen anderen einschlug, eine Frau, die wimmernd im Bett lag, und eine, die an den Haaren des Mannes zerrte.

Amando traf der Anblick wie ein Felsschlag, und er erstarrte.

Loppo stieß Amando zur Seite und stürzte sich auf den Mann mit dem Schüreisen. Die Frau wich zurück, ihr Blick traf den von Amando, und er glaubte, sein Herz würde ihm gefrieren. Loppo machte kurzen Prozess und überwältigte den Mann mit einem Faustschlag in den Nacken. Augenblicklich sank er in sich zusammen und blieb reglos am Boden liegen. Amando schob sich die Kapuze von dem kahlen Kopf.

»Amando?« Jenna starrte ihn immer noch an.

Amando versuchte, die Fassung zurückzugewinnen, und atmete tief ein, um das Flattern in seiner Brust zu beruhigen. Er sah zu dem Mann, den der andere mit dem Schüreisen angegriffen hatte. Sein Hemd war an der Schulter mit Blut befleckt. Und Jenna? Ging es ihr gut?

»Jenna«, sagte er leise und schaute sie wieder an.

Ihr Atem ging rasch. »Der Himmel hat euch geschickt!« Sie trat näher.

Amando sah die Wunde an ihrem Arm. »Du bist verletzt.«

»Nur ein Kratzer«, sagte Jenna und hielt ihm die Hand hin.

Doch Amando wandte den Blick von ihr ab und beugte sich über den bewusstlosen Mann mit dem Schürhaken. Dann sah er zu der Frau im Bett. »Wer ist dieser Mann?«

»Mein Gemahl«, sagte die Frau mit zittriger Stimme. Sie war bleich wie eine Tote. Im nächsten Moment entdeckte Amando eine weitere Frau, die in der Ecke hinter der Tür hockte. Ihre Nase blutete. »Was ist hier geschehen?«, fragte er sie.

»Schafft ihn fort!«, stieß die Frau in dem Bett aus. »Schmeißt ihn in das Gewölbe unter dem Lager.« Ihr Blick war irre, als hätte sie in die Hölle gesehen. »Bitte! Wenn er wieder zu sich kommt, wird er uns alle töten.«

»Gewölbe?«, fragte Loppo. »Wollt Ihr uns nicht erst einmal sagen, was geschehen ist?«

»Nein!«, schrie die Frau und zeigte mit zitternden Fingern auf ihren Gemahl. »Schafft ihn fort, bevor Steffan ihn so sieht.«

Der Mann, den das Schüreisen an der Schulter getroffen hatte, rappelte sich auf. »Kommt, lasst ihn uns zusammen hinuntertragen. Dann erzählen wir euch, was geschehen ist.«

»Mein Bruder und ich erledigen das allein«, widersprach Loppo. »Lasst Jenna derweil die Wunde an Eurer Schulter versorgen. Wo ist dieses Lager?«

»Wartet, ich zeige es euch.« Die Frau, die hinter der Tür saß, rappelte sich auf. Sie schwankte leicht, und es schien, als würde sie wieder zu Boden sinken.

Rasch griff Loppo ihr unter den Arm und hielt sie fest. »Langsam!«

»Es geht schon wieder«, sagte sie leise.

Ihrer Kleidung nach zu urteilen war sie wohl die Magd des Hauses. Amando spürte Jennas Blick auf sich ruhen und vermied es, ihr in die Augen zu sehen. Sein Herz polterte in seiner Brust, und er erkannte, dass er sie sein Leben lang nicht würde vergessen können. Er fühlte sich, als wäre er selbst vom Schürhaken getroffen worden.

»Kannst du den Mann allein tragen? Dann halte ich das Mädchen, wenn es uns das Lager zeigt.« Loppo umfasste die Hüften der Magd, um sie zu stützen.

»Sicher«, sagte Amando und war froh, Jennas Blick zu entkommen. Mühelos hob er den Mann vom Boden auf und warf ihn sich über die Schulter.

»Wir müssen die Stiege bis ins Erdgeschoss hinunter. Dort ist das Lager«, sagte die Magd.

Der Mann auf Amandos Schulter ächzte und drohte, aus der Bewusstlosigkeit zu erwachen. Amando stieg rasch die Treppe hinab. Loppo und die Magd folgten ihm.

»Dort, hinter der Tür«, sagte die Magd. »Unter einem der

Stoffballen ist im Boden eine Klappe eingelassen. Aber wartet, ich zeige es euch.« Langsam kam sie mit Loppo die letzten Stufen hinunter.

Amando stieß die Tür des Lagers mit dem Fuß auf und warf seine Last auf den Boden.

Die Lider des Mannes flatterten, und er stöhnte. Dann öffnete er die Augen und stierte Amando an. »Wo bin ich?«

»Ich würde sagen, in dem Lager Eures Hauses«, erwiderte Amando. »Auf Geheiß Eurer Gemahlin habe ich Euch in das Gewölbe zu sperren, bis hier alles geklärt ist.«

»Was?« Der Mann versuchte sich aufzurappeln, doch Amando stellte den Fuß auf seinen Bauch. »Schön liegen bleiben. Wir klären die ganze Geschichte erst einmal.«

Loppo betrat mit der Magd das Lager und sah sich um.

»Da vorn, unter dem Ballen mit der blauen Seide ist die Klappe.« Die Magd starrte Hermann an. »Er ist wach?«

Der Hausherr erwiderte ihren Blick mit einem Flehen in den Augen und wand sich dabei unter Amandos Fuß. »War ich nicht immer gut zu dir, mein Lieb? Wie kannst du zulassen, was hier geschieht? So hilf mir doch!«

Amando hob die Brauen. »Mein Lieb?«

»Sei still!«, schrie die Magd den Mann an. »Du bist ein elender Mörder und scheinheilig obendrein.«

»Mörder?«, fragte Loppo verdutzt, sah Amando an und hob ebenfalls die Brauen.

Die Magd zappelte in Loppos Griff. »Schmeißt ihn endlich in das Loch!« Sie löste sich von Loppo, schwankte zu dem blauen Stoffballen und warf ihn um. Dann zeigte sie auf die Eisenklappe im Boden und sah zu Loppo. »Hier, zieh sie auf!«

Loppo gehorchte. In dem Augenblick, als er die Klappe aufriss, strömte ein erbärmlicher Gestank aus dem Loch. Angewidert verzog Loppo das Gesicht und zeigte mit dem Finger darauf. »Wirklich? Da hinein?«

»Ja, genau. Da hinein!«, stieß die Magd aus.

»Gut«, sagte Amando und griff nach den Armen des Hausherrn. »Aber sobald alles geklärt ist, holen wir ihn wieder heraus.«

Als Amando den Mann über den Boden zog, schrie dieser und trat wild um sich. Vor dem Loch stemmte er sich mit aller Kraft gegen Amandos Griff. Loppo kam dazu und packte die Füße des Mannes, und gleich darauf stießen die beiden ihn hinunter. Rasch bückte sich die Magd nach der Klappe und warf sie zu. Als sie sich wieder aufrichtete, schwankte sie und verdrehte die Augen. Loppo fing sie auf, bevor sie zu Boden fiel.

»Bei den Göttern!«, stieß Amando aus und starrte die Klappe an. Die gedämpften Schreie des Mannes drangen zu ihnen herauf. Es polterte, und die Klappe hob sich ein Stück. Amando stellte den Fuß darauf.

»Wir müssen sie verschließen, damit er nicht fliehen kann«, sagte die Magd hektisch.

»Der Stoffballen wird da wohl nicht reichen«, bemerkte Loppo.

Amando sah sich in dem Lager um. »Dann lasst uns alle Säcke darauf türmen. Sind ja genug da.«

»Ich muss das Mädchen festhalten, damit es nicht umfällt«, sagte Loppo breit grinsend.

Amando schüttelte den Kopf und griff nach dem ersten Sack. Nach und nach türmte er die Säcke auf die Klappe. Als er fertig war, wich allmählich die Angst aus dem Gesicht der Magd.

»Wir sollten diesen unseligen Ort verlassen«, sagte sie. »Lasst uns hoch in meine Dachkammer zu den anderen gehen.«

Sie stiegen wieder hinauf, und mit jedem Schritt, den Amando auf der Stiege nahm, krampfte sich sein Bauch mehr zusammen. Übelkeit überfiel ihn, als er sich vorstellte, wie sich Jenna den Freiern für Geld hingegeben hatte. Er konnte ihr nicht mehr in die Augen sehen, ohne daran denken zu müssen.

Abrupt blieb er stehen und wandte sich zu Loppo um. »Das hier geht uns doch alles nichts an. Wir sollten gehen.«

»Habe ich richtig gehört?« Loppo glotzte ihn an, als wäre ihm gerade eine zweite Nase gewachsen. Dann schüttelte er den Kopf. »Jenna ist hier! Ist dir das nicht aufgefallen?«

»Du bist Amando. Nicht wahr?«, sagte die Magd nun zu allem Überfluss. »Jenna hat dich schrecklich vermisst.«

»Ach ja?« Amando lachte verächtlich auf.

»Ja, wirklich. Sie hat sogar nach dir gesucht, wie sie mir erzählte. Aber eure Sippe war wohl weitergezogen.«

Amando presste die Lippen zusammen. »Lass uns gehen, Loppo.«

»Nicht, bevor du dich nicht mit Jenna ausgesprochen hast.«

»Was gibt es da zu besprechen? Sie ist eine Dirne.«

»Jenna? Eine Dirne?« Die Magd war blass geworden. »Wie kommst du darauf?«

»Du brauchst sie nicht zu schützen. Ich weiß es.« Amando wich ihrem Blick aus, um den Schmerz zu verbergen.

Loppo verzog den Mund und sah die Stiege hinauf. »Jenna! Kommst du bitte mal zu uns!«, rief er plötzlich.

Amando glaubte, ihm würde gleich das Herz aus der Brust springen.

»Jenna!«, rief Loppo erneut.

Sie trat auf den Absatz des Dachgeschosses und blickte zu ihnen herunter. »Ja?«, fragte sie vorsichtig.

Amando schaffte es nicht, sie anzusehen, und schaute zu Boden.

»Amando hat etwas mit dir zu besprechen.« Er stieß die Hand in Amandos Rücken. »Nun geh schon hoch.«

Dieser zögerte noch, aber da kam Jenna schon die Stiegen herunter.

»Ich glaube, ich brauche frische Luft.« Rasch wandte Amando sich ab und verließ das Haus.

27

Jenna erkannte Amando nicht mehr wieder. Die Kälte, die ihn umgab, ließ sie frösteln. Es war ihm nicht recht gewesen, sie hier durch Zufall wiederzusehen, das hatte sie bemerkt. Doch warum war er hier auf dem Eigelstein? Der kleine Steffan hatte ihn um Hilfe gebeten, das wusste sie. Aber hätte Amando nicht längst mit seiner Sippe weitergezogen sein müssen? Oder hatte er doch nach ihr gesucht? Jenna wusste nicht mehr, was sie denken sollte.

»Wenn du nicht zu mir kommst, gehe ich und verlasse die Stadt!«, rief Amando von draußen.

»Sturkopf«, sagte Jenna leise, verbot sich jedoch ihren eigenen Stolz und eilte zur Tür hinaus. Wenn sie ihm nicht folgte, würde sie nie erfahren, warum er sich ihr gegenüber so feindselig verhielt. Und wahrscheinlich würde sie ihn für immer verlieren. Ihr Herz krampfte sich bei diesem Gedanken zusammen.

Amando lehnte mit dem Rücken gegen die Hauswand und sah hinauf zum Mond, der inzwischen aufgegangen war.

Jenna stellte sich neben ihn und betrachtete ebenfalls den Himmel. »Ich weiß, ich habe dich in Schwierigkeiten gebracht. Aber es war nicht meine Absicht. Das musst du mir glauben«, sagte sie leise.

Amando wandte den Blick vom Himmel ab und sah sie endlich an. »Sag mir die Wahrheit, Jenna.«

Sie spürte, wie ihr die Tränen in die Augen stiegen. »Welche Wahrheit?« Sie blinzelte. »Ich habe niemanden bestehlen wollen. Ich wurde von einer Alten hinters Licht geführt. Aber bisher hat mir keiner geglaubt, also kann ich auch nicht verlangen, dass du es tust.« Sie sah zu Boden und schluckte.

»Ich rede nicht von irgendeinem Diebstahl.« Amando holte tief Luft. »Du warst in diesem Büßerinnenhaus. Dort, wo der Rat die Huren der Stadt hingebracht hat, damit sie ihre Sünden büßen.«

Allmählich begriff Jenna. »Und nun glaubst du, ich sei ebenfalls eine Hure?« Da sah sie die Tränen, die in seinen Augen schimmerten. Der Wind frischte auf, und ihr Stolz flog mit ihm davon. »Ach, Amando, wir kennen uns wirklich noch nicht gut.«

Sein Blick verfinsterte sich.

Jenna lächelte. »Auf jeden Fall nicht gut genug.« Sie nahm seine Hand, die sich eiskalt anfühlte. »Denn sonst wüsstest du, dass ich niemals meine Liebesdienste verkaufen würde. Ich war in dem Haus, weil ich angeblich gegen das siebte und nicht gegen das sechste Gebot verstoßen habe.« Sie strich über seinen Arm. »Vielen Dank übrigens, dass du mein Ohr gerettet hast.«

Seine Lippen verzogen sich zu einem gequälten Lächeln. »Was weiß ich als Heide von den Geboten? Warum genau warst du denn nun unter all den Huren in dem Haus?«

Jenna zuckte mit den Schultern. »Nachdem meine Hinrichtung fehlgeschlagen war, meinte der Richter, ich sollte dort meine Sünden büßen. Ich sei ja auch eine Art Tochter der Stadt. Sie wollten mir damit die Gelegenheit bieten, wieder auf den rechten Weg zu finden. Aber ich glaube eher, sie dachten ebenfalls, ich sei eine

Hure.« Jenna erzählte Amando von der Kupplerin, die sie mit ihrer rührseligen Geschichte hinters Licht geführt hatte. »Bisher hat mir niemand die Wahrheit geglaubt, bis auf die Frauen in dem Haus. Sie haben gleich erkannt, dass ich keine von ihnen bin.« Sie senkte den Blick und spürte, wie sich der Kummer durch ihre Brust fraß.

Amando strich ihr über die Wange, dann nahm er sie in den Arm. »Wie konnte ich nur so dumm sein?«

In dem Moment fielen alle Sorgen und jeglicher Kummer von Jenna ab. Das Gefühl der Erleichterung war so heftig, dass sie zu zittern begann. Sie schmiegte ihre Wange an Amandos Brust und lauschte seinem Herzschlag. Der Augenblick, von dem sie so lange geträumt hatte, überwältigte sie und ließ sie kurz wanken. Doch Amando hielt sie fest in seinen Armen.

Er hob mit dem Daumen ihr Kinn an, damit sie ihm in die Augen sah. »Verzeih, dass ich je an dir gezweifelt habe, meine Bohdana.«

»Ach, Amando, ich war so töricht! Wie konnte ich der Frau nur glauben? Es muss daran liegen, dass mein Vater kurz zuvor gestorben war, ich konnte wohl kaum noch klar denken, als ich davon erfuhr.«

Amando strich ihr eine Haarsträhne aus der Stirn. »Dein Vater ist tot? Das tut mir leid.«

Jenna erzählte Amando von ihrem Besuch im Revilienkloster, dann geschah endlich das, wonach sie sich nächtelang gesehnt hatte. Amando neigte das Gesicht und berührte mit seinen Lippen die ihren. Eine Weile lang standen sie in inniger Umarmung auf der Gasse. Nie zuvor hatte Jenna etwas Schöneres verspürt, als von Amando gehalten und geküsst zu werden. Sie fühlte sich geborgen, beschützt und von einer Wärme durchflutet, die bis in den letzten Winkel ihres Herzens drang.

Nach einiger Zeit ließ Amando sie frei und nahm ihre Hand. »Wir sollten zu den anderen gehen.«

»Ja, bevor sie uns holen kommen.« Jenna wusste, von nun an würde sie noch oft in Amandos Armen liegen.

Amando tastete nach dem Stein an seinem Hals und entknotete das Lederband. »Er hat mich all die Zeit vor einer Krankheit bewahrt, doch nun solltest du ihn wieder tragen.«

Jenna schüttelte den Kopf. »Nein, behalte den Ligur.«

»Aber das kann ich nicht. Er war ein Geschenk deines Onkels.«

»Ich habe dir so viel zu verdanken, Amando. Bitte nimm ihn als mein Geschenk an. Und wenn es mir einmal nicht gut gehen sollte, borge ich mir den Stein eben von dir aus.«

Amando ließ von dem Lederband ab und lächelte. »Was meins ist, ist auch deins. Für immer.« Er nahm Jennas Hand und betrat mit ihr das Haus.

Am oberen Absatz der Stiege stand Ursula und lächelte. »Da seid ihr ja endlich. Kommt hoch, ich habe Würzwein im Kessel.«

Sie folgten ihrer Aufforderung und betraten die Küche. Loppo saß bereits am Tisch und ließ sich Schinken und Brot schmecken.

»Setzt euch, die Vorratskammer ist reichlich gefüllt.« Ursula wies mit der Hand zum Tisch. Sie wirkte, als wäre eine schwere Last von ihr gefallen. »Ich sehe noch rasch nach Elisabeth«, fügte sie hinzu.

Ursula blieb nur kurz in der Dachkammer und kehrte dann wieder in die Küche zurück. »Jakob und Steffan wachen über ihren Schlaf«, sagte sie und setzte sich neben Loppo.

Amandos Bruder grinste schief und sah Jenna an. »Bist du denn nun eine Dirne oder nicht?«

»Nein, ich bin keine Dirne.« Jenna erzählte auch ihm, was geschehen war.

Die ganze Zeit über hielt Amando ihre Hand, doch als Jenna ihre Erzählung beendet hatte, sah er ratlos über den Tisch. »Was ist mit dem Hausherrn? Lassen wir ihn unten in dem Loch?«

Ursula hob die Schultern. »Von mir aus gern. Aber ich denke, Elisabeth hat zu entscheiden, was mit ihm geschehen soll.« Sie senkte den Blick, zögerte noch einmal kurz und erzählte den Männern dann von ihrer Zeit als Dirne, von Hermanns Ehebruch, seinem Versprechen und von Elisabeth.

»Tja«, sagte Loppo, »beim Priester hat er sich wohl von seinen Sünden freikaufen können. Bei euch Weibsbildern jedoch nicht.« Er grinste.

»Wohl wahr«, erwiderte Ursula und sah zu Jenna. »Bleibt ihr noch diese Nacht? Es wäre mir lieb, falls bei Elisabeth wieder Blutungen auftreten.«

Jenna wandte sich an Amando und Loppo. »Was meint ihr? Eine letzte Nacht in Köln?«

Amando gähnte herzhaft. »Es soll mir recht sein. Ich bin ziemlich erschöpft.«

»Einverstanden«, sagte auch Loppo und leerte seinen Becher.

Die Nacht verlief ruhig. Nur ab und an war ein gedämpftes Poltern von unten aus dem Lager zu hören. Jenna lag neben Amando in Decken gehüllt auf dem Boden der Wohnstube und lauschte seinen ruhigen Atemzügen. Sie wusste nicht, was die Zeit bringen würde. Ob Maria sie überhaupt in der Sippe aufnahm, und was geschehen würde, wenn dem nicht so war. Aber eines wusste sie – Amando würde für immer an ihrer Seite bleiben. Ganz gleich, wie sich seine Mutter entschied.

Am nächsten Morgen schien es Elisabeth den Umständen entsprechend ziemlich gut zu gehen, und so verabschiedeten sich Jenna, Loppo und Amando. Ursula und Jakob begleiteten sie bis zur Tür.

»Was habt ihr nun vor?«, fragte Jenna Jakob.

Er hob die Schultern. »Das lasse ich Elisabeth entscheiden. Aber ich befürchte, wenn wir zusammenbleiben wollen, müssen wir früher oder später die Stadt verlassen. Und ihr? Wohin zieht ihr?« Er sah zu Amando.

»Wir ziehen nach Süden, bis wir auf unsere Sippe treffen. Hier und da werden wir unsere Künste aufführen, um Geld zu verdienen.«

»Dann müsst ihr unbedingt einmal in Trier auftreten. Das ist eine wirklich schöne Stadt. Mein Bruder wohnt dort, und die Leute sind sehr freigebig.«

»Mal sehen, was die Tage bringen«, sagte Amando und tippte sich mit dem Finger an die Stirn.

Jakob klopfte ihm mit der flachen Hand auf die Schulter. »Wir stehen tief in eurer Schuld.«

Jenna umarmte Ursula zum Abschied und sah ihr in die Augen. »Und du? Was hast du vor?«

Die Freundin machte eine unbestimmte Handbewegung. »Ich weiß es nicht. Aber ich denke, mir wird nichts anderes übrig bleiben, als zurück ins Hurenhaus zu gehen.«

Mitleidig sah Jenna sie an. »Vielleicht findet sich noch etwas anderes für dich, tapfere Ursula.« Sie umarmte sie erneut. »Glaube mir, wenn wir uns das nächste Mal wiedersehen, hast auch du das Glück gefunden.«

Als sie kurz darauf auf die Gasse traten, glaubte Jenna das erste Mal seit längerer Zeit wieder richtig atmen zu können.

• • •

Obwohl Elisabeth immer noch schwach auf den Beinen war, zog sie einen Tag später mit Jakob, Steffan und Ursula in das Haus desHerrn Roth. Der ältere Mann befand sich immer noch auf Reisen, sodass sie zumindest so lange bei ihm wohnen konnten, bis er wieder zurück war. Das Haus war ziemlich verfallen und einfach eingerichtet. Doch die Strohspäne, die den Lehmboden bedeckten, waren sauber. Jakob geleitete Elisabeth bis zu einer schmalen Stiege, die ins Obergeschoss führte. Dort nahm er sie in den Arm und drückte sie an sich. »Es ist nicht so schön wie euer Haus, das weiß ich. Und erschrick bitte nicht, wenn du meine bescheidene Kammer siehst.« Er senkte den Blick. »Aber der Mietzins ist niedrig.«

Elisabeth sah die Stiege hinauf. »Es ist ja nicht für immer.«

»Nein, das ist es gewiss nicht«, sagte Jakob und lächelte aufmunternd.

Wenn sie zusammenbleiben wollten, mussten sie die Stadt verlassen. Und Elisabeth wünschte sich nichts mehr, als für immer bei Jakob zu sein. Das Gefühl, ihn spüren zu können, wann immer sie wollte, ließ sie all das Leid ertragen, das ihr bisher widerfahren war. Selbst bis an den Rand der Erde würde sie dafür mit ihm gehen.

Sie erklomm die Stiege und betrat das winzige Zimmer. Vier Strohsäcke lagen dicht beieinander auf dem Boden, und auf jedem befand sich eine Wolldecke. Elisabeth lächelte außer Atem, ehe sie sagte: »Meine Kleider werde ich wohl zurücklassen müssen. Aber Steffan, der braucht noch seine Kleidung.«

»Wir werden dir neue Kleider kaufen, sobald wir unser eigenes Heim eingerichtet haben.« Jakob strich ihr über die Wange.

Er war arm wie eine Kirchenmaus, das hatte er Elisabeth bereits gestanden. Das Studium war ihm gestiftet worden, Herr Fense war der Wohltäter gewesen. Hin und wieder bot er dies jungen Männern an, die zwar arm, aber besonders klug waren.

Elisabeth setzte sich auf einen der Strohsäcke und sah zu Jakob auf. »Lass Hermann aus dem Loch, wenn du Steffans Sachen holst.«

Ursula riss die Augen auf. »Seid Ihr sicher?«

»Ja, er wird uns hier gewiss nicht finden. Und ich will nicht seine Mörderin sein.« Sie senkte den Blick und dachte an die Goldmünzen, die sie aus Hermanns Schatulle genommen hatte. Durch diese würden sie zumindest vorerst keinen Hunger leiden müssen.

Ursula biss sich auf die Unterlippe. »Sobald ich zurück ins Hurenhaus gehe, wird Hermann mich dort finden.«

Elisabeth sah sie prüfend an. »Willst du denn wirklich dorthin zurück?«

Eine Träne rollte über Ursulas Wange. Rasch wischte sie sie fort und zuckte mit den Schultern. »Mir bleibt wohl nichts anderes übrig, wenn ich den Winter überleben will.«

Elisabeth dachte wieder an die Goldmünzen. »Wenn du möchtest, kannst du vorerst bei uns bleiben. Ich könnte eine helfende Hand brauchen.«

Ursulas Augen weiteten sich. »Ist das Euer Ernst?«

Als Elisabeth nickte, strahlte Ursula über das ganze Gesicht. »Ich gehe Euch gern zur Hand. Was auch immer ich für Euch tun soll, keine Arbeit ist mir zu lästig.«

Jakob setzte sich neben Elisabeth und legte den Arm um ihre Schultern, doch Steffan stand immer noch wie verloren da.

»Hast du Hunger?«, fragte Jakob ihn.

Der Junge schüttelte den Kopf und drückte die Puppe an sich. Jakob hatte ihm eine besorgt, damit er des Nachts wieder ruhig schlafen konnte.

»Ganz sicher nicht?«, fragte Elisabeth nach.

»Ein wenig schon.« Steffan sah sich um. »Aber hier gibt es doch nichts.«

»Doch«, sagte Jakob und erhob sich wieder. »Herr Roth hat eine Vorratskammer, aus der ich mich bedienen darf. Ich hole euch rasch etwas zu essen.«

Elisabeth sah ihm nach, wie er die Kammer verließ. Immer noch schmerzte sie der Verlust ihres ungeborenen Kindes, und die Schuld wog schwer in ihrer Brust. Was sie getan hatte, würde sie sich selbst wohl nie verzeihen. Aber Jakob stand zu ihr, und gewiss würde die Zeit den Schmerz irgendwann erträglicher machen.

• • •

Hermann wartete auf den Tod. Längst hatte er die Angst vor dem Fegefeuer verloren. Ursula hatte ihn verraten, und sein Herz brnnte bereits so sehr, wie es im Fegefeuer nicht schlimmer werden könnte. Er würde dort eben weiter bis zur Erlösung für seine Sünden brennen, aber dann würde er endlich ins Himmelreich eintreten. Er wusste sicher, dass er auf Erden niemals mehr ohne Schmerz sein würde, selbst wenn er aus diesem Gewölbe hinauskäme.

Den Gestank um sich herum nahm er schon seit einer Weile nicht mehr wahr. Wenn sein Durst so unbändig wurde, dass er es nicht mehr aushielt, löschte er ihn mit dem sauren Bier. Er litt unter Durchfall und wusste, dass er über und über mit seinen eigenen Fäkalien verschmiert war. Das winzige Luftloch über ihm führte in den Schuppen, der auf dem Hof hinter dem Haus stand. Er hätte schreien und zetern können, doch niemand auf der Gasse würde ihn hören.

Hermann war seit einer Weile in einen Dämmerzustand gesunken, als er plötzlich Schritte über sich vernahm und die Luft anhielt. Täuschte er sich oder schob da jemand die Last von der Klappe? Hermann hämmerte dagegen, doch nichts geschah. Er hielt wieder inne. Die Schritte entfernten sich. Mit letzter Kraft stemmte Hermann eine Schulter gegen die Klappe, und auf einmal gab das Eisen nach. Das Licht stach ihm in die Augen, und er glaubte zu träumen. War er wirklich frei? Hermann kletterte mühsam aus dem Loch und sah sich im Lager um. Wer auch immer ihn befreit hatte, er war nicht mehr hier.

Als seine Augen sich einigermaßen an die Helligkeit gewöhnt hatten, stieg Hermann die Stiegen hinauf in die Wohnstube. Dort füllte er sich einen Becher mit Wein und stürzte ihn hinunter. Ein zweiter folgte, und nach dem dritten verspürte Hermann einen leichten Schwindel. Der Schmerz in seinem Herz wurde erträglicher. Er schüttete den restlichen Wein in den Becher, trank ihn und fasste neuen Mut.

Ursula ... Vielleicht war sie noch hier. Sicher hatte sie ihn aus dem Gewölbe befreit. Er rief ihren Namen. Stille. Abermals rief er nach Ursula, doch die Antwort war nur ein Rauschen in seinen Ohren. Wo mochte sie nun sein? Er musste sie finden, und dann würde er ihr den Verrat verzeihen und sie wieder in sein Haus holen. Er fuhr mit der Hand über sein Wams und betrachtete seine mit Kot verschmierten Finger. So konnte er auf keinen Fall vor Ursula treten. Er musste an den Rhein, um ein Bad zu nehmen. Wenn er nur lange genug im Wasser blieb, würde er sich von dem Dreck und dem Gestank befreien können. »Ach, meine dumme kleine schöne Ursula«, stieß er lallend aus. »Wenn ich dich gefunden habe, verzeihe ich dir alles, mein Lieb.« Dann torkelte er die Treppe hinab und verließ das Haus.

Seicht stieß das Wasser gegen die Kiesel am Ufer. Hermann ließ sich in das von Kälte verdorrte Gras fallen und zog sich die Schuhe aus. Ein eisiger Wind kroch durch die Strümpfe, und Hermann wackelte mit den Zehen. Sein Blick fiel auf die Stadt Deutz auf der anderen Seite des Flusses. Ob Ursula dort war? Eine Fähre setzte gerade über. Hermann sah sie zweimal. Zwei junge Weibsbilder, die in dicke Umhänge gehüllt waren, gingen an ihm vorbei und tuschelten.

»Was denn?«, schrie Hermann und warf ihnen einen seiner Schuhe nach. Nachdem sie kichernd weitergegangen waren, befand sich keine Menschenseele mehr in seiner Nähe. Gut, dachte er und versuchte sich zu erheben. Doch er schwankte so sehr, dass er zurück auf den Hintern fiel. Hermann versuchte es erneut, bis er endlich auf den Beinen stand. Vorsichtig setzte er einen Fuß vor den anderen, und bald berührten seine Zehen das Wasser. Er schüttelte sich kurz und versuchte, das Klappern seiner Zähne zu unterdrücken. Er würde seinen Leib von dem Unrat reinwaschen, mit dem er beschmutzt war. Ja, das würde er.

Um das Gleichgewicht zu halten, streckte er die Arme aus und schwankte tiefer in den Fluss. Das Wasser war kalt, doch längst nicht so eisig wie das Gefühl in seinem Herzen. Er watete weiter, bis es ihm zum Bauch reichte. Er sollte zum anderen Ufer schwimmen und dort nach Ursula suchen. Die Kälte ließ seine Glieder taub werden. Vielleicht war Ursula ja wirklich nach Deutz gegangen.

Das Wasser schwappte gegen seine Brust, spritzte hinauf in sein Gesicht, und er verschluckte sich daran. Plötzlich gaben seine Beine nach, und eine unsichtbare Kraft riss ihn tiefer in den Fluss. Er tauchte mit dem Kopf unter die Wasseroberfläche, ruderte verstört mit den Armen, trat um sich. Kurz tauchte er wieder auf, schnappte nach Luft, doch dann riss ihn erneut der Strudel mit sich. Als er den Mund öffnete, um um Hilfe zu schreien, flutete Wasser seine Lungen. Er sah die Bläschen, die vor ihm aufstiegen, und versuchte, an die Oberfläche zu strampeln. Doch die Kraft zog ihn beharrlich nach unten. Er musste atmen, brauchte Luft! In seinen Ohren knallten Donnerschläge. Abermals riss er den Mund auf und schlug um sich. Lichter blitzten vor seinen Augen auf. Er sah Ursulas strahlendes Gesicht, ihre Hand, die sie ihm reichte. Und dann wurde es dunkel um ihn herum.

28

Der erste Schnee fiel an dem Tag, an dem sie das Winterlager der Vaganten, eine verborgen liegende Höhle, erreichten. Nur allzu oft hatte sich Jenna ausgemalt, wie Maria wohl auf sie reagieren würde. Jenna hätte es ihr nicht verdenken können, wenn sie böse auf sie war. Am Ende hatte sie ja doch recht behalten. Mit ihrem Verschwinden und ihrer Gefangenschaft hatte Jenna Amando unglücklich gemacht – wenn auch nicht für immer.

Eine weiße Schicht bedeckte bereits die Felder, und Jenna fror erbärmlich. Sie dachte daran, dass sie vor nicht allzu langer Zeit in Erwägung gezogen hatte, ganz allein im Wald zu überwintern. Nie hätte sie das überlebt! Von ganzen Herzen dankte sie Gott, dass er Amando abermals zu ihr geführt hatte, und sie dankte Amando, weil er die Suche nicht aufgegeben hatte. Verstohlen schob sie ihre Hand in seine.

Er blieb stehen und sah sie an. »Wir sind da. Lass mich dich ein letztes Mal küssen, bevor Mammere dich in Beschlag nimmt.«

Jenna schmiegte sich an ihn und genoss seine Wärme. In seinen Armen fiel es ihr schwer, etwas anderes als Zuversicht zu spüren.

»Ach nein«, sagte Loppo hinter ihnen, »denkt ihr vielleicht

auch mal an mich? Ich friere mich hier fast zu Tode, während ihr seelenruhig herumschnäbelt.«

Amando ließ Jenna los und lachte. »Er hat recht. Lass uns weitergehen.«

Die Karren der Vaganten standen vor der Felswand, und ein Fell schützte den Eingang der Höhle vor Wind und Kälte. Jenna atmete tief ein, als Amando es zur Seite schob.

»Schaut mal, wer hier ist!«, rief er in die Dunkelheit. Dann nahm er eine der Fackeln, die im Inneren bereitlagen, tauchte sie in das Pech und entfachte eine Flamme.

Sie traten tiefer in die Höhle, und da sah Jenna auch schon den Schein des Feuers, der als warmes Licht an den Wänden flackerte. Die Luft war mit Rauch und dem Geruch der Tiere geschwängert. Jenna hörte Stimmengewirr.

Die Vaganten saßen in einem Kreis um das Feuer. Maria sprang als Erste auf und lief ihnen entgegen. Sie umarmte Amando und legte ihr tränenüberströmtes Gesicht an seine Brust. Dann ließ sie wortlos von ihm ab und umarmte Loppo. Auch Radek begrüßte seine Söhne gerührt. Die anderen Vaganten erhoben sich und traten zu ihnen, einer nach dem anderen klopften sie Amando und Loppo auf die Schultern, schüttelten ihre Hände und küssten sie auf die Wangen.

Jennas Herz pochte heftig. Verstohlen sah sie zu Maria und spürte, wie ihr das schlechte Gewissen den Hals hinaufkroch.

Amandos Mutter blickte sie mit zusammengekniffenen Augen an, doch dann schüttelte sie den Kopf und lächelte. Sie trat zu Jenna und nahm sie ebenfalls in die Arme. »Willkommen, Tochter.«

Die Erleichterung überflutete Jenna wie eine große Welle.

Amando trat zu ihnen und rieb sich die Hände. »Was ist, setzen wir uns an den Funk?«

»Zuerst muss ich mit Jenna unter vier Augen reden«, wandte Maria ein und hakte sich bei ihr unter.

Sie führte sie in eine Nische der Höhle, in der sie die Schlaflager ausgebreitet hatten. Der Boden war mit Fellen und Decken ausgelegt.

»Setz dich«, sagte Maria und wies auf ein braunes Bärenfell.

Jenna gehorchte und ließ sich darauf nieder.

Die Hände in die Hüften gestemmt, blieb Maria vor ihr stehen und sah auf sie hinab. »Amando war zutiefst unglücklich, als du verschwunden warst. Du hast ihm das Herz gebrochen. So, wie ich es vorhergesehen habe.«

»Aber er hat mich gefunden. Seinem Herzen geht es wieder gut.«

»Ja«, sagte Maria. »Das ist wahr.« Sie neigte den Kopf. »Und du hast noch beide Ohren.«

Jenna legte die Hand auf ihr linkes Ohr. »Dank Amando.«

»Und dank mir. Ich habe in der Zeit gesehen, dass du auf dem Heuwemarkt am Richtbock standest. Ich war es, die ihn dorthin geschickt hat.«

»Aber warum hast du das getan?«

Maria legte die Hand auf ihre Brust. »Weil ich dich in mein Herz geschlossen habe, Mädchen. Und weil ich mir sicher war, dass Amando ohne dich erst recht unglücklich sein würde.« Sie ging zu einer Holzkiste und holte etwas heraus. Dann überreichte sie Jenna das in Leinen eingeschlagene Paket.

Jennas Finger zitterten, als sie das Leinen aufschlug. Tränen rannen über ihre Wangen. »Du hast es verwahrt?« Sie sah zu Maria auf und drückte die Schriften ihres Onkels an die Brust.

»Sicher«, sagte Maria. »Du wirst bei uns eine gefragte Heilerin sein.«

»Danke.« Jenna lächelte.

Seufzend setzte sich Maria neben sie. »Du fragst dich sicher, warum ich nicht gesehen habe, wo Amando dich findet.«

»Hättest du es denn sehen können?«

»Vielleicht«, sagte Maria, »aber ich habe meine Augen davor verschlossen. Weißt du, manchmal muss man die Götter gewähren lassen. Denn sie entscheiden, was gut und was schlecht ist. Und nun, da Amando dich gefunden hat, weiß ich, dass es wirklich ihr Wille gewesen ist. Sie haben dich für ihn vorgesehen. Und ich bin bei den Göttern froh darüber.« Sie strich Jenna über den Arm und erhob sich. Dann verließ sie die Nische.

Jenna schlug das Buch auf und fuhr mit einem Finger über die Zeichnung der Schafgarbe. Vielleicht sollte sie auch an die Götter der Heiden glauben, schließlich hatten sie es am Ende ja doch gut mit ihr gemeint. Sie blätterte um und las mühselig die Aufzeichnungen über das Verhältnis der Pflanzen zum Menschen. Sie las von der Erde, die das Grün hervorgebracht hatte, das dem Menschen zunutze sein würde, und von den unnützen Kräutern, die den dämonischen Charakterzügen des Menschen glichen. Von den luftigen Kräutern, die mit den Speisen gekocht werden sollten, und von den windigen trockenen Kräutern, die der Verdauung schadeten und den Menschen traurig stimmten.

In die Schriften der Hildegard von Bingen vertieft, vergaß Jenna die Zeit, doch irgendwann stand Amando hinter ihr. Als er ihr sanft über das Haar strich, fuhr sie erschrocken herum.

»Kommst du? Die Hasen braten bereits über dem Funk, und alle warten gespannt auf deine Geschichte, die du zu erzählen hast.«

Jenna legte das Buch auf den Boden und erhob sich. Als sie stand, zog Amando sie in seine Arme. »Noch ein letzter Kuss.«

Verwundert sah Jenna ihn an. »Ein letzter?«

»Ja, für die nächsten Stunden«, sagte er und verschloss ihre Lippen mit seinen.

Kurz darauf lauschten die Vaganten gebannt Jennas Erzählung, stellten Fragen über das Büßerinnenhaus und mutmaßten, was wohl aus Hermann geworden war.

»Wir werden es nächsten Sommer erfahren«, sagte Maria gelassen.

Nach einer Weile streckte Amando gähnend die Arme von sich und stand auf. »Ich sollte die Decken von dem Karren holen und unser Lager herrichten.«

Jenna nahm einen Schluck Bier und erhob sich ebenfalls. »Ich helfe dir.«

Nachdem sie kurz darauf ihre und Loppos Schlafstätte hergerichtet hatten, zog Amando Jenna wieder an sich. Gerade als er sie küssen wollte, trat Maria in die Nische.

»Du musst kommen, Radek hat sich an einem Messer geschnitten! Er blutet arg«, sagte sie außer Atem.

Jenna nickte und löste sich aus Amandos Umarmung. »Natürlich komme ich. Habt ihr saubere Tücher?«

»Lass sie mir doch noch für einen Augenblick«, flehte Amando. »Dade hat sich schon so oft an einem Messer geschnitten und ist nie daran gestorben.«

Maria stemmte die Hände in die Hüften. »Die Götter haben Jenna zuerst deinem Vater vor die Füße gelegt, vergiss das nicht.«

Jenna blieb der Mund offen stehen. »Heißt das, du hast mich die ganze Zeit angeflunkert?«

Verlegen fuhr Amando mit der Hand über die Stoppeln auf seinem Kopf. »Schon, aber das mit meinem Vater muss ein Versehen gewesen sein. Da bin ich mir sicher. Weißt du, Mammere hätte sich doch nie von dir den Platz an Dades Seite wegnehmen lassen.«

Jenna lachte laut auf. »Da bin ich aber froh, dass ihr nicht alles die Götter entscheiden lasst.«

Rasch nahm Amando sie wieder in den Arm und drückte sie an sich. »Weißt du, wo der mächtigste Gott von allen sitzt?« Er legte die Hand auf sein Herz. »Hier drinnen.«

Jenna legte ebenfalls die Hand auf ihre Brust. »Und weißt du, wer hier drinnen sitzt?«

»Natürlich«, sagte Amando und grinste breit. »Dade ist es auf jeden Fall nicht.«

»Ein wenig schon.« Jenna wand sich aus Amandos Umarmung. »Schließlich haben die Götter deinem Vater eine Heilerin vor die Füße gelegt.«

Amando schob die Unterlippe vor.

Bei dem Anblick seiner gespielten Traurigkeit musste Jenna lachen, und sie strich ihm über die Wange. »Sorge dich nicht. Mein Herz ist riesengroß. Und die größte Kammer darin hast du.« Dann folgte sie Maria in die Wärme der Höhle.

Nachwort

Als am 25. Juni 1471 die Brüder Heinrich, Werner und Johann vam Quattermart die Stiftung des Büßerinnenhauses bestätigten, zogen kurz darauf die armen Töchter der Stadt in das Haus »tzor Buyssen« am Eigelstein. Dort sollten sie nach der Augustinusregel als Grundlage des Zusammenlebens und in der Nachfolge der Büßerin Maria Magdalena von ihrem sündigen Leben bekehrt werden. Zwei Augustinerinnen, die Oberin Katharina Huyffnagels und Margaretha Houftz aus dem Kloster Bethania, übernahmen die Leitung.

Es war wahrscheinlich eher der Druck der Gesellschaft gewesen als der Wunsch zur Buße, der die armen Frauen dazu brachte, in das Haus einzuziehen. Doch es fiel ihnen wohl schwer, sich an die Regeln zu halten, und schon kaum ein Jahr später kam es zu einer Revolte. Dennoch blieb der Andrang groß, auch wenn es immer wieder Schwierigkeiten gab. Von den privaten Stiftungen versprachen sich die Kölner Gebete der Frauen und Fürbitte am Tag des Jüngsten Gerichts.

Das Büßerinnenhaus hielt sich bis ins 16. Jahrhundert. Jedoch schlugen die Bekehrungen der armen Töchter meist fehl, und so beschloss der Rat, lieber unbescholtene Mädchen anstelle der Huren aufzunehmen.

Im Roman habe ich Hermann Quattermart als Bruder frei erfunden, da ich mir so mehr Freiheiten in seinem Handeln herausnehmen konnte. Auch die Zeitpunkte der Geschehnisse weichen aus dramaturgischen Gründen ab. Nach dem Chronist Koelhoffsche fand die große Stadtsäuberung des Rates erst 1497 statt. Laut den Historikern Irsigler und Lassotta ist dies jedoch eine Fehlzuordnung, die ein Körnchen Wahrheit enthält. Sie lässt vermuten, dass sich die Dirnen wie auch in meinem Roman meist nicht freiwillig bekehren ließen.

Bezüglich der Vaganten habe ich mich ein wenig an den Jenischen orientiert. Aber tatsächlich nur ein wenig, denn die Quellen bezüglich ihrer Herkunft und ihrer Lebensweise im späten Mittelalter sind sehr spärlich. Daher sei es mir verziehen, wenn die Vaganten in meinem Roman an die altslawischen Gottheiten glauben oder von den Kelten abstammen. Sicher ist jedoch, dass sich Menschen in allen Zeiten durch Vertreibung, Hunger und Not zusammengefunden haben und gemeinsam durch das Land gewandert sind.

Danke

Wieder bin ich am Ende einer Geschichte angelangt, deren Entstehung mir unendlich viel Freude gemacht hat. Dies liegt vor allen auch an den Menschen, die mich dabei begleiten. Ich danke dem Team von Ullstein für die Präsentation und Gestaltung meines Romans. Ganz herzlich aber danke ich den Lektorinnen Rabea Dahlhausen und Lara Gross für die liebe Betreuung. Besonders hat mich gefreut, dass ich wieder mit Gisela Klemt am letzten Schliff arbeiten durfte. Auch danke ich meiner Agentin Anna Mechler, die mich nun schon zehn Jahre professionell wie auch freundschaftlich begleitet. Alles Gute zum Jubiläum, liebe Anna!

Ganz besonders möchte ich mich auch bei den Leserinnen und Lesern meiner Romane bedanken. Nur durch sie werden meine Geschichten letztendlich lebendig.

Am Schluss danke ich natürlich wieder den beiden wichtigsten Menschen in meinem Leben, meinem Mann Josef und meinem Sohn Marcel. Zehn Jahre schreibe ich nun Romane, und genauso lange stehen die beiden mir zur Seite, wenn ich gedanklich wieder in einer anderen Welt bin. Dabei sehen sie immer noch darüber hinweg, wenn ich ihre Worte nicht höre und stattdessen den Bildschirm anstarre. Ihr beide seid ein Geschenk Gottes. Ihr seid meine Bohdans.